AF178666

ullstein

LARS ENGELS, Jahrgang 1992, ist Werbetexter und Autor. So oft wie möglich zieht es ihn vom Schreibtisch weg in die Natur, um neue Inspiration zu sammeln. Er lebt in Neuss, doch die Geschichten von der Moorlandschaft an der Rhön haben ihn schon immer fasziniert.

LARS ENGELS

GLUT MOOR

Janosch Janssen ermittelt

Ullstein

Besuchen Sie uns im Internet:

www.ullstein.de

Wir verpflichten uns zu Nachhaltigkeit
• Papiere aus nachhaltiger Waldwirtschaft
und anderen kontrollierten Quellen
• ullstein.de/nachhaltigkeit

MIX
Papier | Fördert
gute Waldnutzung
FSC® C021394

Originalausgabe im Ullstein Taschenbuch
1. Auflage August 2024
© Ullstein Buchverlage GmbH, Berlin 2024
Wir behalten uns die Nutzung unserer Inhalte für Text und Data
Mining im Sinne von § 44b UrhG ausdrücklich vor.
Umschlaggestaltung: bürosüd° GmbH, München
Titelabbildung: getty Images / © Helmut Hess; www.buerosued.de
Gesetzt aus der Albertina powered by *pepyrus*
Druck und Bindearbeiten: ScandBook, Litauen
ISBN 978-3-548-06910-4

POINT ALPHA

12. August 1983
05:13 Uhr

Die Welt war zusammen mit der Uhr in seiner Hosentasche stehen geblieben.

Genau um 02:24 Uhr.

Der Zeitpunkt, als die Selbstschussanlage ausgelöst hatte. Der Sturz musste das Uhrwerk zerstört haben.

Aber er hatte überlebt.

Hatte es rübergeschafft zum Stützpunkt der Amerikaner.

Point Alpha, so hieß er.

A wie Anfang.

Ein Neuanfang. In einem anderen Land.

Die Amis brachten ihn zu den Leuten vom Bundesgrenzschutz nach Hünfeld. Ihre aufgeregten Rufe und die kumpelhaften Bemerkungen des Sanitäters, der ihn untersuchte, verstand er nur bruchstückhaft. In Hünfeld nahmen die Beamten seine Personalien auf, befragten ihn zu seiner Flucht und fuhren ihn schließlich nach Fulda. Auf halbem Weg bat er sie, ein Fenster herunterzukurbeln. Er war mit einer Heidenangst vor Uniformierten aufgewachsen und hatte lange mit sich gerungen, bevor er sich getraut hatte, diese Frage zu stellen.

Der Mann am Steuer kam seiner Bitte aber nur allzu gerne nach.

Der Fahrtwind, der ihm entgegenschlug, verwirbelte seine Haarmähne und trug Brandgeruch mit sich.

»Nicht wundern«, sagte der Grenzschützer. »Das sind die Moorbrände.«

Jetzt sah er es auch. Das Glimmen am Horizont war nicht der Sonnenaufgang, sondern das Flackern von Feuer.

Der Gestank machte ihm nichts aus, im Gegenteil. Er lehnte sich zurück und sog ihn ein, genoss ihn beinahe. So würde für ihn immer Freiheit riechen.

Er wusste nicht, wie er überlebt hatte.

Wie er es zwischen Stacheldraht und Minen hindurch in Sicherheit geschafft hatte. Wie es sein konnte, dass das Blut auf seinem Hemd nicht sein eigenes war. Wie es mit ihm weitergehen sollte.

Er wusste lediglich zwei Dinge:

Er war am Leben.

Und er durfte nicht zurückblicken.

Niemals.

AUSGELÖSCHT

25. August 2022
06:32 Uhr

39 JAHRE SPÄTER …

Das Moor brannte seit Tagen.

Am Horizont schraubten sich tiefschwarze Rauchsäulen in den Purpur des Morgengrauens. Kilometerweit sah man das unheilvolle Glühen, ein sich schier endlos ausdehnender Scheiterhaufen, in dem dieser Spätsommer langsam in Flammen aufging. Feuerwehr, Bundeswehr, THW – sie alle schienen machtlos gegen die entfesselte Wut der Moorbrände.

Der beißend-modrige Rauchgestank machte sich im Auto breit. Carina kurbelte das Fenster ihres altersschwachen Peugeots hoch. Die Klimaanlage funktionierte schon ewig nicht mehr, also ließ sie sich nach einer langen Nachtschicht immer den Fahrtwind um die Nase wehen. Ein probates Mittel gegen ihre bleierne Müdigkeit.

Sie konnte es kaum erwarten, zu Hause ihre Verdunklungsvorhänge zuzuziehen, sich die Ohren zu verstöpseln und ordentlich Schlaf nachzuholen.

Abends wollte sie mit ihren Eltern, ihrem Bruder und ihrem Neffen auf die Schützenkirmes. Da musste sie fit sein!

An diesen Heimweg werde ich mich nie gewöhnen, dachte sie, als sie das Ortsschild von Grimmbach passierte. Auch nach zwei Monaten fühlte es sich noch immer genauso seltsam an wie am ersten Tag: nicht nach Hause zu Cedric zu fahren, sondern stattdessen zu ihren Eltern.

Aber sie hatte einen Schlussstrich ziehen müssen. Wie sagte Papa immer? *Besser ein Ende mit Schrecken als ein Schrecken ohne Ende.*

Ihre Eltern waren sowieso nie große Fans von Cedric gewesen.

Jetzt wohnte sie wieder übergangsmäßig auf den zwölf Quadratmetern ihres alten Kinderzimmers. Das Zusammenleben mit ihren Eltern gestaltete sich zum Glück ohne größere Konflikte, trotzdem wollte sie sich langsam mal um eine eigene Wohnung kümmern.

»Ich ziehe aus, Cedric, so geht es nicht mehr weiter.«

Es war die richtige Entscheidung gewesen. Das meinten alle.

Vielleicht würde es sich auch irgendwann so anfühlen.

Ihr Magen knurrte und zog sich zusammen. Gleich würde sie noch gemeinsam mit den anderen frühstücken, bevor sie sich ins Bett legte. Eigentlich war es für Carina eher ein Abendessen. Sie freute sich darauf. Es würde ein richtig schönes großes Sonntagsfrühstück werden. Mit dem Rührei, das nur ihre Mama so cremig hinbekam, warmen Brötchen und frisch gepresstem Orangensaft. Ihr Bruder Maximilian und sein Sohn Paul hatten bei ihnen übernachtet.

Komisch, dachte sie bei einem Seitenblick auf ihr Handy. Ihr Papa – der notorische Frühaufsteher – schrieb ihr eigentlich immer um sechs Uhr die gleiche Textnachricht: *»was darfs vom bäcker sein?«*

Heute hatte er noch nichts geschickt. Vielleicht war er ausnahmsweise mal länger im Bett liegen geblieben.

Bereits so früh am Morgen war die Hitze erdrückend und ließ für den Rest des Tages nichts Gutes erahnen. Mal sehen, ob heute ein neuer Hitzerekord aufgestellt werden würde.

Auf ihrer Station häuften sich die Fälle von Kreislaufkollaps und Hitzschlag. Unter den Patienten waren auch immer mehr Jüngere.

»Ich liebe meinen Job, aber ich hasse die Begleitumstände.«

Das war ihr Standardspruch, wenn jemand sie auf ihren Beruf ansprach. Carina war Krankenpflegerin aus Überzeugung. Sie wollte Menschen helfen, das war schon immer ihre Erfüllung gewesen. Doch gerade die letzten Jahre hatten es ihr nicht leicht gemacht, diese Leidenschaft aufrechtzuerhalten.

Viele Kollegen hatten aus Enttäuschung oder Erschöpfung (oder einer Kombination aus beidem) das Handtuch geworfen. Oft genug hatte auch sie sich schon bei dem Gedanken daran ertappt, hinzuschmeißen. Momentan rollte wieder eine mittlere Ausfallwelle über sie hinweg. Einige Kollegen waren krank, andere im Urlaub oder wie ihre Freundin Helen in Mutterschutz, und schon kam die Station an ihre Belastungsgrenze.

Auch heute war Carina wieder länger geblieben, um ihre Patienten halbwegs anständig übergeben zu können.

Auf der Grimmbacher Hauptstraße bog sie ab ins Komponistenviertel, so schimpfte sich das Neubaugebiet, das Anfang der 2000er erschlossen worden war – damals, als ein Hausbau noch nicht ein völlig utopisches Vorhaben gewesen war.

»*Was für eine langweilige Spießer-Ecke*«, hatte Cedric gespöttelt, als sie ihn das erste Mal zu ihren Eltern mitgenommen hatte. Zugegeben, die Dichte an Gabionen, Carports, Heckenrosen und kleinlichen Nachbarschaftsstreits war hier wirklich bestürzend hoch.

Aber selbst hier gelang es nicht, die penibel gestutzten Rasenflächen grün zu halten – trotz reichlichem Einsatz von minutiös getimten Rasensprengern. Wohin sie auch sah, überall in den Vorgärten zeigten sich braune Flächen. Sie konnte sich nicht einmal daran erinnern, wann es das letzte Mal geregnet hatte.

Sie parkte auf dem Gehweg vor dem Haus. Papas Wagen stand in der Garage, Maximilians Volvo in der Einfahrt. Zum Glück gab es hier keinen Mangel an Parkplätzen. Sie gähnte einmal herzhaft, nahm ihre Handtasche vom Beifahrersitz und stieg aus.

»Ach, die junge Frau Sander! Guten Morgen!«

Herr Krey, der Nachbar ihrer Eltern, hob seine Schirmmütze zum Gruß. Sein weißer West Highland Terrier Titus trippelte schwanzwedelnd auf sie zu und sprang an ihren Beinen hoch.

»Hey, Titus! Aus! Das sollst du doch nicht machen!«, rief Krey. »Wozu gehen wir eigentlich zur Hundeschule?«

Carina kicherte und kraulte den jungen Hund hinter den Ohren. »Das macht doch nichts!«

»Wir drehen heute Morgen auch nur eine ganz kurze

Runde. Die Hitze ist ja schon jetzt kaum auszuhalten. Die bekommt dem Kleinen nicht. Und mir in meinem Alter erst recht nicht.«

Herr Krey musste Anfang sechzig sein, ungefähr im gleichen Alter wie Papa. Er hatte früher mal eine IT-Firma gehabt und half ihren Eltern manchmal bei Computerproblemen aus.

»Sie kommen von der Arbeit, nicht wahr? Dann will ich Sie auch gar nicht lange aufhalten«, sagte Krey. »Richten Sie Ihren Eltern meine Grüße aus.«

»Mache ich!«, sagte sie dankbar und öffnete das Gartentor.

Schnellen Schrittes durchquerte sie den Vorgarten und kramte ihren Schlüsselbund heraus. Auf der Türschwelle lag noch die Sonntagsausgabe der *Rhön-Nachrichten*. Papa hatte die Zeitung noch nicht reingeholt? Was war denn heute bitte mit ihm los?

Sie drehte den Schlüssel im Schloss und drückte mit der Schulter die schwere Glastür auf.

Aus dem Nichts beschleunigte sich ihr Herzschlag, und ein Frösteln überkam sie.

Irgendetwas stimmte nicht.

Es war still. Viel zu still.

Bestimmt gab es eine ganz einfache Erklärung. Papa schlief wahrscheinlich noch. Doch bisher war er immer schon wach gewesen, wenn sie nach Hause gekommen war. Sie wusste noch nicht, warum, aber etwas in ihrem Inneren, in ihrem Unterbewusstsein wechselte in Alarmbereitschaft.

Sie stellte die Handtasche auf der Kommode im Flur zwischen einer Brigade aus Froschfiguren ab (eine Sammellei-denschaft ihrer Mutter).

Es war sieben Uhr an einem Sonntag. Die anderen schlie-fen wahrscheinlich noch. War Papa gerade beim Bäcker? Sie schaute aufs Schuhregal – seine ausgelatschten Turnschuhe waren an ihrem gewohnten Platz.

Das Ziehen in ihrer Brust verstärkte sich. Als würde je-mand ihr Herz zerknüllen wie einen alten Notizzettel.

Sie lief ins Wohnzimmer. Die Terrassentür stand einen Spaltbreit offen. Carina atmete tief durch. Puh, alles gut! Papa war bestimmt nur hinten im Garten und versuchte seine Blu-men vor dem Verdursten zu retten. Sie wollte die Tür weiter aufschieben und in den Garten treten, da fiel ihr auf, dass das Schloss völlig zerstört war. Herausgebrochene Metallstücke lagen verstreut auf dem Laminat zu ihren Füßen.

Ihr wurde schwindlig. Sie musste sich am Glas abstüt-zen.

Aufgebrochen! Die Tür war aufgebrochen worden!

Papa hatte mal davon erzählt, dass in der Nachbarschaft eingebrochen worden war, sogar am helllichten Tag. Waren ihre Eltern Opfer irgendeiner Diebesbande geworden?

»Hallo!?«, rief sie. »Mama? Papa?«

Keine Antwort.

Außer dem Schloss deutete nichts auf einen Einbruch hin. Wohnzimmer und Küche schienen völlig unangetastet. Keine herausgerissenen Schubladen, nichts, was offensicht-lich gestohlen war, der Fernseher und auch sonst alle elektro-nischen Geräte standen an ihrem Platz, selbst Mamas Geld-börse lag auf der Theke der Durchreiche.

Sie erklomm die Treppe nach oben. Sie hielt sich am Geländer fest, so wacklig war sie auf den Beinen. Was war geschehen? Was war hier nur geschehen?

»MAMA? PAPA?«, rief sie.

Immer wieder.

Immer wieder keine Antwort.

Alle schlafen noch.

Sie schlafen einfach alle tief und fest.

Sie erreichte den Treppenabsatz. Die Holzjalousien waren heruntergelassen, der Flur, von dem die Schlafzimmer und Papas Arbeitszimmer abgingen, war in Zwielicht getaucht.

Und dort, auf dem rutschfesten Kurzflor-Läufer, lag jemand.

. . .

»Achtung, pass auf das Köpfchen auf! Nicht zu tief!«, sagte die Hebamme. »Du willst dein Neugeborenes ja nicht ertränken!«

»Ups!« Janosch hob die Übungspuppe aus der Babywanne und spritzte dabei Wasser über seinen halben Schoß.

Helen, die ihm gegenübersaß, unterdrückte ein Kichern, das ihren Babybauch zum Wackeln brachte. Janosch konnte von Glück sprechen, dass seine Frau so über seine Missgeschicke lachen konnte, statt in Panik zu verfallen.

Er betrachtete das regungslose Puppengesicht. Wenn alles gut lief, würde er in wenigen Tagen nicht mehr einen

Säugling aus Vinyl im Arm halten, sondern aus Fleisch und Blut.

Sein Kind.

Nach wie vor ein surrealer Gedanke. Wahrscheinlich würde er es erst wirklich glauben, wenn das Baby tatsächlich da war.

Ich kann doch nicht einmal richtig auf mich selbst aufpassen.

Ihre Hebamme Yvonne wandte sich zum Glück dem nächsten Pärchen in ihrem Elternvorbereitungskurs zu. Er konnte durchatmen.

»Du machst das gut«, beruhigte ihn Helen.

»Na ja. Letztes Mal hätte ich unser Plastikkind beinahe mit der Windel stranguliert, diesmal fast ertränkt.«

Sie rutschte neben ihn auf ihre Yogamatte und rieb ihm über die Schulter. »Sieh's mal so: Wenn unser Kind dich über-lebt, was soll ihm dann jemals noch etwas anhaben können? Das ist die perfekte Abhärtung!«

Er grinste, zog sie an sich und küsste ihren blonden Schopf.

Noch nicht einmal vier Jahre war es her, dass Helen und er ihr erstes Date gehabt hatten, damals noch mitten in dem Chaos der Nolte-Ermittlungen. Manchmal schaltete das Le-ben unvermittelt in den *Fast-Forward*-Modus und bevor man es überhaupt merkte, spielte es die ganz großen Momente auf seiner Leinwand ab: der erste gemeinsame Urlaub, die Woh-nungssuche, zu zweit die Wände streichen, der Antrag an ei-nem einsamen Strand auf Sardinien, standesamtliche Trau-ung im kleinen Kreis, die Verhütung weglassen, einfach mal schauen, was passiert.

Und dann war es passiert.

Auf einmal maß man die Zeit nur noch in Trimestern und Schwangerschaftswochen. Mittlerweile waren sie schon in der 39. Ganz zu Beginn, als der zweite Strich auf dem Test erschienen war, hatten sie sich geschworen: *Egal was passiert, wir lassen uns nicht verrückt machen!*

Bislang hatte das funktioniert, auch wenn sie fast täglich mit gut gemeinten Tipps und Erfahrungswerten von Freunden, Verwandten und Kollegen zugeschüttet wurden. Aber mit jedem Tag, mit dem der errechnete Geburtstermin näher rückte, stieg Janoschs Anspannung ins Unermessliche. Eine völlig andere Art von Nervosität, als er sie jemals zuvor gespürt hatte, ganz ursprünglich und animalisch. Mehr Reptilienhirn als alles andere. Hoffentlich geht alles gut, das war seit einiger Zeit sein einziger wirklich klarer Gedanke.

»Sooo, meine Lieben!« Yvonne stellte sich in die Mitte des Kursraums und klatschte in die Hände. »Zum Abschluss wollen wir noch ein paar schöne Atemübungen machen, hmm? Wer kann, der macht auch bei den Yogapositionen mit.«

Die Hebamme spielte Meditationsmusik über ihren mitgebrachten Bluetooth-Lautsprecher ab. Nur die ruhigen Klänge und das (mal mehr, mal weniger angestrengte) Atmen der zwölf Paare erfüllte den kleinen Raum im Klinikum Gersfeld. Janosch hatte früher schon einmal einen Yoga-Kurs belegt, weil er gehofft hatte, es würde gegen seine Schlafprobleme helfen. Die meisten Bewegungsabläufe beherrschte er noch und brauchte gar nicht groß darauf zu achten, wie Yvonne sie vormachte.

Mitten in den Vierfüßlerstand hinein drang das energische Vibrieren eines Handys. Die Quelle des nervigen Störgeräuschs machte er schnell als Helens Rucksack aus. Einige der anderen Paare schauten sich schon nach ihnen um. Er merkte, wie ihm heiß und kribbelnd die Röte ins Gesicht stieg. Uff, wie unangenehm!

»Sorry, hab vergessen, es auf Lautlos zu stellen«, sagte Helen angemessen zerknirscht in die Runde. »Hört bestimmt gleich auf!«

Und tatsächlich erstarb das Vibrieren abrupt. Janosch wollte schon erleichtert durchatmen, da fing es erneut an.

»Tut mir echt wahnsinnig leid. Ich geh mal kurz ran.«

Ächzend stand Helen auf, öffnete den Reißverschluss ihres kleinen Sportrucksacks und tippte auf dem Display ihres Handys herum.

Die anderen machten weiter, und auch Janosch versuchte im Flow zu bleiben, hörte aber mit halbem Ohr bei Helen mit.

»Hallo, Mama, ja, wir sind beim Vorbereitungskurs, das hatte ich doch gesagt«, zischte sie. »Du willst mit Janosch sprechen? Muss das wirklich jetzt sein?« Sie schwieg und hörte zu. Als sie dann weitersprach, hatte sich ihr Ton verändert. Sie klang ernst. »Okay, verstehe. Janosch, kommst du einmal schnell?«

Er erhob sich, musste kurz seine Balance suchen und lief hinüber zu Helen.

Sollte es irgendwelche Vorteile bringen, seine Chefin als Schwiegermutter zu haben, so hatte er sie zumindest noch nicht entdeckt. Nun, vielleicht stellte Kriminaldirektorin

Diana Quester auch in diesem Fall – wie so oft – eine Ausnahme dar.

Nicht wenige im Polizeipräsidium Fulda glaubten, er würde jetzt eine ähnlich steile Karriere wie Diana hinlegen, wenn sie im Hintergrund die Fäden zog. Dabei konnte ihm nichts ferner liegen. Er war zufrieden mit seiner Position als Kriminalhauptkommissar. Natürlich freute er sich immer über eine Beförderung und die damit einhergehende Gehaltserhöhung, aber das stand für ihn nicht an erster Stelle. Er wollte seine Aufgabe gut machen, Menschen helfen und an manchen Tagen vielleicht sogar die Welt ein kleines Stückchen besser machen. Wenn er das schaffte, reichte ihm das völlig.

Helen und er gingen vor die Tür. In dem anonymen Krankenhausflur roch es schwach nach Desinfektionsmittel und Filterkaffee.

Für Diana schien seine Rolle als ihr Schwiegersohn vor allem eins zu bedeuten: Er musste ständig für sie erreichbar sein. Ganz zu schweigen davon, dass sie ihn doppelt so hart rannahm wie alle anderen.

Er nahm Helens Handy entgegen und hielt es sich ans Ohr. »Was gibt es?«

»Einen Mehrfachmord.« Diana kam immer unumwunden zum Punkt. Eine der wenigen Eigenschaften, die er definitiv an ihr mochte. »Eine junge Frau hat heute Morgen hier in Grimmbach ihre Eltern, ihren Bruder und ihren Neffen erschossen aufgefunden.« Sie legte eine Pause ein, wahrscheinlich, damit er diese unfassbare Information halbwegs verdauen konnte.

Wie überraschend rücksichtsvoll von ihr.

Vier Mordopfer. Wahrscheinlich waren in Grimmbach im gesamten zurückliegenden Jahrzehnt nicht so viele Menschen gewaltsam ums Leben gekommen. Und jetzt vier auf einmal.

Eine Familienauslöschung, schoss es ihm durch den Kopf. Solche Tragödien wirkten stets weit weg, wie etwas, das ausschließlich in den Nachrichten vorkam. Bis sie dann plötzlich in der eigenen Nachbarschaft geschahen. Aber keine voreiligen Schlüsse ziehen, bläute er sich ein. Noch wusste er überhaupt nichts.

Diana fuhr fort: »Der Fall weist einige Dimensionen auf, die mir allergrößtes Unbehagen bereiten. Ich weiß, du hast heute eigentlich frei, aber ich kann hier gerade nicht auf dich verzichten. Komm so schnell wie möglich vorbei.«

Er runzelte die Stirn. »Was für Dimensionen meinst du denn bitte?«

»Das erkläre ich dir, sobald du da bist. Beeil dich, hier herrscht das absolute Chaos.« Im Hintergrund waren aufgeregtes Stimmengewirr, Motorbrummen und hektische Schritte zu hören. Irgendjemand stellte Diana eine Frage, wurde von ihr aber in scharfem Ton abgewiesen.

»Okay, ich mache mich auf den Weg.« Er rieb sich über die Nasenwurzel. »Wo ist der Tatort?«

Sie gab die Adresse und den Namen der Familie durch.

»Alles klar. Beethovenstraße 23, Sander«, wiederholte er und legte auf.

Helen schaute ihn aus geweiteten Augen an. »Hast du gerade Sander gesagt?«

»Ja, wieso?«

Sie hielt sich die Hand vor den Mund.

»Du kennst doch meine Freundin Carina, von der ich öfter erzähle. Die, die es nicht auf die Hochzeit geschafft hatte. Sie ist Krankenpflegerin auf der Inneren. Ihr Nachname ist Sander! Ist ihr etwas passiert?«

»Hey«, er rieb ihr über die Schultern, »ist ja nicht gesagt, dass es auch wirklich diese Sanders sind.«

Helen lachte bitter. »Glaubst du, es gibt so viele Sanders in Grimmbach?«

Er seufzte. »Stimmt auch wieder.«

»Jetzt geh schon, meine Mutter wartet auf dich.«

»Aber der Vorbereitungskurs …«

Sie lächelte. »Der war doch sowieso so gut wie zu Ende.«

Er zog sie an sich und küsste sie. »Fang jetzt bloß nicht mit Wehen an, während ich weg bin.«

»Keine Sorge, wir haben ja noch ein paar Tage.«

»Warum muss so was auch ausgerechnet jetzt passieren.«

»Tja, das Leben hält sich nur selten an unsere Pläne.«

»Ich wünschte, es wäre das Leben«, hörte er sich selbst sagen. »Da, wo ich hinfahre, ist nur der Tod.«

•••

»Die Moorbrände, die seit Tagen im Roten und Schwarzen Moor wüten, sind unter Kontrolle und zum Großteil gelöscht«, verkündete der Radiosprecher. »Damit gebe es aber noch keine Entwarnung, so ein Sprecher der Feuerwehr

Rhön-Grabfeld, da unterirdische Glutnester noch tagelang wieder aufflammen kö...«

Janosch zog den Zündschlüssel heraus.

Als er aus seinem klimatisierten VW Polo stieg, traf ihn eine ganze Schlagkombination von Eindrücken: Die Morgensonne residierte als Alleinherrscherin an einem wolkenlosen Himmel und stach ihm zielgenau in die Augen. Schon jetzt lag eine trockene, mitleidlose Hitze über der Rhön, die den Schweiß aus jeder Pore trieb. Einsatzfahrzeuge verstopften die schmalen Einbahnstraßen des Komponistenviertels: Streifenwagen, Rettungswagen, Notarztwagen, Zivilfahrzeuge der Kripo-Kollegen, ein Technik-Transporter der Spurensicherung.

Was ihn jedoch am meisten traf, war die Stille.

Eine Stille, die sonntagmorgens in einer Wohngegend wie dieser ansonsten wohl völlig normal gewesen wäre, jetzt aber etwas zutiefst Verstörendes an sich hatte. Anwohner standen in kleinen Grüppchen auf ihren Terrassen oder auf den Bürgersteigen zusammen, Dutzende von Beamten tummelten sich rund um das Haus der Familie Sander. Dennoch war nicht die typische Geräuschkulisse zu vernehmen, die Janosch sonst von Einsatzorten dieser Art kannte: keine Gespräche, keine gebrüllten Anweisungen, keine Funkdurchsagen. Nur verhaltenes Vogelgezwitscher und das monotone Rauschen der Fernstraße.

Als hätten sie sich kollektiv zu einer Schweigeminute entschlossen. Oder die Tat, die in ihrer Mitte geschehen war, hatte ihnen allesamt die Sprache verschlagen.

Manchmal gab es Verbrechen, die einen so sehr aufwühlten, dass sich die eigene Gefühlswelt nicht mehr in Worte fassen ließ. Das hatte Janosch in seinen vier Jahren bei der Kriminalpolizei Fulda jetzt oft genug lernen müssen.

Die Beethovenstraße 23 war weiträumig mit Flatterband abgesperrt worden. Mehrere weiße Zelte standen auf der Straße direkt vor dem Einfamilienhaus.

Ein Hüne mit kurz geschorenen Haaren trat aus einem der Zelte. Er zog gerade den Reißverschluss seines Einweg-Overalls zu, entdeckte Janosch und hob die Hand zum Gruß.

»Janssen, da bist du ja!«

»Nehring!«

Er nickte seinem Kommissariatsleiter kurz zu. Wo Frank Nehring war, konnte Diana Quester nicht weit sein. Praktisch seit Menschengedenken stellte er die rechte Hand der Kriminaldirektorin dar und folgte ihr so treu und dicht wie ein Schatten.

»Ich dachte, ich lasse besser mal deine Schwiegermutter bei dir anrufen. Frau Quester hat noch mal ihre ganz besondere Art und Weise, die frohe Botschaft zu verkünden«, sagte Nehring.

Auf dem Papier war er Janoschs direkter Vorgesetzter, aber darüber setzte sich Diana nur allzu häufig und selbstverständlich hinweg und betraute Janosch selbst mit Aufgaben. Nicht, dass es Nehring etwas ausmachen würde. Diana gegenüber war er so loyal wie ein menschgewordener Bluthund. Man sagte, über die Jahre würden sich Hundebesitzer und ihre Vierbeiner immer ähnlicher sehen. Bei Nehring war es so, dass er zunehmend eins geworden war mit seiner Rolle.

Irgendwo zwischen Rottweiler und Dobermann, dachte Janosch bei einem Blick in Nehrings Gesicht. Allein schon die leicht herabhängenden Wangen erinnerten an die Lefzen eines Hundes, die tief liegenden kleinen Augen taten ihr Übriges. Nehring machte täglich Kraftsport und wäre in einem anderen Leben sicher Profi-Bodybuilder geworden.

Lange hatte Janosch ihn als knurrigen, arg reaktionären Grobian abgestempelt. Bis Nehring ihn vor knapp zwei Jahren dazu eingeladen hatte, gemeinsam mit ihm zu trainieren. Er besuchte kein Studio der auf Hochglanz getrimmten großen Ketten, sondern ein familiäres Hinterhof-Gym am Stadtrand von Fulda mit angeschlossenem Boxverein.

»So ein bisschen Pumpen tut dir bestimmt mal gut«, hatte Nehring gesagt und ihm so heftig auf die Schulter geklopft, dass Janosch einen Moment die Luft weggeblieben war.

Nach einigem Zögern hatte Janosch sich darauf eingelassen und Nehring nach Feierabend begleitet. Das Studio hatte eine angenehme Atmosphäre mit einem bunt durchmischten Publikum. Er hatte sich gleich wohlgefühlt. Nehring hatte sich eigens für ihn einen Trainingsplan überlegt und den mit ihm durchgezogen. Seitdem kam Janosch regelmäßig in dem Laden vorbei, auch ohne den Kommissariatsleiter.

Bei ihren Trainingseinheiten hatte sich Nehring ihm nach und nach von einer gänzlich anderen Seite gezeigt, einer, die Janosch nie an ihm vermutet hätte. Der Muskelberg hatte von der Multiplen Sklerose seiner Frau erzählt, von seinen Selbstzweifeln und davon, dass das Studio für ihn wie eine Flucht aus dem Alltag war.

Außerdem behielt er recht: Die Zeit an den Geräten und

später im Freihantelbereich und am Boxsack tat Janosch wirklich gut. Er hatte gerade so die Mindestgröße für den Polizeidienst. Ein Umstand, der sich wie eine dicke hässliche Schramme quer über sein Selbstwertgefühl zog. Er baute nicht viel Muskelmasse auf, aber allein zu spüren, wie sein Körper kräftiger und ausdauernder wurde, verlieh ihm ungeahnte neue Selbstsicherheit.

Janosch schlüpfte ebenfalls in einen Overall, zog Überschuhe, Gummihandschuhe und eine medizinische Gesichtsmaske über.

»Wie sieht's dadrin aus?«, fragte er, seine Stimme von der Maske gedämpft.

»Übel. Ich hoffe, du hast noch nicht gefrühstückt.« Nehring knirschte mit den Zähnen. Sein typischer Blick, wenn er sich am liebsten eine Gauloises anzünden würde. Seit etwa einem Monat versuchte er mit dem Rauchen aufzuhören und tapezierte seinen Körper mit Nikotinpflastern voll.

»Wo finde ich Diana?«

»Obergeschoss. Ich bring dich hin.«

Sie durchquerten den Vorgarten und wichen zwei Kriminaltechnikern aus, die ein Kamerastativ ins Haus trugen.

Im Vorbeigehen besah Janosch die Eingangstür. Augenscheinlich war das Schloss nicht aufgebrochen worden.

»Wie ist der Täter reingekommen?«

»Die Terrassentür ist aufgebrochen worden. Extrem professionell, wie ich dazu sagen muss. Unser Techniker hat nicht schlecht gestaunt, als er das Schloss untersucht hat. Meinte, dass er so saubere Arbeit das letzte Mal gesehen hat, als er eine Fortbildung bei einem Schlüsseldienstmonteur gemacht hat.« Nehring holte tief Luft. »Ich wäre auch vorsichtig damit, nur von einem Täter zu sprechen. So, wie das hier aussieht, könnten das problemlos auch zwei gewesen sein. Oder gleich ein ganzes Killerkommando.«

Der Kommissariatsleiter deutete die Treppe herauf, aber Janosch hob die Hand. »Kann ich mich noch einen Augenblick hier unten umschauen?«

»Tu dir keinen Zwang an. Aber du weißt es ja selbst nur zu gut: Eine Diana Quester lässt man besser nicht zu lange warten.«

»Das Risiko nehme ich in Kauf«, murmelte Janosch, schon halb in die Betrachtung des großzügig geschnittenen Wohnzimmers versunken. Irgendjemand hier steht auf jeden Fall auf Frösche, dachte er. Überall tummelten sich Figuren der Amphibien, mal aus Keramik gefertigt, mal aus Draht, als Kerze, Blumentopf oder Serviette. Auf einer Kommode standen auch einige Fotos, natürlich reichlich von Fröschen flankiert.

Die Lebensereignisse der Familie Sander, komprimiert auf ein Dutzend gerahmter Bilder. Auch ihr Ende würde abgelichtet werden – von Tatortfotografen, mit grellem Blitz und professionell distanziertem Auge für jedes noch so brutale Detail. Fotos, die niemals einen Platz auf dieser Kommode finden sollten.

Noch wusste Janosch rein gar nichts über die Bewohner des Hauses, und er bemühte sich, ein Gespür für diese Familie zu bekommen. Das zählte nicht nur für die anstehenden Ermittlungen, sondern das lag ihm auch am Herzen. Er wollte sie nicht einfach nur als Mordopfer sehen, sondern als Menschen.

Was ist die Chronologie dieser Bilder?, fragte er sich. Die älteste Aufnahme musste ein Hochzeitsfoto sein, wahrscheinlich Ende der Achtziger oder Anfang der Neunziger aufgenommen, wenn man sich die Frisuren und den Kleidungsstil ansah. Der Bräutigam mit welligem schulterlangem Haar, Schnurrbart und Brille, die Braut mit hellblondem Pony, schmalen Zügen und starker Bräune. Darauf folgten die Schnappschüsse aus einem klar geordneten, klassischen Lebensentwurf: Der Sohnemann am Strand, vielleicht drei oder vier Jahre alt, viel zu große Schirmmütze, die Schaufel konzentriert in eine Sandburg vergraben.

Das nächste Bild, jetzt mit seinem neugeborenen Schwesterchen im Arm.

Ein weiteres. Die Tochter, im Kindergarten-Alter, kniet vor einem Kaninchenstall und herzt eines der Tiere.

Familienfoto vor einem reichlich geschmückten Weihnachtsbaum, der Sohn nun ein aufmüpfig dreinschauender Teenager, die schüchtern lächelnde Tochter anscheinend das Nesthäkchen.

Einschulungs- und Konfirmationsfotos von beiden Kindern.

Schließlich ein Zeitsprung zwischen den Aufnahmen. Der Sohn war bereits selbst ein Erwachsener, Janosch schätzte ihn auf Mitte zwanzig. Er saß mit einer ungefähr gleichaltrigen Frau auf einem Ledersofa, zwischen ihnen ein Maxi-Cosi, in dem ein Baby schlief.

Aus dem rebellisch in die Kamera funkelnden Teenager

war ein zugepiercter und -tätowierter hagerer Typ geworden. Das Einzige, was an ihm gleich geblieben war, war sein abweisender Blick. Er mochte es offenbar wirklich nicht, fotografiert zu werden. Janosch legte den Kopf schief. Gehörte das Logo auf seinem T-Shirt nicht zu einer berühmt-berüchtigten Rechtsrock-Band?

Der Bilderrahmen daneben war umgedreht worden. Janosch runzelte die Stirn. Er drehte das Bild um. Ein Hochzeitsfoto. Den Gesichtszügen nach zu urteilen, musste das die Tochter sein, die da mit Mitte zwanzig heiratete. Das Gruppenbild zeigte das Brautpaar, die beiden Trauzeugen und die Eltern. Ihr frisch angetrauter Mann hatte einen dichten Vollbart, eine goldumrahmte Brille und war etwas stämmig. Sein hellbeiger Leinenanzug wirkte mindestens eine Nummer zu eng.

»Janssen!«, bellte Nehring aus Richtung der Treppe. »Kommst du endlich?«

Er riss sich von der Betrachtung los. Noch waren die Leute auf den Fotos nur Fremde für ihn, aber im Laufe der Ermittlungen würde er mehr über sie in Erfahrung bringen, als wohl selbst ihre engsten Freunde über sie wussten. Ihre beruflichen Werdegänge, ihre finanzielle Situation, ihr Umfeld, ihre Geheimnisse, ihre inneren Verwerfungen. Wie sie gedacht hatten, wie sie gefühlt und gelebt hatten.

»Ich komme!«, rief Janosch.

Als Erstes würde er jedoch unweigerlich herausfinden, wie sie gestorben waren.

• • •

Diana Quester erwartete Janosch und Nehring am Treppenabsatz. Sie trug ebenfalls einen weißen Overall, unter dem sich bestimmt einer ihrer typischen Designer-Hosenanzüge verbarg.

»*Meine Rolle hat auch eine repräsentative Seite*«, hatte Diana mal über ihren Kleidungsstil gesagt. »*Und was ich repräsentieren will, ist absolute Professionalität.*«

Janosch glaubte, dass man das bestimmt auch mit erschwinglicherer Mode hinbekam, hatte diesen Kommentar aber besser für sich behalten.

Ehe er Nehring folgen konnte, hielt sie ihm die Hand vor die Brust.

»Janosch, gut, dass du da bist«, sagte sie. »Bevor wir uns die Toten ansehen, will ich dich nur kurz vorwarnen.«

Nach wie vor war es ungewohnt, von ihr geduzt zu werden. Normalerweise legte sie im Dienst extremen Wert auf das Siezen, doch bei ihrem Schwiegersohn hatte selbst sie irgendwann eingesehen, dass es etwas überzogen war.

»Sind die Opfer so schlimm zugerichtet?«, fragte er.

»Nein, das nicht. Es geht nicht um sie, es geht um dich. Du schaust jetzt auf sie mit den Augen eines Vaters, nun, eines werdenden Vaters. Zumindest bei mir war es so, dass sich etwas an meiner Reaktion veränderte, als ich Helen bekam.« Ihre grauen Augen schauten aus dem schmalen Schlitz zwischen Overall-Kapuze und Gesichtsmaske hervor. Die Härte, die sonst in ihrem Blick lag, war komplett herausgefiltert. »Ein Tatort mit Kindern ist nie einfach zu verdauen, selbst für gestandene Beamte. Wenn man selbst welche hat, potenziert sich dieser Effekt noch einmal enorm. Ich wollte nur, dass du das weißt.«

»Danke«, sagte er aufrichtig und fragte: »Was sind diese besonderen Dimensionen, von denen du gesprochen hast?«

»Dazu komme ich gleich. Machen wir uns zunächst gemeinsam ein Bild.«

Sie nickte ihm noch einmal sich vergewissernd zu, dann wechselten ihr Blick und ihre Tonlage in einen höheren Härtegrad.

»Wir haben es mit insgesamt vier Todesopfern zu tun«, erklärte Diana, während sie den Flur entlangliefen und zu Frank Nehring aufschlossen. »Großelternpaar, Sohn, Enkel.«

»Haben alle hier gewohnt?«

»Nein, Sohn und Enkel haben nur von gestern auf heute übernachtet. Wer hingegen gerade fest hier wohnt und auch gemeldet ist, ist die Tochter. Carina Sander.«

»Sie hat die Leichen gefunden?«

»Exakt. Sie lebt hier übergangsweise nach der Scheidung von ihrem Mann.«

»Aha«, machte Janosch. »Ein Ex-Partner …«

»Ruhig, Brauner!«, sagte Nehring. »Schauen wir uns erst einmal in Ruhe um, bevor wir irgendwelche vorschnellen Schlüsse ziehen.«

Der erste Tote lag bäuchlings auf einer Türschwelle, sein verdrehter Oberkörper auf einem Läufer im Flur, sein Unterkörper auf dem Laminatboden des angrenzenden Zimmers. Der Teppich hatte Unmengen von Blut aufgesogen und war tiefdunkel gefärbt. Der Tote trug Boxershorts und ein Unterhemd, wahrscheinlich sein Schlaf-Outfit.

Der Kopf war zur Seite gedreht, Augen und Mund weit aufgerissen. Das hagere Gesicht, die Tätowierungen, zwar keine Piercings mehr, aber immer noch die Löcher … Janosch erkannte ihn von den Familienfotos wieder.

»Maximilian Sander, siebenunddreißig Jahre alt, Kfz-Meister mit eigener Werkstatt, außerdem mit einer höchst illustren Vergangenheit«, ratterte Nehring herunter.

»Was heißt das?«, fragte Janosch.

»Gleich.« Diana warf Nehring einen Seitenblick zu.

Janosch verdrehte die Augen. Warum hielten sie ihn so hin? Was sollte die Geheimniskrämerei?

»Schuss in den Kehlkopf aus geringer Entfernung«, las Nehring von einem Notizzettel ab. »Das erklärt auch den heftigen Blutverlust, so was habe ich selten gesehen.«

Sie verharrten einige Momente schweigend über dem Toten, bis Diana schließlich sagte: »Gehen wir weiter.«

Dabei streifte ihr Blick abermals Janosch. »*Mach dich gefasst*«, sprach aus diesem Blick.

Sie traten über den Leichnam hinweg durch die Zimmertür. Die Jalousien waren heruntergelassen, und schmale, grelle Lichtstreifen fielen hindurch. Die Deckenlampe war eingeschaltet, sodass ihnen dennoch bedauerlicherweise nichts verborgen blieb. Der Raum diente augenscheinlich als Arbeitszimmer. Unter dem Fenster stand ein ausladender Massivholz-Schreibtisch, davor ein mächtiger, abgewetzter Ledersessel. Regale türmten sich an den Wänden auf, vollgestellt mit Aktenordnern und Mappen, aber auch Brettspielen, Belletristik, allerlei Reise-Mitbringseln und Fotos. In die ge-

genüberliegende Wand war ein etwa schuhkartongroßer Tresor eingelassen, geöffnet und leer geräumt.

»Also doch ein Raubmord?«, meinte Janosch.

Diana verschränkte die Arme vor der Brust. »Das ist momentan die naheliegendste Theorie.«

»Der Tresor wurde nicht aufgebrochen«, ergänzte Nehring. »Entweder hat der Täter den Code aus den Bewohnern herausgepresst …«

» … oder er hat ihn von Anfang an gekannt«, sagte Janosch atemlos. Das konnte dafür sprechen, dass der Täter aus dem direkten Umfeld der Familie stammte.

Janosch brachte sich dazu, auf die Stelle des Zimmers zu sehen, die sein Blick bislang gemieden hatte. Eine Luftmatratze und das ausgeklappte Bettsofa bildeten die Schlafstätte von Vater und Sohn. Die Matratze war verwaist, die dünne Tagesdecke zerwühlt, hier musste Maximilian Sander geschlafen haben.

Die gestreifte Bettwäsche des Bettsofas war von Blutflecken und Einschusslöchern übersät. Daunenfedern verteilten sich überall auf dem Fußboden. Auf einem kleinen Rattantisch stand eine halb ausgetrunkene Tasse Kakao, daneben lagen eine Nintendo Switch und ein Brillenetui mit buntem Dinosaurier-Motiv.

»Paul Sander, elf Jahre alt, besuchte ein Gymnasium in Fulda«, sagte Nehring mit kratziger Stimme.

Janosch war dankbar dafür, dass der Leichnam des Jungen unter der Bettdecke verborgen blieb.

»Ich habe zwei Hypothesen zu der Decke«, sagte Diana. »Es könnte sein, dass sich Paul aus Angst unter ihr versteckt hat. Eine andere Möglichkeit wäre, dass der Täter selbst die Decke über ihn gebreitet hat, bevor er geschossen hat. Vielleicht weil er es nicht ansehen wollte.«

Nehring zog die Nase hoch. »Würde heißen, dass er zumindest irgendeine entfernte Art von Gewissen hat.«

»Er musste ins Arbeitszimmer, um an den Tresor zu gelangen«, überlegte Janosch laut. »Wäre nicht ausgeschlossen, dass er nicht mit den beiden gerechnet hat. Immerhin waren sie nur zu Gast.«

»Ich habe genug gesehen«, sagte Diana. »Werfen wir einen Blick auf die Großeltern.«

Eine weitere Treppe führte auf den Spitzboden, den die Hausbesitzer zu ihrem Schlafzimmer auserkoren hatten. Mitten über dem bestimmt eins achtzig breiten Boxspringbett hatten die Kriminaltechniker das Kamerastativ aufgebaut, um den Tatort als Ganzes festzuhalten. Die Bettwäsche war dunkelblau, deshalb waren Blutflecken zunächst nicht auszumachen.

»Gregor Sander, vierundsechzig Jahre alt, Sicherheitsreferent in der Chemiebranche im Ruhestand.« Frank Nehring betätigte sich weiter in seiner Rolle, diejenigen vorzustellen, die es selbst nicht mehr konnten.

Herr Sander lag auf dem Rücken, die Arme nach unten ausgestreckt, aufgebahrt, so als wäre dies von Anfang an als sein Totenbett gedacht gewesen. Das sonnengegerbte, von einem grauen Walrossbart dominierte Gesicht war friedlich, die Augen geschlossen. Lediglich die Eintrittswunde an seiner Schläfe kündete von der Gewalttat, ein dunkles Loch mit verkrustetem Blut.

Auf seinem Nachttisch lagen ein Roman von John Grisham, eine Packung verschreibungspflichtige Schlaftabletten (Janosch hatte sie selbst einmal eine kurze Zeit lang genommen) und ein Smartphone.

Frau Sander lag nicht so friedvoll da wie ihr Mann. Sie hing mit dem Oberkörper halb aus dem Bett heraus, das Nachthemd aus Leinen am Rücken von mehreren Einschusslöchern durchsiebt. Das Wasserglas auf ihrem Nachttisch war umgekippt, ein Selbsthilfebuch zur Entdeckung des eigenen inneren Kindes und ein Handventilator heruntergefegt.

»Ich gehe davon aus, dass der Täter sehr wahrscheinlich eine schallgedämpfte Waffe verwendet hat«, sagte Diana. »Meine Theorie ist bislang, dass er zuerst das Ehepaar Sander hier im Bett getötet hat. Sohn und Enkel sind dann möglicherweise durch Schreie oder Tumult wach geworden. Maximilian Sander ist aus dem Arbeitszimmer getreten, der Täter hat ihn dann vom Flur aus erschossen. Das würde erklären, warum wir ihn auf der Türschwelle aufgefunden haben.«

Janosch betrachtete Frau Sanders von platinblond gefärbten Strähnen umfasstes Gesicht eingehender. Trotz der schreckgeweiteten Augen und dem zum lautlosen Schrei verzogenen Mund meinte er, ihre aristokratisch anmutenden Züge wiederzuerkennen. Schon bei den Familienfotos hatte er das Gefühl gehabt, sie bereits einmal gesehen zu haben, allerdings konnte er sie nicht genauer zuordnen.

»Irgendwoher kommt sie mir bekannt vor.«

»Vielleicht von einem Wahlplakat«, sagte Nehring. »Beate Sander, sechsundfünfzig, war Kommunalpolitikerin und hat auch mal für zwei Amtszeiten im Kreistag gesessen.«

Diana fügte hinzu: »Politisch war sie eher links der Mitte angesiedelt. Sozialdemokratin.«

Janosch meinte, die Wahlwerbung mit ihren austauschbaren Sprüchen rund um Freiheit, Sicherheit und starke Wirtschaft wieder vor sich zu sehen. Außerdem regte sich da noch etwas in seiner Erinnerung, peripher aufgeschnappte Versatzstücke aus dem Radio und der Zeitung.

»Gab es nicht vor Kurzem eine größere Debatte, an der sie beteiligt war?«

»Sie war eine große Befürworterin des neuen Flüchtlingsheims im Süden von Grimmbach, gleich neben den Sportplätzen«, sagte Nehring. »Du kannst dir sicher vorstellen, dass sie damit in gewissen Kreisen nicht gerade auf große Gegenliebe gestoßen ist.«

Diana stieß einen tiefen Seufzer aus. »Damit kommen wir auch zu der Thematik, die diesen Fall so brisant macht. Frau Sander sah sich seit einigen Monaten Drohungen aus der rechten Szene ausgesetzt. Morddrohungen per Mail und per Post, die Veröffentlichung ihrer Privatadresse in einschlägigen Foren und den sozialen Medien, das volle Programm.«

»Wir haben es also möglicherweise mit einem politisch motivierten Verbrechen zu tun«, konstatierte Janosch.

»Du kannst dir ungefähr vorstellen, was das für einen Rattenschwanz mit sich bringt. LKA, Generalbundesanwalt, vielleicht auch der Verfassungsschutz, alle werden mitreden wollen. Von der Medienaufmerksamkeit will ich gar nicht erst anfangen …«

»Für die Ermittlungen kann das doch von Vorteil sein.

Wir werden mehr Ressourcen zur Verfügung gestellt bekommen.«

»Ach, Janosch!« Diana verdrehte die Augen. »Manchmal weiß ich nicht, ob das bei dir noch Optimismus oder schon pure Naivität ist.«

Da ist sie wieder, die alte Diana Quester, dachte Janosch. Sprüche wie diesen hatte sie ihm früher praktisch in Dauerschleife reingedrückt. Seit er ihr Schwiegersohn war, hielt sie sich zwar mit ihren sarkastischen und stichelnden Kommentaren zurück, ab und an konnte sie es sich aber wohl nicht verkneifen.

»Wie auch immer«, meinte Nehring, »wo fangen wir an?«

»Ich habe gleich einen Termin mit Staatsanwalt Nussbaum und irgendeinem Vertreter aus dem Innenministerium, da kläre ich die Zuständigkeiten. Ich werde natürlich dafür sorgen, dass wir die Zügel in der Hand behalten«, sagte Diana, trat an das Dachfenster und schaute auf die Wohnsiedlung herunter. »Das ist eine dieser Nachbarschaften, wo jeder jeden kennt, jeder irgendetwas sieht, jeder etwas mitkriegt, jeder etwas vermutet. Hören wir uns um.«

Auf dem Weg hinaus wanderte Janoschs Blick noch einmal in den Wohn-Essbereich der Sanders. Auf dem Herd stand noch ein Topf, vielleicht Reste des Abendbrots.

Auf dem großen Esstisch war ein Monopoly-Spiel (die Star-Wars-Edition) ausgebreitet, überall Karten, buntes Spielgeld und Figuren. Gestern Abend war es höchstwahrscheinlich für den Jüngsten zu spät geworden, und sie hatten die Partie auf Sonntagvormittag vertagt.

Eine stinknormale Familie, ging es Janosch durch den Kopf. Eine ganz normale Familie, über Nacht wie durch ein infernalisches Fingerschnipsen ausgelöscht. Seine Herzregion verkrampfte sich. Er schluckte trocken. So grausam die Leichenfundorte auch gewesen waren, diese Eindrücke hier trafen ihn noch härter; dieser unschuldig anmutende Alltag, der so abrupt zerstört worden war.

Sein Handy vibrierte. Helen hatte geschrieben:

»Schau bitte nach Carina. Sie antwortet mir gerade nicht. Wir könnten sie auch ein paar Tage bei uns wohnen lassen, wenn sie möchte.«

Quester, Nehring und er traten ins Freie.

Die Stille, die noch bei seiner Ankunft geherrscht hatte, war verschwunden. Hektisches Stimmengewirr lag nun über der Straße. Hinter dem Flatterband drängten sich Kamerateams und Schaulustige. Journalisten streckten ihre Handys den Ermittlern entgegen, lechzend nach jedem noch so kleinen Fitzel an Informationen. Der Bestatter kam gerade an und versuchte, sich mit dem Leichenwagen in Schrittgeschwindigkeit durch die Menge zu bewegen.

Stellwände sorgten notdürftig für etwas Sichtschutz, ansonsten waren sie den Blicken der Öffentlichkeit machtlos ausgeliefert.

Gleich am Rande des Vorgartens parkte ein Rettungswagen, die Hecktüren standen offen. Janosch sah eine Frau auf der Behandlungsliege, ungefähr im gleichen Alter wie er und Helen, die heftig schluchzte und das Gesicht in den Händen verbarg. Eine Rettungssanitäterin und ein Mann, den Janosch für einen Notfallseelsorger hielt, redeten beruhigend auf sie ein.

Das musste Carina Sander sein.

»Entschuldigt mich einen Moment«, sagte Janosch zu Nehring und Quester und lief zu dem Krankenwagen herüber.

Als die Sanitäterin ihn sah, funkelte sie ihn aus verengten Augen an. »Frau Sander ist noch nicht für eine Vernehmung bereit, das sehen Sie hoffentlich selbst! Bitte, geben Sie ihr etwas Raum!«

Abwehrend hob er die Hände. »Nichts läge mir ferner, als sie zu bedrängen.«

Carina Sander blickte auf. Es fiel ihm schwer, sich wirklich ein Bild von ihren Zügen zu machen, so sehr war ihr Gesicht von Trauer verzerrt, die Augen verquollen und gerötet, dunkelblonde Strähnen klebten ihr auf Stirn und Wangen.

»Mein Name ist Janosch Janssen«, sagte er. »Ich bin von der Kriminalpolizei, aber darum geht es mir gerade gar nicht. Ich bin der Mann von Helen.«

»Ah«, sagte sie und zog geräuschvoll die Nase hoch. »Du bist also der Janosch.«

Er stieg in den Wagen und ging in die Hocke, um mit ihr auf Augenhöhe zu sein. »Erst einmal möchten Helen und ich unser aufrichtiges Beileid aussprechen. Falls wir irgendetwas tun können … irgendwie helfen können, dann lass es uns einfach wissen, ja? Helen hat auch vorgeschlagen, dass du bei uns unterkommen könntest.«

Sie blinzelte heftig und wischte ihre Tränen weg, was nur wieder freie Bahn für die nächsten machte.

Dieser unfassbare Schmerz, der aus ihr sprach. Janosch kam sich ihm gegenüber hilflos vor, wusste nur zu gut, dass Carina in diesem Moment weder gut gemeinte Trauerbekundungen noch große Gesten etwas nutzten. Nichts half hier. Nur Zeit, sehr viel Zeit.

Papa …

Auch ihm hatte der Tod damals einen unangekündigten Besuch abgestattet. Janosch konnte das, was Carina gerade durchmachte, wohl besser nachfühlen als die meisten anderen hier. Vielleicht hatte das zu seinem spontanen Impuls geführt, zu ihr herüberzugehen.

»Vielleicht ist das gar keine so schlechte Idee, wenn das keine Umstände macht«, sagte Carina schließlich mit brüchiger Stimme. »Ich … ich weiß gerade echt nicht, wo ich übernachten soll. Ich will nicht ins Krankenhaus. Unsere Nachbarn, die Kreys«, sie nickte in Richtung des angrenzenden Grundstücks, »haben zwar auch angeboten, dass ich bei ihnen unterkommen könnte, aber das … das ist mir einfach zu nah.«

»Das kann ich verstehen.«

»Meint ihr, das ginge denn? Bei euch zu bleiben?«

»Ja, Helen hat es vorgeschlagen«, sagte er, doch etwas davon überrumpelt, dass sie sofort darauf einging.

»Wenn's nicht geht, dann …«

»Nein, nein, alles gut. Helen kann dich vielleicht auch direkt abholen.«

Was sollen wir machen, wenn dann das Baby kommt?, meldete sich eine Stimme in seinem Hinterkopf, aber er stellte seine Bedenken zunächst einmal zurück. Dafür würden sie schon eine Lösung finden. So ganz wohl fühlte er sich nicht damit, eine Zeugin bei sich unterzubringen. Es widersprach allen Richtlinien und konnte ihn in Teufels Küche bringen. Doch seine Entscheidung stand jetzt fest. Was zählte, war, dass sie Carina helfen konnten. Und vielleicht half es am Ende sogar den Ermittlungen weiter, wenn sie sie bei sich hatten und er offen mit ihr sprechen konnte?

»Danke. Wirklich, tausend Dank«, sagte sie.

»Keine Ursache.« Er holte sein Handy heraus und wählte Helens Nummer.

Dabei streifte ihn ein Gedanke, der ihm trotz der erdrückenden Hitze eine Gänsehaut bereitete: Was, wenn der Täter oder die Täterin wirklich die gesamte Familie Sander hatte auslöschen wollen? Wenn es nur ein Zufall gewesen war, dass Carina überlebt hatte? Machte er dann sich selbst und seine Familie zur Zielscheibe?

IN HÖCHSTEM MASSE PROFESSIONELL

25. August 2022
14:30 Uhr

»Frau Quester!«

Ein Kollege von der Bereitschaftspolizei spurtete im Eiltempo auf sie und Nehring zu, die gerade dem vorläufigen Bericht der Spurensicherung lauschten.

»Langsam, langsam!«, herrschte Diana den jungen Kollegen an. »Sie sind hier im Dienst, nicht auf der Rennstrecke.«

Der sommersprossige Kerl bremste ab und holte tief Luft. »Sorry, aber … wir haben die Tatwaffe gefunden.«

»Sie haben *möglicherweise* die Tatwaffe gefunden«, korrigierte sie ihn. »Bevor wir handfeste Beweise haben, achten Sie bitte auf Ihre Wortwahl. Am Ende laufen Sie noch einem Reporter vor die Flinte.«

Dennoch gab sie sich selbst kurz einem leichten Triumphgefühl hin. Das Gespräch mit der SpuSi war ernüchternd gewesen. Zwar wimmelte es im Haus der Sanders nur so vor DNA-Spuren, allerdings würde es ein kompliziertes und langwieriges Puzzlespiel darstellen, diese zu sammeln und zuzuordnen. Gehörten sie zu den Familienmitgliedern?

Ihren Gästen? Handwerkern? Lieferanten? Oder tatsächlich dem Täter?

Ansonsten hatte er, so machte es zumindest aktuell den Eindruck, keine Spuren hinterlassen. Selbst die Patronenhülsen hatte er aufgesammelt. Er würde es ihnen nicht leicht machen, so viel stand fest.

Wenn sie wirklich so früh auf die Tatwaffe gestoßen waren, hätten sie zumindest schon einmal einen Teilerfolg vorzuweisen – gegenüber der Staatsanwaltschaft und, was eigentlich noch mehr zählte, gegenüber den Medien.

»Also, was haben Sie aufgetrieben?«, fragte sie den Beamten. »Wie heißen Sie eigentlich?«

»Reuber mein Name … kommen Sie, ich zeig es Ihnen.«

Nehring und sie folgten ihm mit schnellen Schritten die Beethovenstraße herunter. Ein Pulk von Journalisten stürzte sich auf sie, als sie sich unter dem Flatterband hindurchbückten. Ihre Fragen umschwirrten sie wie ein besonders lästiger Schwarm Mücken:

»Frau Quester, Frau Quester, gibt es schon erste Hinweise?« – »Können wir von einem rechtsnationalen Täter ausgehen?« – »Werden Sie persönlich die Ermittlungen leiten?«

Stoisch hielt sie den Blick nach vorne gerichtet und marschierte an ihnen vorbei. Dabei rempelte sie auch einen Fotografen zur Seite, der den Fehler gemacht hatte, ihr den Weg zu versperren.

Sie bogen ab und gelangten zu einer weitreichend abgesperrten Bushaltestelle. Zwei weitere Beamte beäugten konzentriert den Mülleimer, der am Haltestellenschild befestigt war. Die Medienmeute brandete gegen die Absperrung und blieb hinter ihnen zurück. Diana atmete erleichtert auf.

»Lasst uns kurz mal hier dran«, sagte der Beamte namens Reuber zu seinen Kollegen und dann wieder zu Nehring und Diana: »Wir haben einfach mal auf gut Glück die nähere Umgebung abgesucht. Hätte nie im Leben gedacht, dass wir so schnell fündig werden.«

Reuber schaltete seine Taschenlampe ein und leuchtete mit ihr den Mülleimer aus. Einige Wespen stoben aufgeschreckt davon. Beißender Abfallgestank waberte ihnen entgegen. Zwischen Trinkpäckchen, Bananenschalen, zerknüllten Brötchentüten und Kaugummis lagen die Einzelteile einer Pistole.

»CZ 75«, meinte Nehring, nachdem er die Teile genauer in Augenschein genommen hatte. »Da, weiter unten liegt auch der dazugehörige Schalldämpfer. Und ganz wie ich vermutet habe: keine Seriennummer.«

»Was ist mit den schwarzen Sachen darunter? Das sieht aus wie Stoff!« Diana griff mit den behandschuhten Fingern hinein und förderte einen dunklen Kapuzenpullover zutage.

Sie krempelte ihn um, besah Kragen und Saum. »Na klar, die Etiketten sind herausgeschnitten.«

»War nicht anders zu erwarten«, knurrte Nehring. »Die kaltblütige Vorgehensweise, Waffe ohne Seriennummer, die Kleidung ohne Etikett … wir haben es hier vermutlich mit jemandem zu tun, der so was nicht zum ersten Mal gemacht hat.«

»Ein Auftragsmörder in Grimmbach?«

»Hab gehört, dass man die heutzutage einfach übers

Darknet buchen kann wie einen Handwerker. Wahrscheinlich kommt man noch leichter an so einen ran als an einen Klempner.«

»Das Modell könnte auf jemanden mit einem polizeilichen oder militärischen Hintergrund hindeuten«, überlegte Diana. »Aber wenn es ein Profi-Killer war, stellt sich die Frage: Wer hat ihn beauftragt? Und warum?«

•••

»Um von Diana Quester geduzt zu werden, muss man also einfach nur ihre Tochter heiraten.« Tarek schlürfte an seinem Thermobecher, aus dem die Etiketten mehrerer Teebeutel heraushingen. Er hielt ihn Janosch hin. »Auch einen Schluck? Ist Pfefferminze. Ich weiß, es sind Beutel, ein Frevel, aber in der Kürze der Zeit konnte ich mir nicht mehr was Ordentliches aufgießen …«

»Nein, danke«, erwiderte Janosch. »Ich verstehe auch nicht, wie du bei diesem Wetter noch etwas Warmes trinken kannst!?«

»Lauwarm! Lauwarme Getränke sollen bei Hitze besser für den Körper sein als eisgekühlte.«

Kriminalhauptkommissar Tarek Güler und Janosch teilten ein Büro im Präsidium und ihre Leidenschaft für guten Tee. Als Janosch 2018 von Frankfurt zurück nach Fulda versetzt worden war, war Tarek fast zeitgleich aus Duisburg gekommen. Schon vom ersten Tag an hatten sie sich blendend verstanden, und inzwischen verband sie eine unverwüstliche Freundschaft.

Aufgrund der Ausmaße, die dieser Fall annahm, waren weitere Beamte hinzugezogen worden. Janosch war heilfroh darüber, dass einer von ihnen Tarek war, auch wenn dieser seine Freude nicht ganz teilte: »*Da will man einmal schön ins Freibad gehen und dann so was!*«

Die beiden hatten sich dazu entschlossen, von Tür zu Tür zu gehen und die Nachbarn zu befragen.

Sie hatten bei den Häusern auf der gegenüberliegenden Straßenseite begonnen, allerdings mit höchst überschaubarem Erfolg. Niemandem war etwas aufgefallen. Selbstverständlich hatten sie allen Gesprächspartnern ihre Visitenkarten in die Hand gedrückt und um Rückruf gebeten, falls ihnen im Nachhinein doch noch etwas einfallen sollte, große Hoffnungen machte sich Janosch allerdings nicht.

Nur eine Mittvierzigerin, die ihnen in platschenden Flipflops, Bikini und einem wohl rasch übergezogenen, nass am Körper klebenden Olympia-2004-Shirt die Tür geöffnet hatte, hatte ihnen etwas Interessantes zu sagen gehabt, auch wenn es nur eine höchst vage Information gewesen war. Die Farbe ihrer Haut lag irgendwo zwischen Hummerrot und Brathähnchen. Sie erschien wie eine menschgewordene Werbung für Sonnencreme.

»Na ja, der Gregor, der hatte in letzter Zeit regelmäßig Damenbesuch. So eine schick gekleidete Frau Ende dreißig. Kam immer, wenn die Beate außer Haus war, und Gregor tat ganz geheimnistuerisch, wenn sie rumkam. Die brauste in ihrem Audi an, und Gregor hat sie von ihrem Wagen abgeholt und dafür gesorgt, dass sie schnellstmöglich bei ihnen in der Tür verschwindet. Ich lieg ja meistens im Pool, da habe ich das alles mitbekommen.«

Dass sie den Großteil ihrer Tage auf einem Schwimmring treibend im Pool verbrachte, glaubte Janosch ihr aufs Wort.

Selbstverständlich hatten sie die Aussage der Frau aufgenommen, jedoch konnte sie sich weder an das Kennzeichen des Audis noch an das genauere Aussehen der Besucherin erinnern. So war es momentan nicht viel mehr als flüchtiger Nachbarschaftstratsch.

Dementsprechend entmutigt durchquerten sie den Vorgarten der Nachbarn direkt links von den Sanders. Vor dem Haus stand ein etwas in die Jahre gekommener Strandkorb, der blau-weiße Stoff vergilbt, die Holzelemente verwittert. Auf dem Rasen verteilten sich kupferfarbene Deko-Windräder, rostzerfressen und regungslos in der windstillen Mittagshitze.

»Eine Affäre?«, überlegte Janosch laut.

»Der Besuch kann auch tausend andere Gründe gehabt haben«, erwiderte Tarek.

»Und welche Affäre der Welt soll bitte so ein Blutbad rechtfertigen?«

»Zumindest ist das hier spannender als der Fall, den ich eigentlich auf dem Tisch habe«, meinte Tarek.

»Ach ja, worum geht's denn da?«

»Du kennst doch sicher Point Alpha, die Gedenkstätte an der ehemaligen innerdeutschen Grenze?«

Janosch nickte. »Da war ich mal vor Ewigkeiten mit meinem Geschichts-LK.«

»Da hat es einen Fall von Vandalismus gegeben. Irgendwelche Jugendlichen oder so haben eines der Gedenkkreuze kaputt gemacht. Wir gehen der Sache zusammen mit den Kollegen aus Thüringen nach. Du kannst dir wahrscheinlich vorstellen, was das für ein Fischen im Trüben ist.«

»Schwer, das jemandem nachzuweisen, wenn es keine Kameraüberwachung gab.«

»Oh, da sagst du was!«

Sie brauchten gar nicht erst an der Tür zu klingeln. Ihnen wurde bereits geöffnet, ehe sie die Schwelle erreichten.

Ihnen lächelte eine fast schon anorektisch schlanke Frau um die fünfzig entgegen, mit auffällig weißen Zähnen, kinnlangen Haaren, dickrandiger Brille und freundlich funkelnden Augen. Sie trug eine lachsfarbene Bluse und eine weiße Dreiviertelhose.

»Ah, hallo, nicht erschrecken!«, rief sie ihnen entgegen. »Ich hänge heute sowieso den ganzen Tag nur am Fenster, da habe ich Sie beide kommen sehen.«

»Und Sie sind …«, fragte Tarek.

»Franziska Krey!« Ihr Lächeln blieb fest in ihrem Gesicht verankert. »Sie sind von der Polizei, oder? Ich habe schon gesehen, dass Sie bei den Nachbarn gegenüber waren.«

Ihnen entgeht auch nichts, dachte Janosch.

»Richtig«, sagte Tarek. »Wir würden Ihnen gerne einige Fragen zur Familie Sander stellen. Uns würde beispielsweise interessieren, ob Ihnen bei den Sanders zuletzt etwas Ungewöhnliches aufgefallen ist.«

»Es ist so furchtbar, was geschehen ist. Sie waren nicht nur Nachbarn für uns, sie waren eigentlich schon sehr gute Freunde. Einfach furchtbar, was da passiert ist! Ich kann es immer noch nicht so wirklich fassen und zittere am ganzen Leib. Eine Tragödie ist das, das sage ich Ihnen!«

»Wer ist denn da?«, drang es aus den Tiefen des Hauses.

»Die Polizei, Bruno!«

Ein hochgewachsener Kerl eilte durch den Flur und trat neben Franziska Krey in die Tür. Er war ein paar Jahre älter als sie, die Haare nur noch graue Büschel über den großen abstehenden Ohren, die Gesichtszüge eingefallen wie zerlaufenes Kerzenwachs. Das ausgeblichene Star-Trek-Shirt spannte sich über einen kleinen Bauchansatz.

»Kommen Sie rein!«, sagte er, »Sie müssen ja nicht so in der Sonne stehen.«

»Vielen Dank, das ist sehr nett«, erwiderte Janosch. »Wir bleiben auch nicht lang.«

Überall im Haus waren die Rollläden halb heruntergelassen, wohl als Schutz gegen die Hitze. Die vollgestellten Räume lagen im Zwielicht, überall nur schwarze Schemen. Die Luft war abgestanden, durchsetzt von undefinierbarem Essensgeruch und dem Muff von erhitzten Elektrogeräten.

Aus der Küche drang das Kläffen eines Hundes. »Ach, das ist unser Titus!«, kommentierte Frau Krey. »Der regt sich immer so furchtbar auf, wenn Besuch kommt. Den lassen wir lieber mal da, wo er ist.«

Sie setzten sich auf die speckige Sitzgruppe im Wohnzimmer.

Frau Krey bot ihnen Eistee an, Janosch und Tarek lehnten beide dankend ab.

»Die Herren haben gefragt, ob uns bei den Sanders in

letzter Zeit etwas Besonderes aufgefallen ist«, informierte sie ihren Mann.

»Hmmm«, brummte er, den Blick auf einen unbestimmten Punkt in der Ferne gerichtet. »Nicht in letzter Zeit, aber ungefähr vor einem Jahr, da sind wir auf einmal mitten in der Nacht aufgeschreckt, weil wir Rauchgestank in der Nase hatten. Du erinnerst dich noch, Franzi, oder?«

Seine Frau nickte eifrig.

»Wir sind zum Fenster gerannt und haben gesehen, dass das Gartenhaus der Sanders in Flammen stand. Lichterloh hat das Ding gebrannt. Die Freiwillige Feuerwehr aus Gersfeld kam zum Glück schnell, bevor sich das Feuer noch weiter ausbreiten konnte, so weit war das jetzt auch nicht von den Häusern weg. Der Gutachter hat später festgestellt, dass es Brandstiftung gewesen sein muss.«

Tarek kritzelte eifrig Notizen in seinen Block. »Da müssen wir auf jeden Fall mal die Akten durchwühlen und die Kollegen löchern, die damals daran gearbeitet haben.«

»Na ja, also unser letzter Stand war, dass keine Täter ermittelt werden konnten«, sagte Frau Krey. »Dabei konnte sich hier jeder denken, wer dafür verantwortlich war.«

Janosch legte den Kopf schief. »Mhm. Wer denn?«

»Das war gerade die Zeit, in der die Diskussion um das Flüchtlingsheim hier richtig gebrodelt hat. Da erzählte uns Beate auch, dass sie täglich Drohungen erhielt, online, per Telefon und Post. Nazis, rechte Spinner, Sie können sich das ja ungefähr vorstellen, was das für eine Klientel gewesen ist. Und hier in der Ecke gibt's ja leider auch ein paar dieser Gruppierungen. Die Aktion sollte ganz bestimmt eine Warnung sein … vielleicht sind sie dieses Mal noch weiter gegangen.«

Schweigen breitete sich aus. Janosch rieb sich über das Kinn. War es so naheliegend? Sein Bauchgefühl sagte ihm, dass das noch nicht alles sein konnte.

»Noch etwas?«, fragte Tarek und klickte auf seinem Kugelschreiber herum.

Die Kreys warfen sich unsichere Blicke zu.

»Schießen Sie ruhig los«, ermunterte sie Janosch. »Was Sie auch sagen, es bleibt unter uns.«

Frau Krey fasste sich ein Herz: »Ich will niemanden anschwärzen, keinem irgendwie zu Unrecht etwas anhängen, aber der Cedric, der Ex-Mann von Carina, der war schon eine Nummer für sich.«

»Die Trennung ist ja noch ganz frisch, deshalb wohnte Carina auch wieder bei ihren Eltern im Gästezimmer«, ergänzte Bruno Krey.

»Cedric … und weiter?« Tareks Kugelschreiberspitze verharrte Millimeter über dem Papier.

»Gossens.«

»Was genau war an Herrn Gossens auffällig?«, fragte Janosch.

»Kann ich Ihnen zeigen!«

Frau Krey nahm ihr Handy vom Sofatisch und wischte auf ihm herum. Schließlich drehte sie es zu Janosch und Tarek um. Auf dem Display lief ein verwackeltes Video ab, das offenbar in einem Festzelt aufgenommen worden war. Die Stimmung schien ausgelassen, Menschen tanzten, stießen mit ihren Bierkrügen an oder grölten zu einem Musikstück, das Janosch wegen der schlechten Qualität nicht erkannte.

»Das war letztes Jahr bei uns auf dem Schützenfest. Das Video habe ich nicht selbst gemacht, das wurde später in der Gruppe rumgeschickt«, kommentierte Franziska Krey. »Die Sanders waren auch da, und Cedric und Carina waren noch zusammen.«

Aus der Menge der Feiernden trat ein stämmiger Mann in Schützentracht und Vollbart hervor. Eine fast heruntergebrannte Zigarette ragte aus seinem Mundwinkel.

»Das ist Cedric«, sagte Frau Krey, aber Janosch hatte ihn schon erkannt. Das war der Mann vom Hochzeitsfoto, nur sein Bauchumfang hatte zugenommen.

Er torkelte. Einen Moment lang schien es sogar, als würde er das Gleichgewicht verlieren und stürzen. Jetzt sah Janosch auch, dass er ein Gewehr in Händen hielt.

Einige Umstehende wandten sich erschrocken zu ihm um.

»Ey, was willst du mit dem Ding!?«, rief ein Mann.

»FICKT EUCH ALLE!«, brüllte Cedric, ein lallender, zittriger Schrei. Er wirbelte den Lauf des Gewehrs wild herum, richtete die Mündung von der einen Gruppe auf die nächste. »IHR … IHR HALTET EUCH DOCH ALLE FÜR WAS BESSERES!«

Spitze Schreie hallten durch das Festzelt und überlagerten die Musik. »Irgendjemand muss die Polizei rufen!«, war aus dem Stimmengewirr herauszuhören.

Cedric wankte erneut. Er riss das Gewehr in die Höhe und gab einen Schuss in Richtung Zeltdecke ab. Jetzt brach vollends Panik aus. Die Feiergäste rannten wild durcheinander, schmissen Sitzbänke um und schleuderten dabei Biergläser und Plastikteller mit Pommes, Würsten und Grillspießen weg.

Auch die Person, die das Video filmte, entfernte sich, filmte aber weiter.

Drei junge Männer fassten sich ein Herz, packten Cedric und entrissen ihm die Waffe.

Das war der Moment, in dem der Film stoppte.

Tarek blies die Wangen auf und entließ ganz allmählich die Luft aus ihnen. »Puh, das ist ziemlich starker Tobak.«

Oh ja, stimmte Janosch in Gedanken zu. »Was ist aus der Geschichte geworden? Wurde sein Verhalten zur Anzeige gebracht?«

»Nein, am Ende haben die Leute doch davon abgesehen, auch wenn es uns allen an diesem Abend einen gehörigen Schrecken eingejagt hat. Cedric machte schon da eine schwere Phase durch, er war sturzbesoffen. Wir wollten das Ganze nicht noch weiter aufblasen«, sagte Herr Krey. »Natürlich wurde er hochkant aus dem Schützenverein geschmissen, außerdem ist ihm seine Waffenbesitzkarte entzogen worden, ansonsten hatte die ganze Aktion allerdings keine Konsequenzen für ihn.«

»Das, was er da gesagt hat – dass sich alle für etwas Besseres hielten –, was meinte er wohl damit?«, fragte Janosch.

Frau Krey wischte sich über die schweißbedeckte Stirn. »Also, wir wollen uns jetzt nicht noch weiter an irgendwelchem Tratsch beteiligen …«

»Na, jetzt haben wir es schon angeschnitten, da können

wir es auch genauso gut erzählen«, entgegnete ihr Mann. »Cedric betreibt einen Hof in der Nähe von Grimmbach, den er von seinen Eltern übernommen hat. Wahrscheinlich aus Pflichtgefühl und Familientradition, denn eigentlich lief der Betrieb nie wirklich gut. Landwirtschaft in der heutigen Zeit ist ein hartes Brot, das haben Sie bestimmt mitbekommen … geholfen hat dann auch nicht, dass er ziemlich stark an der Flasche gehangen hat. Sie haben das Video ja selbst gesehen …«

»Er hat den Hof zugrunde gewirtschaftet«, sagte Janosch tonlos.

Bruno Krey nickte. »Die Frage ist, was zuerst da war: die Alkoholsucht oder die Schulden. Macht am Ende aber auch keinen Unterschied.«

»Kein Wunder, dass Carina bald das Weite gesucht hat«, fügte Franziska Krey hinzu. »Viele haben sich gewundert, was sie überhaupt jemals in dem Cedric gesehen hat.«

Mit den »vielen« meinte sie wahrscheinlich vor allem sich selbst, so wie Janosch das Gerede in Grimmbach kannte.

Janoschs Handy vibrierte. Er schaute aufs Display.

Diana.

Er seufzte, klopfte auf seine Oberschenkel und sagte: »Das war jedenfalls ein äußerst informatives Gespräch, haben Sie vielen Dank. Ich fürchte aber, wir müssen weiter.«

»Wir helfen, wo wir können«, sagte Bruno Krey abwesend. Sein Blick wanderte durch das Terrassenfenster hinaus zum Nachbarhaus, in dem nun unverhofft der Tod eingezogen war.

···

»Dieser Cedric trägt spätestens jetzt ein großes rotes Schild mit der Aufschrift ›Ich bin euer Hauptverdächtiger!‹ um den Hals«, sagte Tarek, als sie zurück zu ihren Kollegen liefen.

»Fragt sich nur, ob er es auch wirklich ist oder ob man ihm das nur anhängen möchte. Im wahrsten Sinne, um mal in deinem Bild zu bleiben.« Janosch vergrub die Hände in den Hosentaschen und senkte nachdenklich den Kopf.

»Janosch!«, rief ihnen Diana Quester entgegen. »Können wir mal einen Moment unter vier Augen sprechen?«

Tarek warf Janosch seinen *Du-steckst-in-der-Scheiße!*-Blick zu und machte sich vom Acker.

Nachdem sie sich einen Schluck aus ihrer Wasserflasche genehmigt hatte, sagte Diana: »Ich habe gesehen, dass Helen Carina Sander abgeholt hat.«

»Genau. Sie wird für einige Tage bei uns unterkommen. Helen und sie kennen sich ja von der Arbeit. Helen hat es vorgeschlagen, und ich habe spontan entschieden. Ein bisschen Bauchschmerzen habe ich schon dabei …«

Diana zerquetschte die Plastikflasche. Wasser floss über ihren Handrücken und tropfte auf den aufgeheizten Asphalt, was sie gar nicht zu bemerken schien.

»Hast du deinen Verstand verloren?«, zischte sie mit kaum unterdrückter Wut.

»Wie gesagt: So ganz wohl fühle ich mich damit auch nicht, aber wo soll sie denn hin?«, erwiderte Janosch nicht weniger gereizt.

»Irgendwohin, nur nicht zu euch! Mal ganz davon abgesehen, dass es unfassbar unprofessionell ist, eine Hauptzeugin privat bei sich aufzunehmen, ist es extrem gefährlich. Helen ist hochschwanger, der Termin ist in wenigen Tagen! Und selbst wenn man das einmal außen vor lässt: Wir können nicht ausschließen, dass Carina Sander auch zu den Opfern gehören sollte und vielleicht nur durch einen Zufall verschont geblieben ist.«

Sie erzählte Janosch nun von dem Fund im Haltestellen-Mülleimer.

»Der Täter ist ein Profi, möglicherweise sogar ein Auftragskiller. Was, wenn er seinen Auftrag um jeden Preis zu Ende bringen will?«

»Warum hat er sich dann schon seiner Waffe entledigt?«, entgegnete er.

»Glaub mir, so jemand besitzt mehr als nur eine Schusswaffe.«

Janosch hatte keine Lust auf ein Wortgefecht. »Carina bleibt vorerst bei uns. Hast du als Kriminaldirektorin gerade nichts anderes zu tun, als dich um kleinteilige Ermittlungsarbeit zu kümmern?« Er machte Anstalten, an ihr vorbeizulaufen. »Wenn's dir nichts ausmacht, würde ich jetzt gerne Frank als meinem direkten Vorgesetzten meine neuesten Erkenntnisse schildern.«

Sie funkelte ihn an. »Hier ist das letzte Wort noch nicht gesprochen, Janssen!«

. . .

Ein Journalist hatte die Auseinandersetzung zwischen Janosch und Diana mitbekommen. Mit gezücktem Handy hielt er jetzt auf sie zu.

»Da ging's ja gerade ziemlich heiß her zwischen Ihnen und Ihrem Kollegen«, meinte der Kerl, der so jung war, dass er bestimmt noch im Volontariat steckte. »Was ist denn da los?«

»Wenn Sie wissen, was gut für Sie ist, machen Sie sofort das Ding aus und verziehen sich!«, blaffte sie ihn an.

Der junge Reporter starrte sie wie vom Donner gerührt an. Sie hätte den Härtegrad ihrer Worte auch noch problemlos höherschrauben können, allerdings schien sie bereits ihr Ziel erreicht zu haben.

Sie setzte sich in ihren Dienstwagen, um einen Moment allein zu sein. Sie schaltete im Standbetrieb die Klimaanlage des Audis an, lehnte sich zurück und schloss die Augen.

Ihre Herzprobleme hatte sie dank mehrerer Reha-Aufenthalte und der richtigen Medikamentierung halbwegs im Griff, dennoch setzte ihr die Kombination aus Hitze und Aufregung enorm zu. Hinzu kam die Sorge um Helen und Janosch. Wusste ihr Schwiegersohn, worauf er sich da einließ? Hatte er ihre Warnung aus reinem Trotz in den Wind geschlagen?

Vielleicht hättest du ihn auch nicht gleich so anraunzen müssen, dachte sie sich.

Das Display des Autos, das per Bluetooth mit ihrem Handy verknüpft war, zeigte einen eingehenden Anruf an.

Oberstaatsanwalt Quentin Nussbaum.

Gleich stand ein Termin mit ihm und dem Innenministerium an. Wollte er Diana vorher einnorden und eine gemeinsame Linie vorgeben?

Sie seufzte und aktivierte die Freisprechanlage.

»Quentin … was kann ich für dich tun?«

»Diana, ich danke dir, dass du kurz Zeit für mich hast.«

Er klang bestens gelaunt. So als würden sie nicht gerade über einen eiskalten Mehrfachmord sprechen, sondern nur einen Plausch unter guten Kollegen halten.

Nussbaum sonnte sich nur zu gern im Scheinwerferlicht der Medienöffentlichkeit und beherrschte es virtuos, sie in seinem Interesse zu lenken und zu manipulieren. Eine Tat wie diese hier war für ihn vor allem eins: eine nützliche Gelegenheit.

»Hör zu, dieses Gespräch hat natürlich in dieser Form nie stattgefunden«, setzte er an. »Wir möchten doch beide, dass dieser Fall in unseren Händen bleibt, oder?«

Diana schwieg. Sie hatte so eine Ahnung, worauf das hier hinauslief.

»Wenn die Bundesanwaltschaft Wind davon bekommt, dass es sich um eine politisch motivierte Tat handelt, sind wir die Sache schneller los, als wir ›Neonazis‹ sagen können. Also halt besser den Deckel drauf, wir können ja erst mal sagen, dass wir ergebnisoffen ermitteln. Könnte schließlich auch eine Beziehungstat dahinterstecken.«

»Machen wir so«, sagte Diana einsilbig.

»Ich möchte vorankommen, du möchtest vorankommen«, redete er auf sie ein, seine Stimme ebenso melodiös wie manipulativ. »Das hier ist unsere Chance. Lassen wir sie uns nicht wegnehmen.«

Als er auflegte, glitt ihr Blick zum Beifahrersitz.

Karriere machen. Das hatte für sie immer an erster Stelle

gestanden. Die Frage nach dem *Warum eigentlich?* hatte sie sich meistens mit dem Wunsch nach finanzieller Sicherheit und einem gewissen Status erklärt, aber in stilleren, in sich gekehrten Momenten hatte sich noch ein weiterer Grund aufgetan: *Je höher du kommst, desto weniger musst du dir von Männern sagen lassen.*

Sie dachte an Nussbaums süffisanten Befehlston. So hoch sie auch stieg, immer schien es irgendeinen Mann zu geben, der glaubte ihr etwas vorschreiben zu können.

Der Beifahrersitz hielt sie nach wie vor gebannt. Auf einmal saß sie selbst auf ihm, in einem Streifenwagen. Vierzig Jahre war das her.

Eine ruhige Aprilnacht. Nur ein paar Betrunkene, die im Schlossgarten randaliert hatten, und einige Anrufe wegen nächtlicher Ruhestörung.

Sie fuhren über die Kurfürstenstraße Richtung Bahnhof. Die Lichter von Fulda glitten an ihnen vorbei.

»Gut gemacht, wie du da vorhin den Typen im Park langgemacht hast«, nuschelte Udo unter seinem Schnäuzer hervor. »Der war ja ungefähr doppelt so groß wie du. Gehört schon einiges zu, das sag ich dir.«

»Danke«, sagte Diana vorsichtig.

Als sie an der Ampel hielten, schaute der Hauptkommissar zu ihr herüber. Er glotzte sie noch an, als es schon längst wieder grün war.

»Du kannst fahren!«, presste sie zwischen zusammengebissenen Zähnen hervor.

Udo gab Gas und stellte das Radio lauter. Der Nachrichtensprecher berichtete von DDR-Flüchtlingen, die es über die Grenze nach Hessen geschafft hatten.

»Irgendeine arme Sau haben sie da auch letztens abgeknallt«, grunzte er. »Aber bei allem, was man da so aus der Zone hört, würde ich an deren Stelle auch die Beine in die Hand nehmen und abhauen.«

Diana schwieg weiter. Sie wartete nur noch auf das Ende ihrer Schicht. Oder zumindest auf einen Einsatz, der Udos Aufmerksamkeit von ihr ablenkte.

Sie hielten am Hauptbahnhof und scheuchten eine Gruppe Jugendlicher auf, ansonsten blieb es ruhig. Udo holte sich eine Zeitung und ein Brötchen vom Kiosk und kehrte schmatzend in den Streifenwagen zurück.

Auf der Titelseite des Boulevardblatts war die Princess of Wales abgebildet.

»Diana«, sprach er ihren Namen auf Englisch aus, während er Brötchenkrümel über sein hellgrünes Hemd verteilte. »Du hast wirklich was von Lady Di, hat dir das schon mal jemand gesagt?«

Sie reagierte nicht, also schwadronierte er ungehemmt weiter: »Eine junge hübsche Frau nachts durch die Stadt spazieren fahren, das ist ja echt ein Traum, hm?«

Sie blieb weiter still.

»Ach, jetzt hab dich doch mal nicht so!« Er gab ihr einen Klaps auf den Oberschenkel.

Sie fegte seinen Arm weg.

»FASS. MICH. NICHT. AN!«

Er starrte sie aus großen Augen an. »Ganz ruhig, Kleine! Musst ja nicht gleich so ausflippen …«

»Das melde ich dem Wachgruppenleiter«, sagte sie mit zitternder Stimme.

»Würde ich mir an deiner Stelle gut überlegen«, erwiderte er scharf.

»So frisch im Dienst, willst du's dir hier doch bestimmt nicht direkt mit einem älteren Kollegen verscherzen ...«

»Du ekelst mich an!« Sie riss die Beifahrertür auf und lief davon in die Nacht.

...

Janosch balancierte die drei Pizzaschachteln, die Salatschale und die Tüte mit Pizzabrötchen über den Hof und schloss dabei den Polo ab.

Vor knapp vier Jahren hatte er den Entschluss gefasst, weiter in der Rhön zu bleiben, und sein Elternhaus aufwendig renoviert. Jetzt lebte er darin gemeinsam mit Helen. Im direkt angeschlossenen Nebenhaus war früher der Blumenladen seines verstorbenen Vaters gewesen, danach hatte es verschiedene Mieter gegeben – zuletzt war ein Wettbüro eingezogen, das jedoch in den Anfängen der Pandemie pleitegegangen war.

»Lasst uns das Geschäft doch umbauen und mich darin wohnen, dann könnt ihr mehr für euch sein«, hatte seine Mutter daraufhin vorgeschlagen.

Ihre heftigen Angstattacken waren der Grund dafür gewesen, warum Janosch nach seiner Ausbildung in Frankfurt in die Rhön zurückgekehrt war. Sie brauchte eine engmaschige Betreuung, klare Alltagsroutinen und Stabilität. All das konnten Helen und er ihr bieten, weil sie gleich nebenan wohnten. Janosch war Helen zutiefst dankbar dafür, dass sie sich von Anfang an so bereitwillig um sie gekümmert hatte.

»Deine Mutter ist so anders als meine – zugewandt, lieb,

freundlich«, hatte sie ihm einmal abends vor dem Zubettgehen gesagt. »Vielleicht verbringe ich deshalb so gern Zeit mit ihr. Weil ich einen Teil meiner Kindheit und Jugend nachhole, um hier mal die Küchentisch-Psychologin raushängen zu lassen.«

Den Umbau der Geschäftsräume zu einer Einliegerwohnung hatten sie gerade noch so finanziell stemmen können, nun war ihr Kreditrahmen allerdings ausgereizt, und sie mussten ein wenig aufs Geld schauen. Vor allem, wenn jetzt auch noch bald der Kleine kam.

»Bin da!«, rief Janosch, als er mit der Schulter die Eingangstür aufdrückte.

Helen kam ihm im Flur entgegen und nahm ihm seine Ausbeute von Donny's Schnellimbiss ab.

»Wie geht's ihr?«, raunte er ihr zu.

Helen schüttelte nur den Kopf.

Er entledigte sich seiner Sneaker und folgte ihr in den Wohn-Essbereich. Früher waren Wohnzimmer und Küche zwei voneinander getrennte winzige Räume gewesen. Im Zuge der Renovierungen hatten sie die Zwischenwand eingerissen und nun einen großen hellen Raum. Janoschs Elternhaus war nicht mehr wiederzuerkennen. Wo früher die Schatten der Vergangenheit in dunklen staubigen Winkeln gehangen hatten, zeigten sich heute moderne Architektur, helle Farben und Helens geschmackvoll ausgewählte Deko-Elemente.

Janoschs Mutter und Carina Sander saßen bereits am runden Esstisch aus Akazienholz. Carina hing zusammengesunken vor ihrem Platzdeckchen. Mama beugte sich zu ihr herüber und rieb ihr über die Schulter.

Helen öffnete den Deckel des obersten Pizzakartons. »Hat irgendjemand eine Margherita bestellt?«

»Die habe ich für dich mitgebracht«, sagte er zu Carina.

»Aber … aber ich wollte doch nichts.«

»Du musst etwas essen, Liebes«, sagte Mama zu ihr. »Nur ein Stück, bitte.«

Helen stellte die Pizza vor ihr ab und verteilte weiter. Eine große Pizza Salami für Janosch, eine Pizza Vier Jahreszeiten für seine Mutter, ein Salat für sich selbst.

»Guten Appetit«, wünschte Janosch verhalten.

Sie aßen schweigend. Nur Kaugeräusche und das Klimpern von Besteck war zu hören. Ab und an schaute Janosch verstohlen zu Carina herüber, die auf einem Stück ihrer Margherita herumkaute, aber kaum etwas herunterbekam. Was sollte er ihr sagen? Worüber sprach man mit jemandem, der gerade seine ganze Familie verloren hatte? Der etwas erlebt hatte, das man sich nicht einmal in seinen schlimmsten Albträumen ausmalen konnte?

Er schätzte, dass es Helen und seiner Mutter ähnlich ging. Sosehr sie es alle hatten vermeiden wollen, sie behandelten Carina wie ein rohes Ei.

Helen fasste sich schließlich ein Herz und sagte: »Wenn es Verwandte oder noch andere Freunde von dir gibt, die du anrufen möchtest, sag bitte Bescheid. Wir können auch noch einmal einen Notfallseelsorger holen, das ist alles kein Problem.«

»Ich weiß«, sagte sie schwach. »Schon okay.«

Sie aßen weiter.

Mit einem Mal brach Carina doch in sich zusammen. Sie ließ das Pizzastück auf den Teller fallen. Heftige Schluchzer erschütterten ihren gesamten Körper, und ihr Gesicht war von Weinkrämpfen wie zerknautscht, die Wangen ganz rot angelaufen und tränennass. Eine plötzliche Eruption der Trauer und Verzweiflung.

Helen rückte ihren Stuhl zu ihr und schloss sie in die Arme. Vorsichtig wand sich Carina aus ihnen heraus. »Ich brauche Luft, ich muss mal allein sein …«

Sie stand auf und verschwand durch die Terrassentür in den Garten.

»Wie furchtbar, sie tut mir so leid«, sagte Mama.

»Sollte ihr jemand nach?«, überlegte Janosch laut.

»Lieber nicht«, meinte Helen. »Geben wir ihr etwas Zeit für sich selbst.«

Janosch verschlang noch einige Bissen Pizza. Der anstrengende Tag hatte bei ihm für großen Hunger gesorgt, aber vor Carina hatte er sich nicht getraut, sich so über sein Essen herzumachen.

»Wie geht's dir? Oder besser – euch?«, fragte er Helen und strich über ihren Babybauch.

Bei all der Aufregung war das eigentliche, alles überstrahlende Ereignis – der bald bevorstehende Entbindungstermin – beinahe in den Hintergrund gerückt.

»Die Hitze macht mir noch mehr zu schaffen als sonst«, sagte sie. »Ich bin froh, wenn es endlich so weit ist.«

Er schüttelte leicht den Kopf. »Das ist manchmal noch so abstrakt für mich …«

»Glaub mir, für mich ist das alles andere als abstrakt.«

»Frauen werden mit Beginn der Schwangerschaft zu Müttern, die meisten Männer erst mit der Geburt zu Vätern«, meinte Mama.

Janosch kratzte sich am Kinn. Wahrscheinlich stimmte das. Sosehr er sich auch einbrachte, das Kinderzimmer strich, Helens Bauch wachsen sah und Bücher und Blogs für werdende Väter wälzte, so richtig würde er es erst glauben, wenn er den kleinen Wurm auf dem Arm hielt.

Schlaglichtartig sah er wieder Carinas toten Bruder und dessen Sohn vor sich. Er wollte sich gar nicht vorstellen, was Maximilian Sander in den letzten Momenten vor seinem Tod durch den Kopf gegangen war. Was für ein zutiefst existenzielles und furchtbares Gefühl es gewesen sein musste, die eigene Familie – das eigene Kind – nicht beschützen zu können.

Er rückte seinen Stuhl zurück und stand auf.

»Ich schaue doch mal nach Carina.«

Wer hatte so kaltblütig vier Menschen erschossen? Er wollte den Täter nicht nur als Polizist so schnell wie möglich stellen, sondern vor allem als Vater in spe. Was sollte das für eine Welt – oder besser: was für ein Dorf – sein, in das er da ein Kind hineinsetzen wollte?

Carina saß auf dem Rand einer Liege, die Ellenbogen auf die Knie gestützt. Die Sonne versank tiefrot glühend hinter den Wipfeln der Tannen. Das erste Mal seit Tagen war der Himmel wieder wirklich klar. Wie zur Feier dieses Umstands erstrahlte er in einem Farbfächer aus Purpur- und Orangetönen, die sich elegant über die ausgedörrten Felder und Hügelkuppen ausbreiteten. Mückenschwärme tänzelten über ihrem kleinen Gartenteich, und das allgegenwärtige Grillenzirpen war zu seiner vollen Lautstärke angeschwollen.

Ein schwülheißer Sommerabend, wie gemacht für Barbecue-Partys, Kirmesfeste und Spaziergänge mit einer Flasche Radler in der Hand. Aber all das wirkte hier weit weg – unangebracht, falsch. Wie ein Frevel an den Menschen, die so brutal aus dieser sommerlichen Idylle gerissen worden waren.

Janosch trat hinaus auf die Terrasse.

Carina wandte sich zu ihm um.

»Ist's okay, wenn ich einmal kurz zu dir rauskomme?«, fragte er.

Sie nickte. »Klar.«

Er setzte sich auf die Liege neben ihr. »Der Garten war immer die Herzensangelegenheit meines Vaters. In den Jahren nach seinem Tod war er irgendwann in einem echt erbarmungswürdigen Zustand. Total verwildert. Ich habe ihn dann von Grund auf neu gemacht. Bin selbst zu einem kleinen Garten-Enthusiasten geworden. So kann's gehen – erst macht man es seinem Andenken zuliebe, dann sich selbst zuliebe.«

»Dein Vater – er wurde auch umgebracht, oder? Das war damals überall in den Nachrichten.«

»Ja, er wurde getötet.« Er holte tief Luft. »Von meinem besten Freund, wie sich am Ende herausgestellt hat.«

Noch immer fiel es ihm nicht leicht, über die Ereignisse rund um Matilda Noltes Verschwinden und den fingierten Selbstmord seines Vaters zu sprechen. Aber vielleicht half es Carina, wenn er die Geschichte mit ihr teilte.

Er fuhr fort: »Ich war derjenige, der ihn gefunden hat. Ich … ich habe noch minutenlang versucht, ihn wiederzubeleben. Dabei war es längst zu spät. Sie mussten mich mit vereinten Kräften von ihm losreißen. Ich war ein Bündel aus Schmerzen und Trauer und Verzweiflung. Nach der Schule bin ich erst einmal nach Neuseeland. Ich wollte nur noch von hier weg, einfach fliehen.«

Sie schaute zu ihm herüber. »Wird es irgendwann besser?«

»Ja, es wird besser. Aber es wird nie mehr gut.«

»Du wirkst so, als wäre bei dir alles in Ordnung …«

»Ich habe einen Job, ich liebe Helen, erwarte bald ein Kind, ja«, sagte er. »Aber mein Leben fühlt sich seit diesem Tag an, als wäre eine Falltür unter meinen Füßen, die jederzeit aufgehen könnte. So kann ich's am ehesten in Worte fassen.«

»Hmmm.« Sie rupfte einige Grashalme aus und zerrieb sie abwesend zwischen ihren Fingern.

»Das Einzige, was einem am Ende bleibt, ist weiterzumachen. Weiterzuleben. Irgendwie. Wie als ein Akt des Widerstands.«

»Die ganze Zeit frage ich mich, warum ich überlebt habe. Warum ausgerechnet ich?« Carina zog geräuschvoll die Nase hoch.

»Diese Frage darf man sich nicht stellen. Frag dich lieber: *Wozu* hast du überlebt?«

Einen Augenblick lang schwiegen sie und verloren sich in der Betrachtung des Sonnenuntergangs. Allmählich wichen die Farben dem gleichmachenden Blau der Nacht.

»Führ deine Vernehmung mit mir. Jetzt.«

Janosch starrte sie an. »Glaubst du wirklich, das ist eine gute Idee?«

»Jetzt sind meine Erinnerungen noch frisch«, entgegnete sie. »Du hast recht. Wozu habe ich überlebt, wenn nicht dazu, dieses Schwein zu kriegen? Ich will helfen. Ich will etwas tun.«

Janosch war hin- und hergerissen. Er wollte Carina in ihrem Schock und ihrer Trauer nicht überfordern oder gar ausnutzen, andererseits konnte ihre Aussage – gerade zu einem so frühen Zeitpunkt – für die Ermittlungen extrem hilfreich sein.

»Okay. Aber wir können jederzeit abbrechen, wenn es für dich zu viel wird, ja?«

Sie nickte.

»Ich müsste deine Aussage mit meinem Handy aufnehmen. Natürlich ist das hier super inoffiziell, und du müsstest deine Aussage auf dem Präsidium wiederholen. Richtig professionell ist es nicht, was ich hier jetzt mache.«

»Kein Problem.«

Er aktivierte sein Smartphone und begann mit der Vernehmung. Zunächst ließ er Carina noch einmal den Leichenfund rekapitulieren – immer wieder unterbrochen von plötzlichen Weinattacken.

Schließlich ging er dazu über, sie zu möglichen Verdächtigen zu befragen.

»Der Tresor im Arbeitszimmer deines Vaters. Wer außer ihm kannte den Code?«

»Puh, das weiß ich nicht. Meine Mutter, wahrscheinlich.

Ich auf jeden Fall nicht. Ansonsten weiß ich nicht, wer noch. Aber mein Papa war eigentlich ein verschlossener Typ, niemand, der so was rumerzählt hätte. Außer er hat getrunken ...«

»Weißt du, was sich im Tresor befunden hat?«

»Da kann ich nur raten. Erinnerungsstücke an seine Zeit in der DDR wahrscheinlich – er ist ja in den Westen geflohen. Geld, Unterlagen, Schmuck ...«

»Gab es Personen, die gegenüber deiner Familie offen feindselig eingestellt waren?«

Sie gab ein trauriges Lachen von sich. »Da muss die Sprache natürlich auf meinen Ex kommen ...«

»Cedric«, sagte Janosch. »Deine Nachbarn haben uns von dem Vorfall letztes Jahr auf dem Schützenfest erzählt.«

»Er hat mir heute auch geschrieben. Wie sehr es ihm leidtäte. Ob er irgendetwas für mich tun könne ... Ich habe mich noch nicht darauf zurückgemeldet.«

»Warum?«

»Weil ich ihm die Betroffenheit nicht abnehme. Er hat meinen Papa wirklich gehasst. Aber um die Antwort auf deine Frage direkt vorwegzunehmen: Ich glaube nicht, dass er es getan hat. Dazu wäre er nicht fähig.«

»In diesem Video wirkte das anders.«

»Ja, er kann aufbrausend, irrational und aggressiv sein, aber trotzdem war er nie gewalttätig. Das war alles nur Gehabe.« Sie biss sich auf die Unterlippe. »Du kannst dir vorstellen, dass er nicht der angenehmste Zeitgenosse ist. Das habe ich leider etwas zu spät gemerkt. Das war aber noch nicht einmal der eigentliche Grund, warum ich mich von ihm getrennt habe. Vor allem war es die Art, wie er sich am Ende immer selbst leidgetan hat. Das konnte ich einfach nicht mehr ertragen.«

»Was hat zu dem Zerwürfnis zwischen ihm und deinem Vater geführt?«

»Er hat immer auf das Geld von meinem Vater gelinst. Manchmal habe ich mich auch gefragt, ob es der eigentliche Grund war, warum er mich überhaupt geheiratet hat. Cedric ist Landwirt, hat den Hof von seinen Eltern übernommen. Er bräuchte dringend eine Renovierung, deshalb hatte er meinen Papa nach einer Schenkung gefragt – geldmäßig hat es bei uns an allen Ecken und Enden gehakt. ›Deine Tochter wohnt doch hier, Gregor, willst du nicht, dass sie ein schönes Zuhause hat?‹ – auf die Tour ist er meinem Papa gekommen, damit hat er aber auf Granit gebissen.«

»Wieso das?«

»Nach seiner Flucht hat sich mein Papa alles selbst aufgebaut. Er hatte nichts, ist bei null gestartet. Deshalb hat er immer auf die Leute herabgeschaut, die praktisch eine Abkürzung nehmen wollten. So wie Cedric.«

»Du schließt Cedric aber dennoch aus …«

»Ich kann es mir einfach nicht vorstellen. Aber ihr solltet wohl trotzdem mal mit ihm sprechen.«

»Das werden wir so oder so. Fällt dir denn sonst jemand ein, der dahinterstecken könnte? Was ist mit den Leuten aus der rechten Szene, die deine Mutter bedroht haben?«

»Es geht ja nicht nur um Mama«, sagte sie und atmete tief durch.

»Was meinst du?«

»Mein Bruder, Maxi, er war bis vor ein paar Jahren auch in der Szene aktiv, in einer Gruppe namens *Wicked Vikings*. Erst meine jetzige Schwägerin Lydia hat ihn da rausgeholt.«

Janosch erinnerte sich an Maximilians Shirt einer Rechtsrock-Band auf einem der Fotos. »Das haben deine Eltern sicherlich nicht allzu gut aufgenommen.«

Sie verzog das Gesicht. »Meine Mutter war außer sich. Jahrelang haben sie den Kontakt komplett abgebrochen – was ihnen schwerfiel, weil sie sich große Sorgen um ihren Enkel gemacht haben. Sie hatten Angst, dass Paul auch irgendwann in die Szene abrutschen könnte.«

»Wie ist Maximilian in diesem Milieu gelandet?«, fragte Janosch.

»Es fing an als Trotzreaktion auf meine Mutter. Irgendwann hat es sich dann verselbstständigt«, erklärte sie. »Meine Mutter war die liebste Frau der Welt, aber sie konnte auch sehr herrisch sein, sehr von sich selbst eingenommen und stur. Neben ihrer Meinung gab es nur selten Raum für andere Ansichten. Maxi hat sich von Anfang an daran gestört. Sie sind ständig aneinandergerasselt. Als er in die Pubertät kam, wurde es richtig schlimm. Ich weiß nicht, ob er dann am Ende auf die *Vikings* zugegangen ist oder ob sie ihn rekrutieren wollten und er sich bereitwillig angeschlossen hat … Er hat sich das gesucht, was am weitesten von den politischen Ansichten meiner Mutter entfernt war.«

Janosch wollte gerade seine nächste Frage stellen, als Helen ihnen Limonade herausbrachte. »Wie geht es dir, Carina?«

»Geht schon, danke«, antwortete sie und nippte an ihrem Glasstrohhalm. »Das Reden tut gut.«

Janosch nahm sein Glas entgegen. Die Eiswürfel darin klackerten verlockend aneinander.

Helen strich ihm kurz über die Schulter und ging wieder ins Haus.

»Du willst jetzt bestimmt wissen, wie Maxis Ausstieg lief«, meinte Carina. »Er hat Lydia getroffen, durch Zufall. Sie hatte ganz klassisch ihr Auto bei ihm in der Werkstatt abgegeben, die beiden haben Gefallen aneinander gefunden. Als sie aber von seiner Verbindung zu den *Vikings* erfahren hat, hat sie ihn vor die Wahl gestellt: entweder deine Kameraden oder ich.«

»Wie das ausgegangen ist, wissen wir ja. Und er hat wirklich alle seine Kontakte von jetzt auf gleich beendet?«

Carina nickte. »Es muss schwer für ihn gewesen sein. Sein ganzes soziales Umfeld, vom einen auf den anderen Moment in Trümmern. Aber Lydia war es ihm wert, und es war nicht zuletzt ein Segen für unsere Familie.«

»Wie haben diese sogenannten *Vikings* darauf reagiert?«

»Wie man es von solchen Typen erwarten würde. Sie haben ihn beleidigt und bedroht. Irgendjemand hat *Verreck du Verräterschwein!* auf seine Hauswand gesprayt, zusammen mit einem Totenkopf. Sein Ausstieg liegt jetzt aber schon fünf Jahre zurück ...«

Janosch stoppte die Aufnahme und trank einen großen Schluck Limonade. Die Eiswürfel waren längst geschmolzen. Obwohl bereits Nacht war und in der Ferne nur noch die Positionslichter der Windräder rot in der Dunkelheit blinkten, war es noch immer so schwülheiß wie zur Mittagszeit. Die

Hitze schien die einzige Konstante dieses ereignisreichen Tages zu bilden.

Warum sollte jemand ihren Bruder erst so spät für seinen Exit bestrafen?, dachte Janosch und hielt sich das kühle Glas an die Stirn.

...

Ein paar Stunden später riss Janosch das Fenster des künftigen Kinderzimmers auf. Ein kühler Luftstrom umspielte seine nackte Brust, wobei *kühl* im Grunde das falsche Wort war. Der Windhauch war nur minimal kühler als die Gluthitze des Tages, aber trotzdem eine wohltuende Abwechslung.

Er hatte ein Handtuch in Wasser getränkt und schwang es sich um die Schultern. Vereinzelte Tropfen rannen kalt über seine Haut bis hinunter zu seiner Boxershorts.

War es die Hitze, die ihn nicht schlafen ließ, oder der aufwühlende Fall? Eigentlich spielte es keine Rolle. Das Ergebnis war dasselbe: Er hatte Stunden wach gelegen und sich im Bett hin und her gewälzt, bis er mit seiner Unruhe sogar Helen kurzzeitig aus ihrem Betonschlaf gerissen hatte.

Also war er aufgestanden und im Haus herumgetigert.

Normalerweise ging er in so einer Situation ins Gästezimmer, las dort, bemalte vielleicht eine seiner *Warhammer*-Figuren und versuchte dann noch einmal sein Glück mit einer Portion Schlaf, doch dort übernachtete jetzt Carina.

Das Kinderzimmer, das vorher mal ihr gemeinsames Arbeitszimmer gewesen war, war nicht bewohnt. Noch schlief ihr Kleiner in Helens Bauch und meldete sich von dort aus schon oft mit kleinen Trittchen.

»So aktiv, wie er jetzt schon ist, wird er uns sicher ziemlich auf Trab halten«, hatte Helen einmal gesagt. »Ich sichere mir besser noch jede Sekunde Schlaf, die ich kriegen kann.«

»Ich bin bei schlaflosen Nächten ja leider schon ziemlich im Training«, hatte er entgegnet.

Aus der Küche hatte er einen Stapel Post-it-Zettel und einen Kugelschreiber mitgebracht. Wenn der Fall ohnehin die ganze Zeit in seinem Kopf herumspukte, konnte er auch genauso gut an ihm arbeiten.

Er ließ die Lampen im Raum ausgeschaltet. Im hellgelben Licht der Straßenlaterne, das durchs Fenster hereinfiel, erkannte er mehr als genug.

Schemenhaft zeichneten sich die Möbel ab, die sie in den letzten Wochen ausgesucht hatten – der Schaukelstuhl vom Flohmarkt in Fulda, die Wickelkommode, der Stubenwagen, das Mobile aus kleinen Sternen und Planeten.

Er setzte sich in den Schaukelstuhl, schrieb *Cedric Gossens* auf den obersten Zettel, zog ihn ab und klebte ihn an die Wand neben sich. Carina Sanders Ex-Mann war der naheliegendste Verdächtige. Es gab vieles, das für ihn als Täter sprach: seine Alkoholexzesse, seine Wutausbrüche, sein Streit mit Gregor Sander – nicht zuletzt die Tatsache, dass auch vergangene Familientragödien oft diesem Schema gefolgt waren, meist dann auch noch als erweiterter Suizid.

Wicked Vikings kritzelte er auf den nächsten Zettel. Die rechtsradikale Gruppierung könnte sich von einer angezündeten Gartenhütte zu Mord gesteigert haben. Die Familie

Sander hätte ihnen ausreichend Anlass gegeben, ihren Hass an ihnen auszulassen.

Janosch füllte noch weitere Zettel mit seinen Notizen zur Tatwaffe, dem Hergang und einem kleinen Überblick über die Familie Sander und ihre Nachbarschaft.

Es gab da noch eine weitere Möglichkeit. Ein Gedanke, der wie ein Stachel in seinem Hirn steckte. Er kaute auf dem Kugelschreiber herum.

Alles zu Papier bringen, egal, wie abwegig es erst mal erscheint.

Er schrieb auf den nächsten Post-it-Zettel.

Der geöffnete Tresor, die Möglichkeit eines Auftragsmords, Carinas Abwesenheit zur Tatzeit.

Sie war die einzige überlebende Hausbewohnerin. Sie war der Mittelpunkt dieses Verbrechens. Und sie war eine Verdächtige.

Er klebte den Zettel mit *Carina Sander* zu den anderen.

ALTE KAMERADEN

26. August 2022
08:30 Uhr

Die Ulster war zu einem Bach verkommen, an manchen Stellen nicht viel mehr als ein dünnes Rinnsal, das zwischen von der Sonne gebleichten Steinen hindurchgluckerte.

Der Kies des Flussufers knirschte unter Dianas und Frank Nehrings Schuhen. Der Dienstwagen stand einige Hundert Meter weiter auf einem Wanderparkplatz nahe der Motzlarer Mariengrotte. Von dort aus hatten sie zu Fuß weitergemusst, um ihr Ziel zu erreichen.

»Dieses Vereinsheim ist schon seit Langem polizeibekannt«, sagte Nehring. »Vereinshütte trifft es wahrscheinlich besser, viel größer ist es wohl nicht.«

Diana vergrub die Hände in den Taschen ihrer Leinenhose. »Letzte Nacht ging es dort wieder hoch her, wenn man den Kollegen vom Verfassungsschutz glauben will. Irgendeine von langer Hand geplante Versammlung. Mit etwas Glück haben sie dort auch übernachtet …«

» … oder schlafen noch ihren Rausch aus.«

Ein breiter Trampelpfad führte von der Ulster weg tiefer in ein Waldstück. Ein Bett vertrockneter Fichtennadeln dämpfte nun ihre Schritte. Die Schatten der dicht stehenden Wipfel boten Schutz vor der Sonne, die schon so frühmorgens mit ungeahnter Intensität herabstrahlte.

Das Grundstück gehörte einem gewissen Nikolas Schwab – ein dem Verfassungsschutz bekannter Rechtsradikaler.

»Wie unfassbar gerne ich jetzt eine rauchen würde«, grummelte Nehring.

»Die Nikotinpflaster helfen auch nicht wirklich, hm?«, sagte Diana. »Hier sollten Sie sich eine Zigarette aber so oder so sparen. Der Wald ist so trocken, Sie würden ihn direkt in Flammen setzen.«

»Schauen Sie!« Nehring deutete auf den Wegrand.

An einen der Fichtenstämme war ein Widderschädel genagelt, Hörner und Knochen von der Zeit abgeschmirgelt. Aus leeren Augenhöhlen starrte er ihnen entgegen. In die Stirn *WV* in Frakturschrift eingeritzt.

»Das Reich der *Wicked Vikings*«, sagte Diana. »Wir sind da.«

Am frühen Morgen hatte Janosch sie angerufen und ihr von seinem Gespräch mit Carina Sander erzählt. Danach war für sie das weitere Vorgehen glasklar gewesen: Ihr Schwiegersohn sollte mit Carinas Ex-Mann Cedric Gossens sprechen, Nehring und Diana würden sich die Rhöner Neonazi-Vereinigung vorknöpfen, in der Maximilian Sander bis vor einigen Jahren aktiv gewesen war.

Der Weg öffnete sich zu einer Lichtung, an deren Ende eine windschiefe alte Jagdhütte kauerte. Um sie herum waren einige bunte Flecken auf der Wiese verteilt, die sich bei genauerem Hinsehen als Schlafsäcke entpuppten.

Über der weißen Asche eines Grillplatzes hing noch ein Rost mit verkohlten und längst undefinierbaren Fleischklumpen. Bierflaschen, Pappteller, eine Bong und allerlei Müll lagen überall im Gras verstreut. Eine große Bluetooth-Box stand auf einer Bierbank vor der Hütte.

»Scheint, als hätten wir Glück«, meinte Diana.

Als sie auf die Hütte zuliefen, geriet Leben in die Schlafsäcke. Sie wanden sich hin und her wie riesige neonfarbene Raupen. Kleine gerötete Augenpaare blinzelten ihnen verstohlen entgegen.

»Wer … wer zum Teufel seid ihr denn?«, raunzte sie ein Typ Mitte dreißig an, der mit nacktem haarigem Bierbauch mitten auf einer großen Decke lag, umgeben von halb leeren Flaschen Hochprozentigem. Auf seiner Brust prangte eine Schwarze Sonne, ein okkultes Nazi-Symbol.

Diana hielt ihm ihren Ausweis unter die Nase und sagte nicht ohne Genugtuung: »Kriminalpolizei.«

Ab diesem Moment war die verschlafene Ruhe auf der Lichtung schlagartig vorüber. Diana und Nehring schlug eine Welle aus Verwirrung, Hass und Panik entgegen. Einige der Männer versuchten sich unbeholfen aus ihren Schlafsäcken zu befreien, andere nahmen Reißaus in den Wald oder überhäuften sie mit Verwünschungen: »Was zur Hölle wollt ihr hier!?« – »Habt ihr überhaupt einen scheiß Durchsuchungsbefehl oder so?« – »Bullen, verpisst euch!«

Diana waren die tumben Typen und das Chaos, das sie um sie herum verursachten, herzlich egal. Momentan interessierte sie sich nur für einen von ihnen: Nikolas Schwab.

Er hatte Carina Sanders Aussage zufolge nicht nur ihrem

Bruder am nächsten gestanden und war am meisten von dessen Ausstieg getroffen gewesen, sondern war auch ein ehemaliger Gebirgsjäger mit hinlänglicher Ausbildung an der Waffe. Allein von seinen Fähigkeiten her wäre ihm das Massaker auf der Beethovenstraße definitiv zuzutrauen.

»Wo ist Schwab?«, fragte sie den Typen vor sich.

»Wer?« Heftiger Alkoholdunst ging von ihm aus.

»SCHWAB, VERDAMMT!«, rief sie. »Stellen Sie sich nicht dümmer, als Sie sind.«

Ganz entfernt vernahm sie ein Geräusch. Sie hielt inne und lauschte. Ein Knarzen.

»Da hinten!«, brüllte Nehring und preschte schon los.

Eine schattenhafte Gestalt erschien zwischen den Baumreihen hinter der Hütte und wechselte jetzt auch in einen Sprint.

Er musste sich durch die Hintertür des Vereinsheims davongeschlichen haben.

»Stehen bleiben!« Diana öffnete den Knopf ihres Pistolenholsters und rannte in den Wald.

Zum Glück hatte sie heute bequeme Sneaker und keine Pumps oder gar hochhackige Schuhe angezogen.

Sie war groß, hatte lange Beine und trieb regelmäßig Ausdauersport, dennoch fiel es ihr schwer, mit dem Typen mitzuhalten. Und wo war Nehring abgeblieben? Sie musste aufpassen, in ihrer Hast nicht über Wurzelwerk zu stolpern. Schon jetzt strömte ihr der Schweiß über Gesicht und Rücken.

War es Schwab, der da abhauen wollte? Und war er bewaffnet?

Vorsichtshalber zückte sie im vollen Lauf ihre P30.

»Stehen bleiben, verdammt noch mal!«, brüllte sie atemlos.

Doch der Mann dachte gar nicht daran.

Er trug ein schwarzes Tanktop, eine graue Baumwoll-
hose, Stiefel und eine Schirmmütze. Ein athletisch gebauter
Kerl mit einem zackigen eingeübten Laufstil.

Er vergrößerte den Abstand immer weiter, war nur noch
ein Schemen zwischen den Baumstämmen.

Aber selbst wenn sie ihn einholte – würde er sich von ihrer Dienstwaffe beeindrucken lassen und sich Handfesseln
anlegen lassen?

Sie überlegte, einen Warnschuss abzugeben, um ihn zu
stoppen oder wenigstens genug zu irritieren, damit sie wieder einige Meter gutmachen konnte.

Plötzlich waren da noch weitere Schritte, unter denen der
ausgetrocknete Waldboden knisterte und die sehr schnell näher kamen.

Nehring jagte mit einer ungeheuren Geschwindigkeit
von der Seite heran und verkürzte den Abstand zum Flüch-
tenden sekündlich.

Der Mann wandte erschrocken den Kopf, einen Augenblick später hatte Nehring ihn schon wie ein Rugbyspieler
umgerissen. Die beiden Männer rangen auf dem Boden miteinander, Nehring gewann aber nach kurzer Zeit die Ober-
hand, konnte die Arme des Skins auf den Rücken drehen und
ihm Handschellen anlegen.

Prustend kam Diana bei ihnen an und stützte die Hände
auf die Knie. »Sehr gute Arbeit!«

Der Kommissariatsleiter drehte den wehrlosen Verdächtigen auf den Rücken.

»Schauen wir mal, wen wir hier haben«, meinte Diana und ging vor ihm in die Hocke.

Das Gesicht erkannte sie sofort von den Fotos aus seiner Akte. »Wenn das nicht Nikolas Schwab ist.«

Schwab erwiderte nichts, sondern starrte sie nur aus verengten Augen an.

Diana legte den Kopf schief. »Keine Begrüßung? Dann wollen Sie uns wohl auch nicht den Grund für Ihren etwas überhasteten Aufbruch verraten?«

Wieder keine Antwort.

»Na gut, Sie können auch noch auf dem Präsidium weiter Omertà spielen«, sagte sie. »Nikolas Schwab, Sie sind vorläufig festgenommen.«

Nehring packte ihn unter der Achsel und zerrte ihn hoch. Dabei bemerkte Diana, wie Schwab ihm etwas ins Ohr flüsterte. Nehring war mit einem Mal kreidebleich.

· · ·

Der Hof von Cedric Gossens lag in einem kleinen Weiler im Scheppenbachtal, unweit der Ruine Auersburg und der thüringischen Grenze.

Die letzten Meter führten Janosch über einen holprigen Feldweg, vorbei an übereinandergestapelten, folienumwickelten Heuballen und umnebelt vom penetranten Geruch nach Kuhdung.

Schon von Weitem war klar: Das hier war keiner der vielen einladenden Ferienhöfe voller Kleintiere, von denen es so viele in der Rhön gab. Gossens' Hof war noch durch und durch ein Landwirtschaftsbetrieb – aber keiner, dem es finanziell sonderlich gut ging.

Der Putz an der Fassade des Wohnhauses war an vielen Stellen abgebröckelt. Die Dächer der heruntergekommenen Stallungen wirkten löchrig. Frei liegende Kabel schlängelten sich über das Mauerwerk hoch zu einer Satellitenschüssel oder durch die Fenster hinein, deren Scheiben blind vor Staub waren.

Als Janosch auf dem Hof neben einem verrosteten Geländewagen parkte, stürmte unter lautem Bellen eine Deutsche Dogge aus dem Haus und sprang an der Fahrertür hoch.

Janosch zuckte von der Scheibe zurück. Der Kopf des Viehs reichte ihm bestimmt bis zur Brust, und gerade machte es den Eindruck, als würde es ihn am liebsten an Ort und Stelle zerfleischen.

Eine ältere gedrungene Frau folgte der Töle hinterher. »Keine Sorge, das ist nur die Rosi. Die will nur spielen, wirklich! Ich weiß, das sagen alle – aber bei ihr stimmt's wirklich.«

Also schön. Janosch öffnete die Tür einen Spaltbreit. Sogleich wich Rosi von ihm ab, suchte mit der Schnauze dicht über dem Boden den Hof ab, fand einen quietschenden Gummiball und kehrte damit zu ihm zurück.

Er hatte den kurzen Moment genutzt, um auszusteigen. Jetzt legte Rosi den Ball vor ihm ab und schaute mit erwartungsvollen Hundeaugen zu ihm hoch.

»Jetzt müssen Sie auch werfen!«, sagte die Dame leicht

amüsiert und fügte mit einem Augenzwinkern hinzu: »Sonst beißt sie vielleicht doch noch.«

Janosch fasste sich ein Herz, griff den von Hundesabber glitschigen Ball und schleuderte ihn quer über den Hof. Die Dogge eilte ihm voller Begeisterung nach.

Er wischte sich die Hände ab und trat auf die Frau zu. »Mein Name ist Janssen, ich komme von der Kriminalpolizei Fulda und würde sehr gerne einmal mit Herrn Gossens sprechen.«

Sogleich änderte sich ihr gesamtes Verhalten. Aus Offenheit wurde das genaue Gegenteil. Skeptisch musterte sie ihn von Kopf bis Fuß. »Ich bin seine Mutter. Es geht bestimmt um diese grausige Sache, die den Sanders passiert ist. Arme Leute! Das lief ja überall im Radio … Ich kann Ihnen gleich sagen, der Cedric hat nichts damit zu tun.«

»Frau Gossens, bitte bleiben Sie erst mal ruhig«, sagte Janosch beschwichtigend. »Ich möchte einfach nur mit Ihrem Sohn sprechen. Er kannte die Familie Sanders gut und kann uns vielleicht weiterhelfen.«

Das besänftigte die Frau im lila geblümten Kittel zumindest ein wenig. In der Zwischenzeit kehrte Rosi zurück und legte wieder ihren Ball vor Janoschs Füßen ab. Diesmal kickte er ihn mit der Schuhspitze weg.

»Also schön«, sagte Frau Gossens und wischte sich die schweißnassen grauen Locken aus dem Gesicht. »Ich werde Sie ja sowieso nicht davon abhalten können. Unser Bewässerungssystem ist defekt – Cedric ist gerade draußen auf den Feldern und versucht zu retten, was zu retten ist. Gehen Sie da durchs Feld, einfach den Flüchen und Beschimpfungen nach.«

»Haben Sie vielen Dank«, erwiderte Janosch und fühlte sich bei ihr an seine eigene Mutter erinnert.

Als er sich abwandte und an den Feldrand trat, spürte er förmlich ihren sorgenvollen Blick im Nacken.

Eine Wand aus mannshohen Maisstauden tat sich vor ihm auf. Ein schmaler Weg führte hinein, über den mehrere Wasserschläuche verliefen. Er folgte ihm und kam sich vor wie in einem Maislabyrinth, wie er es einmal als kleiner Junge an Halloween erlebt hatte.

Die Kühle im Schatten der Pflanzen war angenehm. Es wehte ein leichter Wind, der die Blätter rascheln ließ.

Schon nach wenigen Metern drangen tatsächlich laute Verwünschungen an Janoschs Ohr:

»Scheißteil! Verschissene Drecksscheiße!«

Inmitten des Maisfelds tat sich eine Lichtung auf, auf der eine große Sprinkleranlage stand. Vor ihr kniete ein massiger Mann in zerschlissenen dreckigen Jeans, einem Unterhemd und einer falsch herum aufgesetzten grauen Schirmmütze. Unter einem ganzen Schwall weiterer Flüche bearbeitete er mit Schraubenzieher und Zange das Innere des Geräts.

»Herr Gossens?« Janosch räusperte sich.

Cedric Gossens fuhr herum, musterte ihn von oben bis unten und spuckte aus. »Die Bullen – war ja klar, dass ihr früher oder später hier auftauchen würdet.«

»Ihnen wünsche ich auch einen schönen guten Morgen.« Janosch verschränkte die Arme vor der Brust. So eine Art von Gespräch würde das hier also werden.

»Ich kenne Ihr Gesicht noch aus den Zeitungen«, sagte Gossens. Er legte die Werkzeuge beiseite, wischte sich die Hände an den Oberschenkeln ab und stand auf. Er war nicht nur doppelt so breit wie Janosch, sondern überragte ihn auch um mindestens einen Kopf. »Carina hat mal erzählt, dass ihre Freundin Helen mit dem Bullen verheiratet ist, der in dieser Moorleichen-Sache drinhing.«

»Für Sie immer noch Kriminalhauptkommissar«, erwiderte Janosch kühl.

»Meinetwegen.«

Wenn es eines gab, was er in den letzten Jahren gelernt hatte, dann dass er sich von Typen wie Gossens nicht verunsichern ließ. Zumindest in dieser Hinsicht war Diana Quester eine hervorragende Mentorin gewesen.

Auf dem Handyvideo vom Schützenfest war Cedric Gossens' Gesicht nur unscharf zu erkennen gewesen. Von dem umgedrehten Hochzeitsfoto auf der Kommode der Sanders kannte Janosch ihn nur herausgeputzt und lächelnd, jetzt offenbarte er sich in seiner ganzen Gebrochenheit. Von der anstrengenden Arbeit in der prallen Sonne war seine ohnehin schon wettergegerbte Haut gerötet und geschwollen, Schweiß lief ihm in Strömen übers Gesicht. Dies in Verbindung mit dem ungebändigten Vollbart ließ ihn älter wirken.

In seinen dunkelbraunen Augen lag Argwohn, aber das bestimmende Element in ihnen schien lang angestaute, allgegenwärtige Sorge zu sein.

»Also«, sagte er, »was wollen Sie von mir wissen, *Herr Kriminalhauptkommissar?*«

»Zum Beispiel, wo Sie vorgestern Abend gewesen sind.«

»Aha, der Klassiker!«

»Kommentieren Sie nicht meine Fragen, beantworten Sie sie.«

»Ich bin hier gewesen, auf dem Hof. Nach einem langen Tag des Abrackerns und Arschaufreißens von fünf Uhr morgens bis abends um neun habe ich mich noch mit einem Bierchen vors Haus gesetzt und den lieben Gott einen guten Mann sein lassen.«

»Kann das irgendjemand bezeugen?«, fragte Janosch.

»Meine Mutter.«

»Das ist leider ein wenig überzeugendes Alibi, befürchte ich.«

»Was Besseres habe ich Ihnen leider nicht anzubieten. Aber es ist die Wahrheit. Und nur fürs Protokoll: Mit dem, was da den Sanders passiert ist, habe ich absolut nichts zu tun.«

Janosch merkte, wie heftig die Sonne in sein Gesicht stach. Seine Stirn brannte förmlich, und ein Schweißfilm stand auf seiner Haut. »Wollen wir nicht lieber in den Schatten gehen?«

»Nö. Muss eh gleich weiterarbeiten.«

Cedric Gossens grinste ihn an. Jede Möglichkeit, sich irgendwie gegen die Polizei zu behaupten, schien er dankbar anzunehmen. Nicht zum ersten Mal fragte sich Janosch, wie eine so intelligente und feinfühlige Frau mit einem so grobschlächtigen Typen zusammengekommen war und ihn sogar geheiratet hatte. Obwohl Gossens wohl nicht viel älter als Janosch war, strahlte er so eine Verbitterung und so eine große Enttäuschung über sein Leben aus, wie man sie sonst nur von deutlich älteren Menschen kannte. Trug er deshalb so eine Wut in sich? Weil er das Gefühl hatte, immerzu unterdrückt und kleingehalten worden zu sein?

»War ja klar, dass nach der Sache ausgerechnet ich wieder in der Scheiße stecke.« Gossens griff nach einer schmutzverkrusteten Plastikflasche Wasser und stürzte die Flüssigkeit in großen Schlucken herunter. »Der Teufel scheißt immer auf den größten Haufen.«

Das Selbstmitleid, das Carina zuletzt nicht mehr ausgehalten hatte. Janosch verstand mehr und mehr, was sie daran so gestört hatte.

»Sie waren im Schützenverein …«

»Ja, mit Betonung auf ›war‹«, sagte Gossens. »Bin hochkant rausgeflogen, aber das weißte bestimmt sowieso schon. Hast garantiert das Video von meinem Ausraster gezeigt bekommen.«

»Das war in der Tat ein ganz schön spannendes Filmchen. Haben Sie öfter solche Wutausbrüche? Hatten Sie so einen vielleicht auch vorgestern Nacht?«

Der Landwirt ballte die Fäuste.

Wäre es nicht ironisch, wenn du genau jetzt ausrastest?, dachte Janosch.

»Da bin ich nicht stolz drauf. Ich war frustriert«, sagte Gossens zwischen zusammengebissenen Zähnen hindurch. »Ich könnte nie jemanden verletzen. Die einzigen Lebewesen, die ich auf dem Gewissen habe, sind die Gänse auf dem Hof, wenn es auf Weihnachten zugeht.«

»Und was war der Grund für diesen Frust?«

Janoschs Kopf war bestimmt längst hochrot, und wenn

er nicht aufpasste, bekam er sicher einen Sonnenstich. Doch er wollte nicht vor Gossens einknicken.

»Na ja, alles eben.« Der wuchtige Mann breitete seine Arme aus. »Mein ganzes beschissenes Leben. Meinen Vater hat's erwischt, da war ich gerade mal siebzehn. Leukämie. Meine Mutter ist körperlich auch nicht mehr fit. Plötzlich habe ich die volle Verantwortung für den Hof. Und man will ja auch nicht das Lebenswerk seines alten Herrn mit Füßen treten, hmmm?«

Ein sanfter Windstoß wehte über sie hinweg und raschelte in den Maisfeldern. Einen Moment lang schloss er die Augen – und sah das Bild seines eigenen Vaters vor sich, erhängt in seinem Blumenladen.

Er verstand wahrscheinlich besser als die meisten, was Cedric Gossens hatte durchmachen müssen.

»Meine Jugend, vom einen auf den anderen Moment vorbei.« Gossens schnipste mit den Fingern und riss Janosch damit aus seiner Erinnerung. »Ab da hieß es nur noch: schuften, schuften, schuften. Und obwohl ich mir ständig den Arsch aufgerissen habe, ging es dem Hof immer schlechter. Papas Schulden, die ganze Scheißbürokratie, immer neue Verordnungen und dann auch noch der ganze Scheiß hier, Dürren, nur noch Extreme … und die Leute denken trotzdem, dass ich der Schuldige bin, dass ich den Betrieb heruntergewirtschaftet habe. Das war das Schlimmste.«

»Und Carina, was war sie in dieser ganzen Misere?«

»Ein Lichtblick, meine einzige verdammte Hoffnung«, sagte Gossens. »Als ich sie damals auf dem Schützenfest angesprochen habe, konnte ich mein Glück echt nicht fassen.

Ich meine, ich sehe jetzt nicht gerade aus wie Ryan Gosling, und dann lässt sich tatsächlich diese Hammerbraut auf mich ein. Sie liebte den Hof, die Tiere, für sie war's okay, dass ich nicht so viel rede. War wie ein Traum, bei dem man Angst hatte aufzuwachen …«

Janosch dachte an Helen. Zum zweiten Mal verstand er nur zu gut, was Gossens meinte.

»… und am Ende ist der Traum dann ja auch wieder geplatzt. Carina hat sich scheiden lassen, so als wäre alles nur ein dummer Irrtum gewesen, den sie schnell korrigieren musste. Den Gregor, ihren Vater, hat's gefreut, der konnte mich von Anfang an nicht ab. Sein Prinzesschen und so ein tumber Bauer, das wollte er nicht für sie.«

»Gregor Sander«, sagte Janosch. »Sie beide haben sich wohl auch mal heftiger gestritten?«

»Ja, weil der alte Geizhals uns nie unterstützen wollte. Hielt sich für was Besseres, weil er sich angeblich nach seiner Flucht aus dem Osten alles selbst mit eigenen Händen aufgebaut hat.« Konspirativ lehnte sich Gossens zu ihm vor. »Aber glaub mir, der hat nicht mit leeren Händen rübergemacht. Der hat nicht bei null angefangen.«

Janoschs Augenbrauen hoben sich. »Woher wissen Sie denn so was?«

»Ach, erzählt man sich halt so.« Allmählich schien Gossens an dem Gespräch doch noch Gefallen zu finden. »Wenn du mich fragst, dann schaut ihr euch den und seine Machenschaften besser mal genauer an.«

»Was meinen Sie?«

»Klar – erst einmal bei mir auflaufen, aber das habt ihr

noch gar nicht auf dem Schirm. Er war Sicherheitsbeauftragter bei diesem Chemieunternehmen, glaube, die haben Korrosionsschutzmittel oder so was hergestellt. Auf jeden Fall hatten sie auch Werke im Osten, Rumänien, Bulgarien und so. Da sind die Arbeitskräfte billiger, man kennt das ja. Schau dir mal an, was in Halle 12 in Timişoara passiert ist ...«

...

Sie hätten genauso gut einer Wachsfigur von Nikolas Schwab gegenübersitzen können.

Der behördlich bekannte Rechtsradikale saß mit vor der Brust verschränkten Armen reglos auf seinem Stuhl. Egal was Diana und Nehring auch fragten – ob er einen Kaffee oder ein Wasser wollte, ob er einen Anruf machen oder eine rauchen wollte, ob er das Spielchen noch endlos weitertreiben oder endlich mal den Mund aufmachen wollte – er schwieg eisern und mit einer beinahe schon aufreizenden Lässigkeit.

Diana tigerte in dem kleinen Verhörraum im Polizeipräsidium Fulda umher. Es gab keine Klimaanlage, die Luft im Zimmer war stickig und verbraucht.

Diana machte die Tür einen Spaltbreit auf, um zumindest ein wenig Durchzug zu erzeugen. »Auch auf die Gefahr hin, mich zu wiederholen: Warum sind Sie weggerannt?«

Schwab starrte sie direkt an und hob nur einen Mundwinkel. Mehr nicht. Mit seinen hellblonden Bartstoppeln und der braun gebrannten Haut war er gut aussehend, aber der Gedanke an seine Gesinnung ließ jeglichen Anflug von Attraktivität sofort verschwinden. Sie ließ ihn unwahrscheinlich hässlich werden.

Diana schnappte sich das Klemmbrett mit seinen Unterlagen vom Tisch und blätterte sie durch. »Dreiunddreißig Jahre alt, Gefreiter bei den Gebirgsjägern gewesen, inzwischen selbstständig mit einer eigenen Firma für Wachdienste und Personenschutz. Wie man so hört, läuft Ihr Unternehmen gut, zumindest gewisse Kreise buchen Sie und Ihre Leute sehr regelmäßig. Wollen Sie das wirklich alles gefährden, indem Sie hier diese Nummer durchziehen?«

Schwab zuckte mit den Schultern. Immerhin.

»Langsam habe ich die Schnauze voll!« Diana knallte das Klemmbrett auf den Tisch, so heftig, dass sogar Nehring zusammenzuckte. Die Jagd durchs Unterholz, der Druck von Staatsanwalt Nussbaum, die Bilder der hingerichteten Familie. Alles kulminierte in ihr zu einer Wut, so grell und weiß wie Phosphor. »Sie glauben, Sie sind unantastbar, hm? Dass Ihnen Ihr dummes Spielchen hier gelingt? Ich sage Ihnen jetzt mal was: Mir fallen schon aus dem Stegreif ein Dutzend Möglichkeiten ein, wie ich Ihnen das Leben zur Hölle machen kann. Ich lasse die Kollegen jeden einzelnen Stein Ihrer kleinen elenden Existenz umdrehen. Wir machen doppelt und dreifache Steuerprüfungen, wir schicken den Zoll vorbei, wir setzen alle Hebel in Bewegung. Und wir finden was, wir finden immer was. Mein Ruf sollte mir ausreichend vorauseilen, dass Sie wissen: Ich bluffe nicht.«

Endlich zeigte Schwab eine Regung. Er schluckte trocken, wandte den Blick zu Nehring und sagte: »Ich rede. Aber nur mit ihm.«

Das erste Mal seine Stimme, höher und melodiöser als erwartet.

Diana deutete auf den Einwegspiegel an der Wand. »Sie wissen schon, dass das keine private Unterhaltung sein wird.«

»Ist mir klar.« Er fixierte weiter Nehring. »Ihm auch, hoffe ich.«

Ihr hünenhafter Kollege war wieder so blass geworden wie die weiß verputzten Wände.

»Meinetwegen«, sagte er tonlos.

Diana widmete ihm noch einen letzten stirnrunzelnden Blick und wechselte dann rüber in den Nebenraum. Aus dem abgedunkelten Zimmer konnte sie die beiden in aller Ruhe weiterbeobachten. Der Rekorder lief ohnehin mit.

Was war das für eine Verbindung zwischen Nehring und Schwab? Woher kannten sie sich?

Ihr kam ein furchtbarer Verdacht, aber er erschien ihr so abwegig und grotesk, dass sie ihn noch nicht einmal in Gedanken ausformulierte.

Nehring räusperte sich und lehnte sich vor. »Also, wir sind unter uns. Was wollen Sie?«

»Ach, Frank, wir können uns doch auch duzen, oder?«, erwiderte Schwab kumpelhaft.

»Ich weiß nicht, worauf Sie hinauswollen oder woher Sie meinen, mich zu kennen.« Nehring schwitzte noch heftiger, und Diana vermutete, dass es wohl nicht an der fehlenden Klimatisierung lag.

Aus einer Dokumentenmappe holte er mehrere Fotos,

die die Leichen der Familie Sander sowie die an der Bushalte-stelle aufgefundene CZ 75 und die Kleider zeigten.

»Kommt Ihnen der Anblick bekannt vor?«, fragte Neh-ring angriffslustig.

Konfrontationstaktik.

Die Vorgehensweise war nicht ungewöhnlich für ihn.

Trotzdem hatte Diana den Eindruck, dass er gerade ab-lenken wollte.

Der *Wicked Viking* lehnte die Unterarme auf die Tisch-platte und betrachtete eingängig die Aufnahmen.

Er schüttelte den Kopf. »Was für ein Gemetzel ... tut mir leid, aber ich muss dich enttäuschen. Das sehe ich alles zum ersten Mal. Hab ich nix mit zu tun.«

»Na ja, eine andere Antwort hätte mich auch überrascht. Wo wollen Sie denn vorgestern Abend gewesen sein?«

»Ich habe ja mein Handy gerade nicht zur Hand, aber viel-leicht könntest du mal kurz auf Facebook gehen und das Pro-fil der *Vikings* aufmachen. Da ist ein Video von unserer Er-öffnungsfeier an der Hütte. Wir sind schon seit Freitag dort. Man sieht mich sehr deutlich am Lagerfeuer stehen und tan-zen.«

»Das schauen wir uns im Nachgang an«, sagte Nehring und machte sich eine Notiz. »So eine Nacht ist aber lang, da hätten Sie sich bestimmt auch mal kurz entfernen können.«

»Allerdings habe ich bestimmt fünfzehn bis zwanzig Zeugen, die die ganze Zeit bei mir gewesen sind.«

Diana verschränkte die Arme vor der Brust. Das war ein verdammt gutes Alibi. Ein fast schon *zu gutes* Alibi.

Nehring schien dasselbe durch den Kopf zu gehen.

»Wie praktisch!«, sagte er. »Ausgerechnet in der Nacht, in der der Verräter Maximilian Sander und seine linke Flüchtlingssympathisanten-Mutter ermordet werden, veranstaltet ihr eine Feier, in der ihr euch alle gegenseitig ein Alibi gebt.«

»Da haben wir wohl Glück gehabt«, erwiderte Schwab nicht weniger ironisch. »Mir war klar, dass wir die Ersten sein würden, bei denen ihr auf der Matte steht, aber glaubst du wirklich, wir wären so dämlich?«

»Wenn ihr genauso dumm seid wie eure Ansichten, wäre euch so einiges zuzutrauen …«

Schwab legte den Kopf schief und sagte provozierend: »Findest du unsere Ansichten wirklich so dumm?«

Diana grub ihre perlmuttfarben lackierten Fingernägel in ihre Handinnenflächen, bis es wehtat. Was war da zwischen Nehring und Schwab? Was waren das für doppeldeutige Bemerkungen?

Sie seufzte resigniert.

Die halbe Nacht hatte sie die Akten gewälzt. Nicht einmal die Brandstiftung beim Gartenhaus der Sanders hatte man damals den *Wicked Vikings* nachweisen können.

Auch jetzt hatten sie nichts gegen die Gruppe in der Hand.

Jeder, der den nötigen Willen und ein gewisses Maß an krimineller Energie und Raffinesse besaß, hätte es tun können. Eine unregistrierte Waffe auf dem Schwarzmarkt organisieren? Aufwendig und gegebenenfalls kostspielig, aber nicht unmöglich.

Am Tatort keine Spuren hinterlassen und die nötige Ruhe

bewahren, um Waffe und Kleidung schnell zu entsorgen? Das konnte man sich antrainieren und anlesen.

Nehring und sie trafen sich auf dem Flur vor dem Vernehmungsraum.

»Der hat uns noch lange nicht alles erzählt, was er weiß, da bin ich mir sicher!«, knurrte der Leiter der Mordkommission.

»Mich beschäftigt gerade etwas anderes.« Sie trat so nah an ihn heran, dass sie seinen schneller werdenden Zigaretten-und-Kaffee-Atem auf dem Gesicht spürte. Sie verengte die Augen. »Erzählst du mir alles?«

Er wich ihrem Blick aus. »Ich glaube, wir sollten reden.«

»Das denke ich auch. In meinem Büro. Jetzt.«

IM ENGSTEN FAMILIENKREIS

Es war eine kleine Feier.

Die Zeremonie fand im weinüberrankten Garten des Wine 'n' Fine statt, einem putzigen Lokal in der überschaubaren Grimmbacher Alt-stadt. Weiße Ballons und Wimpelketten, wohin das Auge blickte.

Neben Janoschs Mutter saß Lothar, der zusammen mit Janoschs Vater den Blumenladen geführt hatte und für ihn immer wie ein Onkel gewesen war. Diana war da, ebenso wie ihr Ex-Mann Marius – Helens Vater. Frank Nehring und seine Frau saßen direkt in der Stuhlreihe hinter ihnen. Tarek war Janoschs Trauzeuge, und die frisch geschiedene Carina Sander stand an Helens Seite.

Eine freie Trauung, danach Sektempfang und ein kleines Büfett. Ohne viel Tamtam drumherum. Eine Frühlingshochzeit im kleinsten Kreis. Der April war ihnen gnädig und gewährte ihnen einen wolken-losen blauen Himmel; die Sonne noch schwach, aber ausdauernd.

Die Ringe hatten sie bereits zuvor im Standesamt getauscht, also war ihre Geste für diese Zeremonie, dass die Trauednerin ein weißes Band um ihre Hände schlang.

Sie tauschten Worte aus, Blicke, Küsse.

Als alle ihnen schließlich gratulierten, brach Janoschs Mutter in heftige Tränen aus. Sie sorgten dafür, dass sich sogar die Hochzeits-fotografin kurz ergriffen abwenden und sammeln musste.

»Ich wünschte, der Papa hätte das noch miterlebt«, schluchzte sie und drückte ihn an sich.

Das war der Moment, in dem es auch Janosch endgültig zerriss.

Diana kam als Letzte zu ihnen. In ihrem grünen Designer-Jumpsuit, mit den großen Ohrringen und den hochtoupierten silberblonden Haaren sah sie selbst für ihre Verhältnisse noch einmal besonders elegant aus.

Sie umarmte erst Helen und fuhr ihrer Tochter kurz durchs Haar, dann schloss sie ihn ebenfalls in die Arme. Selbst jetzt war es noch seltsam, wenn sie so viel Nähe zuließ.

»Pass mir bloß auf«, flüsterte sie ihm ins Ohr.

»Auf Helen?«

»Quatsch, die kann auf sich selbst aufpassen«, erwiderte sie. Sie deutete auf Helens Bauchgegend. »Pass mir auf das Kleine auf.«

»Klar doch.«

»Glaub mir, du weißt erst, was echte Sorge bedeutet, wenn du ein Kind in die Welt gesetzt hast …«

Janoschs Blick klebte an seinem Hochzeitsfoto. Seit einigen Monaten war es nun der größte Blickfang auf seinem Schreibtisch, nicht mehr die *Herr-der-Ringe*-Fanartikel.

Wie glücklich sie beide darauf aussahen, Hand in Hand unter der alten Linde im Ortskern von Grimmbach. Er in seinem Leinenanzug mit dem Ansteckstrauß und der weißen Fliege, Helen in dem schlichten weißen Kleid, mit einem Blumenkranz im Haar und schon deutlich sichtbarem Babybauch.

Die Bilder auf der Kommode der Sanders gingen ihm nicht mehr aus dem Kopf. Genauso unschuldige und hoffnungsvolle Schnappschüsse aus einem Familienleben, das so plötzlich und brutal beendet worden war.

»Haaaaallo! Jaaaanosch!« Tarek wedelte mit den Armen. »Ist das Eheleben schon so schlimm, dass du ausdruckslos auf euer Foto starren musst?«

Janosch blies die Wangen auf. »Ach, alles gut! Es ist nur … wir kriegen in dem Sander-Fall nicht so richtig einen Fuß auf die Erde.«

Er musste zwar noch Cedric Gossens' Andeutung zu dem Vorfall in Rumänien überprüfen, in den Gregor Sander über seinen Job verstrickt sein könnte, richtig viel erwartete er sich davon aber nicht.

»Wie lange ist das jetzt her? Einen Tag!? Was erwartest du denn bitte, was ihr für Fortschritte machen würdet?« Tarek goss ihnen beiden Eistee aus einer Karaffe nach, angeblich eine Spezialrezeptur seiner Mutter. »Stress dich nicht so! Du wirst bald Papa, das sollte dir viel mehr im Kopf rumschwirren.«

»Du hast ja recht«, seufzte Janosch. »Wie sieht's bei dir aus?«

»Papa werde ich zwar nicht, also nicht, dass ich wüsste«, lachte Tarek, »aber bei mir sieht es auch nicht rosig aus. Diese Todesstreifen-Gedenkstätte, die verunstaltet wurde … das wird nichts mehr, fürchte ich. Niemand hat was gesehen.«

»Wie so häufig«, sagte Janosch.

In der Rhön bekamen die Leute alles mit, aber haben im Zweifelsfall dann doch nichts gesehen.

Janoschs Telefon klingelte.

Es war die Pforte.

»Hier ist jemand, der Sie sprechen möchte. Es geht um den Fall Sander«, sagte der junge Beamte.

Janosch runzelte die Stirn. »Wer ist es denn?«

»Eine Frau Dr. Bittermann. Sie sagt, sie sei Notarin.«

»Bringen Sie sie hoch. Danke.« Er legte auf und wandte sich an Tarek: »Überlässt du mir mal kurz unser Reich?«

Tarek zwinkerte ihm zu. »Klar doch. Klingt so, als hätte jemand deine Verzweiflung erhört.«

So unkompliziert lief es immer, wenn einer von ihnen gerade einmal ihr Büro für sich allein brauchte – sei es für ein Gespräch oder für ruhiges und konzentriertes Arbeiten. Janosch konnte gar nicht in Worte fassen, wie dankbar er für Tareks humorvolle und optimistische Gesellschaft war. Er wusste nicht, wie er es sonst hier aushalten sollte.

Kurz darauf betrat eine elegant gekleidete Frau sein Büro.

»Frau Dr. Bittermann.« Janosch stand auf, schüttelte ihr die Hand und bot ihr den Besucherstuhl an. »Was verschafft mir die unverhoffte Ehre?«

Sie setzte sich und schlug die Beine übereinander. Sie trug einen schwarzen Hosenanzug, eine goldene Halskette und dazu passende Ohrringe. Ihr Gesicht hatte etwas Altersloses, sie konnte gut vierzig sein, aber auch fünfzehn Jahre älter.

Der mysteriöse Damenbesuch von Gregor Sander, ging es Janosch durch den Kopf. Laut Zeugin eine gut gekleidete, gut aussehende Frau. Angaben, die durchaus auf Janoschs Gegenüber zutrafen.

Hatte sie eine Affäre mit dem Ermordeten gehabt?

»Ich bin Notarin aus Fulda«, sagte sie. »Ich habe Herrn Sander zuletzt in einigen Testamentsfragen beraten. Dieses Blutbad ... seine Familie ... das ist alles so furchtbar.«

Also eher keine Affäre. Janosch drückte den Rücken durch und spürte, wie sein Mund trocken wurde.

»Eine Nachbarin hat ausgesagt, dass Sie sich heimlich mit Herrn Sander getroffen haben. Warum hat er das Testament vor seiner Familie versteckt?«

»Das kann ich leider auch nicht zu hundert Prozent beantworten«, entgegnete Dr. Bittermann mit aufrichtigem Bedauern. »Schauen Sie, er hatte mich schon vor fünf Jahren damit betraut, sein Testament aufzusetzen. Und nun meldete er sich urplötzlich dieses Frühjahr wieder bei mir und bat mich um meinen Rat. Er wollte einige Änderungen in seinem Testament vornehmen ...«

Janosch machte sich eifrig Notizen und ließ den Kugelschreiber jetzt innehalten. Er schaute auf. »Was genau?«

»Das ist ja das Ding, das weiß ich nicht.«

»Sie haben ihn doch beraten!?«, rief er fassungslos.

Sie bedachte ihn mit einem bösen Blick. So einen Tonfall schien sie nicht gewohnt zu sein und überhaupt nicht gutzuheißen.

»Lassen Sie mich ausreden, Herr Janssen. Dann hätten Sie nämlich direkt erfahren, dass er bei diesen Sitzungen sehr geheimniskrämerisch war. Er hat mir nie konkret gesagt, was er ändern wollte, sondern immer nur höchst allgemeine Fragen gestellt. Daraus konnte ich nur schlussfolgern, dass er eine weitere Person in sein Testament aufnehmen wollte. Jemanden, der nicht Teil seiner Familie war.«

Janosch dachte an den geöffneten Wandtresor im Arbeitszimmer. »Wie liefen diese Treffen ab? Wo hat er seine Unterlagen aufbewahrt?«

»Wir haben uns jedes Mal in seinem Arbeitszimmer zusammengesetzt, und er hatte das Testament aus seinem Safe geholt. Er sagte mir, er wolle die neue Version selbst schreiben und nur noch einmal am Ende von mir gegenlesen lassen. Wie gesagt, so weit ist es nicht mehr gekommen, ich habe die neue Fassung nie zu Gesicht bekommen.«

»Vielen Dank für diese Informationen«, sagte Janosch nachdenklich und kaute an dem Ende des Kugelschreibers herum.

Wer war der oder die neue Begünstigte? Und warum hatte Gregor Sander so ein Geheimnis aus den Änderungen gemacht?

Der Tresor war in der Mordnacht geleert worden. Hatte der Täter die Unterlagen auf seiner Suche nach Wertgegenständen blindlings mit eingepackt? Oder waren sie der Hauptgrund für die Tat, das eigentliche Motiv? Hatte jemand herausgefunden, was Sander plante, und gründlich etwas dagegen gehabt?

»Wie wirkte Herr Sander bei diesen Treffen auf Sie?«, fragte er die Notarin.

»Anders als noch vor fünf Jahren. Damals war er ein sehr charismatischer und selbstsicherer Mann gewesen, der genau wusste, was er wollte«, sagte sie. »Bei den letzten Terminen war er abgehetzt, fahrig, nicht ganz bei der Sache. Als würde ihm irgendwas oder irgendwer im Nacken sitzen.«

»Haben Sie das nicht angesprochen?«

»Natürlich habe ich das!«, erwiderte sie so gereizt, als hätte er ihre Berufsehre verletzt. »Ich habe ihn gefragt, ob er das alles wirklich aus freien Stücken vornimmt. Ich weiß noch ganz genau, wie er darauf reagiert hat. Er hat breit gegrinst, als hätte ich etwas höchst Ironisches gesagt, und meinte: ›Ich bin so frei wie seit Jahren nicht mehr.‹«

»Haben Sie eine Vermutung, was dahinterstecken könnte?«

»Wissen Sie, mir sind in meiner Laufbahn schon die wildesten Geschichten erzählt worden. Vielleicht hatte er eine heimliche Geliebte oder einen Geliebten, ein uneheliches Kind, hatte seinen Glauben neu entdeckt und wollte vielleicht irgendeinem Sektenführer alles hinterlassen … aber das sind Spekulationen. Das müssen Sie selbst herausfinden, fürchte ich. Ich beneide Sie nicht um Ihren Job.«

...

Nehring wollte sich auf einen der Besucherstühle in Dianas Büro setzen, aber sie hielt ihn mit einer harschen Handbewegung davon ab.

»Das hier wird nicht lange dauern«, sagte sie. »Hoffe ich zumindest.«

Ihre Stimme zitterte vor Wut. Sie machte sich gar nicht die Mühe, es zu verbergen.

»Wir können doch …«, setzte Frank an.

»Kein Ton!« Diana umrundete ihren Schreibtisch und nahm auf ihrem Bürosessel Platz. »Ich stelle Fragen. Du antwortest. Fertig.«

Auf seinem Gesicht zeichnete sich deutlich der Konflikt ab, der gerade in ihm vorging: Ihr Dominanzgehabe ging ihm nach all den Jahren oft furchtbar auf die Nerven, andererseits war er auch angemessen zerknirscht – er wusste nur zu gut, dass er nach Schwabs seltsamen Äußerungen in Schwierigkeiten steckte.

Geheimniskrämerei.

Damit hatte er zielgenau ihren größten Triggerpunkt getroffen.

Der Hüne sah ganz verloren aus, so wie er jetzt in dem großzügig geschnittenen Büro stand, das ihr nach ihrer Beförderung zur Kriminaldirektorin zugeteilt worden war. Wie ein reuiger Lausbub, der zur Schulleiterin zitiert worden war.

»Wie lang arbeiten wir jetzt zusammen, Frank? Fast zwanzig Jahre?« Sie nahm einen Bleistift vom Tisch, spielte mit ihm herum und klemmte ihn zwischen ihre Finger, bis es knackte. »Hast du es in all der Zeit nie für nötig erachtet, mir von deinen Kontakten zur rechten Szene zu erzählen? Weißt du eigentlich, wie das aussähe, wenn das publik würde? ›Enger Vertrauter der Fuldaer Kriminaldirektorin hat Nazi-Verbindungen!‹«

Je länger sie sprach, desto röter wurde Nehrings Gesicht.

»Jetzt lass mich doch endlich mal erklären!«, platzte es aus ihm heraus.

Er war ein Mann, der viel schlucken konnte und alles

dementsprechend in sich hineinfraß – die schwere Erkrankung seiner Frau, die Unwägbarkeiten seines Jobs, die Ausbrüche und Ambitionen von Diana und die allgemeinen Zumutungen des Lebens. Das hatte sie von Anfang an immer an ihm geschätzt.

Aber es gab einen Punkt, an dem auch jemand wie er sich nicht mehr zurückhalten konnte. Wenn es zu sehr in ihm brodelte. Dieser Punkt schien jetzt erreicht zu sein.

»Ja, ich kenne Schwab«, sagte er gereizt. »Wir sind uns vor Jahren im Fitnessstudio über den Weg gelaufen, übrigens demselben Laden, in dem ich jetzt auch mit deinem Schwiegersohn trainiere.«

»Halt Janssen da raus.«

»Klar, wie auch immer – Schwab und ich, wir haben öfters ein bisschen gefachsimpelt, über Ernährung, Trainingseinheiten, Ergänzungsmittel. Kurze Zeit später ist er sowieso aus dem Studio geschmissen worden, weil er jemanden in den Umkleiden angegriffen hat. Das ist alles.«

»Das ist alles?« Diana verschränkte die Arme vor der Brust. »Warum hat er dann so darauf beharrt, dich gut zu kennen?«

Nehring seufzte entnervt. »Du weißt doch, wie solche Typen sind. Der wollte uns gegeneinander aufbringen. Der hat unsere Begegnung zu mehr aufgeblasen, als sie es jemals war. Das hat ihm wahrscheinlich noch wahnsinnige Freude bereitet.«

»Das ist alles?«, wiederholte Diana ihre Frage.

»Ja, verdammt! Oder hältst du mich etwa für einen Neonazi?«

Er verließ ihr Büro ohne ein weiteres Wort und schlug die Tür so heftig hinter sich zu, dass die Urkunden und Auszeichnungen an den Wänden wackelten.

...

SOKO BEETHOVENSTRASSE stand groß auf einem DIN-A4-Zettel auf der Tür.

Zwei Dutzend Beamte drängten sich schon im Konferenzraum, als Janosch dazukam. Er wettete, dass viele der Anwesenden gar nicht der Soko angehörten, sondern sich aus reiner Sensationsgier zur Besprechung hereingestohlen hatten. Auch erfahrene Ermittler waren davor nicht gefeit – ein Mehrfachmord wie dieser geschah in Fulda und Umgebung auch nur einmal in zehn Jahren. Wenn überhaupt.

Alle Fenster waren weit aufgerissen, trotzdem war es furchtbar stickig, und es roch penetrant nach Schweiß.

Auch die gespannte Erwartung lag deutlich in der Luft. Die Blicke wanderten immer wieder Richtung Tür, jeder hier wartete auf das Eintreffen von Diana.

Ein paar Kollegen waren wohl beim Kiosk um die Ecke gewesen und hatten sich Stieleis geholt, an dem sie hastig leckten, bevor es ihnen wegschmolz.

Janosch entdeckte Nehring in einer der hinteren Reihen und gesellte sich zu ihm. Der Leiter der Mordkommission wirkte noch mürrischer als sonst.

»Na, wie sieht's aus?«, fragte Janosch.

»Hmmm.«

»Ich hatte gerade eben höchst unerwarteten, aber sehr in-

teressanten Besuch«, spielte er auf sein Gespräch mit der Notarin an.

»Schön.«

Was war denn mit dem los? Irgendwie glaubte Janosch
nicht, dass Nehrings schlechte Laune und Wortkargheit von
seinem Rauchstopp herrührten.

Bevor er sich weiter nach der Befindlichkeit seines Vorgesetzten erkundigen konnte, stürmte Diana Quester herein.

Als Erstes registrierte sie die Kollegen mit dem Eis.

»Raus! Aber sofort!«, herrschte sie die Gruppe an. »Sie
spinnen ja wohl! Kommen Sie wieder, wenn Sie Ihr verfluch-
tes Eis los sind und was von Respekt gelernt haben! Ich lasse
Sie hier doch nicht irgendein Capri-Eis lutschen, während
wir über den Tod von vier Menschen sprechen!«

Mit eingezogenen Köpfen suchten die Kollegen das
Weite.

Da hat ja noch jemand blendende Laune, dachte Janosch,
auch wenn sie natürlich völlig recht hatte.

Nehring trat jetzt auch zu Diana nach vorne, um gemeinsam mit ihr durch die Besprechung zu führen.

Die Kriminaldirektorin war aber noch nicht fertig. Sie
zählte einmal durch. »So viele Leute habe ich aber nicht zu
dieser Soko abgeordnet. Jeder, der hier nur als Schaulustiger
aufgelaufen ist, verschwindet jetzt schleunigst – sonst lasse
ich mir für jeden Einzelnen ganz besondere Sonderaufgaben
einfallen. Ich fasse es ja nicht!«

Wieder traten ein paar Leute die Flucht an.

»Manchmal komme ich mir hier vor wie eine Grundschullehrerin«, sagte Diana schließlich kopfschüttelnd. »Also, Frank, ich denke, wir können anfangen.«

Nehring nickte und räusperte sich.

Anhand eines Whiteboards, auf dem der Grundriss des Sander-Hauses abgebildet war, ging er noch einmal alle Informationen über Tatort und Tathergang durch.

Auf dem Plan waren jeweils die Stellen eingezeichnet, an denen die Leichen aufgefunden worden waren, daneben waren Bilder der Fundorte und die wichtigsten Fakten zu den jeweiligen Familienmitgliedern.

»Wir haben inzwischen den Obduktionsbericht und den vorläufigen Bericht der Spurensicherung vorliegen«, sagte er. »Das Abendessen im Magen-Darm-Trakt der Toten war noch kaum verdaut, auch die Rückschlüsse aus der Rektaltemperatur in Verbindung mit der Umgebungstemperatur deuten darauf hin, dass der Todeszeitpunkt zwischen ein und zwei Uhr nachts liegt.«

Im späteren Verlauf wird das sicher noch relevant, dachte Janosch. Allerspätestens, wenn sie Alibis mit konkreten Uhrzeitangaben würden prüfen müssen, nicht so Allgemeinplätze wie von Cedric Gossens, der da angeblich zu Hause geschlafen haben wollte, oder Schwab, der die Nacht durchgezecht hatte. Aktuell half ihnen diese Information noch nicht allzu sehr weiter.

Nehring deutete auf den Gartenbereich. »Der SpuSi ist an der Terrassentür etwas höchst Bemerkenswertes aufgefallen: Die Tür ist von innen aufgebrochen worden.«

Janosch horchte auf. Das hingegen könnte zu einem echten Durchbruch führen. Mit diesem Gedanken schien er nicht der Einzige zu sein – aufgeregtes Gemurmel kam in dem Besprechungsraum auf.

»Sie können sich denken, was das möglicherweise bedeuten könnte«, fuhr Nehring fort. »Der Täter verfügte von Anfang an über Zugang zum Haus und wollte es nur wie einen Einbruch aussehen lassen. Das könnte den Kreis der Verdächtigen erheblich verkleinern.«

Diana warf ein: »Wir gehen bislang von jemandem aus, der höchst planvoll agiert. Hat er im Eifer des Gefechts wirklich so einen groben Fehler begangen? Oder war es Absicht?«

In Janoschs Kopf nahm bereits eine neue Theorie Form an. Ein Gedankenkonstrukt, das ihm einen Schauer über den Rücken laufen ließ.

Das wäre unfassbar, dachte er, das wäre eigentlich undenkbar.

Die Besprechung plätscherte weiter vor sich hin. Nehring und Diana holten sich Wasserstandsmeldungen der einzelnen Teams ab, verteilten neue Aufgaben und vereinbarten schließlich den Termin für ihre nächste Zusammenkunft.

Janosch erzählte unter anderem von Gossens Hinweis auf Gregor Sanders Verstrickungen in den Arbeitsunfall in Rumänien. Nehring wies ihm zwei Leute zu, die Osteuropa-Erfahrung vorweisen konnten und ihn bei der weiteren Recherche in dieser Sache unterstützen sollten.

»In der Kantine habe ich mit einem von der KTU gequatscht«, hörte Janosch hinter sich einen der dienstälteren Kollegen sagen. »Die haben in dem Haus bisher keinen einzigen Hinweis auf den Täter gefunden. Keine Fingerabdrücke, keine Schuhabdrücke, nix! Ich meine, da sind auch bestimmt viele DNA-Spuren, die man erst mal ausschließen muss, haben ja einige Leute dort gelebt – aber stell dir das mal vor! Der Mörder muss ein verdammter Geist gewesen sein.«

Als die Besprechung beendet wurde, bat Janosch Diana und Nehring noch einmal um ein Gespräch unter sechs Augen. Seine Hypothese hatte er nicht gleich vor versammelter Mannschaft verkünden wollen, dafür stand sie noch zu sehr auf wackligen Beinen.

Die Stimmung zwischen den beiden wirkte frostig. Janosch fragte sich, ob etwas vorgefallen war.

»Wir haben Nazis mit einem Alibi auf Video, und wir haben einen Ex-Mann mit kurzer Lunte und wackligem Alibi«, resümierte Nehring. »Nicht großartig, aber auch nicht nichts.«

»Vergessen wir nicht die Rumänien-Spur«, sagte Diana. »Sofern Gossens nicht nur von sich selbst ablenken will.«

Janosch vergrub die Hände in den Hosentaschen und wippte auf den Füßen hin und her. Auch jetzt machte es ihn noch nervös, wenn er vor Diana seine Ergebnisse präsentieren musste. Ob das wohl jemals nachlassen würde?

»Ich habe noch was«, setzte er an und erzählte von seiner Begegnung mit Gregor Sanders Notarin. Dann kam er zu seiner Theorie: »Jemand mit Zugang zum Haus hat Testamentsunterlagen mit unliebsamen Änderungen gestohlen und mit Maximilian Sander auch gleich einen potenziellen weiteren Erben ausgeschaltet. Wer soll dafür ein Motiv gehabt haben, wenn nicht …«

»… Carina Sander«, hauchte Nehring.

»Langsam. Sie war zum Tatzeitpunkt nachweislich auf ihrer Station«, sagte Diana. »Außerdem macht sie nun wirklich nicht den Eindruck einer eiskalten Killerin.«

»Wer sagt denn, dass sie es selbst getan haben muss?« Nehring rieb sich über den vor Schweiß glänzenden Schädel.

»Carinas Ex hat von Anfang an auf das Geld ihres Vaters geschielt, wie es aussieht«, sagte Diana. »Könnte er Carina manipuliert haben? Mit ihr gemeinsame Sache gemacht haben?«

»Vielleicht war die Trennung nur vorgetäuscht ...«, ergänzte Nehring.

Janosch dachte an den gestrigen Abend zurück, an das aufrichtige Gespräch, das Carina und er auf ihrer Terrasse geführt hatten. Unvorstellbar, dass sie ihn da angelogen hatte. Es hieße auch, dass sie Helen über Monate hinweg über ihre wahre Beziehung zu Cedric im Dunkeln gehalten hätte.

»Springen wir mal nicht zu voreiligen Schlüssen«, mahnte Diana. »Janosch, Carina ist immer noch bei euch zu Hause, richtig? Behalte sie einfach ganz genau im Auge. Bei jeder noch so kleinen Auffälligkeit meldest du dich.«

Er nickte. Seine Magengrube zog sich zusammen.

Hatten sie die Täterin in ihr Haus eingeladen?

• • •

Die Sonne versank bereits hinter den Dächern von Fulda, als Diana ihre To-dos für den heutigen Tag geschafft hatte.

Als Kriminaldirektorin gehörte es eigentlich nicht zu ihren Aufgaben, sich so sehr in Ermittlungen zu vertiefen – also musste sie wohl oder übel damit leben, dass sich einiges an anderen Aufgaben anstaute. Viel Papierkram, viele Unterschriften, die sie setzen musste, viele Leute, denen sie Anweisungen, Informationen oder auch mal einen Schuss vor den Bug geben musste.

Trotzdem ließ sie der Fall Sander auch jetzt nicht los.

Nicht nur aufgrund seiner Tragweite und Komplexität, sondern auch aus einem anderen Grund, der ihr zugegebenermaßen etwas unangenehm war: Wenn sie es richtig anstellte, konnte eine gelungene Aufklärung ein weiterer Boost für ihre Karriere sein, so ähnlich wie damals der Fall Matilda Nolte.

Sie hatte noch ein paar Jahre vor sich und kein Interesse daran, sich auf der Position als Kriminaldirektorin auszuruhen.

Aus der Schreibtischschublade nahm sie eine Flasche Glenfiddich und ein Whiskyglas. Sie goss sich zwei Fingerbreit ein und genehmigte sich einen kleinen Schluck.

Alkohol war im Präsidium eigentlich nicht gestattet, aber zum einen waren um diese Uhrzeit sowieso kaum noch Kollegen da, zum anderen würde es so schnell niemand wagen, sich mit Diana anzulegen.

Ihr Handydisplay leuchtete auf. Eine neue Benachrichtigung der Dating-App »*für Singles mit Anspruch*«, die sie sich vor drei Wochen heruntergeladen hatte. Irgendein Ralf hatte ihr Profil mit »*Gefällt mir*« markiert – Anfang fünfzig, Marketingchef, braun gebrannt, perfekt gestylter Dreitagebart, Rennradfahrer, oft auf Sylt. Sein Profil schrie förmlich »Midlife-Crisis«, trotzdem nahm sie seine Chatanfrage an. Zumindest jemand für einen schönen Abend im Restaurant und später im Bett.

Seit Jahren gab es jetzt niemanden, der zu Hause auf sie wartete. Sie vermisste das Gefühl nicht, sondern genoss viel eher die Freiheit, die dieser Umstand mit sich brachte.

Sie konnte arbeiten, so lange sie wollte, konnte tun und lassen, wonach ihr der Sinn stand, musste nie die Bedürfnisse eines Partners berücksichtigen. Nur manchmal, an langen Wochenenden oder allein im Urlaub, überkam sie eine bedrückende Woge der Einsamkeit.

Irgendwann vielleicht, dachte sie. Irgendwann taucht vielleicht noch einmal der Richtige auf.

Aber der Richtige war definitiv nicht jemand wie Ralf.

An ihrem Laptop durchforstete sie ein weiteres Mal die Fallakten.

Aktuell untersuchten die Datenexperten den Privatrechner von Gregor Sander, waren jedoch noch nicht auf Auffälligkeiten gestoßen.

Diana blieb an Sanders Lebenslauf hängen. 1983 floh er im Alter von fünfundzwanzig Jahren in der Nähe von Point Alpha in den Westen. Zuvor hatte er in den Leunawerken gearbeitet, dem größten Chemiebetrieb der DDR, südlich von Halle an der Saale gelegen.

Der Eintrag zu seiner Flucht – wahrscheinlich aus irgendeiner alten Akte des Bundesgrenzschutzes rüberkopiert – beschäftigte sie. »*G. Sander gelingt am 12.8.83 die Flucht in die Bundesrepublik Deutschland, sein Begleiter stirbt durch eine Selbstschussanlage.*«

Die Mordnacht war nicht das erste Mal gewesen, dass

auf Gregor Sander geschossen worden war. Wahrscheinlich hatte er die Flucht nach Westdeutschland nur knapp überlebt. In der Hoffnung auf ein neues und besseres Leben war er hierhergekommen, war in Grimmbach sesshaft geworden. Er hatte sich eine neue Existenz aufgebaut, eine Familie gegründet, ein kleines Vermögen erwirtschaftet – nur um am Ende doch alles auf einmal zu verlieren.

. . .

»Hey, da bist du ja!«

Helen saß auf der Gartenbank vor dem Haus, die Hände über ihren Kugelbauch gelegt. Ihre Miene war undeutbar.

»Tut mir leid, dass es so spät geworden ist«, sagte Janosch zerknirscht, stellte seine Tasche mit Einkäufen ab und drückte ihr einen Kuss auf die Stirn.

»Manchmal glaube ich, du hast vielleicht vergessen, dass du gerade eine hochschwangere Frau zu Hause sitzen hast.«

Autsch! Das saß. Ein Satz wie ein Nackenschlag. Dennoch wollte er es nicht einfach so auf sich sitzen lassen: »Ein Wort, du brauchst nur ein einziges Wort zu sagen, dann lass ich mich sofort krankschreiben oder so und bin raus aus dem Fall! Sag doch einfach, dass es dir nicht passt.«

Ihre Nase kräuselte sich, wie immer, wenn sie wütend auf ihn war. Sie sagte resigniert: »Ich hätte mir gewünscht, ich hätte es gar nicht so ansprechen müssen.«

»Ich weiß, es ist nur, dieser Fall ist so grausam, außerdem tun wir das für Carina, sie ist ja deine Freundin. Der Fall …«

»Der Fall, der Fall, immer ist es der Fall!«, rief Helen. »Als ich ein Kind war, hat meine Mutter das auch ständig gesagt. Erst kam die Arbeit, dann alles andere. Weißt du, ich hatte irgendwann mal die Hoffnung, durch deinen Einfluss könnte sie sich vielleicht verändern und mehr wie du werden. Langsam befürchte ich, dass genau das Gegenteil passiert: Du wirst immer mehr wie sie. Wie soll das erst werden, wenn der Kleine da ist?«

»Das … das wird anders sein.«

Mehr wusste er nicht zu erwidern.

Betreten senkte er den Blick und ließ sich neben sie auf die Bank sinken. Eine Weile saßen sie schweigend nebeneinander, während Grimmbach um sie herum die Sommernacht einläutete. Von irgendwoher roch es nach Grillfleisch. Gläserklirren und Lachen drangen an ihre Ohren, die Kapelle St. Konrad schlug neun Uhr abends.

Irgendwann legte Helen den Kopf auf seine Schulter.

Keine Entschuldigung, nur ein Friedensangebot. Die unausgesprochene Übereinkunft, dass sie zusammenhalten mussten, wenn sie die kommenden Tage überstehen wollten. Sie wollten auf gar keinen Fall zerstritten sein, nicht jetzt, nicht so kurz vor der Geburt.

»Wie geht es Carina?«, fragte Janosch schließlich. »Was hat sie heute gemacht?«

»Ein Seelsorger war noch mal da, außerdem eine Freundin von ihr. Und sie hat sich mit Verwandten getroffen, die Schwester ihrer Mutter und deren Familie, die sind aus Schwaben angereist, übernachten im Gasthof und greifen ihr bei den organisatorischen Dingen unter die Arme. Das schafft sie in ihrem Zustand gerade nicht.« Sie seufzte tief.

»Leider isst sie immer noch nicht. Die meiste Zeit war sie im Zimmer, ihre Weinkrämpfe habe ich bis runter ins Wohnzimmer gehört.«

Janosch dachte an seine Hypothese. Wäre Carina wirklich dazu fähig gewesen? Machte ihre Reaktion nicht allzu deutlich, dass sie niemals so kaltblütig hätte agieren können? Oder waren ihre Tränen eher ein Zeichen der Reue, gar nicht so sehr der Trauer?

»Vielleicht können wir sie ja noch einmal zum Abendessen bewegen«, meinte er. »Ich habe auch ziemlichen Hunger und habe ein paar Kleinigkeiten vom Aldi mitgebracht.«

»Wir können's versuchen.«

Während Helen nach oben ging und nach Carina sah, packte Janosch seine Einkäufe auf der Küchenzeile aus. Er kochte ein schnelles Pastagericht mit Feta, Zucchini und Kirschtomaten.

Als Helen und Carina herunterkamen, brodelte bereits das Nudelwasser, und er hatte das Gemüse klein gehackt.

»Hey«, hauchte Carina leise in Janoschs Richtung. Sie wirkte wacklig auf den Beinen, schaffte es so gerade eben zu einem der Stühle und sackte auf ihm zusammen.

»Ich habe ihr vorgeschwärmt, wie lecker du kochen kannst, das hat sie schließlich überzeugt«, sagte Helen mit einem Lächeln.

»Wie geht's dir, Carina?«, fragte Janosch, als er die Penne ins Salzwasser gegeben hatte, und bereute es sofort. »Tut mir leid, doofe Frage …«

»Na ja, irgendwas muss man schließlich fragen«, sagte sie. »Ich weiß auch nicht. Gerade fühle ich einfach … nichts.

Als wäre in mir drin ein Vakuum. Die Trauer überrollt mich dann immer wieder aus dem Nichts wie Tsunamiwellen.«

»Das Schlimmste sind die Journalisten«, sagte Helen. »Irgendwie müssen die rausbekommen haben, dass Carina bei uns übernachtet, seitdem treiben die sich hier herum. Einen musste ich schon aus dem Garten scheuchen, vor Schreck wäre er fast in den Teich gefallen.«

»Ja, dieser ganze Medienrummel ist so furchtbar. Als wäre das alles nicht schon schlimm genug.« Carina verschränkte die Hände im Nacken, eine Schutz suchende Geste. »Meine Social-Media-Konten habe ich längst stummgeschaltet oder deaktiviert. Ein paar Freunde und Kollegen haben mir geschrieben, dass sie von Zeitungen kontaktiert worden sind, die ihnen möglichst persönliche Dinge über meine Familie und mich entlocken wollten.«

»Solche Aasgeier«, knurrte Janosch, der beim Tod seines Vaters diese toxischen Auswüchse des Pressebetriebs am eigenen Leib erlebt hatte.

Er vermengte das gebratene Gemüse mit den Nudeln und dem Feta, garnierte die Teller noch mit einem frischen Blatt Basilikum und servierte sie Carina und Helen.

»Guten Appetit, ich hoffe, es schmeckt.«

Schweigend aßen sie vor sich hin. Janosch freute es sehr, dass Carina in Windeseile ihre halbe Portion verspeiste.

»Nach gestern und heute bin ich wohl wirklich sehr ausgehungert«, sagte sie kauend.

Janosch wagte einen vorsichtigen Vorstoß: »Darf ich dich noch einmal etwas zu unseren Ermittlungen fragen? Es geht mir nur darum, gewisse Dinge gleich im Vorhinein auszuschließen … damit wir nicht wertvolle Zeit verlieren. Ich möchte dich damit auf gar keinen Fall angreifen oder dir irgendetwas unterstellen.«

»Klar«, sagte sie leise und drückte ihren Rücken durch.

Janosch räusperte sich. Er verschränkte seine Finger ineinander, damit nicht auffiel, wie sehr sie zitterten.

»Wie viel wusstest du über das Testament deines Vaters?«

Ihre Augen weiteten sich etwas. »Na ja, ich wusste, dass er irgendwann mal eins geschrieben hatte. In solchen Dingen war er sehr gründlich. ›Muss alles seine Ordnung haben‹, war einer seiner Sprüche.«

»Und hast du eine Ahnung, was drinstand? Wer bedacht werden sollte?«

»Nein, ich habe immer angenommen, dass mein Papa schon meinen Bruder und mich berücksichtigen würde, alles andere wäre komisch«, sagte sie mit bebenden Lippen. »Ehrlich gesagt, habe ich mir gar nicht so viele Gedanken darüber gemacht – weil ich mir einfach nicht vorstellen wollte, dass Papa mal etwas zustößt.«

»Von den jüngsten Testamentsänderungen, die er geplant hatte, hast du also auch nichts mitbekommen?«

Sie starrte ihn aus großen Augen an. Ihr Gesicht war noch blasser als gestern, die blauen Äderchen in ihren Wangen schienen durch.

»Nein«, hauchte sie.

Janosch konnte ihre Reaktion nicht recht deuten. Diese Schockreaktion – war sie wirklich überrascht über die Information? Oder darüber, dass Janosch davon wusste?

Helens Blick wanderte zwischen ihm und Carina hin und

her und blieb schließlich an Janosch hängen. Treib es nicht zu weit, schien der Blick sagen zu wollen.

»Nun sind die Dokumente aus dem Safe deines Vaters verschwunden, mutmaßlich vom Täter gestohlen. Die Notarin, die er beauftragt hatte, hat ihn wohl besonders in der Frage beraten, wie jemand außerhalb der Familie begünstigt werden kann …«

Schlagartig wechselte Carinas Gesichtsfarbe von Weiß zu einem Puterrot. Ihre Finger umklammerten die Tischkante.

»Du willst doch nicht etwa andeuten, dass ich damit auch nur irgendwas zu tun hatte!«

Janosch hob beschwichtigend die Hände. »Natürlich nicht. Ich versuche nur herauszufinden, wen er in seinem Testament außer dir und deinem Bruder bedenken wollte.«

Doch Carina war nicht mehr zu bremsen, sie redete sich immer weiter in Rage: »Unfassbar! Meine ganze Familie ist getötet worden, und die Polizei hat für mich nichts außer Anschuldigungen und Verleumdungen!«

Ruckartig stand sie auf und stieß dabei gegen den Küchentisch. Das Geschirr schepperte. Ein Glas fiel um, rollte herunter und zersprang auf dem Boden. Cola ergoss sich über die ganze Tischdecke.

»Carina, ganz ruhig, Janosch macht doch nur seinen Job«, redete Helen auf sie ein und sagte dann an ihn gewandt: »Musste das denn wirklich sein, verdammt?«

»Wenn er wirklich seinen Job machen würde, dann wäre er da draußen und würde den Täter finden! Und nicht mich verdächtigen!«

»Ich meinte das nicht so! Ich will doch nur erfahren, was du darüber weißt. Es tut mir leid, es tut mir unfassbar leid!«

Carina zog ihr Handy aus ihrer Jeans und tippte mit zitternden Fingern aufs Display.

»Was machst du da?«, fragte Helen.

Carina drehte sich von ihr weg und hielt sich das Handy ans Ohr.

»Ja, hallo, Bruno«, grüßte Carina tränenerstickt. »Ich habe es mir doch anders überlegt … Wenn euer Angebot noch steht, dann würde ich doch gern bei euch unterkommen.«

Die Kreys, dachte Janosch. Die Nachbarn ihrer Eltern.

Erwartungsvoll lauschte sie der Antwort am anderen Ende der Leitung und sagte schließlich: »Danke, tausend Dank. Das ist wirklich sehr, sehr lieb von euch. Ich schicke euch die Adresse und warte draußen vor der Tür auf euch.«

Sie legte auf und wischte sich schniefend über die Nase. »Ich gehe hoch und packe meine Sachen.«

»Wollen wir nicht noch einmal ganz in Ruhe reden?« Helen streckte die Hand nach ihr aus, aber Carina ignorierte sie und stürmte die Treppe hoch.

»Vernimmst du die Menschen immer so rücksichtslos!?«, fuhr Helen Janosch an.

Diese Worte trafen ihn besonders schwer, hatte er doch immer äußersten Wert darauf gelegt, in seinem Beruf möglichst sensibel vorzugehen.

Es tat ihm entsetzlich leid, Carina so sehr zugesetzt zu haben. Andererseits fragte sich der Ermittler in ihm bereits, ob noch mehr hinter ihrem fluchtartigen Aufbruch steckte.

Getroffene Hunde bellen, dachte er. Oder ist das einfach

nur die emotionale Überreaktion einer erschöpften Trauernden?

Auf jeden Fall musste er schleunigst mit Frank Nehring darüber sprechen.

»Sie ist eine meiner besten Freundinnen, um Herrgotts willen!« Helen verschränkte die Arme vor der Brust. »Du glaubst doch nicht im Ernst, dass sie ihre eigene Familie ermordet hat! Hast du eigentlich mitbekommen, wie fertig sie mit der Welt ist? Kriegst du überhaupt noch was mit?«

»Jetzt reicht's!«, erwiderte er. »Hast du von deiner Mutter in all den Jahren nie was mitbekommen? Wir dürfen nichts ausschließen, so unwahrscheinlich es auch scheinen mag.«

Sie verfielen in ein gereiztes Schweigen. Nach einigen Minuten schleppte Carina polternd ihren Trolley herunter und umarmte Helen. »Danke für alles. Danke für deine Gastfreundschaft.«

Für Janosch hatte sie nur einen bösen Blick übrig.

Helen brachte sie noch zur Tür, als schon Franziska und Bruno Krey vorfuhren.

Vom Küchenfenster aus beobachtete Janosch, wie der unförmige Bruno Krey ausstieg, Carina fest in die Arme schloss, ihr den Trolley aus der Hand nahm und ihn im Kofferraum verstaute. Krey schlug die Heckklappe zu, und in diesem Moment trafen sich ihre Blicke. Ein stummer Vorwurf lag in seinen Augen.

Als er den Kombi wendete, wurde Janosch von den Scheinwerfern geblendet. Er musste sich die Hand vors Gesicht halten und wandte sich ab.

WERKSHALLE 12

27. August 2022
08:00 Uhr

Wenn aus Drohungen Taten werden: Lokalpolitikerin und ihre Familie ermordet

Diana las den Artikel des großen Nachrichtenmagazins erst gar nicht weiter, sondern schmiss die Zeitschrift zu den anderen auf ihrem Schreibtisch.

Der Tenor in den Medien war bislang größtenteils einhellig: Man betrachtete die Bluttat gar nicht so sehr als Mord an der Familie Sander – sondern vielmehr als Mord an Beate Sander *und* ihrer Familie.

Die politische Dimension des Falls rückte zunehmend in den Vordergrund, noch verstärkt von der Tatsache, dass sie gestern einen Rechtsradikalen vorläufig festgenommen hatten.

Der Verfassungsschutz hatte bereits Akteneinsicht verlangt, sich bisher aber ansonsten aus ihren Ermittlungen herausgehalten. Möglicherweise auch deswegen, weil die Soko vermeintlich so gute Fortschritte machte.

Dabei hatten sie noch überhaupt nichts Handfestes vor-

zuweisen – nur einen dringend Verdächtigen mit unumstöß-
lichem Alibi.

Na ja, mir soll's recht sein, dachte Diana. Solange es ver-
hinderte, dass noch mehr Leute die Nase in ihre Arbeit steckten, kam ihr alles gelegen. Schon schlimm genug, die ganze
Zeit Staatsanwalt Nussbaums Atem im Nacken zu spüren.

Es klopfte an der Tür.

»Herein«, rief sie.

Sie hielt nichts von stets geöffneten Türen am Arbeits-
platz, genauso wenig wie von flachen Hierarchien. *Befehl und
Gehorsam,* dieses Prinzip hatte ihr ganzes Berufsleben lang
einwandfrei funktioniert. Sie würde es nicht in den letzten
Jahren über den Haufen werfen, nur weil die neue Generation
so überempfindlich und verweichlicht war. Ihre Meinung.

Janosch steckte den Kopf herein. Er sah übernächtigt aus,
mit blassem Teint und dicken Ringen unter seinen Augen.
Anscheinend lag mal wieder eine seiner vielen schlaflosen
Nächte hinter ihm.

Einerseits bemitleidete sie ihn, andererseits fragte sie sich
manchmal ernsthaft, wie es um seine Einsatzfähigkeit bestellt war. Und dabei war das Baby ja noch nicht mal auf der
Welt.

»Ich habe Frank noch nicht erwischt, deshalb dachte ich,
ich könnte vielleicht kurz fünf Minuten mit dir sprechen.«

»Jetzt komm schon rein und stirb nicht in Höflichkeit«,
erwiderte sie.

Er trat ein und schloss die Tür hinter sich. Etwas betreten
musterte er den Teppichboden. In seinen Händen hielt er

eine Aktenmappe, die er immer wieder nervös in der Mitte knickte.

»Die Sache ist die …«

Natürlich wusste sie schon längst, was geschehen war, und hatte nicht die Muße, ihn noch weiter zappeln zu lassen. Außerdem ertrug sie gerade nicht sein Herumgedrucke.

»Lass mich raten: Irgendwie habt ihr Carina Sander verschreckt, und sie ist jetzt bei den Kreys wohnhaft.«

Janosch verzog einen Mundwinkel. »Aha. Du hast uns überwachen lassen.«

»Klar, was denkst du denn? Dass ich unsere wichtigste Zeugin schutzlos lasse? Jetzt steht die Streife eben bei den Kreys vor der Tür. Ist auch besser so. Hätten die Medien davon Wind bekommen, dass ein Ermittler die Hauptzeugin bei sich beherbergt, hätte das einen Shitstorm losgetreten.« Sie ließ sich in ihren Drehsessel sinken. »Wie habt ihr's denn hinbekommen, dass Carina so davongestürmt ist?«

»Ich habe sie auf das Testament angesprochen. Da hat sie völlig die Beherrschung verloren.«

»Janosch, Janosch, Janosch«, sagte sie mit gespieltem Tadel. »Ausgerechnet von einem Leisetreter wie dir hätte ich etwas mehr Taktgefühl erwartet.«

An seiner Mimik konnte sie ablesen, wie überrascht er war, dass sie eher amüsiert statt wütend reagierte.

Er streunerte durch ihr Büro, beschaute die eingerahmten Urkunden und Zeitungsausschnitte an den Wänden, den Kandinsky-Druck, die penibel beschrifteten Akten. Blickkontakt vermied er weiter tunlichst.

»Dachtest du, ich reiße dir den Kopf ab?«

Er zuckte mit den Schultern.

»Du hast eine wichtige Zeugin vergrault. Kann passieren. Spätestens bei einer offiziellen Vernehmung wird sie uns so oder so die Wahrheit sagen müssen, wenn sie sich nicht strafbar machen will. Helen ist mit ihr befreundet – so wie ich meine Tochter kenne, hat sie dir schon die Hölle heißgemacht.«

»In der Hinsicht kommt sie definitiv nach ihrer Mutter.« Janosch seufzte. »Die Nacht habe ich jedenfalls auf der Couch im Arbeitszimmer verbracht.«

»Ich will mich auf gar keinen Fall in eure Beziehung einmischen, wirklich nicht, aber bekommt das in den Griff, so kurz vor der Entbindung. Ihr braucht jetzt Ruhe und Zusammenhalt, glaub mir das.«

»Du hast ja recht.« Janosch strich die Aktenmappe glatt. »Hier ist etwas, das mich heute Morgen wieder etwas optimistischer gestimmt hat. Die ersten Medienrecherchen aus Rumänien. Die Berichte der Behörden vor Ort sollten im Laufe des Vormittags bei uns eingehen.«

Er überreichte ihr die Unterlagen, und sie vertiefte sich sogleich in die Lektüre.

Janosch umrundete den Schreibtisch und schaute Diana über die Schulter. »Zum Ende hin wird es *richtig* spannend.«

Diana blätterte durch die chronologisch sortierten Ausdrucke von Onlinezeitungen, einige aus deutschen Blättern, die meisten jedoch rumänisch und mit groben Übersetzungen ins Deutsche versehen.

Alle drehten sich um eine Explosion, die sich Anfang 2018 im rumänischen Timişoara in einem Werk für Korrosionsschutzprodukte ereignet hatte. Vier Mitarbeiter waren dabei ums Leben gekommen, viele weitere schwer verletzt worden.

Was die Schuldfrage betraf, deuteten die Schlagzeilen klar in eine Richtung: »*Mangelnde Sicherheitsüberprüfungen*«, »*Kollegen der Verstorbenen erheben schwere Vorwürfe gegen deutschen Mutterkonzern*«, »*Bereichsleiter nennt letzte Kontrolle ›schlampig‹ und ›unzureichend‹*«, »*Profitmaximierung stand über Arbeitssicherheit‹*«.

»Dreimal darfst du raten, wer der verantwortliche Sicherheitsreferent war, der die Werkshalle 12 vor dem Unfall besucht und für ungefährlich erklärt hat.«

»Ach was«, meinte Diana. »Unser werter Herr Sander hat also kurz vor seinem Ruhestand noch einmal richtigen Bockmist verzapft.«

»Mehrere Klagen sind gegen ihn und die Firma eingegangen, unter anderem auch am Europäischen Gerichtshof. Die allermeisten Verfahren wurden gegen nicht unerhebliche Summen eingestellt oder von den Anwaltshorden des Unternehmens abgewiegelt. Nur einige wenige sind noch in der Schwebe.«

Diana lehnte sich zurück. Mit jedem weiteren Wort aus Janoschs Mund besserte sich ihre Laune. Lag die Vorgeschichte dieses Verbrechens gar nicht in Deutschland, sondern in Rumänien?

Janosch fuhr fort: »Unter den Hinterbliebenen gibt es vor allem eine Person, die hervorsticht: Daniel Iliescu. Sein kleiner Bruder hat bei CoroSupply ein Pflichtpraktikum im Rahmen seines Studiums absolviert. Zum Zeitpunkt der Explosion hätte er sich eigentlich gar nicht in Werkshalle 12 aufhalten sollen. Er war wohl nur dort, weil er und eine Gruppe anderer Praktikanten eine Führung erhalten haben. Wirklich besonders tragische Umstände …«

»Und was hat dieser Iliescu so getrieben?«

»Er hat den Medien stets bereitwillig Rede und Antwort gestanden und sich schnell zum Wortführer der Hinterbliebenen entwickelt. Er organisiert die gemeinsamen Social-Media-Auftritte der Familien der Opfer und die Zusammenarbeit mit den Juristen. Ich habe mir einige Interviews mit ihm angesehen – ein sehr überzeugender, charismatischer Typ mit hervorragenden Englischkenntnissen. Und die Geschichte mit seinem Bruder ist natürlich äußerst tragisch.«

»Das ist ja alles gut und schön, aber ergibt sich daraus auch ein kriminalistisches Interesse an seiner Person?«

»Drei Dinge.« Janosch streckte den Daumen aus. »Erstens: Er ist Förster und hat einen Jagdschein.« Jetzt kam der Zeigefinger dazu. »Zweitens: Als bekannt wurde, dass eine Sammelklage gegen Sander gescheitert ist, hat er öffentlich gesagt, nun müsse die Gerechtigkeit selbst in die Hand genommen werden.«

»Wenn du mir jetzt noch sagst, dass Iliescu sich vor ein paar Tagen ein Flugticket nach Deutschland besorgt hat, hast du meinen Morgen endgültig gerettet.«

Janosch nickte nur und konnte sich ein Grinsen kaum verkneifen. »Der dritte Punkt: Zwei Tage vor der Tat ist er in Berlin gelandet. Und hat in einem Hotel in Grimmbach eingecheckt.«

»Unfassbar«, hauchte Diana. »Fast zu schön, um wahr zu

sein, einen Verdächtigen so auf dem Silbertablett serviert zu bekommen.«

Janosch nickte bedächtig. »Die *Wicked Vikings*, Cedric Gossens und Carina Sander – diese Spuren verblassen förmlich im Vergleich dazu.«

Ein Hinweis passte allerdings nicht ins Bild: das von innen aufgebrochene Schloss der Terrassentür. Wie hatte sich Iliescu Zugang zum Haus verschafft? Den Gedanken behielt Janosch erst mal für sich. Dafür konnte es auch eine einfache Erklärung geben, außerdem wollte er Diana nicht gleich wieder die gute Laune verderben.

»Ja, es kommt einem vor, als würden mit blinkenden Neonlichtern besetzte riesige Pfeile geradewegs auf ihn deuten. ›Schaut her, da ist er, unser Mörder.‹« Diana stand auf und wandte sich der Fensterfront zu. »Cedric Gossens war derjenige, der uns auf den Vorfall in dem Werk aufmerksam gemacht hat, richtig?«

»Genau. Wir denken wahrscheinlich das Gleiche: Wollte er uns bewusst mit der Nase darauf stoßen? Wusste er von Iliescus Aufenthalt in Deutschland und hat ihn als Deckmantel genutzt?«

»Unterstellen wir ihm nicht gleich so etwas. Außerdem klang er aus deinen Schilderungen nicht gerade nach jemandem, der zu so einer geschickten Täuschung in der Lage wäre.«

»Die Bundespolizei und der Grenzschutz sind jedenfalls informiert. Iliescu hat für heute Abend seinen Rückflug gebucht. Den wird er verpassen.«

»Ironisch«, meinte sie, »wenn man den ganzen Fall einmal aus einer rein geografischen Perspektive betrachtet.«

»Worauf willst du hinaus?«

»Gregor Sander hatte alles darangesetzt, aus dem Osten – aus der DDR – zu entkommen, sein Freund hat bei der Flucht das Leben verloren, er selbst hat wahrscheinlich nur knapp überlebt. Und jetzt, Jahrzehnte später, hat ihn womöglich doch der Tod aus dem Osten eingeholt.«

»Hmmm«, machte Janosch zögerlich. »Ich wusste gar nicht, dass Sander bei seiner Flucht von jemandem begleitet worden ist.«

»Was ist eigentlich mit Frank? Ist er schon im Bilde?«

»Ich habe ihm alles bereits per Mail zusammengefasst. Ich bringe ihn auf den neuesten Stand, sobald ich ihn sehe.«

»Sehr gute Arbeit, Janosch«, sagte sie, und sie konnte sich vorstellen, wie er die Brust wohl etwas stärker durchdrückte. Lob verteilte sie nur höchst selten, deshalb verfehlte es nie seine Wirkung, wenn sie es doch einmal spendierte.

Sie vermied es nach Kräften, Janosch vor anderen zu loben oder im Präsidium unnötig viel Zeit mit ihm zu verbringen. Auf gar keinen Fall wollte sie sich nachsagen lassen, Vetternwirtschaft zu betreiben.

Schade, dachte sie bei sich, gerade jetzt, wo ich wirklich gerne mit ihm zusammenarbeite.

Vielleicht hätte sie genau das laut aussprechen sollen. Schließlich war es das höchste Lob, das sie zu vergeben hatte.

• • •

»Für heute Abend sind Hitzegewitter angesagt. Puah, ich hoffe echt, danach kühlt es sich mal etwas ab. Diese drückende Schwüle macht mich fertig.« Tarek schüttelte am Kragen seines Leinenhemds.

»Das wäre wirklich eine Erlösung«, sagte Janosch.

Sie spazierten auf der Herbsteiner Straße unweit des Polizeipräsidiums Osthessen entlang. In den Mittagspausen war der grüne Hohlweg ihre bevorzugte Spaziergehroute, gerade jetzt im Hochsommer. Das dichte Blätterdach bot ausreichend Sonnenschutz, meistens kamen ihnen nur wenige Jogger oder Leute mit ihren Hunden entgegen, und sie konnten sich ungestört unterhalten.

Zwar kehrte Janosch jeden Abend in die Hügellandschaft der Rhön zurück, aber ab und an fehlte ihm selbst in einer kleineren und recht grünen Stadt wie Fulda die Ruhe und die Weite des Blicks.

Tarek verspeiste ein Tomaten-Mozzarella-Baguette aus der Kantine, Janosch knabberte nur an einem Blaubeer-Muffin herum. Die Hitze schlug ihm auf den Magen, außerdem beschäftigte ihn noch immer das Wortgefecht mit Carina Sander und die darauffolgende Auseinandersetzung mit Helen.

Sie hatte ihn aus dem gemeinsamen Bett verbannt, und er hatte die Nacht im jetzt wieder frei gewordenen Gästezimmer verbracht, das gleichzeitig auch als sein Hobbyraum fungierte. Dort stand seine Werkbank mit seiner Sammlung an Warhammer-Figuren, die er gerne bemalte, wenn er wieder einmal nicht schlafen konnte. Eine Beschäftigung, der er sich auch zunehmend während der Pandemie gewidmet hatte. Er liebte es, mithilfe einer Lupe und eines dünnen Pinsels die feinen Details auf den Rüstungen der daumengroßen Krieger in prunkvollen Farben nachzuzeichnen.

Sein kleiner Durchbruch bei der Rumänien-Spur und die Anerkennung von Diana hatten ihn zwar wieder etwas aufgemuntert, dennoch war seine Stimmung weiter gedrückt.

Er würde das ganze Thema aus der Welt schaffen. Gleich heute Abend.

»Wie läuft es eigentlich mit deinem beschädigten Gedenkkreuz?«, fragte Janosch.

Er hatte viel vom Sander-Fall erzählt, der natürlich das Gesprächsthema Nummer eins war und auch Tarek brennend interessierte, jetzt sollte aber mal sein Freund zu Wort kommen.

»Wenn das so weitergeht, muss man mir am Ende auch noch ein Gedenkkreuz zimmern. Ergebnislos. Ab zu den Akten, wenn du mich fragst. Sei's drum.«

Janosch dachte an Dianas Worte von heute Morgen, ihre Bemerkung über Gregor Sanders Flucht aus dem Osten. Eine Hintergrundinformation, die er als unwichtig abgetan hatte, trotzdem konnte es nicht schaden, sich ein wenig in dem Bereich weiterzubilden.

»Für wen wurde dieses Gedenkkreuz eigentlich aufgestellt?«, fragte er.

»Für einen gewissen Rudolf Hall. 1983 gestorben. War zweiundzwanzig Jahre alt, als er in den Westen rübermachen wollte, und wurde dabei von einer Selbstschussanlage erwischt. Ist wohl mitten im Todesstreifen elendig verblutet, sein Leichnam wurde dann von den DDR-Grenztruppen rausgezogen.«

Vor seinem inneren Auge sah Janosch wieder Gregor Sander in seinem Schlafzimmer, mit einem Kopfschuss hingerichtet. Den Todesstreifen überlebt, nur um dann im eigenen Bett erschossen zu werden. Was für ein Schicksal.

Wo genau hatte Sander eigentlich in den Westen rübergemacht? Und in welchem Jahr?

»Vielleicht kannst du ja rüber in die Soko wechseln, wenn du mit dem Thema durch bist«, meinte er. »Wir könnten noch Hilfe gebrauchen.«

»Puh, das klingt wieder sehr nach endlosen Nachtschichten und Stress, dann auch noch mit deinem Schwiegermonster.« Tarek kratzte sich im Nacken. »Sorry, Mann, aber lass mal. Und du solltest auch kürzertreten, wenn du mich fragst. Ihr bekommt bald ein Kind! Sei für deine Frau da.«

»Ich weiß, ich weiß«, sagte Janosch zerknirscht. Sein Freund hatte mal wieder den Finger in die Wunde gelegt.

»Außerdem klang es bei dir sowieso schon so, als hättet ihr den Killer bereits am Haken«, fuhr Tarek fort. »Dieser Rumäne hat ein glasklares Motiv, ist zwei Tage vor der Tat nach Deutschland gereist, hat in Grimmbach übernachtet, kennt sich mit Waffen aus … Eigentlich könntet ihr schon mal den Schampus kalt stellen.«

»Mit Betonung auf ›eigentlich‹«, erwiderte Janosch düster und vergrub die Hände in den Hosentaschen. Tareks Begeisterung perlte völlig von ihm ab, dafür passte immer noch viel zu wenig zusammen.

...

Frank Nehring lebte in einer Erdgeschosswohnung im Westend von Fulda. Als die Multiple-Sklerose-Schübe seiner Frau in immer kürzeren Abständen gekommen waren, hatten sie sich für einen Umzug aus ihrem schönen Reihenhaus entschieden. Rollstuhlgerecht, das war nun das allerwichtigste Kriterium für ihre neue Bleibe gewesen.

Diana wartete in ihrem Audi auf der gegenüberliegenden Straßenseite. Im Navigationsgerät war bereits die Strecke zum Flughafen Berlin Brandenburg eingestellt. Circa vier Stunden dreißig, wenn sie gut durchkamen – wovon Diana bei all den Baustellen und den vielen Ferien-Rückkehrern nicht im Geringsten ausging.

Nehring trat aus der Terrassentür, seine Reisetasche geschultert. Seine Frau Kerstin folgte ihm in ihrem elektrischen Rollstuhl.

Das letzte Mal musste Diana sie vor vielen Jahren gesehen haben, zu Franks zwanzigjährigem Dienstjubiläum. Damals war sie eine athletische selbstbewusste Frau gewesen, Sportlehrerin an einer Realschule in Fulda. Es versetzte Diana einen Stich, sie jetzt so eingefallen, dünn und zerbrechlich in ihrem Rollstuhl sitzen zu sehen. Ihr tat es leid, wie oft sie in der Vergangenheit Nehring davon abgehalten hatte, nach Hause zu fahren, ihm weiter Druck gemacht hatte.

Sie hatte völlig ausgeblendet, was für eine Verpflichtung zu Hause auf ihn wartete. Unbewusst, das ließe sich zu ihrer Entschuldigung sagen, aber stimmte das? War es nicht bequem gewesen, den Menschen Nehring ab und an mal zu vergessen?

Oder lag es daran, dass sie abseits der Arbeit selbst keinerlei Verpflichtungen hatte? Geschieden, die Tochter erwachsen, der Freundeskreis winzig und die Hobbys spärlich.

Nehring, dieser Hüne, machte sich ganz klein und beugte sich zu seiner Frau herunter, um ihr einen Kuss zu geben.

Wie oft schau ich eigentlich nur auf das, was ich nicht habe, dachte Diana, statt einfach einmal glücklich darüber zu sein, dass ich gesund bin. Sicher, ihr Herzleiden setzte ihr zu, doch es war noch weit davon entfernt, sie dermaßen einzuschränken.

Frank überquerte die Rasenfläche, trat durch das Gartentor und winkte Diana vom Gehweg zu. Sie öffnete den Kofferraum, er verstaute seine Reisetasche und schwang sich dann neben sie auf den Beifahrersitz.

»Ewig her, dass wir mal so eine Tour zusammen gemacht haben«, meinte er, als er sich anschnallte.

»Kommt vielleicht gerade zum richtigen Zeitpunkt.« Diana startete den Motor und drehte im Wendehammer.

Frank winkte noch einmal seiner Frau zu, die ihnen von der Terrasse aus hinterherschaute.

»Wenn du wieder auf das Thema mit den *Wicked Vikings* anspielst … ich dachte, das hätten wir geklärt. Ich habe dir alles dazu erzählt.« Es fiel ihm sichtlich schwer, seinen Ärger zurückzuhalten.

»Mir geht's eher darum, das Vertrauensverhältnis zwischen uns wieder geradezurücken. Wir kennen uns jetzt ewig, ich könnte mir das Präsidium gar nicht ohne dich vorstellen.« Sie klammerte die Hände fester ums Lenkrad. Entschuldigungen waren ihr noch nie leichtgefallen. »Ich habe vorschnell geurteilt. Ich hätte nicht an dir zweifeln dürfen, das tut mir leid.«

»Diana Quester tut es leid.« Nehring verschränkte die massiven Oberarme vor der Brust und grinste. »Dass ich den Tag noch erleben durfte.«

»Suhl dich nicht zu lange darin, sonst ist das auch der letzte Tag, den du erlebst.«

Aber er war noch nicht fertig. »Man könnte fast meinen, du wirst weich. Ich habe auch lange nicht mehr mitbekommen, dass du Janosch Janssen mal nach Strich und Faden zusammengeschissen hast.«

»Wenn du jetzt noch das Wörtchen ›altersmilde‹ in den Mund nimmst, kannst du die restliche Strecke zum Flughafen laufen«, knurrte Diana. »Außerdem gibt mir Janssen immer seltener einen Grund dazu, ihn zurechtzuweisen. Ich bin hart, aber nie unfair. Er ist gut geworden. Helen ist ja schon auf dieselbe Schule gegangen wie er. Sie hat mir erzählt, dass ihn die Mitschüler immer den kleinen Hobbit genannt haben. Ich würde sagen, dass er inzwischen zum Kampfzwerg geworden ist.«

»Ich weiß nicht, ob das so viel charmanter ist …«

»Na ja, an seiner Körpergröße wird er nun wohl nichts mehr ändern können.«

Diana lachte so herzlich wie schon ewig nicht mehr, und Nehring stimmte mit ein – auch wenn es auf Kosten ihres Schwiegersohns ging, aber der würde das schon abkönnen. Außerdem hatte sie das noch nie so wirklich gestört.

»Oder bist du einfach nur so milde gestimmt, weil der Fall kurz vor der Aufklärung steht?«, fragte Frank.

»Es ist meiner guten Stimmung auf jeden Fall nicht abträglich. Auch wenn wir zunächst noch einige Zweifel aus dem Weg räumen müssen.«

»Die da wären?«

»Mein größter: Kann Iliescu wirklich so dumm gewesen sein? So viele Spuren hinterlassen haben? Oder versucht hier jemand, ihm die Tat in die Schuhe zu schieben?«

»Die wenigsten Verbrecher, die ich kennengelernt habe, haben sich durch übergroße Intelligenz ausgezeichnet. Gerade Wut macht einen blind, macht einen dumm. Und so, wie ich das in den Akten rausgelesen habe, hat Iliescu eine riesige Wut auf Sander in sich getragen.« Nehring lehnte den Glatzkopf gegen die Scheibe, während sie auf die Autobahn fuhren. »Auf einmal bricht etwas in dein Leben herein, reißt dir einen geliebten Menschen aus den Händen, und es gibt rein gar nichts, was du dagegen tun könntest.«

»Klingt fast so, als würdest du da auch ein bisschen über Kerstin sprechen.«

Nehring schwieg lange, bis er sagte: »Im Gegensatz zu Kerstin und mir hatte Iliescu immer ein Gesicht vor Augen, das für das Böse steht.«

• • •

Die Autofahrt von Fulda nach Grimmbach verging viel zu schnell. Janosch hätte sich verstopfte Innenstadtstraßen gewünscht, eine rote Welle, auf der Landstraße einen Traktor oder einen Schleicher vor sich, eine Straßensperrung mit weiträumiger Umleitung – aber nichts dergleichen, er kam hervorragend durch. Wie immer, wenn er auf dem Weg zu einem Termin war, dem er mit absolutem Grauen entgegensah.

Lydia Sander.

Die Witwe von Maximilian Sander.

Carina hatte am fünfundzwanzigsten August ihre Familie verloren – Lydia Sander ihren Mann und ihren Sohn.

Bislang war sie noch nicht in Erscheinung getreten. Carina hatte nur einmal erwähnt, dass Lydia einen völligen Zusammenbruch erlitten hatte und kurzzeitig stationär aufgenommen worden war.

Nehring hatte als Soko-Leiter entschieden, sie vorerst nicht zu behelligen. Sie hatten ohnehin schon genug Spuren, denen sie nachgehen konnten.

Am Abend der Tat hatte Lydia Sander für ihre Kolleginnen und Kollegen aus der Grimmbacher Kita zu Hause eine kleine Feier zu ihrem zehnjährigen Jubiläum veranstaltet, deshalb hatten ihr Mann und ihr Sohn überhaupt erst bei ihren Schwiegereltern übernachtet.

Ich will mir gar nicht ausmalen, was sie sich für Vorwürfe machen muss, überlegte Janosch. Wäre die Feier nicht genau an diesem Abend gewesen, Maximilian und Paul Sander wären vielleicht noch am Leben.

Es waren die Hättes, Wenns und Abers, die einen um den Schlaf und irgendwann auch um den Verstand brachten. Janosch kannte sie nur zu gut aus eigener leidlicher Erfahrung.

Er lenkte den Polo durch das typische Rhöner Landschaftsmosaik aus Streuobstwiesen, Äckern, Wäldern, Wiesen und Sümpfen. Das Land der offenen Fernen, so wurde die Rhön auch genannt. Seltener war das so deutlich erkennbar wie an diesem klaren wolkenlosen Sommertag, an dem der Horizont unendlich fern erschien. Kaum zu glauben, dass es heute Abend ein heftiges Gewitter geben sollte.

Andererseits hätte er es doch längst gelernt haben müssen, dass man sich von Idylle nie täuschen lassen durfte.

Irgendwann zogen immer die dunklen Wolken auf.

Es würde kurzzeitig abkühlen, Bäche und Kutten würden überlaufen, die allerletzten Moorbrände vollends gelöscht werden. Aber die Glutnester, tief im Erdreich, würden weiterschwelen.

Lydia Sander hatte um ein Treffen in der Natur gebeten, in den Auen abseits Grimmbach. Janosch stellte den Wagen auf dem Parkplatz eines Ferienhofs ab, zog Schirmmütze und Sonnenbrille auf und sah zu, dass er schnell in den Schatten der Bäume gelangte.

Der ausgetrocknete Wanderpfad führte zwischen niedrigen uralten Mäuerchen entlang, überzogen von Moos und Unkraut. Jeder Schritt wirbelte jede Menge Staub auf.

Monotones Grillenzirpen lag in der Luft, das zunehmend vom Blöken und Glockenläuten einer Schafherde übertönt wurde – einem der unverkennbarsten Rhönlaute und eng mit Janoschs Kindheitserinnerungen verbunden.

Eine schlanke, hoch aufgeschossene Frau lehnte am Gatter der Weide. Sie trug ein schwarzes Kleid und Dr.-Martens-Stiefel, ihr kinnlanges Haar war dunkelviolett gefärbt.

Das musste sie sein.

»Frau Sander.« Janosch zog sich die Sonnenbrille ab und trat neben sie an den Zaun. »Janosch Janssen, Kriminalpolizei Fulda – ich sagte es bereits am Telefon, aber ich möchte auch jetzt noch einmal mein ausdrückliches Beileid betonen.«

Was für ein gestelzter Satz, dachte er sich. Aber in solchen Momenten fand man selten Worte – und wenn, dann noch seltener die richtigen.

»Danke«, sagte Lydia Sander mit tonloser Stimme.

Janosch beobachtete die Rhönschafe vor ihnen mit ihren pechschwarzen Köpfen und der schon wieder dicker werdenden Wolle. Einige grasten vor sich hin, die meisten lagen aber im Schatten und schüttelten sich nur ab und an, um die Fliegen zu vertreiben.

»Ich bin gerade gerne an diesem Ort. Es ist so ruhig, so friedlich«, sagte Frau Sander, und ihre Stimme brach leicht. »Früher … früher waren wir auch oft mit Paul hier. Er hat immer gerne die Tiere gefüttert. Er war nicht mein leiblicher Sohn, er war noch aus Maxis erster Beziehung, aber für mich war Paul immer wie mein eigenes Kind. In meinem Kopf ist noch gar nicht richtig angekommen, dass es ihn nicht mehr gibt. Dass er und Maxi nicht mehr leben.«

Ihr ganzer Körper erbebte unter Schluchzern, und sie musste sich an dem Holzgatter abstützen. Janosch wusste nicht so recht, wie er reagieren sollte, trat einen Schritt auf sie zu und legte zögerlich die Hand auf ihren Rücken.

»Es … es tut mir so leid.«

Bald würde er auch Vater sein, ein kleines Leben in seinen Händen wiegen. Dieser unvorstellbare Verlust! Ein Kind verlieren und begraben müssen ... Diese Angst würde auch ihn für den Rest seines Lebens begleiten.

»Danke, dass Sie sich trotzdem zu einem Gespräch bereit erklärt haben«, meinte er.

»Ich will bei der Aufklärung helfen, mit allem, was ich weiß. Auch wenn ich glaube, dass der Fall leicht zu lösen ist.«

»Wie kommen Sie darauf?«

Sie wandte sich ihm zu, sodass er jetzt auch ihre andere Gesichtshälfte sehen konnte. Eine große, lang gestreckte Narbe zog sich über ihre Wange, längst verheilt, jedoch nach wie vor deutlich sichtbar. Ein grober und brutaler Eingriff in ihre sonst so fein gezeichneten Züge.

»Schauen Sie gut hin, Herr Janssen, da haben Sie schon einmal Ihren Hinweis.«

»Wer hat Ihnen das angetan?«, fragte er erschrocken.

Sie strich über die Narbe, eine unbewusste, aber anscheinend häufige Geste. Sie musste jede einzelne Kontur ganz genau kennen.

»Das ist jetzt fünf Jahre her, da war ich gerade frisch mit Maxi zusammen. Morgens auf dem Parkplatz der Kita springt auf einmal ein vermummter Typ aus einem Gebüsch und fuchtelt mit einem Messer herum, so eines mit gezackter Klinge. Niemand sonst war da. Ich ... ich hatte eine Todesangst, ich dachte, der bringt mich um. Er sagte: ›Du Schlampe, du nimmst uns nicht unseren Kameraden weg!‹, dann machte er eine schnelle Bewegung mit dem Messer, und plötzlich war dieser Schmerz in meinem Gesicht. Ich spürte das Blut, das über meine Wange lief. ›Nächstes Mal steche ich dich ab wie ein Schwein!‹, rief er noch und verschwand dann wieder.«

»Die *Wicked Vikings*.« Janosch stützte die Unterarme auf dem Gatter ab.

»Damals konnte man es ihnen nicht nachweisen, den Täter nie stellen, aber es war einer von ihnen. Vielleicht sogar Nikolas Schwab höchstpersönlich. Sie haben sich dafür gerächt, dass ich ihnen Maxi weggenommen habe. Und sie haben ihm nie verziehen, dass er ihnen den Rücken zugekehrt hat. Das war jetzt die Rache … da bin ich mir sicher. Die Männer waren nicht einmal die Einzigen. Seine Ex, Pauls leibliche Mutter – Nadja – gehört auch zu denen. Hat mir ziemlich heftige Nachrichten auf Facebook und Instagram geschrieben. Wenn ich sie geblockt habe, hat sie einfach neue Accounts erstellt. Bis ich irgendwann aufgegeben und meine eigenen Profile gelöscht habe.«

Janosch dachte an die Feier, die die *Vikings* in der Tatnacht veranstaltet hatten. War sie doch von Anfang an als Alibi geplant worden, wie sie anfangs spekuliert hatten?

Hatte Maximilian Sanders Ex die Morde begangen – war es am Ende eine erweiterte Beziehungstat?

Aber wie passte der rumänische Verdächtige ins Bild, der ausgerechnet in der Tatnacht in Grimmbach gewesen war? Ein Zufall? Nein, das konnte nicht sein.

»Bei dem Angriff auf dem Parkplatz, wie verliefen da die Ermittlungen?«, fragte Janosch.

»Vor allem im Sande … da hat sich nie so richtig was draus ergeben, da wurde maximal mit halber Kraft dran gearbeitet«, sagte Lydia Sander. »Maxi hatte das damals schon vorausgesagt. ›Die Polizei ist nicht auf dem rechten Auge blind, sie *sieht da sogar sehr gut‹*, meinte er mal. ›*Und sie schaut darauf, dass den Rechten nichts passiert.*‹«

Janosch hob die Augenbrauen. »Können Sie das etwas ausführen?«

»Maxi hatte mitbekommen, dass es bei der Polizei einen rechten Maulwurf geben sollte, einen korrupten Typen – wie man das auch immer nennt. Ziemlich hoch in der Hackordnung. Jemand, der auch mal Akten verschwinden lässt oder ein wenig die Hand über seine Leute hält. Allerdings wusste er nie, wer das gewesen sein soll. Er kannte keinen Namen. Der Kontakt lief wohl ausschließlich über Nikolas Schwab.«

Janosch dachte an das Präsidium, an die Gesichter all derer, die ihm jeden Tag in den Fluren freundlich zunickten oder mit denen er ein Schwätzchen in der Teeküche hielt. Kaum vorstellbar, dass womöglich einer von ihnen Dreck am Stecken haben könnte.

»Gab es denn in jüngster Zeit Hinweise darauf, dass die *Vikings* etwas gegen Ihre Familie geplant haben?«

»Über die Jahre gab es natürlich immer wieder Vorfälle – das abgefackelte Gartenhaus, irgendwelche Hakenkreuz-Schmierereien an der Kita oder Maxis Autowerkstatt, komische Typen vor dem Haus meiner Schwiegereltern. Aber nein, in letzter Zeit war nichts vorgefallen. Gerade dieser Umstand hatte alle so verunsichert … ›*Die planen was, die planen irgendwas*‹, hat Maxi ständig gesagt. Er hatte ein ganz mulmiges Gefühl, so eine Art Vorahnung.«

Janosch schaute in den Himmel. Erster Wind kam aus Richtung Süden auf und raschelte in den Baumwipfeln, eine erfrischende, wohltuende Brise. Schnell ziehende Wolken-fetzen machten sich in der Ferne breit.

Etwas zog auf.

Die Ruhe vor dem Sturm.

»Wenn es diesen korrupten Polizisten in Ihren Reihen wirklich gibt, der natürlich ganz viel Schießtraining gemacht hat«, sagte Lydia Sander plötzlich, »dann frage ich mich, ob er es nicht auch getan haben könnte.«

...

Nieselregen benetzte die Windschutzscheibe, und Diana ak-tivierte den Scheibenwischer auf der niedrigsten Stufe. Bis-her verlief die Fahrt ohne größere Verzögerungen. Sie hatten auf der A9 Erfurt hinter sich gelassen und näherten sich zü-gig Leipzig.

Diana musste dringend einmal aufs Klo, und sie hielten an der Autobahnraststätte Osterfeld Ost.

»Ich bleib im Wagen bei dem Dreckswetter«, meinte Neh-ring, als sie ausstieg. »Willst du gleich einen Fahrerwechsel machen?«

»Danke, aber nicht nötig. Ich fahre gern.«

»Vor allem gern schnell.«

Sie grinste, wühlte noch ihre Regenjacke aus der Reise-tasche und überquerte schnellen Schrittes den Parkplatz.

Während sie auf der Toilette saß, scrollte sie ihre verpass-ten Anrufe durch. Janosch hatte zweimal versucht, sie anzu-rufen, jedoch keine Nachricht hinterlassen.

In der Tankstelle benutzte sie noch ihren Toiletten-Coupon, um sich einen bitteren Filterkaffee zu holen, stellte sich an einen der Stehtische und rief Janosch zurück.

»Was gibt's?«, fragte sie unumwunden.

»Nur zwei Sachen, die ich schnell mit dir teilen wollte. Ich habe mit Lydia Sander gesprochen. Wir sollten uns definitiv die Ex-Frau von Maximilian Sander noch einmal genauer anschauen. Die steckt auch bei den *Vikings* mit drin und hat die Trennung damals wohl überhaupt nicht gut verkraftet, klang ziemlich nach Stalking und Bedrohung.«

»Gut, mach das – dafür brauchst du doch nicht mein Okay«, sagte Diana und schlürfte an ihrem viel zu heißen Kaffee.

»Vor allem ging es mir auch um das andere Thema.« Selbst für seine Verhältnisse klang Janosch ziemlich aufgescheucht. »Maximilian soll wohl geglaubt haben, dass es einen rechten Maulwurf in unseren Reihen gibt.«

Sie verkrampfte ihre Hand und verschüttete etwas Kaffee über ihre Jacke. »Wusste sie mehr über diese Person?«

»Leider nicht. Der Kontakt soll wohl ausschließlich über Nikolas Schwab gelaufen sein. Gibt es da irgendjemanden, der dir einfallen würde? Hast du davon schon mal irgendwas mitbekommen?«

Diana schaute durch die Fensterfront der Tankstelle zu ihrem Auto, wo sie Nehring schemenhaft sitzen sehen konnte.

»Nein … nein, da kommt mir niemand in den Sinn«, sagte sie und schwieg lange.

»Diana, bist du noch dran?«, fragte Janosch irgendwann.

»Ja … ja. Ich spreche mit den zuständigen Kollegen. Zur Not müssen wir den ganzen Laden auf links drehen.«

Sie verabschiedeten sich voneinander, Diana warf ihren halb vollen Kaffeebecher weg, zog ihre Kapuze über und eilte zum Wagen. Mittlerweile war aus dem Nieselregen ein regelrechter Wolkenbruch geworden. Sie kam sich vor wie unter einem Brausekopf.

Durch die Regenschlieren hinweg konnte sie erkennen, dass Frank am Handy war. Als er sie näher kommen sah, steckte er es hastig weg.

»Mit wem hast du gesprochen?«, fragte sie und setzte sich hinters Steuer.

»Ach, Kerstin hat nur kurz angerufen und sich erkundigt«, sagte er. Dabei vermied er es tunlichst, ihr in die Augen zu schauen.

Nehring war immer gut darin gewesen, auch die besten Lügner in einer Vernehmung aus der Reserve zu locken.

Aber er selbst war keiner von ihnen.

HITZEGEWITTER

Dunkle Wolkenkathedralen hingen über Grimmbach, als Janosch auf dem Kiesplatz vor seinem Zuhause hielt. Es war noch recht früh, keine siebzehn Uhr durch, aber er hatte es nicht mehr länger im Büro ausgehalten. Lieber wollte er zu Hause sein und Zeit mit Helen verbringen.

Es konnte jederzeit so weit sein.

Sie bekamen ein Kind.

Immer noch so ein surrealer Gedanke.

Er musste da sein.

Die Rolle als Ermittler war längst nicht mehr die einzige, die er in seinem Leben auszufüllen hatte. Es kamen auch die als Ehemann und bald als Vater hinzu – Pflichten, die am Ende noch so viel wichtiger waren als die des Kriminalbeamten.

Die Luft war wie statisch aufgeladen, und es roch bereits nach Regen. Eine Schar Vögel flatterte auf den Feldern davon, aufgescheucht vom herannahenden Sturm.

Janosch liebte diese Momente vor einem großen Sommergewitter – die Anspannung, die Verheißung von Abkühlung, die Natur in all ihrer Dramatik.

»Du bist ja schon zurück!«, rief Helen überrascht, als er zur Tür hineinkam. Mühsam stand sie vom Sofa auf, kam zu ihm und küsste ihn. Janosch umarmte sie lange und fest.

»Ich weiß doch, dass dir Gewitter immer noch Angst einjagen. Da will ich dich nicht alleine lassen.«

»Hör auf!« Sie klopfte ihm auf die Brust. »Da komme ich mir ja vor wie ein kleines Mädchen. Aber du hast recht, dieses ganze Donnergrollen und so – da will ich mich am liebsten unter die Decke verkriechen.« Sie deutete auf die Kommode im Flur. »Ach, übrigens, es ist wieder Post für dich aus dem Knast gekommen.«

Janosch starrte auf den Umschlag mit der Absenderadresse der JVA Fulda. Natürlich war er bereits von den Beamten vor dem Abschicken geöffnet und danach mit einem Siegel der Justizvollzugsanstalt neu zugeklebt worden.

Er verkrampfte innerlich, griff nach dem Brief und widerstand seinem ersten Impuls, ihn sofort zusammenzuknüllen.

»Hast du jemals einen von ihnen aufgemacht?«, fragte Helen.

Er schüttelte den Kopf.

Sie drückte seine Hand. »Ich kann dich absolut verstehen. Aber … hat es dich nie interessiert, was er von dir will? War da niemals ein Hauch von Neugier?«

»Nein. Niemals. Entschuldige mich mal kurz …«

Erst jetzt bemerkte er, wie schnell er atmete.

Er ging in sein Arbeitszimmer, schloss die Tür hinter sich und schmiss den Brief auf den Schreibtisch.

Benjamin – *Ben* – Fallmer.

Der Mann, den sie vor vier Jahren verhaftet hatten.

Der Mann, den Janosch einmal für seinen ältesten und besten Freund gehalten hatte.

Der Mann, der Janoschs Vater getötet hatte. Janoschs Jugendliebe Matilda. Und schließlich noch seine eigene Mutter.

Vor knapp einem Jahr hatte er damit begonnen Janosch zu schreiben. Seitdem kamen die Briefe im Monatsrhythmus.

Was wollte er?

Reue zeigen? Sich für seine Taten rechtfertigen? Sich entschuldigen?

Inzwischen prasselten die ersten Regentropfen gegen die Fensterscheibe, das Trommeln unzähliger unsichtbarer Finger. Der Himmel hatte sich so sehr verfinstert, als wäre es Mitternacht und nicht siebzehn Uhr an einem Sommertag.

Manchmal träumte Janosch noch von der Nacht im Moor, in der sie Ben gestellt hatten. Wie er die Waffe auf Ben gerichtet hatte. In den Träumen drückte Janosch immer ab – ein Schuss direkt ins Gesicht. Wie ein Profikiller.

Er seufzte.

Nicht jetzt. Nicht ablenken lassen. Sollte Ben doch im Knast verfaulen und so viele Briefe schreiben, wie er wollte.

Was immer es war, das Fallmer ihm so dringend mitteilen wollte, er konnte es sich sonst wohin stecken.

Er öffnete seine Schreibtischschublade und warf den Umschlag zu all den anderen ungeöffneten Briefen aus der JVA.

• • •

Die Dienststelle der Bundespolizei am Flughafen BER befand sich in fußläufiger Entfernung zu Terminal 1.

Diana Quester und Frank Nehring eilten zum Eingang des kastenförmigen grauen Gebäudes. Selbst die paar Meter genügten bei diesem Platzregen, um völlig durchnässt zu werden.

»Na, da habense ja tolles Wetter mitgebracht! Laschewski der Name.«

Der diensthabende Erste Hauptkommissar – ein drahtiger Mittfünfziger mit blond-silbernem Bürstenhaarschnitt und breitem Berliner Zungenschlag – erwartete sie bereits im Empfangsbereich und führte sie sogleich zu den Vernehmungsräumen.

»Dieser Iliescu ließ sich nur unter riesigem Protest abführen, hat uns am Gate eine richtige Szene gemacht«, erklärte der Beamte. »Über seine rumänischen Anwälte hat er bereits eine Anwältin aus Berlin organisiert, außerdem ist natürlich noch ein Dolmetscher anwesend. Auch wenn der eigentlich gar nicht nötig wäre, der Kerl spricht sehr gut Englisch.«

»Ist Ihnen sonst noch etwas an ihm aufgefallen?«, fragte Nehring. »Haben Sie schon sein Gepäck durchsucht?«

»Selbstverständlich«, sagte Laschewski. »Allerdings ist uns nichts Ungewöhnliches aufgefallen. Nichts, was auf ein Gewaltdelikt hinweisen könnte. Na ja, der wäre auch schön blöd gewesen, mit so was durch die Flughafenkontrolle zu spazieren.«

Er blieb vor einer der Türen stehen und machte eine einladende Geste. »Bitte … er gehört ganz Ihnen.«

Diana und Nehring bedankten sich bei dem Berliner Kollegen und betraten den Vernehmungsraum. Dort richteten sich sofort drei Augenpaare auf sie.

Der Dolmetscher war ein kleiner gedrungener Mann mit Knollennase, runden Brillengläsern und Halbglatze. Die Anwältin – Diana schätzte sie auf Mitte dreißig – trug einen eleganten Hosenanzug, hatte ihr pechschwarzes Haar zu einem Dutt gebunden und musterte sie streng.

Zwischen ihnen saß augenscheinlich Daniel Iliescu. Ein Mann Mitte dreißig, der auch als Model hätte Karriere machen können. Mit seinem Dreitagebart, dem kunstvoll verwuschelten dunkelblonden Haarschopf und den eisblauen Augen hatte auch das stundenlange Ausharren bei der Flughafenpolizei seiner Erscheinung nicht viel anhaben können.

Er setzte ein charismatisches Lächeln auf, musterte erst Nehring und dann Diana. »Ich nehme mal an, Sie beide sind der Grund dafür, dass meine Füße nicht schon längst wieder heimischen Boden unter sich haben«, sagte er in formvollendetem Englisch.

Seine Anwältin herrschte ihn sogleich auf Englisch an, dass er gefälligst ihr das Reden überlassen sollte.

Er spielte es mit einem Schulterzucken herunter.

Diana warf dem Dolmetscher einen Seitenblick zu und setzte sich Iliescu gegenüber. Sie erwiderte ebenfalls auf Englisch: »Und ich nehme an, dass wir die Dienste des netten Herren neben Ihnen gar nicht in Anspruch nehmen müssen – Diana Quester, Kriminalpolizei Fulda. Und mein Kollege Frank Nehring, Leiter der Mordkommission.«

»Sehr angenehm«, erwiderte Iliescu. »Wie erfreulich,

dann geht auch nichts *lost in translation*, wie man so schön sagt.«

Deine Stimmung bringen wir schon noch zum Kippen, dachte sich Diana. Wart's ab.

Seine Anwältin lehnte sich vor. »Funar, ich vertrete Herrn Iliescu. Wir möchten bitte sofort erfahren, was gegen meinen Mandanten vorliegt. Es ist unerhört, ihn so lange hier festzuhalten und an der Ausreise zu hindern!«

»Wir haben gute Gründe«, erwiderte Nehring.

»Wir sind nicht vom Zoll, wie Ihnen wahrscheinlich schon aufgefallen ist, uns geht's nicht um irgendwelche gefälschten Uhren oder zu viel Bargeld«, sagte Diana. »Wir ermitteln in einem Vierfachmord. Im hessischen Ort Grimmbach, an dem sich Ihr Mandant passenderweise genau in der Tatnacht aufgehalten hat.«

Die Anwältin verschränkte die Arme vor der Brust. »Und? Ist das verboten? Nur weil er dort war – *weil er vielleicht Ausländer ist* –, fassen Sie ausgerechnet ihn ins Auge?«

»Nun ja, der Mord ist *ausgerechnet* auch noch an Gregor Sander und seiner Familie begangen worden. Sander, der mutmaßlich durch seine Fahrlässigkeit das Leben von Iliescus Bruder auf dem Gewissen hat. Den Herr Iliescu schon seit Jahren in diversen Prozessen drankriegen wollte, dabei aber immer wieder gescheitert ist. Und jetzt erzählen Sie mir bitte noch einmal, dass das alles nur ein höchst unglücklicher Zufall ist.«

Der Anwältin stand der Mund halb offen. Sobald Diana den Namen Gregor Sander erwähnt hatte, war jegliche Farbe

sowohl aus ihrem als auch aus dem Gesicht von Iliescu ent-
wichen.

»Ich … ich kann das erklären«, hauchte Iliescu, dem jegliche Souveränität abhandengekommen war.

»Auf die Erklärung bin ich sehr gespannt.« Diana verschränkte die Arme vor der Brust.

Sie hatte sich eingehend mit Iliescus Hintergrund befasst.
Er arbeitete als Wirtschaftsberater, hatte viele Jahre in Lon-
don und Barcelona verbracht und war vor einiger Zeit – offenbar aus familiären Gründen – in seine Heimat Rumänien
zurückgekehrt, wahrscheinlich mit einem ordentlichen fi-
nanziellen Polster.

Er musste Alles-oder-nichts-Meetings und harte Verhandlungen aus seinem Berufsalltag gewohnt sein. Aber
wahrscheinlich hatte selbst er noch nie um die nächsten
Jahre seines Lebens gefeilscht.

Seine Anwältin redete noch einmal beharrlich auf ihn
ein. Er nickte mehrmals, bedeutete ihr dann aber, sich zurückzuhalten.

»Könnte ich mal schnell an mein Handy? Ich möchte Ihnen etwas zeigen.«

»An sachdienlichen Hinweisen sind wir immer sehr interessiert«, erwiderte Diana kühl und bat den Berliner Beamten
darum, Iliescu sein Mobiltelefon auszuhändigen.

Eine Weile scrollte er mit angestrengtem Blick auf dem
Gerät herum, bis er es schließlich zu ihnen umdrehte. Es
zeigte eine Mail mit dem Betreff *Meeting?*, vor zwei Wochen
abgeschickt von Gregor Sander.

Sie war auf Englisch verfasst:

Sehr geehrter Herr Iliescu,

möglicherweise kommt diese Mail für Sie absolut aus dem Nichts. Aber ich will mich nicht länger verstecken. Ich will mich aussprechen und mich bei Ihnen vor allem von Angesicht zu Angesicht entschuldigen.

Natürlich kann ich verstehen, wenn Sie überhaupt nichts von mir hören wollen. Das ist Ihr gutes Recht.

Sollten Sie allerdings ebenfalls Interesse an einem Treffen haben, würde ich mich freuen, wenn wir uns am 24. August im Gasthof Zur Post in Grimmbach sehen könnten. Leider bin ich momentan terminlich sehr eingeschränkt und kann Ihnen nur diesen Tag anbieten.

Wenn Sie weitere Fragen haben sollten, schreiben Sie mir gerne unter der unten stehenden Handynummer. Ich schaue nur selten in meine Mails.

Ich freue mich, von Ihnen zu hören.

Hochachtungsvoll,
Gregor Sander

Diana runzelte die Stirn. »Eine seltsame Mail, nach all dieser Zeit dieser Annäherungsversuch.«

»Aber sehen Sie!«, rief Iliescu aus und legte das Handy wieder zurück auf den Edelstahltisch. »Das ist der Grund, warum ich nach Grimmbach gefahren bin! Ich habe lange mit mir gerungen, mich aber schließlich doch dazu entschlossen, Sander in die Augen zu schauen. Ihn an meiner Wut und meiner Trauer teilhaben zu lassen.«

»Und wie lief Ihr Treffen dann ab?«, fragte Nehring skeptisch.

»Gar nicht.« Iliescu warf die Arme in die Luft. »Ich war zum vereinbarten Zeitpunkt in diesem altertümlichen Gasthof, aber von Sander keine Spur. Über sein Handy war er nicht zu erreichen, auch nicht per Mail, seine Privatadresse hatte ich nicht. Als er nach einer Stunde immer noch nicht aufgetaucht war, bin ich schlafen gegangen und am nächsten Morgen zurück nach Berlin gefahren. Ich wollte mich hier noch mit ein paar alten Arbeitskollegen treffen.«

»Also …«, setzte Nehring an, aber Iliescu unterbrach ihn: »Und bevor Sie fragen, ja, es können jede Menge Leute bezeugen, dass ich in dem Gasthaus ewig allein gewartet habe. So ein Rumäne, der nur Englisch spricht und allein am Tisch über seinem Bier sitzt, fällt hier schon auf. Ein Wunder, dass die Leute Sie nicht direkt gerufen haben.«

»Machen Sie mal halblang«, bremste ihn Diana ab. »Gut und schön, dass Sie am Abend ein wenig in dem Gasthof rumgesessen haben, aber können die Leute auch bezeugen, was Sie den Rest der Nacht getrieben haben?«

Iliescu ließ sich nach hinten sacken, das erste Mal wirklich sprachlos. Seine Anwältin strafte ihn mit einem Blick, der nur sagte: *Ich habe dir doch eingebläut, dass du die Klappe halten sollst!*

Allmählich schien dem Rumänen klar zu werden, wie sehr er sich mit seiner offenherzigen Aussage selbst hineingeritten hatte.

»Haben Sie gedacht, Sanders Mail könnte Ihnen in irgendeiner Form helfen?«, meinte Diana. »So wie ich das sehe, haben Sie uns einen Gefallen getan.«

»Er … er war nicht da!«, brach es aus Iliescu heraus. »Mein Gott, vielleicht war die Mail auch einfach ein Fake und jemand will mir das Ganze anhängen, haben Sie schon mal daran gedacht? Ich versuche hier nur die Wahrheit zu sagen! Tut mir wahnsinnig leid, wenn Ihnen das nicht reicht!«

»Ach, kommen Sie! Das Selbstmitleid steht Ihnen nicht«, erwiderte Nehring, der allmählich in Fahrt kam. Wie ein Weißer Hai witterte er Blut und kreiste seine Beute nun immer weiter ein. »Wollen Sie uns jetzt wirklich so eine weit hergeholte Geschichte auftischen?«

»Natürlich werden wir den Ursprung der Mail überprüfen«, sagte Diana, »aber selbst wenn sie nicht von Sander selbst stammt, wird Sie das noch lange nicht entlasten. Sie haben ein Motiv, Sie hatten die Gelegenheit … ich fürchte für Sie, Herr Iliescu, dass Sie noch ein Weilchen hier in Deutschland bleiben müssen.«

...

Janosch schlang den Arm um Helens Schultern und legte eine Hand auf ihren Bauch. Sie kuschelten sich auf dem Sofa noch enger aneinander.

»Spürst du ihn?«, fragte sie. »Er ist ziemlich aktiv heute, bewegt sich, tritt ab und an. Ich glaube, er will langsam raus. Er klopft schon an der Tür.«

»Ich kann's kaum erwarten. Ich hoffe, es wird alles gut gehen.«

»Wenn ich mir keine Sorgen mache, brauchst du das erst recht nicht.« Sie verwuschelte ihm seine Locken, wie sie es so häufig tat. Sie liebte seinen Schopf und hatte vehement protestiert, als er sich die Haare einmal raspelkurz hatte schneiden wollen.

Im Haus hatten sie alle Fenster aufgerissen, um die kühle Luft nach dem Unwetter hindurchwehen zu lassen. Helen hatte überall Windlichter angemacht, sie hatten sich auf Netflix einen Film ausgesucht, und für einige Augenblicke hatte Janosch den Fall komplett vergessen können.

Das hier zählte wirklich.

»*Die Täter laufen dir schon nicht weg*«, hatte Nehring ihm einmal gesagt, als er sich wieder besonders hartnäckig in Ermittlungen verbissen hatte. »*Also, einige tun es zwar schon, aber du weißt schon, wie ich das meine. Lass den Stift fallen. Geh nach Hause. Das Leben als Polizist ist ein Marathon, kein Sprint. Spar dir etwas Puste auf.*«

Helens Handy leuchtete auf, und die Vibration ließ es einige Millimeter auf dem Couchtisch herumwandern.

»Ah sorry«, sagte sie, pausierte den Film und griff nach ihm. »Es ist Rina … Moment mal, ich geh ran.«

Sie hielt sich ihr Handy ans Ohr und grüßte kurz, dann setzte sie schnell eine besorgte Miene auf. »Oh … oh, wirklich … das kann ja nicht wahr sein. Ruft einen Krankenwagen, wir machen uns sofort auf den Weg zu euch!«

Sie legte auf und schaute Janosch erschüttert an.

»Was ist passiert?«, fragte er alarmiert.

»Sie und Cedric … sie haben sich getroffen, um sich einmal in Ruhe auszusprechen. Sie waren in der Post, und als sie danach noch spazieren gegangen sind, wurden sie überfallen. Drei oder vier Vermummte.«

»Ogottogott!«

Janoschs Herzschlag beschleunigte sich. Adrenalin schoss durch seine Blutbahnen. Er sprang vom Sofa auf. »Was ist dann geschehen? Sind die beiden verletzt?«

»Cedric hat sich zwischen Carina und die Angreifer gestellt. Sie haben ihn … sie haben ihn ziemlich übel zugerichtet. Irgendwann lag er wohl am Boden, und sie haben noch weiter auf seinen Kopf eingetreten. Als sie auf Carina losgehen wollten, kamen Anwohner aus ihren Häusern gerannt, und die Typen sind abgehauen.«

Was würde Diana jetzt tun?, dachte Janosch, vertrieb die Überlegung aber schnell wieder. Er musste selbst handeln. Seine eigenen Entscheidungen treffen.

»Ich mache mich sofort auf den Weg.«

»Hey, ich komme mit!«

»Auf gar keinen Fall!«

»Seit wann machst du denn jetzt so einen auf Macho-Helden!?«, fuhr sie ihn an. »Rina ist meine Freundin!«

»Was, wenn die Typen noch in der Nähe sind? Nein, bitte! Ich will dich doch nicht bevormunden, aber das ist echt gefährlich.«

Sie schnaubte. »Na gut – es ist auf dem Konradsweg passiert, in der Nähe des Friedhofs. Halt mich zumindest auf dem Laufenden, ja? Und pass auf dich auf.«

Janosch schnappte sich die Autoschlüssel, warf sich seine braune Lederjacke über und gab ihr einen Kuss auf die Stirn.

»Natürlich.«

Die nächste Regenfront zog bereits über sie hinweg und jagte Trommelfeuer aus dicken Tropfen gegen die Fensterscheiben.

Es wurde ungemütlich.

. . .

Diana schob den Vorhang beiseite und schaute aus dem Fenster ihres Hotelzimmers. Die letzten Maschinen kreisten mit ihren blinkenden Positionslichtern über dem Flughafen und warteten auf ihre Landeerlaubnis, wie eine Schar riesiger Geier, die Kreise um ein Stück Aas zogen.

»Was denkst du?«, fragte Nehring hinter ihr. »Haben wir den Schuldigen? Ist es Iliescu?«

»Schwer zu sagen.« Sie verschränkte die Arme vor der Brust. »Er erscheint mir viel zu intelligent, um so fahrlässig vorgegangen zu sein.«

»Wut und Rachegedanken lassen einen Menschen unvorsichtige Dinge tun.«

»Trotzdem, ich bin mir unsicher.« Sie wandte sich um.

Nehring saß auf der Kante ihres Bettes, das vollständig mit Unterlagen und Notizen bedeckt war. Auf dem kleinen Schreibtisch unter dem Fernseher standen noch die Reste ihres gemeinsamen Abendessens – Plastikschalen mit einigen übrig gebliebenen Sushi-Rollen, die er ihnen im Flughafenterminal geholt hatte. Auf dem TV-Bildschirm prasselte ein

Kaminfeuer-Programm, das sich beim Einstecken der Zimmerkarte automatisch eingeschaltet hatte.

Das Hotel war auf eine angenehm-unprätentiöse Weise totaler Standard – das Design, die Freundlichkeit des Servicepersonals, die Funktionalität des Bads. Alles war verlässlicher Durchschnitt. So hatte es Diana auf Dienstreisen am liebsten – keine Experimente, keine knallrote Wand, keine missglückten Einfälle eines übermotivierten Innenarchitekten. Einfach nur die Grundbedürfnisse Schlaf und Körperhygiene abdecken, sich ansonsten auf die Arbeit fokussieren.

Diana nippte an ihrem Kirin-Ichiban-Bier. »Spielen wir doch einmal durch, wie die Tatnacht hätte ablaufen können, wenn Iliescu wirklich Familie Sander umgebracht hat.«

»Gerne.« Frank blätterte durch seinen Notizblock. »Neunzehn Uhr, Iliescu findet sich im Gastraum des Restaurants Zur Post ein, das konnte mir die Wirtin schon bestätigen. Er saß an einem Ecktisch, trank zwei alkoholfreie Weizen und schaute wohl ständig ungeduldig auf seine Uhr.«

»Dieser Teil seiner Geschichte stimmt also.«

»Gegen zwanzig Uhr zahlt er dann, gibt ein gutes Trinkgeld – tja, und jetzt wird es spannend. Laut seiner eigenen Aussage ist er sofort auf sein Zimmer gegangen und hat es bis zum Frühstück am nächsten Morgen nicht wieder verlassen. Das konnte mir aber niemand beim Gasthof bestätigen.«

»Was ist mit anderen Gästen?«

»Er war in dieser Nacht tatsächlich der einzige Gast, so unter der Woche in der Nebensaison ist da in der Post wohl nicht viel zu holen.«

»Was ist mit dem Türsystem?«

»Das läuft noch ganz altmodisch über normale Schlüssel – nichts mit Türkarten, die vielleicht gespeichert hätten, wann sie genutzt worden sind. Kameras sind auch Fehlanzeige. Sie haben nur eine direkt hinter der Rezeption. Das Hotel verfügt aber auch über einen Hinterausgang beziehungsweise Nachtausgang, der nicht videoüberwacht ist. Dort hätte Iliescu jederzeit rausspazieren können.«

»Wir müssen alle Verkehrskameras in der Umgebung auf das Nummernschild seines Mietwagens überprüfen. Und wir müssen den Kilometerstand überprüfen, möglicherweise ergibt sich daraus auch noch etwas. Ganz zu schweigen vom Wagen selbst.«

»Er hat sich das Auto direkt hier am Flughafen geholt, ich habe die Firma bereits kontaktiert. Das läuft alles an.«

»Sehr gut.« Sie setzte sich auf den Schreibtischstuhl, streckte die Beine aus und legte die nackten Füße auf die Matratze. Dabei rutschte der Saum ihres schwarzen Kleids hoch. Sie bemerkte Nehrings Blick, der eine Millisekunde lang über ihre Schenkel glitt.

Schau an.

Sie konzentrierte sich weiter auf den Fall. »Was ich mich allerdings frage, ist, wie Iliescu an die Waffe gekommen sein soll. Er wird sie ja wohl kaum im Reisegepäck mitgebracht haben, da wäre in der Kontrolle schon extrem geschlampt worden. Hatte er Kontakte in Berlin oder in der Nähe von Grimmbach? Hat er sie gestohlen?«

»Auch hier gäbe es viele Möglichkeiten. Wir werden der Frage auf den Grund gehen«, sagte Nehring, der sich jetzt wieder seinen Aufzeichnungen widmete. »Vielleicht hat Sander ihn einfach im Gasthof sitzen lassen, sich im letzten Moment doch gegen ein Treffen entschieden. Das könnte bei Iliescu zu einer Kurzschlussreaktion geführt haben …«

»Gerade dann ist die Frage, wie er so spontan an eine Schusswaffe gekommen sein soll. Wir sind hier immerhin nicht in den USA …«

Nehring kratzte sich am Hinterkopf. »Gehen wir doch in der Zeit noch einmal einen Schritt zurück. Mich beschäftigt, woher Gregor Sanders plötzlicher Impuls kam, mit Iliescu zu sprechen. Findest du das nicht komisch? Jahrelang verbarrikadiert er sich hinter Anwälten und seiner Firma, und dann schreibt er aus dem Nichts heraus dem Bruder von einem der Opfer?«

Diana zuckte mit den Schultern. »Wir hatten leider nicht mehr die Gelegenheit, Herrn Sander persönlich kennenzulernen. Niemand wird wirklich sagen können, was sein Beweggrund war.«

»Die IT-Leute sind jedenfalls dran, seinen PC und sein Mail-Postfach zu analysieren. Wenn es von seinem Rechner abgesendet wurde, werden wir das wohl als gegeben hinnehmen müssen.«

»Iliescu ist unser Hauptverdächtiger, daran gibt es nichts zu rütteln«, konstatierte Diana und leerte in einem letzten großen Zug ihr Bier. »Es hat oberste Priorität, dass wir seine Bewegungen in der Tatnacht bis ins kleinste Detail nachvollziehen können. Wir müssen nur einmal nachweisen, dass er nicht die ganze Nacht auf seinem Zimmer gewesen ist, dann …«

»… dann haben wir ihn«, sagte Nehring und setzte ein Grinsen auf.

Sie musste lachen. »Ja, so könnte man das formulieren.«

Selbstverständlich hatte sie Nussbaum schon über die Ermittlungsfortschritte unterrichtet, während Nehring gerade Sushi holen gewesen war. Der Oberstaatsanwalt war hocherfreut gewesen und hatte wahrscheinlich bereits parallel überlegt, wie er die anstehende Anklage am gewinnbringendsten für seine Karriere einsetzen konnte. (Nicht, dass Diana der Gedanke nicht auch bereits gekommen wäre, aber zumindest konnte sie ihre Ambitionen etwas besser verbergen als Nussbaum.)

Auf jeden Fall würde ihnen diese Entwicklung das LKA und das Innenministerium vorläufig vom Hals halten. Wenn die Tat allem Anschein nach doch keinen rechtsradikalen Hintergrund hatte, würde man sie von dieser Seite nicht weiter behelligen.

Diana wollte sich gar nicht ausmalen, inwieweit der Fall instrumentalisiert werden würde, sobald die Iliescu-Festnahme die Runde machte. Ein Ein-Mann-Killerkommando aus dem Ausland, das im Herzen von Deutschland eine ganze Familie auslöscht. Um Gottes willen.

In all den Jahrzehnten hatte sich dieser Aspekt zu einem der schlimmsten Dinge an ihrem Job entwickelt:

Irgendjemand nimmt sich deine Arbeit und spannt sie sich vor den eigenen Karren. Spinnt aus ihr ein Narrativ.

Das fing mit der Lokalpolitik in der Rhön an und ging jetzt mit einem Mal bis in den Bundestag.

Manchmal beneidete sie Janosch um seine Position als

einfacher Hauptkommissar, der völlig unbehelligt von all der Politik und all diesen Befindlichkeiten und Abwägungen vor sich hin ermitteln konnte.

Du hast es so gewollt, sagte sie sich selbst. Du wolltest immer hoch hinaus.

Nehring gähnte herzhaft und riss sie damit aus ihren Gedanken.

Er rieb sich über die Augenpartie, wechselte auf dem Bett in eine halb liegende Position. Sein Unterarm war aufgestützt, sodass sich sein beeindruckender Bizeps spannte.

»Ich glaube, ich hau mich hin«, sagte er. »Das bringt heute nichts mehr. Morgen machen wir mit frischem Kopf weiter. Ich sehe mal zu, dass ich auf mein Zimmer komme.«

Er machte sich daran, die Unterlagen zusammenzusammeln.

»Im Präsidium hat man uns immer eine Affäre angedichtet. Eigentlich ab dem ersten Tag, an dem wir uns kennengelernt haben«, sagte Diana, den Blick unverwandt auf Nehring gerichtet. »Manchmal denke ich mir, wir hätten es auch genauso gut tun können, dem Gerede etwas Substanz geben können …«

Frank hielt inne, schaute auf – direkt in ihre Augen. Normalerweise rühmte sich Diana dafür, Menschen und ihre Mimik hervorragend lesen zu können. Aber ausgerechnet jetzt blieb sein Ausdruck für sie undeutbar, ein absolutes Mysterium. Fühlte er sich angezogen? Abgestoßen? War er hin- und hergerissen?

Was tust du hier gerade? Willst du gerade wirklich einen

Typen rumkriegen, der eine kranke Frau zu Hause hat? Wie kannst du das mit dir selbst ausmachen?

Doch gerade blendete sie das alles aus.

Gerade gab es nur diesen Moment.

Nach unendlichen Sekunden des Verharrens rutschte Frank auf dem Bett weiter in ihre Richtung. Seine große sehnige Hand legte sich auf ihren Fußrücken und wanderte von dort ihre Wade hinauf.

Sie beide atmeten schnell und flach, sprachen kein einziges Wort. Jeder noch so kleine Laut hätte diesen Augenblick sofort zerstören können. Sie waren scheu, schreckhaft. Wie Jugendliche, die sich heimlich in ihrem Zimmer berührten und auf die Eltern lauschten.

Franks Hand wagte sich weiter vor, über ihr Knie, ihren Oberschenkel. Je höher sie stieg, desto schneller schlug ihr Herz. Im Rhythmus seines Pochens jagte die immer gleiche Frage durch ihren Kopf: Was tust du da? Was tust du da? Was tust du da?

Sie streckte ihren Kopf vor. Er tat es ihr gleich.

Als sie bereits seinen warmen Atem auf ihrer Haut spürte, hielt er inne. Seine Augen schimmernd unter zitternden Lidern, sein Mund halb geöffnet. Noch nie hatte sie seine sonst so stoische, verbissene Miene so weich werden sehen.

»Ich bin ein treuer Hund, Diana.« Er senkte den Blick. »Ich kann das nicht, auch wenn ich wollte …«

»Das … das habe ich auch immer am meisten an dir geschätzt, deine Treue.« Sie lehnte sich wieder zurück und schaute aus dem Fenster. Alle Flugzeuge mussten gelandet sein, der Nachthimmel war schwarz und undurchdringlich, ein Baldachin aus Wolkenbergen. »Ich … es wäre auch falsch gewesen, nicht fair. Ich habe sie ja heute noch gesehen, deine Frau.« Sie vergrub das Gesicht in den Händen. Ihr wurde abwechselnd heiß und kalt. »Was haben wir uns nur gedacht.«

»In einem anderen Leben.« Er stand auf und klemmte sich den Papierstoß unter den Arm. »In einem anderen Leben wäre aus uns vielleicht etwas geworden.«

»Wenigstens weiß ich jetzt eine Sache sicher.«

Er schaute sie fragend an.

»Ich kann dir vertrauen bei der Wicked-Vikings-Sache. Du steckst da nicht mit drin. Du bist kein Maulwurf. Dafür bist du zu treu.«

Er zog einen Mundwinkel hoch. »Das wird irgendwann mein Untergang sein. Gute Nacht, Diana.«

»Gute Nacht.«

Sie wartete, bis die Tür hinter ihm ins Schloss gefallen war, dann stand sie von dem Schreibtischstuhl auf und ließ sich vornüber auf ihr Bett fallen. Erst jetzt, wo sie Millimeter für Millimeter tiefer in die Matratze einsank, merkte sie so richtig ihre Müdigkeit.

Ihre Gedanken entwickelten ein Eigenleben und trieben zurück zu dem Tag, an dem sie Frank Nehring das erste Mal begegnet war.

• • •

Die Hutzelfeuer brannten.

Es war der erste Sonntag der Fastenzeit 1998, und in den Dörfern und Städtchen der Rhön wurde der Winter ausgetrieben.

Diana lenkte den BMW durch die laue Frühlingsnacht. Überall auf den Feldern loderten die aufgeschichteten Reisighaufen, umringt von ausgelassenen Menschen, die tranken und tanzten.

Diana war alles andere als nach Feiern zumute. Sie hatte ein Ziel vor sich, eine Aufgabe – eine erste Möglichkeit, sich zu beweisen.

»Kommen Sie so schnell wie möglich ins Schwarze Moor«, hörte sie die Stimme des Kommissariatsleiters in ihrem Kopf. »Sie wollten doch eine Gelegenheit, sich auszuzeichnen.«

Vor zwei Monaten war sie ins K11 aufgestiegen. Keine Streifenfahrten mehr, erst recht nicht mit Udo. Gott sei Dank. Sie war dort, wo sie immer hingewollt hatte. Ein erstes Zwischenziel.

Als der Anruf gekommen war, hatten Marius und sie gerade mit Helen zum Hutzelfeuer in Bischofsheim aufbrechen wollen. Ihre Tochter hatte schon seit Tagen auf das Ereignis hingefiebert und über nichts anderes mehr gesprochen.

»Fahrt ohne mich, ja? Mama muss leider arbeiten!«

Die Enttäuschung in ihren Augen hatte ihr einen Stich versetzt. Aber es half nichts. Sie musste das tun.

Irgendwann wirst du mich hoffentlich verstehen, Spatzi.

Marius hatte sie nur mit einem strafenden Blick bedacht, den sie angriffslustig erwidert hatte.

Sie näherte sich dem Schwarzen Moor.

Um ihre Privatangelegenheiten konnte sie sich später kümmern.

Jetzt zählte nur das, was vor ihr lag.

Was hier geschehen war.

Sie stellte den Wagen auf dem nahen Wanderparkplatz ab, auf dem bereits eine Handvoll Streifenwagen und zivile Dienstfahrzeuge kreuz und quer verteilt waren.

Sie stieg aus und schaltete ihre Taschenlampe ein.

Am Eingang des Moores schien ihr der Lichtkegel einer weiteren Taschenlampe entgegen. Jemand winkte ihr damit zu.

»Diana Quester?«, rief der Mann mit tiefer Stimme, als sie auf ihn zutrat.

»Genau die.«

Im Gegenlicht konnte sie nur seine imposante Statur erkennen. Er streckte ihr die Hand entgegen. Sie drückte sie. Es war eine massige Pranke, dennoch schüttelte er ihre Hand ohne den typischen Druck, mit dem viele Männer sie anscheinend zerquetschen wollten.

»Frank Nehring, neu im Dezernat. Ich bin frisch aus Frankfurt eingetroffen. Man sagte mir, ich solle mich mit Ihnen zusammentun.«

»Sehr erfreut. Verschieben wir das Vorgeplänkel und Kennenlernen, das können wir gerne nachholen«, sagte sie gleich. Nebeneinander liefen sie über den Bohlenweg.

Sie konnte es in der Dunkelheit nicht sehen, aber sie hörte das Grinsen in seiner Stimme: »Sie kommen ja ohne Umschweife zur Sache. Ganz nach meinem Geschmack.«

»Also, was wissen wir bislang? Am Telefon sagte man mir nur etwas von einem außergewöhnlichen Fund.«

»Ein paar Dorfburschen, die als Hutzelmänner verkleidet sind, waren hier unterwegs. Wollten einen kleinen Fackelumzug machen, wohl schon ordentlich angeduselt, da ist einer von ihnen vom Weg abgekommen und ins Moor gestürzt. Die anderen konnten ihn schnell rausziehen, doch er meinte, dass ihn irgendetwas Komisches gestreift hätte. Die Jungs haben sich Stöcke geholt und in der trüben Brühe rumgefischt, bis sie es schließlich gefunden haben …«

»Was? Was haben sie gefunden?«

»Schwer zu beschreiben. Schauen Sie es sich am besten mit eigenen Augen an.«

Ihre Schritte polterten auf den Holzplanken, der Weg schlängelte sich immer tiefer ins Moor.

Diana meinte den Brandgeruch der Hutzelfeuer in der Nase zu haben, aber so weit hier draußen musste es Einbildung sein. Die weißen Lichtpunkte mehrerer Taschenlampen scharten sich wie ein Schwarm wild tänzelnder Glühwürmchen um einen Punkt am Ende des Weges.

In ihren weißen Overalls sahen die Kollegen der Spurensicherung wie Moorgeister aus, die letzten Spukgestalten des Winters, die die Feuer des Frühlings noch nicht vertrieben hatten. Zwischen ihren stiefelbewehrten Füßen war eine große Plane ausgebreitet, auf der ein undefinierbares Häuflein lag. Je näher sie kamen, desto deutlicher ließen sich Konturen erkennen, eine Form.

Nehring hat recht, dachte sie. Das hier musste man mit eigenen Augen gesehen haben.

Sie stellte sich den Kollegen vor und genoss ihre Blicke, wenn sie ihren Titel verkündete – die überraschten, die abschätzigen, die respektvollen. Alle hatten sie eines gemeinsam: Sie stammten ausschließlich von Männern.

Vor der Plane ging sie in die Hocke.

»Was für eine kranke Scheiße«, brummte Nehring hinter ihr.

»Hat was von einem Schlüsselbund.«

»Ja, ein Schlüsselbund aus Händen …«

Als Kriminalistin hatte Diana noch nicht viele Erfahrungswerte, auf die sie zurückgreifen konnte. Also verließ sie sich auf das, was ihr in der Ausbildung beigebracht worden war: Beginnen Sie mit ganz neutralen genauen Beobachtungen. Was sehen Sie? Was sehen Sie wirklich? Denken Sie schon direkt so, als würden Sie Ihren Bericht schreiben.

Ich sehe einen Ring aus rostfreiem Edelstahl, so fing sie an. Der Ring hat ungefähr den Durchmesser einer Kaffeeuntertasse. Er ist nicht ganz geschlossen, sondern verfügt über eine circa zwei Zentimeter große Öffnung. An dem Ring hängen fünf abgetrennte Hände, befestigt mit Haken, die in die Stümpfe getrieben worden sind. Der Größe nach zu urteilen scheinen sie alle von Erwachsenen zu stammen. Drei scheinen von Frauen zu sein, zwei von Männern.

»Alle fünf sind linke Hände«, sagte sie. »Also sind es auch fünf Opfer.«

»Um Gottes willen. Die Frage ist: Sind sie noch am Leben? Oder liegen sie hier auch irgendwo im Moor?«

»Das gilt es herauszufinden. Wir sollten sofort beginnen, das gesamte Gebiet auf den Kopf zu stellen. Wärmebildkameras, Leichenspürhunde, das ganze Programm …«

»Sind Sie überhaupt dazu befugt, diese Anweisungen zu geben?«, fragte einer der Spurensicherer – ein Typ mit Halbglatze und kleinen Schweinsaugen.

Nehring und Diana wandten sich zu ihm um. Sie wollte etwas sagen, aber Nehring legte ihr sacht eine Hand auf den Unterarm.

Er ging gar nicht erst auf die Frage des Kerls ein, sondern sagte nur: »Macht nichts, wenn's schnell geht.«

Er fixierte den Spurensicherer so lange, bis dieser sich abwandte und »Wird gemacht« murmelte.

Von diesem Moment an wusste Diana, dass sie und Nehring ein gutes Team abgeben würden.

Sie wandten sich wieder dem Ring aus Händen zu.

»Wie es aussieht, scheinen sie unterschiedlich lange im Moor gewesen zu sein«, meinte Nehring und hielt seine Taschenlampe noch etwas näher an die abgetrennten Körperteile. »Die ganz links ist bereits ganz mumifiziert, ledrig und braun. Bei der ganz rechts hingegen ist die Haut zwar schon etwas blass, aber ansonsten sieht sie so aus, als wäre sie erst gestern abgetrennt worden.«

»Wie Jahresringe …«, murmelte Diana und kam sich bei diesem Gedanken furchtbar morbide vor.

»Wie soll das vonstattengegangen sein?«, überlegte Nehring laut. »Hat jemand den Ring jedes Mal wieder aus dem Moor gefischt und eine neue Hand – na, ja – aufgefädelt?«

Eine Weile schauten sie nur schweigend auf das Gebilde vor ihnen. Allmählich dämmerte Diana, was sie hier vor sich hatten: das Werk eines Serientäters.

»Warten Sie mal, da zwischen den zwei Händen ist etwas«, sagte Nehring.

Er ließ sich Handschuhe reichen und zog sie vorsichtig auseinander. Zwischen ihnen hing ein kreisrundes Stahlplättchen, ungefähr so groß wie ein Zwei-Euro-Stück. Darauf war etwas eingeschweißt, halb verdeckt unter Morast.

Nehring wischte den Dreck mit der Daumenkuppe weg.

»Haben Sie so was schon mal gesehen?«

Diana schüttelte den Kopf.

Die Umrisse waren nur angedeutet, aber gut zu erkennen: Es war der Kopf eines Widders.

»Satanisten?«, hauchte Nehring.

»Oder es ist der Hutzelbock«, erwiderte Diana mit Zögern in der Stimme. Allein bei der Vorstellung roch sie wieder den beißenden Brandgeruch der Winterverbrennungen.

• • •

Steckten die *Wicked Vikings* hinter dem Angriff auf Carina und Cedric? Wollten sie die Auslöschung der Familie Sander vollenden? Oder steckte noch mehr dahinter?

Janosch fiel es schwer, sich auf die kurze Autofahrt zu konzentrieren, so viele Fragen schwirrten durch seinen Kopf.

Und wie sollte der rumänische Tatverdächtige in das Bild passen, das diese neuesten Entwicklungen gerade ergaben?

Selbst auf der höchsten Stufe schafften die Scheibenwischer es nicht, die Wassermassen zu bändigen. Eine Sturzflut ergoss sich über die Windschutzscheibe. Janosch musste Schritttempo fahren, um überhaupt irgendwie sicher voranzukommen.

Der Konradsweg.

Den Spazierpfad, auf dem der Angriff geschehen war, kannte Janosch gut. Er verlief gleich unterhalb der Kapelle St. Konrad und dem angrenzenden Friedhofsgelände. Der Weg führte im Halbkreis an dem Hügel entlang, auf dem sich das Grimmbacher Gotteshaus erhob. Auf der Strecke hatte man wohl den besten Blick über den Ort und die angrenzenden Wiesen und Waldstücke. Gleichzeitig war er zu beiden Seiten immer wieder von dichten Böschungen umgeben, die in der Nacht die perfekte Deckung für einen Hinterhalt boten.

Würde Janosch in Grimmbach jemanden überfallen, er würde es an diesem Ort tun.

Er stellte den Wagen auf dem Friedhofsparkplatz ab. Nur ein RTW und ein Notarztwagen standen dort.

Kurz vor seinem Aufbruch hatte er den Rettungsdienst

und seine Kollegen informiert, bisher waren aber noch keine Streifen eingetroffen.

Bei dem Dreckswetter haben die es bestimmt nicht eilig, dachte er, zog die Kapuze seiner Regenjacke tief ins Gesicht, nahm seine Taschenlampe zur Hand und wagte sich hinaus.

Für die Notfallsanitäter würde es eine beschwerliche Bergung werden. Der Fußgängerpfad war nur eingeschränkt zugänglich und der Untergrund aufgeweicht und rutschig.

Janosch rannte den Weg entlang. Inzwischen war es deutlich abgekühlt, und obwohl er schweißgebadet war, überkam ihn eine Gänsehaut. Wie tausend kleine Schrapnelle prasselte der Regen auf ihn ein.

Als er ungefähr die Hälfte des Pfades hinter sich gelassen hatte, schienen ihm die Reflektorstreifen auf den Jacken der Sanitäter entgegen. Die beiden waren gerade dabei, Cedric Gossens auf eine Trage zu schnallen.

Carina saß daneben auf einer Parkbank, eine Rettungsdecke um den zitternden Körper geschlungen und den Blick anteilslos ins Nichts gerichtet. Das Licht der Straßenlaterne über ihr glänzte auf der Goldfolie der Decke. Die Notärztin kniete vor ihr und verband eine Wunde an ihrem Arm.

»Janssen, Kriminalpolizei!«, rief Janosch gegen das Rauschen des Regens an.

»Yilmaz«, stellte sich die Notärztin vor, ohne sich von dem provisorischen Verband abzuwenden. Sie mochte Mitte dreißig sein, ihre Züge verhärtet – Janosch konnte nicht sagen, ob vor Konzentration oder durch die Widrigkeiten dieses Jobs.

»Haben Sie noch etwas von den Angreifern mitbekommen? Konnten die Opfer Ihnen irgendetwas sagen?«

Die Ärztin schüttelte den Kopf. »Nein, wir haben hier nur die beiden angetroffen. Der männliche Verletzte ist kaum ansprechbar, die Frau hat gesagt, dass die Angreifer querfeldein den Hügel runter geflohen sind.«

»Okay, alles klar. Und die Verletzungen?«

»Einer der Täter muss ein Messer dabeigehabt haben. Ich verarzte hier gerade Schnittverletzungen an den Armen, ziemlich tief. Typische Abwehrverletzungen. Der Mann hat es aber deutlich übler abbekommen. Hieb-, Stich- und Trittverletzungen am ganzen Körper. Kritisch, aber wohl nicht lebensbedrohlich. Wir haben ihn so weit stabilisieren können, aber er muss jetzt dringend ins Krankenhaus.«

Cedric Gossens, der sich heroisch zwischen seine Ex-Frau und die brutalen Schläger gestellt hatte. So konnte ein mögliches Szenario aussehen. Doch das traute Janosch dem Landwirt nicht so recht zu.

Eine andere Möglichkeit war, dass die Angreifer es von Anfang an nur auf ihn abgesehen hatten.

Er musste mit ihr sprechen. Er brauchte Antworten.

»Carina …« Er trat auf sie zu. »Es tut mir leid, was geschehen ist. Hier … und gestern bei uns.«

Sie schaute zu ihm auf. Ihre Lippe war aufgeplatzt, und getrocknetes Blut klebte an ihrem Kinn. Tiefschwarze Ringe lagen wie mit Filzstift gemalt unter ihren Augen.

»Hau ab, Janosch! Du hast mir gerade noch gefehlt.«

Auch die Notärztin war nicht begeistert: »Herr Janssen,

glauben Sie wirklich, dass das jetzt gerade der richtige Zeitpunkt ist?«

Ihm reichte es.

Er hatte nicht den blassesten Schimmer, was hier vor sich gegangen war, und das gefiel ihm ganz und gar nicht.

Zeit, meine innere Diana zu kanalisieren – so hatte er es mal im Scherz gegenüber Helen genannt. Aber es stimmte: In manchen Situationen musste er seine Chefin/Schwiegermutter kopieren, wenn er etwas erreichen wollte.

Sie kam da weiter, wo die Janosch-Methode an ihre Grenzen stieß.

»Ich glaube sogar, das ist haargenau der richtige Zeitpunkt«, erwiderte er mit erhobener Stimme. »Carina, hör mir mal zu: Ich will dir helfen. Ich will diese Leute drankriegen. Aber das kann ich nur, wenn du mir auch hilfst. Ich bin auf deiner Seite.«

Ihre gerade noch zu Schlitzen verengten Augen öffneten sich wieder etwas.

»Komm, wir sprechen in Ruhe im Trockenen weiter«, schlug er ihr vor.

Während sich die Sanitäter an Gossens' mühseligen Transport zum Krankenwagen machten, gingen Carina und Janosch schon einmal zum Parkplatz vor.

Sie setzten sich in seinen Wagen. Die Rettungsdecke knisterte geräuschvoll, als sich Carina auf den Beifahrersitz niederließ und sie abstreifte.

Unter ihr kam ein rot gemustertes Sweatshirt zum Vorschein, das an den Ellenbogen und Ärmeln aufgerissen war.

»Ist das auch vom Angriff?« Janosch deutete an die Stellen, an denen der Stoff abgerissen worden war.

Verwundert schaute Carina auf ihre Arme. »Ach so, nein, das Sweatshirt hat mir Franzi geliehen. Ist wohl ein altes von Bruno. Ich hab's verpeilt, mir genug Kleidung mitzunehmen.«

»Nur verständlich.«

Er ließ den Motor im Standbetrieb laufen, stellte die Heizung an und hielt seine eiskalten Hände an die Lüftung.

Sie zog die Nase hoch und strich sich die nassen, schwer gewordenen Haarsträhnen aus dem Gesicht.

»Okay«, sagte sie mit einem Seufzen. »Was willst du wissen?«

»Wie kam es dazu, dass du dich mit Cedric getroffen hast?«

»Bei den Kreys habe ich sehr lange mit Franzi gesprochen. Sie schlug mir vor, mich doch einfach mal mit ihm zu treffen und mich auszusprechen. Sie meinte, ich bräuchte jetzt Menschen um mich, die mir nahestehen, die mich in- und auswendig kennen … auch wenn es zwischendurch mal gekracht hat.«

»Das war ein guter Ratschlag«, fand Janosch.

»Ja, das dachte ich auch. Also haben wir uns in der Post verabredet. Es tat gut, ihn zu sehen. Wir haben lange geredet, und ich habe zum ersten Mal seit Sonntag eine Portion aufessen können. Cedric … er hat natürlich auch von deinem Besuch bei ihm auf dem Hof erzählt, meinte, dass er wohl keine allzu gute Figur abgegeben hat.«

»Immerhin hat er uns auf eine sehr interessante Spur geführt«, erwiderte Janosch. Gossens war derjenige gewesen, der Gregor Sanders Rolle bei dem Chemieunfall in Rumänien ins Spiel gebracht hatte. »Wie ist der Angriff abgelaufen?«, fragte er.

»Wir wollten noch etwas spazieren gehen. Cedric wollte mich zurück zu den Kreys begleiten. Da hatte es auch noch nicht geregnet. ›Wer weiß, wer dir auflauern könnte?‹, hatte er gemeint. Im Nachhinein wirkt das jetzt fast wie eine Vorahnung. Den ganzen Weg über hatten wir beide schon ein mulmiges Gefühl, so ein Kribbeln im Rücken, als würde man beobachtet werden. Bis sie dann hier unterhalb der Kapelle aus dem Gebüsch gesprungen sind.«

»Wie viele waren es?«

»Puh, es ging alles so schnell, es war so unübersichtlich«, sagte sie. »Ich schätze, vier Leute, höchstens fünf. Alles Männer. Sie trugen schwarze Sturmhauben.«

»Und was ist dann passiert?«

»Es war seltsam. Sie haben mich förmlich zur Seite gedrängt. Einer hat mit dem Messer ausgeholt und mich am Arm erwischt, aber das wirkte eigentlich eher wie ein Versehen. Dann haben sie sich alle zusammen auf Cedric gestürzt. Einem von ihnen konnte er noch einen Kinnhaken verpassen, aber es waren einfach zu viele. Sie haben ihn überwältigt, zu Boden geworfen und weiter und weiter auf ihn eingetreten.«

Sie blinzelte Tränen weg. Ihr Brustkorb hob und senkte sich stark, so als müsste er bei jedem Luftholen das ganze tonnenschwere Gewicht wegdrücken, das die letzten Tage auf ihr abgeladen hatten.

»Haben sich die Täter durch irgendetwas zu erkennen gegeben? Hast du ihre Stimmen gehört?«

Sie hielt lang inne.

Inzwischen hatten auch die Sanitäter den Parkplatz erreicht und verluden ihren kaum ansprechbaren Ex-Mann in den RTW.

»Ich will zu ihm«, sagte sie und umfasste den Türgriff. Mit einem Mal hatte sie es sehr eilig.

»Carina!« Janosch legte die Hand auf ihre Schulter. »Das ist wichtig. Haben die Angreifer etwas gesagt?«

Sie wandte sich zu ihm um. Erschrocken, ängstlich. Ihr Blick wanderte zwischen Cedric und ihm hin und her.

»Carina, bitte!«

»›Das hast du davon, dass du uns in die Sache reingezogen hast‹, hat einer von ihnen zu Cedric gesagt.« Die Worte kamen ihr nur stockend über die Lippen. »Es waren die *Vikings*, da bin ich mir sicher.«

. . .

»Janosch«, erklang Nehrings schlaftrunkene Stimme in der Freisprechanlage. »Es ist ein Uhr nachts! Ich hoffe, du rufst mich nicht nur an, weil du wieder mal nicht schlafen kannst.«

»Schön wär's«, erwiderte er und schilderte ihm in knappen Worten den Angriff auf dem Konradsweg. Dabei lenkte er den VW weiter Richtung Fulda.

»Cedric Gossens ist nicht ansprechbar und wird es wahrscheinlich auch für absehbare Zeit bleiben«, erklärte er. »Deshalb dachte ich, ich frage mal unseren Freund Nikolas

Schwab, was die Worte des einen Angreifers bedeutet haben könnten. Ich will herausfinden, in welcher Beziehung Cedric Gossens und die *Vikings* zueinander standen. Da Schwab praktischerweise noch in U-Haft ist, dachte ich, ich statte ihm einen Besuch ab.«

»Also meinen Segen hast du«, sagte Nehring. »Und danke.«

Janosch war verdutzt. »Danke wofür?«

»Dass du mich angerufen hast und nicht direkt Diana.«

»Äh, selbstverständlich, du bist doch der Leiter der Soko.«

»Klar, aber Diana ist deine Schwiegermutter und die Kriminaldirektorin. Sie kann noch viel mehr Hebel in Bewegung setzen … und ihr habt einen direkten Draht zueinander. Da kann es schon mal passieren, dass ich übergangen werde.«

»Oh, das sollte nicht so sein. Ich …« Janosch setzte zu einer Entschuldigung an, doch Nehring unterbrach ihn.

»Hey, stopp! Das war nicht als Vorwurf gemeint, überhaupt nicht. Ich wollte nur zeigen, dass ich zu schätzen weiß, wie du mit der Situation umgehst.«

Oberflächlich betrachtet, wirkte Nehrings Führungsstil meist ähnlich ruppig und gefühlskalt wie der von Diana, in Momenten wie diesen jedoch bewies er eine wertschätzende Menschlichkeit, die sich absolut von ihr abgrenzte. Janosch hatte lange gebraucht, um diese Seite an ihm zu entdecken.

»Und jetzt nimm dir diesen Schwab zur Brust«, ermutigte Nehring ihn.

Die JVA Fulda befand sich gleich zwischen Altstadt und Auenpark. Mitten in der Stadt, mitten im Leben. Für die Insassen musste es eine besondere Tortur sein, dass nur wenige Meter entfernt die Menschen in den Biergärten ihre Grillteller und Weizen genossen.

Janosch stellte seinen Wagen ab und meldete sich an der Pforte.

»Eine Vernehmung? Haben Sie mal auf die Uhr geschaut!?«, protestierte der diensthabende Justizvollzugsbeamte über die Gegensprechanlage. »Mitten in der Nacht, das habe ich ja noch nie erlebt!«

Janosch wechselte wieder in seinen persönlichen Diana-Modus: »Wie schön, dann erleben Sie heute Nacht was Neues! Oder soll ich vorher noch den Oberstaatsanwalt aus dem Bett klingeln?«

Er hatte zwar gar nicht die private Nummer von Quentin Nussbaum, aber das musste der Beamte schließlich nicht wissen.

»Also schön.«

Der Wärter gab nach und ließ ihn in die Haftanstalt eintreten. Eine gespenstische Stille lag in den Gängen, nur das Scheppern des Schlüsselbunds am Gürtel des JVA-Beamten hallte bei jedem seiner Schritte von den klinisch weiß getünchten Wänden wider.

Sie betraten den Block, der dem angrenzenden Amtsgericht am nächsten war. Hier befanden sich die Zellen für die Untersuchungshaft. Der übernächtigte mürrische Beamte führte ihn in einen schmucklosen Gesprächsraum, normalerweise wohl für die Treffen zwischen den Inhaftierten und ihren Familien vorgesehen. Heute Nacht würde er als Vernehmungsraum herhalten müssen.

»Ich hole Ihnen mal Ihr Date«, knurrte der Wärter und ließ ihn allein.

Janosch setzte sich an den Tisch mit Ahorndekor und verschränkte seine Finger ineinander. Regenwasser tropfte von seiner Jacke und bildete kleine Pfützen auf dem Vinylboden.

Das rhythmische Schlüsselklimpern kündigte lange im Voraus die Rückkehr des JVA-Beamten an. Er ließ Schwab zuerst eintreten, der einen grauen Trainingsanzug trug und die Hände vor den Bauch gefesselt hatte. Sein hellblondes Haar stand in alle Richtungen ab, und er blinzelte heftig im grellen Licht der Leuchtstoffröhren.

Er ließ sich auf den Stuhl gegenüber von Janosch sacken. Der Wärter gab Janosch ein Zeichen und ging vor die Tür.

»Meinen Anwalt werde ich um diese Zeit nicht aus dem Bett geklingelt kriegen«, meinte Schwab im Plauderton. »Also tue ich das, was er mir für solche Situationen geraten hat: Fresse halten und ihn hinterher auf euch hetzen.«

»Sind Sie fertig?« Janosch musste das Gähnen nicht mal vorspielen, so müde war er. »Janosch Janssen, Kriminalpolizei. Meine Kollegen haben Sie ja bereits kennengelernt. Ich hoffe, Sie haben sich an Ihre neuen vier Wände hier gewöhnt. Wenn Sie nicht aufpassen, können Sie noch eine ganze Weile hier verbringen.«

Schwab verschränkte die Arme vor der Brust und starrte ihn nur herausfordernd an.

»Carina Sander und ihr Ex-Mann sind heute Nacht von mehreren Vermummten angegriffen worden. Ich hatte gehofft, Sie könnten mir womöglich mehr darüber erzählen.«

Schwab schwieg weiter.

»Der Angriff hat sich wohl in erster Linie gegen Cedric Gossens gerichtet. Einer der Unbekannten hat ihm sinngemäß zugerufen: ›Das hast du davon, uns in die Sache reinzuziehen.‹ Haben Sie eine Ahnung, was er damit gemeint haben könnte?«

Schwab zuckte mit den Schultern. »Keinen blassen Schimmer. Wie du vielleicht bemerkt hast, sitze ich hier drin ein. Wie soll ich damit irgendwas zu tun haben?«

»Wollen Sie mich auf den Arm nehmen? Glauben Sie, ich bin naiv?«, fuhr ihn Janosch an. »Denken Sie, ich weiß nicht, dass Sie auch aus dem Knast heraus zu Ihren Vikings Kontakt aufnehmen können?«

»Oh, okay, wenn du jetzt auf harten Macker machen willst, dann sag ich dir doch was.« Schwab lehnte sich vor. »Wir wissen, wo du lebst, Bulle … schönes Häuschen, das du da von deinen Eltern übernommen hast. Ah, und wie wir mitgekriegt haben, wirst du ja selbst bald Vater … Wann ist es so weit? So wie der Bauch von Helen aussieht, kann das ja nicht mehr lange hin sein.«

Eine weiß glühende Wut explodierte in Janosch. Er ballte die Fäuste und brachte zwischen zusammengebissenen Zähnen hervor: »Wollen Sie mir drohen?«

»Ach, nein, wo denkst du hin? Das soll nur demonstrieren, wie gut wir informiert sind.«

Janosch musste hier raus. Die Wände des Raums schienen sich auf ihn zuzubewegen.

Wie konnte er sich nur so von Schwab aus der Reserve locken lassen? Er würde nichts aus dem Vikings-Chef heraus-

kriegen, so viel war klar. Erst recht nicht in so einem aufge-
peitschten Zustand.

Sie beobachten uns. Sie beobachten Helen.

Würden sie die Nächsten sein?

ZUM GEDENKEN

28. August 2022
08:30 Uhr

»Vorschlag: Du kommst mit zum Point Alpha. Vier Augen sehen mehr, vielleicht entdeckst du noch etwas, das mir bisher entgangen ist. Außerdem hätte es den netten Nebeneffekt, dass es dich kurz mal auf andere Gedanken bringt.«

Tarek schaute Janosch über die Schreibtische hinweg so strahlend an, als wäre es 1980 und er hätte ihm gerade vorgeschlagen, in Apple-Aktien zu investieren.

»Okay, einverstanden.«

Janosch trank den letzten Schluck seines Gunpowder-Tees und schnappte sich seine Lederjacke. Der Grüntee war das Stärkste, was er im Präsidium auf Lager hatte. Nach dieser ereignisreichen Gewitternacht das einzig Wirksame gegen sein allgemeines Gefühl des Gerädertseins.

Schwabs Drohung hatte noch lange in seinem Kopf herumgespukt, die Schatten größer und die Geräusche der Nacht lauter gemacht.

Bisher hatte er heute Morgen nur Nadja, die Ex-Frau von Maximilian Sander, überprüft. Sie hatte angegeben, zur Tatzeit ebenfalls auf der Feier der *Wicked Vikings* gewesen zu sein.

Auf dem Video hatte Janosch sie tatsächlich im Hintergrund entdeckt. Dennoch schloss er nicht aus, dass sie zusammen mit dem Rest der Gruppierung in die Planung verwickelt sein könnte.

Heute Morgen hatte auch endlich Gregor Sanders Bank seine Kreditkartenumsätze geschickt, nachdem sogar die Bundesanwaltschaft etwas Druck gemacht hatte. Sie waren soweit unauffällig, Janosch stachen nur regelmäßige Buchungen in einem Frankfurter Hotel ins Auge. Ein- oder zweimal im Monat, immer nur für eine Nacht. Janosch hatte bei dem Hotel nachgefragt. Laut der Rezeption hatte Sander stets allein eingecheckt, das musste jedoch nichts bedeuten. Hatte er doch eine Geliebte gehabt? Das Hotel lag unweit des Frankfurter Rotlichtviertels. Hatte er sich dort eine Escort aufs Zimmer geholt? Er musste unbedingt Carina danach fragen. Vielleicht gab es auch eine ganz harmlose Erklärung für seine regelmäßigen Trips an den Main.

»Hätte nicht geglaubt, dich so schnell überzeugen zu können.« Tarek schaltete seinen Rechner aus.

»Du hast ja recht. Ich brauche mal etwas Ablenkung. Der Sander-Fall ergibt gerade überhaupt keinen Sinn mehr – es kann nur hilfreich sein, mal mit was Abstand draufzuschauen.«

»Diese Rumänien-Fährte klang doch aussichtsreich«, meinte Tarek verwundert, als sie die Treppe hinunterliefen.

»Ja, aber in den letzten Stunden hat alles noch mal eine ziemliche Kehrtwende genommen.« Als sie in Tareks Dienstwagen saßen, berichtete Janosch ihm von dem Angriff auf Carina Sander und Cedric Gossens.

»Uff«, machte Tarek, als sie die Gewerbegebiete rund um Fulda hinter sich ließen und die Straße sich in den sanft geschwungenen Hügeln der Rhön verlor. Der Laut resümierte ziemlich gut den aktuellen Stand der Ermittlungen.

Uff.

Gerade als sich eine klare Spur herauskristallisiert hatte, als die Ziellinie schon in Sicht gewesen zu sein schien, nahm dieser Fall wieder völlig neue Abbiegungen. In welcher Beziehung standen Cedric Gossens und die *Wicked Vikings* zueinander? Und wie passte Iliescu da rein?

Die Gedenkstätte Point Alpha lag etwa eine halbe Autostunde von Fulda entfernt, gleich in der Nähe des thüringischen Geisa. Janosch hatte den einstigen US-Beobachtungsstützpunkt einmal mit der Schule besucht und kannte deshalb ein paar Eckdaten. Der Stützpunkt hatte genau im Zentrum der *Fulda Gap* gelegen – der Fuldaer Lücke, in der die NATO im Kriegsfall einen Angriff des Warschauer Pakts erwartet hätte. Besonders die Inschrift am Mahnmal hatte sich in Janoschs Kopf eingebrannt, so wie es gewisse Ausdrücke und Wendungen manchmal taten und dann noch Jahre später wie Mantras durch seine Gedankenwelt ratterten:

»Den Opfern der deutschen Teilung. Den Mutigen der friedlichen Revolution von 1989. Den Erbauern der Wiedervereinigung.«

Die Sturmfronten waren weitergezogen, und auch die Hitze hatte eine kurze Pause eingelegt. Cumuluswolken zogen majestätisch langsam über die sattgrünen Hügel der Rhön hinweg. Wem kein Familienmassaker im Kopf herumspukte, dem würde bei diesem Anblick vielleicht das Wort Idylle in den Sinn kommen.

Aber nicht Janosch. Nicht ihm. Die Rhön konnte ihm schon lange nichts mehr vormachen.

Er kannte ihre Geheimnisse.

Die dunklen. Die schmutzigen. Die blutigen.

Und mit jedem Jahr wurden es mehr.

Auf welches würde er als Nächstes stoßen?

Tarek stellte seinen Wagen bei den ehemaligen Army-Baracken von Point Alpha ab, und sie stiegen aus.

»Wenn's damals einen dritten Weltkrieg gegeben hätte, wäre die Rhön eines der ersten Schlachtfelder gewesen«, meinte Janosch. »Der Gedanke hat mich als Kind irgendwie beschäftigt und lange nicht mehr losgelassen.«

»Kein Ort der Welt hat's verdient, ein Schlachtfeld zu werden.« Tarek stemmte die Fäuste in die Seiten und orientierte sich kurz. »Der hier vielleicht am allerwenigsten.«

»Für Mord und Totschlag wird trotzdem auch so gesorgt.« Janosch sah kurz die hingerichtete Familie Sander vor seinem geistigen Auge.

Tarek winkte aus der Ferne einigen Mitarbeitern der Gedenkstätte zu, die vor der Cafeteria *Black Horse Inn* saßen.

»Ich war jetzt so häufig hier, ich bin schon bekannt wie der bunte Hund – oder wie das schwarze Pferd«, sagte er. »Die Cafeteria ist benannt nach dem US-Panzeraufklärungsregiment, das hier stationiert gewesen war. Die *Blackhorses*.«

»Und zum absoluten Experten bist du ja auch schon geworden.«

Tarek zuckte die Schultern. »Was man eben so aufschnappt …«

Sie folgten dem ehemaligen Kolonnenweg, der inzwischen zu einem Spazierpfad umfunktioniert worden war. Grenzanlagen und -rekonstruktionen taten sich zu beiden Seiten auf – Betonmauern, Zäune, Fahrzeugsperren, sogar die Figur eines Wachhunds mitsamt Hundehütte. Die Tiere hatten an Laufanlagen angebunden im Grenzgebiet gelebt und waren irgendwann völlig verwildert gewesen.

Selbst heute noch strahlte der hoch aufragende DDR-Beobachtungsturm etwas Bedrohliches aus, auch wenn schon längst keine Grenzsoldaten mehr hinter der Schwärze der Fenster lauerten. Stattdessen wurde er jetzt von Mobilfunkbetreibern als Funkturm genutzt.

Etwa fünfzig Meter vor ihnen bekam gerade eine Schülergruppe eine Führung über die Anlage, ansonsten waren nur wenige Spaziergänger und Besucher unterwegs.

»Da vorne ist es«, sagte Tarek und bog vom Kolonnenweg ab. Mehrere schlichte Holzkreuze reihten sich hier aneinander, die die Namen von Grenztoten trugen. Eines von ihnen war durchgebrochen worden. Die untere Hälfte ragte noch aus dem Boden, die obere lag im Gras daneben. Beide waren mit blutroter Farbe bespritzt worden.

Sie duckten sich unter dem Flatterband hindurch, das die Stelle provisorisch absperrte, und musterten es eingehender.

»Da hat jemand wirklich ganze Arbeit geleistet«, konstatierte Janosch. »Habt ihr die Farbe schon untersucht?«

»Klar. Normales Baumarkt-Zeug. Wäre noch mal einen Versuch wert, das mit den Läden in der Umgebung abzugleichen, aber keine Ahnung, ob bei so einer Aktion Aufwand und Ertrag im Verhältnis stehen. Am Ende ist das hier ja kein Mehrfachmord …«

Janosch legte den Kopf schief, um den Namen auf dem abgebrochenen Teil zu lesen. *Rudolf Hall*, gefolgt von einem Kreuz und dem Datum 12.8.1983.

»Irgendwas, das dir ins Auge fällt? Schließlich bist du ja Diana Questers persönlicher Superschnüffler.«

»Ach, da war immer auch viel Glück dabei«, erwiderte Janosch.

»Jetzt tu mal nicht so bescheiden. Lass hören.«

Janosch ging in die Hocke. »Diese Farbe, die wahrscheinlich Blut darstellen soll. Das hat so etwas Symbolisches. Ich bekomme das Gefühl, dass das hier nicht irgendwelche gelangweilten Jugendlichen angestellt haben, sondern jemand mit einer Botschaft. Hast du dir mal angeschaut, wer dieser Rudolf Hall gewesen ist?«

»Puh!« Tarek ließ die Luft zwischen seinen Schneidezähnen entweichen, wie immer, wenn er etwas ungläubig war. »Ernsthaft? Der Mann ist jetzt fast vierzig Jahre tot, wer soll ihm denn bitte heute noch etwas wollen?«

»Du wolltest meine Meinung …«

»Ja, schon gut, dafür bin ich dir auch sehr dankbar.« Er tippte sich gegen die Stirn. »Lass mich mal überlegen … hmmm … ich weiß, dass er Frau und Tochter hatte und dass seine Frau sogar nach der Flucht als Mithelferin festgenommen worden war. Ah ja, und er ist nicht allein geflohen … er wurde begleitet von einem Freund. In unseren Akten habe ich aber nirgendwo den Namen des Begleiters rauskriegen können. Die Leute hier bei der Gedenkstätte waren da leider auch überfragt.«

»Der Freund hat es in den Westen geschafft?«

»Ja, ich glaube schon.«

Tarek berichtete noch weiter von seinen Ermittlungsergebnissen, aber Janosch hörte ihm schon gar nicht mehr zu, starrte nur noch auf seinen sich bewegenden Mund und die typischen ausholenden Tarek-Gesten. Ein Gedanke hielt ihn gebannt, hypnotisierte ihn wie ein herumflatternder Vogel vor dem Küchenfenster eine Stubenkatze.

»Ich muss mal telefonieren«, unterbrach er Tareks Redeschwall.

Sein Kollege schaute ihn verdattert an, während er sich abwandte und auf seinem Handy den Kontakt von Carina Sander auswählte.

Nach unerträglich langem Klingeln ging sie dran.

»Janosch, was gibt's?«

Am liebsten wäre er sofort mit der Frage herausgeplatzt, die ihm so sehr unter den Nägeln brannte, aber er konnte sich noch zügeln und erkundigte sich zunächst einmal nach Cedric Gossens. Das gebot einfach der Anstand.

»Er ist weiter nicht ansprechbar«, sagte Carina erschöpft. »Die Ärzte glauben aber, dass er keine bleibenden Hirnschäden davontragen wird.«

»Das ist gut. Es tut mir so leid.« Janosch seufzte und wagte den Themenwechsel: »Ich rufe dich wegen einer völlig anderen Sache an, die für dich jetzt wahrscheinlich komplett aus dem Nichts kommt …«

»Glaub mir, mich kann aktuell nicht mehr viel schocken«, erwiderte sie mit bitterem Sarkasmus.

»Es geht um deinen Vater, um seine Flucht aus der DDR. Das war '83, richtig?«

»Ja, im August, warum fragst du?«

»Das weiß ich auch noch nicht ... war es zufällig der 12. August?«

»Das kann sein, das weiß ich aber nicht aus dem Kopf.«

Janoschs Herzschlag beschleunigte sich. »Okay, jetzt noch eine sehr wichtige Frage: War er bei seiner Flucht allein?«

»Nein ... ein alter Jugendfreund hat ihn begleitet. Aber der hat es nicht geschafft, ist wohl von einer Selbstschussanlage erwischt worden. Viel mehr hat mein Vater aber nie davon erzählt, höchstens mal, wenn er ein bisschen zu viel getrunken hatte. War nicht sein Lieblingsthema, wie du dir sicher denken kannst.«

»Vielen Dank, das reicht mir schon!«

»Okay«, erwiderte sie, nach wie vor verwirrt. »Wenn's dir weiterhilft ...«

Janosch kehrte zurück zum Gedenkkreuz.

»Kannst du mir jetzt mal erklären, wen du so dringend anrufen musstest?«, fragte Tarek.

»Kann ich ... nachdem ich noch jemanden angerufen habe«, sagte er und scrollte wieder seine Kontaktliste durch.

. . .

Dianas Handy klingelte, als sie gerade mit geschulterter Reisetasche an der Hotelrezeption wartete, um auszuchecken.

Vor ihr standen abgelenkte Geschäftsleute und eine überforderte Touri-Familie. Und die tranige Rezeptionistin würde in diesem Leben auch nicht mehr als *Mitarbeiterin des Monats* ausgezeichnet werden.

Sie schaute auf ihr Display.

Janosch.

Eine Sekunde lang zögerte sie, und ihr Finger schwebte schon über *Ablehnen*, dann trat sie aber doch aus der Schlange und ging ran.

»Guten Morgen. Ich hoffe, es ist wichtig.«

»Ihr seid noch in Berlin, richtig?«, kam es sofort atemlos aus ihm heraus.

Sie verdrehte die Augen.

»Ja, so gerade noch. Aber seit wann bitte bin ich dir über meinen Aufenthaltsort Rechenschaft schuldig?«

»Darum geht's doch auch gar nicht!«

»Worum denn dann?«

»Ich weiß, das kommt jetzt total aus dem Nichts, aber könntet ihr beim Bundesarchiv vorbeifahren?«

Die Euphorie, die in seiner Stimme mitschwang, kannte Diana nur allzu gut. Wahrscheinlich glaubte er mal wieder, irgendeinen großen Durchbruch gemacht zu haben. Oft genug stellte der sich aber am Ende nur als kleiner Riss im Mauerwerk heraus, der all die Aufregung nicht ansatzweise wert gewesen wäre.

Diesmal schien er sich in dieser Angelegenheit mal wieder selbst übertroffen zu haben.

Sie bremste ihn erst mal aus: »Du hast sicher eine überaus logische Begründung für dein Anliegen.«

Viel zu schnell – voller Verhaspler und unnötiger Ausschweifungen – schilderte er ihr seinen Besuch bei Point Alpha, erzählte von irgendeinem Gedenkkreuz und davon, dass Gregor Sander damals mit irgendwem in den Westen geflohen war.

»Rudolf Halls Gedenkkreuz ist verschandelt worden. Und kurz danach wird der Mann ermordet, mit dem er 1983 über die Grenze fliehen wollte. Das kann doch niemals ein Zufall sein!«

Sie rieb sich über die Nasenwurzel. Ihr Geduldsfaden wurde heute Morgen schon wieder vor eine ziemliche Probe gestellt.

Frank Nehring trat jetzt auch aus dem Fahrstuhl in die Lobby. Mit seinem routinierten Spürhund-Blick suchte er den Raum ab, fand Diana, erkannte anscheinend direkt ihre angesäuerte Stimmung und wechselte in Habachtstellung.

Sie deutete auf ihr Handy, er nickte und stellte sich schon mal in die Schlange an der Rezeption, die natürlich noch einmal um einiges länger geworden war.

»Die Verbindung, die du da herstellst, WAGHALSIG zu nennen, wäre noch eine Untertreibung.«

»Aber Diana …«

»Was suchst du eigentlich dort und jagst irgendwelchen Hirngespinsten nach? Hast du nichts zu tun? Dann gebe ich dir was zu tun! Und glaub mir, das wird nichts mehr mit Mordkommission zu tun haben!«

»Diana!«, brüllte er nun fast für seine Verhältnisse, erbost wie selten. »An der Sache ist was dran. Das musst du doch sehen. Das kann kein Zufall sein.«

»Ich erzähl dir mal was über Zufälle: Diese Krimi-Floskel von wegen *Es gibt keine Zufälle* hängt mir so was von zum Hals raus! Manchmal ist ein Zufall eben einfach nur ein Zufall. So ist das Leben. Gelangweilte Jugendliche beschmieren ein Holzkreuz. Irgendein Wahnsinniger – wahrscheinlich unser Freund Iliescu oder unsere Wikinger – erschießt die Familie Sander. Ende der Geschichte.«

»Diana … BITTE! Eine Stunde deiner Zeit. Kurz beim Bundesarchiv vorbeifahren, dir die Akten zu Rudolf Hall zeigen lassen, fertig.«

Sie sog scharf die Luft ein und entließ sie dann geräuschvoll durch ihre Nasenlöcher. »Also schön … aber wenn sich das als Zeitverschwendung herausstellt, werde ich dich höchstpersönlich in *unser* Archiv versetzen lassen. Schwiegersohn hin oder her. Verstehen wir uns?«

∙ ∙ ∙

Nichts im Komponistenviertel erinnerte noch an den Tag der Leichenfunde. Die Übertragungswagen und die Einsatzfahrzeuge von Rettungskräften und Polizei waren verschwunden, das Absperrband, selbst die erdrückende Hitze.

Kinder hatten mit Kreide die Felder für Himmel und Hölle auf den Asphalt gemalt und hüpften in ihnen herum. Ein Paketbote balancierte einen bedenklich wackelnden Stapel Versandboxen durch einen Vorgarten, ein älterer Herr im

Feinripp-Shirt mähte seinen Rasen, und zwei Damen saßen auf der Bank vor ihrem Haus und tranken Eistee.

Alle Augenpaare richteten sich auf Janosch, als er auf das Haus der Familie Sander zulief. Die zugezogenen Vorhänge, die geschlossenen Fenster, das Fehlen jeglicher Geräusche aus seinem Inneren – zunächst wirkte es, als wären die Bewohner verreist, vielleicht ein schöner Trip nach Rhodos oder auf die Balearen, aber die Leere hatte eine andere Qualität, strahlte etwas Endgültiges aus.

Carina hatte Helen wohl erzählt, dass sich bereits erste Leute aus dem Ort bei ihr gemeldet und sich danach erkundigt haben, ob ihr Elternhaus zum Verkauf stehe – in der Hoffnung, es zu einem Spottpreis ergattern zu können. »*Ein Haus, in dem so was passiert ist! Da können Sie ja froh sein, wenn Sie es überhaupt loswerden.*«

Aasgeier gab es überall.

Und wenn sie es nicht auf die Toten selbst abgesehen hatten, dann auf ihre Behausungen.

Der Kriminaltechniker begrüßte Janosch direkt an der Tür und stellte sich als Herr Brock vor.

Sie schüttelten sich die Hand.

»Danke, dass Sie's so schnell einrichten konnten«, sagte Brock. Er musste ungefähr Mitte fünfzig sein, mit Halbglatze, grau durchwirktem schwarzem Bart, kleinen rechteckigen Brillengläsern und ernstem Blick.

»Quatsch, wir sind ja froh, dass Sie noch einmal neue Erkenntnisse für uns haben. Sie sind der Ballistik-Experte, richtig?«

»Genau der. Schauen wir uns erst einmal an, was wir für Sie haben.«

Sie zogen sich Überschuhe, Plastikhauben und Handschuhe an und betraten das Haus. Es roch intensiv nach den verschiedenen Mitteln und Chemikalien der KTU, der Geruch wahrscheinlich noch einmal verstärkt durch die Hitze der vergangenen Tage.

Brock riss das Küchenfenster auf und bedeutete Janosch, ihm ins Obergeschoss zu folgen. Der Luftzug ließ das Fenster immer wieder gegen einen der Oberschränke stoßen – der unregelmäßige dumpfe Aufprall war das einzige Geräusch im ganzen Haus.

Als er den Anruf der KTU erhalten hatte, war er direkt von der Gedenkstätte aus hierhergefahren. Schwer zu sagen, ob sein Einfall mit dem Bundesarchiv ein Geistesblitz oder eine Schnapsidee gewesen war. Diana würde es ihn früh genug wissen lassen. Aber sie durften nichts unversucht lassen, keine Spur ignorieren, so abwegig sie auch erschien.

Jetzt war er dankbar dafür, seine Gedanken auf etwas anderes zu richten. Die nüchternen, rein faktenbasierten Ausführungen der Kriminaltechniker erdeten ihn oft auf eine gewisse Weise. Erinnerten ihn daran, was am Ende wirklich zählte. Die reinen Fakten. Nichts anderes.

Manchmal ließ er sich zu schnell von Euphorie oder Empathie mitreißen – etwas, das Diana ihm seit jeher als Unzulänglichkeit ausgelegt hatte.

»In unserem Beruf musst du ein Fakten-Roboter sein, eine emotions-

lose Maschine, die mit Hinweisen gefüttert wird und Ermittlungsergebnisse ausspuckt«, sagte Diana.

Sie saßen nach dem Abendessen auf Dianas Balkon und tranken japanischen Whisky.

»Was wären wir denn bitte für Polizisten ohne unser Mitgefühl?«, fragte Janosch.

»Wer mitfühlt, der leidet auch mit. Und das hältst du auf Dauer nicht durch. Glaub mir das.« Diana legte den Kopf in den Nacken und leerte ihr Glas.

»Sprichst du aus eigener Erfahrung?«

Diana erwiderte nichts.

»Worum geht es denn?«, fragte Janosch und trat neben Brock auf den oberen Treppenabsatz.

»Mithilfe von 3-D-Laserscannern und der Lokalisierung von Schmauchrückständen konnten wir die Schusskanäle bestimmen.«

Sie blieben vor der Tür zum Arbeitszimmer stehen, in der Carina Sanders Bruder Maximilian gefunden worden war. Bodenmarkierungen zeigten noch immer den verkrümmten Umriss seines Körpers, wie ein Schatten, den jemand vergessen hatte auszumalen.

»Stellen Sie sich mal da neben die Wand«, bat Brock und deutete auf ein Kreuz aus zwei Klebestreifen. Sie ließen Janosch an die Positionszeichen bei der Generalprobe eines besonders grausamen Theaterstücks denken.

»Wir haben auf der Tapete links neben Ihnen Schmauchspuren feststellen können. Der Schütze wird also genau dort gestanden haben, wo Sie jetzt stehen.«

Brock selbst postierte sich auf der Türschwelle. »Maximilian Sander wird genau an dieser Stelle gewesen sein, als er getroffen wurde. Jetzt machen wir mal einen kleinen Test … Stellen Sie sich vor, Sie hätten eine Waffe in der Hand und müssten auf meine Stirn zielen. Probieren Sie es mal.«

Janosch formte die rechte Hand zu einer Fingerpistole, was ihm einen Augenblick lang furchtbar albern und pietätlos vorkam, aber was sollte es, wenn es einem höheren Zweck diente … Er versuchte also, seinen Pistolen-Zeigefinger auf den Kriminaltechniker zu richten. Dabei merkte er, dass er sich in seiner Position etwas zur linken Seite verdrehen musste, um am Türrahmen vorbei mit seiner imaginären Waffe auf ihn zu zeigen.

»Gar nicht so leicht, hmm? Wirkt unnatürlich, wenn Sie es so machen … nicht richtig.«

»Sind Sie sich wirklich sicher, dass er hier gestanden hat?«, fragte Janosch.

»Zu 99,9 Prozent.«

»Hmmm …«

»Sie sind Rechtshänder, nicht wahr? Sie haben intuitiv die rechte Hand zum Zielen benutzt. Probieren Sie es doch mal stattdessen mit der linken!«

Janosch tat wie geheißen – und sog scharf die Luft ein. So war es überhaupt keine Schwierigkeit, Brocks Stirn ins Visier zu nehmen.

»Der Schütze war Linkshänder«, sagte der Kriminaltechniker mit einem Anflug von Stolz und trat aus Janoschs Schussfeld. »Davon gehen wir zumindest mit sehr großer Wahrscheinlichkeit aus.«

»Oder er ist beidhändig«, warf Janosch ein. Wenn das wirklich stimmte, hätten sie noch ein weiteres eindeutiges Kriterium, um einen Verdächtigen zu bestimmen. »Haben Sie auch im Elternschlafzimmer Hinweise auf die Linkshändigkeit gefunden?«

»Dort war es weniger eindeutig, da es keine direkten Hindernisse in der Schussbahn gab. Allerdings auch nichts, das die These widerlegen würde.«

Janosch versuchte vergeblich, sich ins Gedächtnis zu rufen, ob zum Beispiel Cedric Gossens, Nikolas Schwab oder Iliescu Linkshänder waren. Doch das ließ sich schnell überprüfen.

In ihm flammte wieder die Euphorie auf, die Diana ihm so oft ankreidete. Er ignorierte ihre Stimme in seinem Kopf und ließ sie einen Moment lang einfach auf sich wirken.

Wir kriegen ihn, wir kommen ihm immer näher.

»Haben Sie vielen Dank für Ihre Arbeit, das hilft uns extrem weiter«, sagte er Brock und spurtete gleich die Treppe hinunter.

...

Das Stasi-Unterlagen-Archiv lag auf der Karl-Liebknecht-Straße unweit des Alexanderplatzes.

Nach einem fruchtlosen Telefongespräch hatte Diana entschieden, persönlich vorbeizuschauen. Das bewirkte oft mehr, ganz besonders, wenn sie wütend war. Lange Zeit hatte sie ihr aufbrausendes Temperament als Schwäche angesehen, bis sie irgendwann erkannt hatte, dass es vor allem

eine Waffe war, ein Instrument, das in wohldosierter An-
wendung eine nicht zu unterschätzende Wirkung entfalten
konnte.

Nehring war in der Dienststelle am BER geblieben, um
sich weiter mit Iliescu zu befassen. Das hier war ein Ein-Frau-
Job. Außerdem wollte sie nicht, dass sie beide ihre Zeit damit
verplemperten, sollte sich Janoschs Gedankenblitz am Ende
als Hirngespinst herausstellen.

Sie stellte ihren Wagen in einer Parktasche auf dem Mit-
telstreifen der Straße ab, marschierte über die Fahrbahn und
erklomm die Stufen zum Eingang. Die Glastüren öffneten
sich automatisch. Der kahlköpfige Pförtner schaute sie erschrocken an, als sie geradewegs entschlossen auf ihn zu-
hielt.

Sie knallte ihm ihren Dienstausweis auf den Empfangs-
tresen, und er zuckte zusammen.

»Kriminalpolizei, Diana Quester, mit wem muss ich sprechen, um sofort Akteneinsicht zu bekommen?«

Der Mann blinzelte heftig. Sein imposanter Schnauzer
hüpfte auf und ab, als er berlinerte: »Na, tut mir leid, da kann
ick Ihnen spontan ooch nich weiterhelfen. Da müssten Se
'nen Antrach stellen. Det dauert 'ne Weile!«

Diana wollte gerade dazu ansetzen, dem Herrn auf äußerst nachdrückliche Weise zu erklären, warum sie auf gar
keinen Fall warten würde, als jemand neben sie an den Emp-
fang trat.

Es war eine junge Frau mit rot gefärbten schulterlangen
Haaren, die ein Deep-Purple-Shirt und einen kurzen Leder-
rock trug. Silberne Piercingringe steckten in ihrem Nasenflü-

gel und ihrer Augenbraue. Um ihren Hals hing ein Schlüsselbund, und sie hielt einen Stapel Akten vor dem Brustkorb fest.

»Sorry, ich habe kurz mitgehört. Ich will ja nicht aufdringlich sein, aber ich könnte Ihnen sicher weiterhelfen.«

»Sie?«, fragte Diana und musterte sie mit erhobener Augenbraue.

»Alma Schuster.« Die junge Frau balancierte die Aktenmappen auf einer Hand und streckte ihr die andere entgegen. »Ich bin Werkstudentin im Bundesarchiv. Kriminalpolizei, haben Sie gesagt? Das klingt spannend!«

Vorsichtig schüttelte Diana ihre Hand. »Glauben Sie jetzt bloß nicht, Sie wären hier in irgendeinem *Tatort* gelandet. Wenn Sie auf Spektakel und Sensationen aus sind, dann sind Sie bei mir an der falschen Adresse.«

»Ach, so war das gar nicht gemeint! Aber Sie wissen ja, True Crime Podcasts, Thrillerserien, da kann ich mich auch nicht ganz von frei machen. Ich möchte einfach nur helfen, das ist alles.«

Almas fröhliche und offene Art überforderte Diana ein wenig. Griesgrämigkeit und Inkompetenz, Sturheit und Faulheit – mit alldem konnte sie mühelos umgehen, konnte Leute auf die denkbar unterschiedlichsten Weisen zur Sau machen und sich ihren Weg zur Not erstreiten. Aber Alma Schusters Wesen war im wahrsten Sinne des Wortes entwaffnend.

Doch warum sollte sie sich davon groß irritieren lassen? Jemand hier wollte ihr freiwillig jetzt und sofort helfen, umso besser. Blieb nur die Frage, ob die Werkstudentin sich nicht ein wenig übernahm.

Was soll's, einen Versuch ist es wert.

»Na schön, Frau Schuster, möglicherweise können Sie mir behilflich sein. Mein Name ist Diana Quester, falls Sie ihn gerade verpasst haben.«

»Wär's eigentlich in Ordnung, wenn wir uns duzen?«

»Auf gar keinen Fall!« Was war nur mit den jungen Leuten los?

Alma zog einen Mundwinkel in die Höhe. »Sie sind auf jeden Fall auch eine ganz besondere Sorte Mensch.«

Für diesen Kommentar hätte Diana sie am liebsten sofort zusammengestaucht, beließ es aber bei einem Augenverdrehen. Erstens war Frau Schuster keines ihrer Teammitglieder, zweitens durfte sie es sich nicht mit ihr verscherzen.

»Wonach suchen Sie denn genau?«, fragte Alma, während sie mit ihrer Schlüsselkarte die Schiebetür zum Inneren des Archivs öffnete. »Ein ehemaliges Stasi-Mitglied? Oder jemanden, der bespitzelt oder verhaftet worden ist?«

»Es geht um einen Grenztoten und seine Hinterbliebenen.«

Alma führte sie an Karteischränken und endlosen Reihen von Aktenregalen vorbei, die mit Handkurbeln hin- und hergefahren werden konnten.

»In unseren Archiven befinden sich insgesamt einhundertelf Kilometer Archivgut, darunter allein einundvierzig Millionen Karteikarten. Die Sammelwut der Stasi hat schon etwas absolut Manisches gehabt, wenn man sich diese Zahlen vor Augen führt.«

»Ich bin nicht für eine Führung hier, Frau Schuster!«

»Schon klar, ich wollte Ihnen nur bewusst machen, dass die Recherche in unseren Archiven auch schnell mal zur Suche nach der Nadel im Heuhaufen werden kann – na ja, eher sogar im Mount Everest der Heuhaufen. Im revolutionären Herbst 1989 sind einige Unterlagen vernichtet worden, es gibt lose Enden, Lücken. Wir müssen verschiedenste veraltete Technologien wie Lochkarten und Co. unter einen Hut bringen, uns mit verästelten, kaum durchschaubaren Ablagesystemen herumschlagen. Bitte gehen Sie also nicht davon aus, dass das hier ein Selbstläufer wird.«

»Das tue ich sowieso nicht. Professioneller Pessimismus.«

Alma deutete auf einen Besuchertisch. »Darf ich Sie einmal hier parken? Dann bräuchte ich jetzt erst einmal nur einen Namen von Ihnen, im besten Fall noch einen Zeitraum oder einen Wohnort – das könnte die Suche deutlich eingrenzen.«

»Der Name des Grenztoten ist Rudolf Hall. Er wurde am zwölften August 1983 am Point Alpha getötet. Vielleicht ist er in den Monaten davor auffällig gewesen. Ich habe leider keine Angaben zu seinem vorigen Wohnort.«

»Alles klar.« Alma machte sich eine Notiz in ihrem Moleskine-Heft und rauschte davon.

Diana schaute ihr nach, bis sie um eine Ecke verschwunden war. Außer ihr saßen nur ein älterer Herr und eine kleine Familie in dem Wartebereich. Der Mann beugte sich mit einem entrückten Gesichtsausdruck über ein vergilbtes Dokument, die Familie wühlte sich deutlich lebhafter durch einen Stapel Akten.

Alma hatte etwas in Diana ausgelöst, das sie die ganze Zeit nicht richtig hatte deuten können, auf das sie nur schwer den Finger legen konnte. Aber jetzt wurde es ihr klar: Die junge Frau erinnerte sie an sich selbst in diesem Alter.

»Bailando, bailando. Amigos, adiós, adiós«, dröhnte es aus dem Autoradio. Diana drehte die Lautstärke herunter und legte stattdessen ihre Bon-Jovi-CD ein. Als die ersten ikonischen Akkorde von »You Give Love A Bad Name« aus den Boxen drangen, erzeugten sie gleich eine völlig andere Atmosphäre, entspannten Dianas Atmung und ließen ihre Gedanken in klareren Bahnen fließen.

Rockmusik war etwas, das sie sich von ihrem Vater abgeschaut hatte, genau wie den Whiskey. Er war ein ausgemachter Amerika-Fan und hatte früher viel Zeit in der Nähe des Point Alpha verbracht, um einen Blick auf die dort stationierten Truppen zu erhaschen.

Es war die Woche vor Weihnachten, und abgesehen vom üblichen Wahnsinn, von dem Diana eigentlich schon genervt genug war, trieb die Leute dieses Jahr auch noch eine andere Spinnerei um.

Seit Wochen wurden in Radio, Fernsehen und Co. die Folgen eines möglichen Jahr-2000-Computercrashs besprochen.

Was für ein Schwachsinn!

Diana wiederum hatte ihr ganz eigenes Millennium-Problem.

Ein neues Jahrtausend stand an, und sie wollte einen Fall nicht im alten zurücklassen.

Einen Termin beim Oberstaatsanwalt hatte sie nicht. Einfach Kriminalkommissarinnen Rede und Antwort zu stehen stand anscheinend nicht allzu hoch auf seiner Prioritätenliste. Sie hoffte, sich irgendwie mit ihrer üblichen Taktik aus Protest und wohldosiertem Charme zu ihm durchlavieren zu können.

Sie hatte ihre Rechnung ohne Quentin Nussbaum gemacht.

Nachdem sie einen Parkplatz vor dem Gebäude der Staatsanwaltschaft ergattert und sich schon erfolgreich bis ins Vorzimmer vorgekämpft hatte, war der Rechtsreferendar gerade zufällig dort und bereitete ihrem Durchmarsch ein jähes Ende.

Der Spross einer einflussreichen Familie aus Berufspolitikern und Juristen hatte sich immer wieder in die Ermittlungen rund um die Hände aus dem Moor eingemischt und sich wichtig gemacht. Als die Ermittlungen jedoch stockten, war er schnell wieder von der Bildfläche verschwunden. Mit Misserfolgen wollte er nicht in Verbindung gebracht werden.

Generell klebte er wie ein Schatten am Oberstaatsanwalt (der natürlich auch ein alter Studienfreund seines Vaters war) und ließ keine Gelegenheit zum Speichellecken aus.

»Frau Kommissarin, wo soll's denn so schnell hingehen?«, fragte er süffisant. »Irgendwie kann ich mir kaum vorstellen, dass der Oberstaatsanwalt Sie jetzt empfängt.«

Mit dem Lockenkopf, den Grübchen und seiner Segeltörn-Bräune sah er nicht gerade schlecht aus und wusste seinen Charme gewinnbringend einzusetzen. Bei Diana verfing all dies jedoch überhaupt nicht.

»Aha«, meinte sie kühl. »Wie kommen Sie denn darauf?«

»Na, weil ich genau jetzt einen Termin bei ihm habe.« Er grinste breit. »Sie wollen ihn doch wohl nicht wieder mit diesen Händen aus dem Moor nerven, oder?«

»Nicht alle haben so ein kurzes Durchhaltevermögen wie Sie.«

»Die Ermittlungen haben jetzt fast zwei Jahre keinerlei Fortschritte gemacht. Sie müssen doch einsehen, dass das inzwischen nur noch Ressourcenverschwendung wäre.«

»Mord verjährt nicht, wenn ich Sie daran erinnern darf.« Sie merkte, wie ihr das Blut in den Kopf rauschte. »Außerdem haben wir eine neue Spur, die durchaus vielversprechend sein könnte.«

»Na, da bin ich aber mal gespannt«, erwiderte Nussbaum. »Ich teile dem Oberstaatsanwalt gern mit, dass es neue Entwicklungen gibt. Und werde diese natürlich eingehend selbst prüfen, bevor wir ihm irgendwelche halb garen Spekulationen vorlegen.«

Mit diesen Worten verschwand er im Büro und ließ Diana vor verschlossenen Türen stehen.

Die Sohlen von Almas Vans, die bei jedem Schritt auf dem Linoleumboden quietschten, kündigten ihre baldige Rückkehr an.

Diana warf einen Blick auf ihre Armbanduhr. Zweieinhalb Stunden waren inzwischen vergangen, zwischenzeitlich hatte sie sich am Automaten drei Becher Kaffee geholt, spürte ihren knurrenden Magen und hatte schon kurz mit dem Gedanken gespielt, einmal um den Block zu gehen und frische Luft zu schnappen. Diese Angelegenheit nahm bereits deutlich mehr Zeit als geplant in Anspruch.

Die Werkstudentin hielt einen Stapel Akten so fest umklammert, als hinge ihr Leben davon ab, und knallte sie schließlich vor Diana auf den Tisch.

»Was ist denn in Sie gefahren?«, fragte Diana.

Almas Brustkorb hob und senkte sich schnell, ihre Stimme überschlug sich. »Also«, sie setzte sich ihr gegenüber, »das ist jetzt selbstverständlich nur eine sehr oberflächliche schnelle Suche, trotzdem bin ich vielleicht auf einen sehr … ungewöhnlichen … Umstand gestoßen. Zunächst einmal habe ich einige Verzeichnisse der Grenztruppen durchstöbert, dabei bin ich erst mal nicht fündig geworden. Zumindest nicht, als ich nach Todesopfern gesucht habe.«

Diana runzelte die Stirn und verschränkte die Arme vor der Brust. Worauf lief das hier hinaus? Was sollte in diesen uralten Akten stehen, das jetzt noch eine Relevanz haben konnte? Das so lange nachwirken konnte?

»Ich habe meine Suche schließlich ausgeweitet, auf Spitzelprotokolle, auf Haftanstalten, auch auf die Zeit nach 1983. Da habe ich dann entdeckt, wo der Fehler gelegen hat: Rudolf Hall ist gar nicht tot.«

Diana entließ mit einem Prusten die Luft aus ihren Wangen. Sollte das ein Witz sein? Doch in Frau Schusters Miene lag keinerlei Humor, sie meinte es absolut ernst.

»Wollen Sie mich auf den Arm nehmen?«, fragte Diana. »Mein Kollege stand heute Morgen noch vor Rudolf Halls Gedenkkreuz!«

Schuster setzte sich ihr gegenüber und schob ihr ein vergilbtes Dokument zu, das mit *Verhaftungsprotokoll Rudolf Hall* betitelt war und in minutiösen Details die Geschehnisse der Nacht vom elften auf den zwölften August 1983 schilderte.

Die Werkstudentin fasste sie zusammen: »Hall ist tatsächlich von einer Selbstschussanlage getroffen worden, so, wie es sein Begleiter und die US-Streitkräfte mitbekommen haben. Aber er hat überlebt, schwer verletzt, und wurde von NVA-Grenzsoldaten festgenommen und in ein nahe gelegenes Krankenhaus gebracht. Danach hat er für versuchte Republikflucht im Erfurter Stasi-Gefängnis eingesessen.«

Unfassbar, ging es Diana durch den Kopf. Sie schüttelte

leicht den Kopf. Janosch hatte recht gehabt, hatte auf seine krude und für sie manchmal kaum nachvollziehbare Art und Weise einmal mehr den richtigen Riecher bewiesen.

Totgesagte leben länger …

An der Sache war unzweifelhaft etwas dran.

»Und danach? Wissen Sie, was er nach seiner Haft getan hat?«

»Da verläuft sich seine Spur leider«, antwortete Schuster und hob einen Mundwinkel, als sie fortfuhr: »Bei den Stasi-Unterlagen liegt es leider in der Natur der Sache, dass die Datenlage nach 1990 eher spärlich ist.«

»Kein Grund, gleich schnippisch zu werden.« Diana blätterte durch die Papiere. »Hier steht etwas von einer Ehefrau, von einer Tochter – haben Sie dazu etwas?«

»Selbstverständlich.« Schuster holte tief Luft. »Und damit wird es leider sehr unschön …«

· · ·

Janosch schaute jetzt schon zum vierten Mal das YouTube-Tutorial, wie man einen einfachen Krawattenknoten band, bekam es aber immer noch nicht auf die Reihe.

Das breite Ende des schwarzen Schlipses war viel zu kurz geraten und reichte ihm nicht einmal bis zum Bauchnabel. Er sah aus wie ein Clown.

Seufzend lockerte er wieder die Halsschlaufe und zog die Krawatte ab. Er blickte auf sein Handy. Noch zwanzig Minuten bis zum Beginn der Gedenkfeier. Wenn er das hier nicht bald hinkriegte, würde er sich massiv verspäten.

Das letzte Mal, dass er Krawatte getragen hatte, war bei seiner Hochzeit gewesen – und davor bei der Beerdigung seines Vaters.

Papa …

Hätte er nur länger gelebt, er hätte ihm das Krawattebinden sicher beigebracht. Und noch so viele andere Dinge, auf die es im Leben ankam.

Er stützte sich am Waschbecken ab und holte tief Luft.

Die Leichen der Familie Sander waren von der Polizei noch nicht freigegeben worden. Aber Grimmbach wollte ihrer schon jetzt mit einer eilig organisierten Trauerfeier gedenken.

Helen kam ins Bad und besah mit einem Grinsen das YouTube-Video und die Krawatte, die über dem Waschbeckenrand hing.

»Lass dir mal helfen.«

Sie schwang ihm den Schlips um den Nacken, zog ihn damit zu sich und begann mit dem Knoten, ohne auch nur einen Blick aufs Display zu werfen.

»Danke dir, Schatz.« Er rieb über ihre Oberarme. »Wie geht's dir? Ich nehme mir viel zu wenig Zeit für uns …«

»Gerade kannst du auch nicht viel tun, deine Mutter kümmert sich gut um mich. Sie freut sich über die Aufgabe«, erwiderte sie. »Außerdem bin ich die Tochter einer Polizistin. Mir war klar, worauf ich mich einlasse, als ich dich geheiratet habe.«

»So soll's nicht sein. Ich bin doch längst nicht so besessen wie deine Mutter …«

Sie reckte eine Augenbraue in die Höhe, als sie den Knoten stramm zog. »Ach, das redest du dir also ein?«

Der Knoten war etwas zu eng geraten – wahrscheinlich mit voller Absicht. Janosch schluckte schwer und musste ihn wieder etwas lockern, um Luft zu bekommen.

»Bald gibt's erst mal nur noch uns drei«, sagte er und legte die Hand auf Helens Bauch. »Versprochen.«

Sie strich ihm über die glatt rasierte Wange.

»Es ist nur …«, setzte er an und seufzte tief. »Der Enkel der Sanders … der kleine Paul. Ich sehe immer noch vor mir, wie er dagelegen hat. Seine Spielekonsole noch neben ihm. Sein Papa davor in der Tür, ohne jede Chance, ihn zu schützen. Ist das wirklich die Welt, in der wir ein Kind großziehen wollen?«

»Für die Frage ist es jetzt reichlich spät, oder? Außerdem: Gibt es eine andere?«, fragte sie mit einem sanften Lächeln. »Das hier ist die Welt, in der wir leben. Also machen wir sie auch zu unserer Welt. Nicht der Welt der Mörder und Monster.«

»Wir versuchen's.« Er schaute noch einmal auf sein Handy. »Wo wir gerade dabei sind: Ich muss los!«

Sie gaben sich noch einen Abschiedskuss, dann zog er sich sein Sakko über. Auf dem Weg nach unten warf er noch einen letzten Blick auf die Post-it-Wand im Kinderzimmer. Hier hing der Grund dafür, dass er so spät dran war: Die Zettel, auf denen er die Händigkeit der Verdächtigen festgehalten hatte.

Schwab war Rechtshänder, könnte den Mord aber auch

einem seiner Lakaien befohlen haben. Cedric Gossens gehörte ebenfalls zu den Rechtshändern.

Iliescu hatte zunächst ausgesagt, er sei Rechtshänder, hatte sich danach aber noch einmal selbst korrigiert und als Beidhänder angegeben. Ein Indiz, das wieder für ihn als Verdächtiger sprach, doch Janosch hielt ihn weiterhin nicht für den Täter.

Bisher hatte die Schussbahnanalyse ihnen nur eines gebracht: mehr Verwirrung.

Er riss sich los und polterte die Treppenstufen herunter. Seinen Wagen ließ er auf dem Hof stehen und machte sich zu Fuß auf den Weg zur Kapelle St. Konrad.

Eine gute Entscheidung, wie sich schnell zeigte. Schon weit vor dem Konradsberg waren die Straßen hoffnungslos zugeparkt, nur die wenigsten Kennzeichen stammten aus der Rhön.

Er schwitzte in dem schwarzen Anzug, während er den kurzen, aber steilen Anstieg hinter sich brachte. Er zog sich das Jackett wieder aus und schwang es sich über die Schultern.

Die Glocken der kleinen, weiß getünchten Kapelle erklangen. Gleich sechzehn Uhr.

Auf den letzten Metern über den Alten Friedhof beschleunigte er nochmals seine Schritte. Im holzumrahmten Aushangskasten gleich neben dem Portal hing ein Familienfoto der Sanders, darunter standen die Informationen zu der Trauerfeier.

Auf dem Boden rund um den Kasten verteilten sich Dutzende von Grablichtern, handgeschriebenen Briefen, Kinderzeichnungen, Stofftieren und Blumensträußen in Zellophan-folie.

Vorsichtig öffnete er die knarzenden, mit detailreichen Schnitzereien überzogenen Flügeltüren. Im Inneren der Kapelle herrschte trotz der Menschenansammlung noch eine angenehme Kühle. Die dicken Mauern hielten die Sommerhitze verlässlicher in Schach als so manche Klimaanlage. Der sonst allgegenwärtige, unterschwellige Weihrauchgeruch wurde von diversen Parfümnoten und Schweißgeruch überdeckt.

Die schlichten Holzbänke waren bis zum letzten Platz besetzt, die Leute drängten sich bereits im hinteren Teil des Gotteshauses.

Janosch suchte sich ein freies Eckchen an der linken Seite – gleich hinter einem Buntglasfenster, das die Geburt Jesu Christi zeigte –, verschränkte die Arme vor der Brust und ließ den Blick über die Trauernden schweifen.

Er entdeckte Carina gleich in der ersten Reihe, zusammen mit einer Gruppe ihm unbekannter Personen, die wahrscheinlich zur Familie Sander gehörten. Sie hatte sich also tatsächlich von Cedric Gossens' Krankenbett losreißen können.

Warum hatten die Neonazis ihn angegriffen? Hoffentlich würde der Landwirt bald aus seinem Koma erwachen und Licht ins Dunkel bringen können.

In den Sitzreihen erkannte Janosch auch viele andere bekannte Grimmbacher Gesichter: Die Bäckerfamilie Trautmann in voller Mannschaftsstärke mitsamt Kindern und Enkeln. Die Wigands, die die Tankstelle an der Hauptstraße betrieben, waren genauso gekommen wie die Wirtin aus dem Gasthof Zur Post. Die Trauerfeier schien das Dorf-Event zu sein, noch einmal populärer als die Schützenkirmes.

Selbstverständlich waren auch die Kreys zugegen, sie saßen in der Reihe gleich hinter der Sander-Tochter und sprachen beruhigend auf sie ein.

War der Mörder auch hier in der Kirche? Besaß er die Unverfrorenheit, sich hier auf eine der Bänke zu drücken? War es jemand völlig anderes, den Janosch gar nicht kannte und erst recht nicht auf dem Zettel hatte?

War er doch nicht unter den Trauernden, sondern befand sich in der JVA Fulda oder im Gewahrsam der Polizei am Berliner Flughafen? Oder lag er im Koma?

Pater Kristiansen, der sich in der Gemeinde nach wie vor großer Beliebtheit erfreute, eröffnete den Gottesdienst. Seine warme, ruhige Stimme hatte etwas angenehm Entschleunigendes, allerdings verhinderten seine elegante Wortwahl und seine Lebhaftigkeit, dass sie einschläfernd wurde.

In eindringlichen Bildern sprach der Priester von dem Schock, den die Bluttat in ihrem kleinen Ort ausgelöst hatte. Er ging auf die Bedeutung ein, die die Familie Sander für die Gemeinschaft gehabt hatte – Beate Sanders politische Tätigkeit, ihr Engagement für Geflüchtete, der Einsatz der Sanders für den Schützenverein.

Janoschs Gedanken glitten zu Gregor Sanders regelmäßigen Besuchen in Frankfurt. Das Bild von der Grimmbacher Vorzeigefamilie hatte schon längst Risse. Wie viele würden noch hinzukommen?

Nacheinander erzählte der Pater aus den Leben der Ermordeten, berichtete von Gregor Sanders Kindheit und Jugend in der DDR, von seiner Flucht.

Janosch dachte an den Kreis der Verdächtigen. Stammte der Täter nicht aus Grimmbach, auch nicht aus Rumänien, sondern aus Gregor Sanders Vergangenheit?

Sein Handy vibrierte.

Es war Diana.

Er bahnte sich einen Weg zum Portal, trat ins Freie und nahm den Anruf an.

»Ich könnte dich schütteln!«, rief sie ihm sogleich ins Ohr. Er zuckte zusammen und hielt das Telefon etwas weiter weg.

»Huch, ich nehme also mal an, der Besuch im Archiv war ergebnislos.«

»Ganz im Gegenteil! Du wirst nicht glauben, was ich dir jetzt erzähle. Besser, du setzt dich hin.«

Selten hatte Janosch seine Chefin mal so aufgeregt gehört.

»Rudolf Hall, der Fluchtbegleiter von Gregor Sander, ist noch am Leben.«

Okay, damit hatte er nicht gerechnet.

»Wie bitte, aber …«

»Ja, du standest heute noch vor seinem Gedenkkreuz. Aber wie es aussieht, haben Sander und die Amerikaner ihn irrtümlich für tot gehalten. Er wurde von den Grenzsoldaten der DDR aufgegriffen, im Krankenhaus wieder zusammengeflickt und danach in einen Stasi-Knast gesteckt. Nach seiner Freilassung verlieren sich nur leider seine Spuren.«

»Wie konnte das all die Jahre übersehen werden?«, fragte Janosch fassungslos und lief zwischen den Gräbern umher.

Rudolf Hall hatte anscheinend gar keins gehabt.

»Wahrscheinlich hat niemand nach ihm gesucht. Sein alter Freund Sander wird ihn, wie gesagt, für tot gehalten haben«, meinte Diana. »Und Rudolf Hall schien keinen Anlass zu haben, sein vermeintliches Ableben aufzuklären.«

»Dann ist die große Frage: Warum?«

»Exakt, und im allerbesten Fall ist er auch heute noch am Leben und kann uns das selbst beantworten. Ich habe bereits eine Aufenthaltsermittlung beantragt. Mal sehen, was die Datenbanken so ausspucken, möglicherweise müssen wir auch Europol oder Interpol einschalten, gut möglich, dass Hall inzwischen im Ausland lebt.«

Janosch schnaufte tief durch. Was hatten sie da nur aufgedeckt? Wohin sollte das alles noch führen?

Und was war die starke Hand von Rudolf Hall?

»Außerdem lasse ich mir hier im Archiv gerade noch Informationen über Halls Familie bringen, er hatte eine Frau und eine Tochter, und anscheinend muss das eine regelrechte Tragödie gewesen sein.«

»Haben wir da einfach eine Kuriosität am Rande aufgedeckt, oder hat es tatsächlich etwas mit dem Fall zu tun?«, warf Janosch ein.

»Sehr richtig, wir haben ja immer noch unsere Freunde Iliescu und Schwab in Gewahrsam«, sagte Diana. »Apropos, sobald ich hier im Archiv durch bin, machen Nehring und ich uns auf den Weg zur JVA Fulda und nehmen Schwab noch einmal in die Mangel. Wir dürfen uns jetzt nicht ablenken lassen.«

»Verstanden.«

Janosch legte auf und schaute auf das Gräberfeld, das sich über die Hänge des Konradbergs erstreckte.

Er hatte den Eindruck, einen Untoten aus dem Erdreich ans Tageslicht gezerrt zu haben.

DER GEIST

28. August 2022
18:00 Uhr

»Ihr habt ja richtige Sehnsucht nach mir!«, begrüßte Nikolas Schwab sie im Besucherraum der JVA Fulda. Er saß breitbeinig an dem viereckigen Tisch, die Arme vor der Brust verschränkt.

Nehring setzte sich ihm gegenüber, während sich Diana in etwas Abstand gegen die eidottergelb gestrichene Wand lehnte.

»Schön, dich wiederzusehen, Frank!«, sagte Schwab mit einem Haifischgrinsen und richtete all seine Aufmerksamkeit auf den Kommissariatsleiter.

Diana fragte sich, warum Schwab so einen Hehl aus ihrer Bekanntschaft machte, wenn sie laut Frank einen so harmlosen Hintergrund hatte?

Nehring rutschte sichtlich unwohl auf seinem Stuhl herum.

Schon auf der Rückfahrt aus Berlin war er auffällig schweigsam geworden, als Diana ihm verkündet hatte, dass sie noch einmal mit dem Boss der *Wicked Vikings* sprechen mussten.

Sie hatte darauf bestanden, dass er mitkam. Ihre Hoffnung war, dass sich Schwab durch seine Spielereien mit Nehring zu einer unüberlegten Aussage hinreißen ließ.

Schwab lehnte sich aufreizend entspannt zurück. Das erste Mal wandte er sich an Diana. »Dein Welpe hat letzte Nacht keine Ergebnisse geliefert, jetzt schickst du also deinen Bluthund.«

»Sie sollten besser aufpassen«, erwiderte sie. »Der schnappt.«

»Na, ich glaube, mir gegenüber ist er ganz handzahm.«

Nehring grummelte gereizt, so als wolle er das Bluthund-Bild noch einmal unterstreichen. »Leg's nicht drauf an, Schwab!«

»Ach, nein?« Der Neonazi legte den Kopf schief. »Bist du nicht derjenige, der hier gerade Schiss haben muss? Du bist kein braver Hund gewesen, ganz und gar nicht! Du bist nicht stubenrein, Frank, du hast ins Präsidium geschissen! AUS! BÖSER HUND!«

Nehring sprang von seinem Stuhl auf, langte über den Tisch nach Schwab und packte ihn am Kragen.

»FRANK!«, brüllte Diana, als er schon die massige Pranke geballt hatte.

»Siehst du?«, meinte Schwab ungerührt. »Und jetzt mach wieder artig Sitz, Frank.«

Diana trat an den Tisch und lehnte sich zwischen den beiden mit den Armen auf die Platte. »Lassen Sie Ihre Spielchen, Schwab. Hören Sie, ich bin momentan nicht an Ihnen und Ihrer Bande von grenzdebilen Idioten interessiert, deshalb frage ich mal ganz neutral und lasse diesen Angriff gestern Abend außen vor: Könnte es einen Grund dafür geben, warum möglicherweise Mitglieder Ihrer Truppe nicht gut auf Cedric Gossens zu sprechen sind? Sie müssen keine Namen nennen, ich will nur verstehen, was da los ist … warum es sein könnte, dass der Typ Sie und Ihre ach so ehrbaren Arierfreunde in die Sache hineinzieht.«

Sie taxierte Nehring mit einem Seitenblick.

Eigentlich hatte sie seine unglückliche Verbindung zu den *Vikings* für sich abgehakt. Wie konnte es sein, dass sie ihm schon wieder misstraute?

Schwab holte tief Luft. »Wenn ich was sage, will ich danach sofort wieder auf freien Fuß gesetzt werden. Und ich werde keine Namen nennen.«

»Okay, fein für mich«, sagte sie unumwunden.

Nehring starrte sie entgeistert an.

Sie ignorierte ihn. »Spucken Sie's aus, Schwab.«

»Pfff, erst mal will ich das schriftlich.«

Sie verdrehte die Augen. Kaum etwas nervte sie mehr als Männer, die sich für klüger hielten, als sie es in Wirklichkeit waren. Schwab besaß eine gewisse Bauernschläue, das konnte man ihm nicht absprechen, aber gerade pokerte er eindeutig zu hoch.

»Alles klar, dann wünsche ich Ihnen noch einen schönen Tag«, sagte sie. »Wir gehen.«

Nehring erhob sich ebenfalls, und sie gingen zur Tür.

»Okay, wartet!«, rief Schwab, als sie schon nach dem Wärter geklopft hatten. Der öffnete ihnen die Tür, Diana bedeutete ihm aber mit einem Handzeichen, noch einmal hinter ihnen abzuschließen.

Sie wandte sich um.

»Und?«

»Die CZ 75 – die Mordwaffe – ist von uns. Also, ich gehe sehr stark davon aus.«

»Was soll das heißen?«, fragte Nehring.

»Na ja, genau so eine haben wir an Gossens vertickt. Ohne Seriennummer.«

Diana durchmaß den Gesprächsraum und stemmte ihre Hände auf eine der Stuhllehnen. »Sie wollen uns sagen, dass Gossens im Besitz der Mordwaffe war?«

Schwab verdrehte die Augen. »Genau das habe ich doch gerade gesagt.«

»Spielen Sie hier nicht das Genie«, wies sie ihn zurecht. »Fangen wir lieber mal ganz von vorne an: Wie kam es dazu, dass er sich ausgerechnet bei Ihnen eine Waffe besorgt hat?«

»Nach dieser Aktion beim Schützenfest, bei der er besoffen um sich geschossen hat, ist er ja aus dem Verein geflogen und durfte auch keine Waffen mehr besitzen. Er kennt einen von uns über Umwege … na, egal, jedenfalls ist er vor einem halben Jahr auf uns zugekommen und hat gefragt, ob wir ihm was besorgen könnten, ihm würde es wieder in den Fingern jucken. Was Nettes, Kleines, eher was Sportliches zum Rumspielen, um vielleicht mal im Wald oder bei sich auf dem Hof ein wenig rumzuballern.«

»Da hast du dich nicht lange bitten lassen, hm?« Nehring hielt sich im Hintergrund, fast so, als suche er Deckung hinter Diana.

Schwab zuckte mit den Schultern. »Geschäft ist Geschäft.«

»Und den Schalldämpfer gab's gratis obendrauf?«, fragte Diana. »Spätestens da hätte Ihnen doch klar sein müssen, dass es ihm nicht um irgendwelche Ballereien auf leere Bierflaschen ging.«

»Von einem Schalldämpfer weiß ich nichts. Den kann er sich aber auch auf tausend andere Wege besorgt oder selbst gebastelt haben«, sagte Schwab durchaus glaubhaft. »Wir verkaufen die Dinger nur, steht ja jedem frei, damit zu machen, was man will. Das ist alles, was ich zu sagen habe …«

Diana schnaufte durch und sortierte ihre Gedanken. Ihr Ausflug ins Stasi-Archiv, die Vernehmung von Iliescu – waren all das Holzwege gewesen? Hatten sie mit Gossens von Anfang an den wahren Täter vor sich gehabt?

»Warum haben Sie das nicht gleich gesagt?«, fragte Diana.

»Illegaler Waffenverkauf ist jetzt auch nichts, womit man bei der Bullerei hausieren geht. Ich hatte gehofft, Gossens würde euch auch so ins Netz gehen. Aber anscheinend habe ich euren Verein überschätzt.«

»Am meisten überschätzen Sie sich selbst«, erwiderte Diana.

Ihre Gedanken rasten. Cedric Gossens würden sie nicht selbst zu seinem Waffenerwerb befragen können, er lag auf unbestimmte Zeit im Koma. Also sollten sie es schleunigst bei seiner Ex-Frau versuchen. Was sie wohl zu dem Ganzen zu sagen hatte? Auch Carina Sander war schon in den Kreis der Verdächtigen gerückt, worauf sie höchst empfindlich reagiert hatte. Waren es am Ende doch die getroffenen Hunde, die bellten?

»Wie sieht's denn jetzt aus?« Schwab tippte mit den Fingerspitzen auf die Tischplatte. »Kann ich endlich von hier abhauen?«

»Sie bleiben erst mal, wo Sie sind. Außerdem … wir haben ja nichts Schriftliches.«

Noch nie hatte sie es erlebt, dass sich die Gesichtsfarbe eines Menschen so schnell ins Rötliche verfärbte. Eine Ader auf Schwabs Stirn trat hervor. Er fuhr aus seinem Stuhl hoch.

»Wollt ihr mich verarschen?«

Er wollte um den Tisch herum auf sie losgehen, aber Nehring baute sich schon zwischen ihnen beiden auf, bevor Diana die Situation überhaupt so richtig erfasst hatte.

»Keinen Schritt weiter«, fuhr er Schwab an.

Der U-Häftling imitierte ein Hundeknurren und schaute an Nehrings massiver Schulter vorbei zu Diana. »Da ist es sofort zur Stelle, das Schoßhündchen.«

»Halt die Schnauze!«, grummelte Nehring ihm ins Ohr.

Schwab bleckte die Zähne und entblößte dabei sein Lippenbandpiercing. »Pass auf, dass dein Köter dich nicht in die Hand beißt.«

»Jetzt reicht's mir!«, rief Diana. »Was sollen diese ganzen Anspielungen!? Drücken Sie sich klar aus!«

Doch Schwab klopfte nur Nehring auf die Schulter. »Das kann er hier am besten selbst erzählen.«

· · ·

Draußen im warmgoldenen Abendlicht, gleich vor dem dunkelgrünen Stahltor der JVA, stellte Diana Nehring zur Rede.

»Das klang nicht gerade nach einer harmlosen Gym-Bekanntschaft, was Schwab da von sich gegeben hat«, sagte sie.

»Wie ich's dir schon erklärt habe, das macht er mit Absicht. Er will uns gegeneinander ausspielen. Ich bin überrascht, dass du dich von so was hinters Licht führen lässt. Das sieht dir gar nicht ähnlich.«

Seine Reaktion drückte bei Diana genau die falschen Knöpfe. Sie konnte es überhaupt nicht leiden, wenn jemand jegliche Schuld von sich wies und stattdessen sogar in ihre Richtung auskeilte.

»Komm mir jetzt nicht so! Kümmere dich darum, dass die Ermittlungen weiterlaufen, und gib mir nicht noch mehr Gründe, die Innere auf dich anzusetzen.«

Sie verabschiedeten sich kühl und gingen in getrennte Richtungen davon. Nach einigen Schritten hielt Diana inne, wandte sich um und rief dann doch: »Danke, dass du dich da gerade so schnell vor mich gestellt hast.«

Nehring drehte nur kurz den Kopf und nickte bedächtig.

Sie stieg in ihren Wagen. Heute Abend wollte sie noch bei Helen und Janosch vorbeischauen. Zum einen wollte sie mit ihrem Schwiegersohn die Unterlagen aus dem Stasi-Archiv durchgehen, zum anderen war da der nicht gerade unerhebliche Umstand, dass ihre Tochter in Kürze ein Kind erwartete.

Was sind wir nur für Menschen?, dachte sie sich. Jagen Phantomen und Totgeglaubten nach, statt unsere Aufmerksamkeit diesem neuen Leben zu widmen.

Außerdem fiel es ihr allmählich auf die Füße, dass sie zu viel Zeit und Energie in die Sander-Ermittlungen steckte und dabei ihr Alltagsgeschäft als Kriminaldirektorin sträflich vernachlässigte.

Ein Azubi-Tag, mehrere Pressetermine, Vorstellungsgespräche, ein Besuch an der hessischen Polizeihochschule, diverse Updates zu anderen Delikten und Kommissariaten – die Liste ihrer verpassten Termine wurde stündlich länger.

Der Polizeipräsident hatte ihr bereits eine mehr als deutliche E-Mail geschrieben, in der er sie gefragt hatte, ob er sie bei ihrem aktuellen Ermittlungsdrang nicht lieber wieder zur Kriminalkommissarin zurückstufen solle.

Aber wo wären sie ohne Diana? Wer sollte die Ermittlungen in erfolgreiche Bahnen lenken, wenn nicht sie? Gerade jetzt, wo sie Nehring nicht mehr zu hundert Prozent vertraute. Janosch? Vielleicht in ein paar Jahren, doch aktuell war er trotz aller ab und an hervorscheinender Brillanz noch zu ungestüm, zu impulsiv, schlichtweg nicht erfahren genug.

So wie sie selbst damals gewesen war, wenn sie ehrlich war.

Sie hatte das Präsidium auf links drehen, alles verändern wollen. War liebend gern mit dem Kopf gegen die Wand gelaufen und hatte auch die eine oder andere eingerissen.

Mit einer nie nachlassenden Energie, von der sie selbst nie ganz wusste, aus was sie sich speiste. Wut, Veränderungswille, Verbissenheit – wahrscheinlich eine Mischung aus allem.

Doch allmählich merkte sie, dass sie müde wurde.

Dass sie nicht mehr jeden Kampf sofort annahm, sondern den Auseinandersetzungen manchmal aus dem Weg ging, sie sorgfältiger wählte. Ihre Entschlossenheit und ihr Tatendrang standen ihr nicht mehr wie sonst automatisch zur Seite, sondern sie musste sie bewusst abrufen.

War das der normale Verschleiß nach so vielen anstrengenden Dienstjahren? Ließ selbst eine Diana Quester einmal nach?

Auf der Fahrt zurück in die Rhön stand die Sonne so glutrot und tief am Himmel, dass Diana die ganze Zeit über mit heruntergeklappter Blende und zusammengekniffenen Augen unterwegs war.

Im Radio lief Bon Jovi, *Wanted Dead Or Alive*. Sie drehte lauter und fühlte sich durch den Song wieder in ihre Anfangszeit zurückversetzt.

Dianas Vater hatte in Gersfeld in der Stadtverwaltung gearbeitet, ihre Mutter war Hausfrau gewesen. Ihr Vater wäre selbst gerne zur Polizei gegangen, hatte aber nie die Aufnahmeprüfung geschafft. Stattdessen hatte er als Ausgleich sein Leben lang Krimis verschlungen, egal ob *Jerry-Cotton*-Heftchen, Edgar Wallace oder zuletzt Henning Mankell. Müsste sie ihre Eltern mit einem einzigen Wort beschreiben, wäre es *hartherzig*. Beide stammten aus ärmlichen Verhältnissen und hatten sich ihre kleinbürgerliche Existenz unter großen Entbehrungen und mit viel Willenskraft aufgebaut. Schwäche war etwas gewesen, das sie sich niemals erlaubt hatten – und auch anderen nicht durchgehen ließen, erst recht nicht ihrem einzigen Kind Diana.

Hartherzig.

Ihre Blicke waren hart gewesen, wenn Diana sich nicht ihren Vorstellungen gemäß benommen hatte. Ihre Stimmen waren hart und schneidend und unerbittlich gewesen, wenn sie in der Schule nicht die gewünschten Leistungen erbracht hatte. Und Vaters Schläge, sie waren hart gewesen, wenn sie Widerworte gegeben oder auch nur trotzig das Gesicht verzogen hatte. Eine Umarmung, ein liebes Wort, Trost, Unterstützung; all dies hatte es praktisch nie für sie gegeben.

Selbst jetzt, so viele Jahrzehnte später, spürte sie noch das Brennen seiner Ohrfeigen auf ihrer Haut.

Als Diana nach dem Abitur im Präsidium Fulda angenommen worden war, hatten viele Verwandte und Bekannte geglaubt, sie würde an ihres Vaters statt den Traum von der Polizistenkarriere verwirklichen – in ihren Augen eine rührende töchterliche Geste. Dabei hätten sie nicht weiter danebenliegen können.

Vor allem hatte sie es getan, weil sie schon immer einen ausgeprägten Gerechtigkeitssinn besessen hatte, auch in der Schule nie still geblieben war, wenn andere gepiesackt worden waren. In Bezug auf ihren Vater hatte sie es aber vor allem aus einem Grund getan, den sie lange Zeit für sich selbst behalten hatte: um ihm zu zeigen, dass sie es konnte und er nicht.

Ihre Eltern waren beide nicht alt geworden, ihr Vater bereits mit zweiundsechzig Jahren an Lungenkrebs gestorben. Erst auf seinem Sterbebett hatte sie ihm diese Wahrheit über ihre Berufswahl eröffnet.

Bis heute hatte sie den Verlust ihrer Eltern kein einziges Mal beweint.

Erst jetzt merkte sie, dass sie mit hundertvierzig Stundenkilometern auf der Landstraße fuhr und sie das Lenkrad mit eisernem Griff umklammert hielt. Ihr Puls raste, sie bekam kaum noch Luft.

An einer Bushaltestelle fuhr sie rechts ran, löste ihre zitternden Hände und musste sich wieder daran erinnern, wie Atmen ging.

· · ·

Diana kam in einer seltsam melancholischen Stimmung bei ihnen an. Die ganze Zeit über fragte sich Janosch, was sie wohl so sehr beeinflusst hatte. Waren es die Erkenntnisse aus dem Stasi-Archiv? Die erneute Vernehmung von Schwab? Oder etwas ganz anderes?

Sie waren zu der stillschweigenden Übereinkunft gekommen, beim Abendessen auf der Terrasse nicht über den Fall zu sprechen, also würde er seine Neugier zunächst zügeln müssen.

Janosch und Helen hatten einen mit Minze verfeinerten Wassermelone-Feta-Salat gemacht, genau das Richtige für diese unerträglichen Temperaturen. Dazu gab es Hähnchen und Baguette.

»Als du auf die Welt gekommen bist, war ich zehn Wochen später wieder im Präsidium«, sagte Diana und wedelte entnervt eine Wespe weg, die um ihren Salatteller herumschwirrte. »Ich war die erste Frau auf dem Revier, die eine Milchpumpe dabeihatte und die Flaschen im Kühlschrank lagerte. Ihr könnt euch ungefähr die Kommentare der Kollegen vorstellen.«

Helen verdrehte die Augen. »Du musst uns jetzt nicht

wieder beweisen, wie hart und krass du damals gewesen bist, Mama. Ich würde mich gerade einfach nur über etwas Support freuen.«

»Ich will ja nur sagen, dass du nicht länger zu Hause bleiben musst, als du willst.« Sie nickte in Janoschs Richtung. »Der da kann das genauso gut.«

»Heutzutage ist das doch sowieso schon alles entspannter. Wir überlegen uns da eine gute Lösung mit unserer Elternzeit. Ich bleibe sehr gern zu Hause«, sagte Janosch.

Helen schaute mit hochgezogener Augenbraue zwischen ihnen beiden hin und her. »Na, wirst du Janosch nicht bei den Ermittlungen für euren großen Fall vermissen?«

»Ach, bis dahin haben wir den gelöst!«, sagte Diana und genehmigte sich einen Schluck Aperol.

»So optimistisch?«, fragte Helen.

»Hey, wir hatten eigentlich nicht vor, jetzt schon über die Arbeit zu sprechen«, warf Janosch ein.

»Hmm? Ich sehe doch, wie sehr es euch in den Fingern juckt. Ihr könnt es doch gar nicht abwarten, euch gegenseitig auf den neuesten Stand zu bringen.«

»Gerade gibt es viel Wichtigeres«, sagte Janosch und schaute auf ihren Bauch.

»Da muss ich ihm ausnahmsweise mal recht geben«, fügte Diana hinzu.

»Es ist in Ordnung, meinen Segen habt ihr«, meinte Helen, aß den letzten Rest ihres Salats und schob den Teller weg. »Außerdem ist es ja auch immer noch meine Freundin, die in die Sache involviert ist.«

Es war, als würde damit ein Damm brechen. Ein richtiggehender Redeschwall brach über den ovalen Teakholz-Gartentisch hinweg. Zunächst erzählte Janosch noch einmal ausführlich von dem Angriff auf Cedric Gossens und Carina Sander, dann von seinen Eindrücken der wenig spektakulären Trauerfeier.

Schließlich verkündete Diana die neue Erkenntnis, dass sich Cedric Gossens genau das Modell der Tatwaffe bei den *Vikings* beschafft hatte.

Janosch konnte es nicht fassen und war ein wenig enttäuscht von sich, weil er diese Information nicht schon selbst letzte Nacht aus Schwab herausbekommen hatte. Aber gegen das Tagteam aus Frank Nehring und Diana sah er nun mal einfach alt aus.

Diana wandte sich an Helen. »Hat Carina dir gegenüber jemals etwas davon erzählt, dass Cedric wieder eine Waffe besaß?«

Sie schüttelte den Kopf. »Nein, davon wusste sie nichts. Wahrscheinlich muss er sie sich heimlich besorgt und mit ihr trainiert haben.«

»Oder Carina hat es dir vorenthalten«, erwiderte Diana.

»Ernsthaft?« Helen verschränkte die Arme vor der Brust. »Ihr glaubt immer noch, sie könnte selbst in die Morde verwickelt sein?«

»Die verschwundenen Testamentsunterlagen sind nach wie vor ein starkes Motiv«, sagte Diana. »Gregor Sanders Notarin sprach von einer unbekannten Person, die er als Erben mitaufnehmen wollte … vielleicht wollte er sie sogar zur Haupterbin machen.«

Helen schüttelte vehement den Kopf. »Nee, das passt so

ganz und gar nicht zu Rina. Ihre eigene Familie aus Geld-
gründen umbringen lassen? Vergesst es! Was ist denn mit
diesem Typen aus Rumänien, für den du in Berlin warst? Der
hat doch auch ein klares Motiv!«

»Du würdest dich wundern, wozu manche Menschen fähig sind«, warf Diana noch einmal ein, ließ die Sache dann
aber auf sich beruhen. »Ich gehe zunehmend davon aus, dass
die Rumänien-Spur ein Ablenkungsmanöver ist. Ich halte es
für nicht unwahrscheinlich, dass er nach Grimmbach ge-
lockt worden ist, um als Verdächtiger herzuhalten.«

»Und es war ausgerechnet Cedric Gossens, der uns überhaupt erst auf diese Spur geführt hat«, sagte Janosch nachdenklich und schaute dann zweifelnd zu Diana. »Das passt
einfach zu gut zusammen.«

»Warten wir erst einmal die Ergebnisse der IT-Forensik
zum Ursprung der Mails an Iliescu ab. Bevor wir konkrete
Beweise haben, will ich Frau Sander nicht wieder unnötigem
Stress aussetzen.«

»Sehr rücksichtsvoll«, meinte Helen, »aber ich bin nach
wie vor nicht überzeugt.«

Diana öffnete ihre Aktentasche, zog eine dicke Mappe
hervor und knallte sie auf den Tisch.

»Außerdem wäre da ja noch unser Totgesagter.«

»Rudolf Hall«, murmelte Janosch.

»Jetzt ist der gemütliche Teil des Abends wirklich vorbei …«, frotzelte Helen halb im Spaß.

• • •

Point Alpha, Dezember 1998

Rudolf Hall litt an Flugangst.

Das wurde ihm erst dann klar, als Fliegen auf einmal eine wirkliche Möglichkeit in seinem Leben darstellte, mehr wurde als eine rein abstrakte Wunschvorstellung. Nach der Haft, nach der Wiedervereinigung. Als so vieles auf einmal möglich wurde, greifbar wurde.

»Papa, du könntest doch auch einfach von Stockholm nach Frankfurt fliegen«, hatte Julia gesagt, als er ihr seinen Plan verkündet hatte. Eine Idee, auf die er gar nicht erst gekommen wäre. Aber so war sie, seine Tochter, immer im Kopf zwei bis drei Schritte weiter als ihr Papa.

Damals, als er das erste Mal aus dem wiedervereinten Deutschland zu ihrem neuen Zuhause gereist war, war er noch mit der Autofähre von Kopenhagen nach Malmö übergesetzt und tagelang bis hoch zum Mälaren gefahren.

Der plötzliche Gedanke, wirklich und tatsächlich selbst in einer Metallröhre Tausende Meter über dem Erdboden zu sitzen, sorgte für ein Ziehen in seiner Magengrube.

Am Ende hatte er sich doch dazu durchgerungen und im Reisebüro von Strängnäs ein Flugticket nach Frankfurt und zurück gekauft, vielleicht auch deshalb, weil er dadurch seinen Aufenthalt in Deutschland so kurz wie möglich halten konnte.

Der Flug selbst hatte sich dann als viel harmloser als erwartet herausgestellt. Als er sich an das leichte Ruckeln und die Geräuschkulisse gewöhnt hatte, hatte er sogar einen Blick aus dem Fenster gewagt. Die spektakuläre Sicht auf Schwedens Landschaft mit ihren endlosen Seenplatten und Waldgebieten hatte mehr als entschädigt für sein flaues Gefühl und die vorangegangene schlaflose Nacht.

Nach seiner Landung am Frankfurter Flughafen hatte er sich ein

Auto gemietet und war in die Rhön gefahren, diese Gegend, die damals noch zweigeteilt gewesen war, ein Miniaturbild des gesamten Landes.

Schon bei der Autofahrt hatte sich angekündigt, was sich jetzt auf den letzten Metern zur Gedenkstätte Bahn brach:

Vor diesem Moment hier hatte er mehr Angst als vor jedem Flug der Welt.

Der Schnee knirschte unter seinen Stiefelsohlen, als er die letzten Meter auf dem alten Kolonnenweg hinter sich brachte. Der Winter in Deutschland war so viel wärmer als in Schweden und zugleich unwirtlicher. Ein wolkenverhangener Nachmittagshimmel wölbte sich über ihn, so grau wie Gefängnismauern. Winzige Flocken tänzelten durch die Luft und verfingen sich in seinem dunklen Vollbart.

Die alten Wunden an seiner Schulter und in seinem Gesicht meldeten sich, pulsierten, strahlten Schmerz aus, als wäre er ein Gift, das sich allmählich durch seine Venen in seinem ganzen Körper ausbreitete.

Rein psychosomatisch, so hatte Dr. Nyström die Beschwerden beschrieben.

Der äußerst diskrete Arzt hatte nie nachgefragt, woher die alten Schusswunden stammten, ein Hauptgrund dafür, warum Rudolf ihm schon seit seiner Ankunft in Schweden die Treue hielt.

Psychosomatisch, dachte Rudolf. Wie ein Phantomschmerz, auch wenn ihm keine Körperteile fehlten.

Er wusste sofort, welches der Gedenkkreuze das richtige war. Es war wie ein Instinkt, wie ein sechster Sinn.

Er nahm die Hände aus den Manteltaschen und wischte den Schnee vom Holz ab.

Rudolf Hall, war dort eingeritzt. Sein eigener Name. Dazu das Datum:

12.8.1983

Der Tag, an dem er vermeintlich gestorben war.

Dabei stand er hier, in Fleisch und Blut. Atmend, leicht frierend, übermannt von seinen Gefühlen.

Er erinnerte sich genau an das Geräusch der Selbstschussanlage. Ein tollwütiges, lauerndes Wesen in der Finsternis des nächtlichen Todesstreifens.

Er hatte nicht die einzelnen Geschosse gespürt, sondern nur einen lang gezogenen Peitschenhieb aus Schmerz, der sich quer über seinen Körper gezogen hatte.

Dann war ihm in dieser eigentlich so heißen Augustnacht furchtbar kalt geworden, kälter als jetzt.

»Rudi!«

Gregors gellender Ruf.

Dann nur noch Dunkelheit, an mehr erinnerte er sich nicht. Es gab weder ein Vorher noch ein Nachher, alles andere war von diesem gewaltigen Sinneseindruck des Schmerzes wie ausradiert gewesen.

Hier stehe ich also, an meinem eigenen Grab.

Nun, ein Grab war es nicht, lediglich ein Gedenkkreuz, aber was machte das schon für einen Unterschied?

Sie haben mir wirklich ein Gedenkkreuz aufgestellt.

Sie halten mich für tot. Genauso gut könnte ich ein Leichentuch tragen, weiß wie der Schnee.

So viel war verloren gegangen in dieser Nacht.

Seine körperliche Unversehrtheit. All die Habseligkeiten, die er dabeigehabt hatte und die er im Westen zu Geld hatte machen wollen.

Im späteren Verlauf dann auch Wandas Leben.

Und Julias Kindheit.

Er widerstand dem Impuls, das Holzkreuz niederzutreten, es mit aller Gewalt aus der gefrorenen Erde zu reißen, es zu zerstückeln und zu verfeuern.

Stattdessen sackte er davor auf die Knie, lehnte sich dagegen und weinte so ungehemmt, wie man es nur konnte, wenn man ein Geist war.

. . .

Die meisten Weizenfelder waren schon abgeerntet worden, nur auf einigen wenigen ragten die Ähren noch prall und schwer in die Höhe. Es war die blaue Stunde, das Sonnenlicht nur noch ein dünnes Band am Horizont, das golden zwischen den Pflanzen hindurchschimmerte.

»Lass uns lieber einen Spaziergang machen, statt hier über den Akten zu hocken«, hatte Diana vorgeschlagen, als sie am Gartentisch zusammengerückt waren, um die Stasi-Unterlagen durchzugehen. »Das Wichtigste habe ich sowieso schon im Kopf.«

Janosch mochte es, in der Natur rund um Grimmbach herumzuwandern. Das Laufen machte seine Gedanken – und meistens auch jedes Gespräch – viel flüssiger, viel natürlicher.

Schnelle Bässe wummerten aus der Ferne zu ihnen heran. Bunt flackernde Lichter pulsierten auf der Festwiese jenseits der Felder. Das Grimmbacher Schützenfest war wieder aus seinem kurzzeitigen Dornröschenschlaf erwacht und empfing all jene, die sich nach diesem düsteren Tag etwas Ablenkung wünschten. Wer wollte es ihnen verdenken?

Die Schützenkirmes bestand zwar nur aus einem großen

Festzelt, einer Handvoll Buden, einigen Imbissständen und Fahrgeschäften, erfreute sich aber großer Beliebtheit (was wohl hauptsächlich an den unschlagbar günstigen Bier- und Schnapspreisen lag).

»Also, Rudolf Hall wurde nach seinem gescheiterten Fluchtversuch zusammengeflickt und in den Stasi-Knast in Erfurt gesteckt«, resümierte Janosch. »Was ist danach mit ihm passiert?«

Sie liefen gemessenen Schrittes einen staubigen Feldweg entlang.

»Erst einmal ist gar nicht so interessant, was mit ihm passiert ist, sondern mit seiner Familie«, entgegnete Diana, die ihre Hände hinter dem Rücken verschränkt hatte. »Auch seine Frau Wanda wurde kurz nach seiner Verhaftung von der Stasi abgeholt. Der Vorwurf: Mitverschwörung zur Republikflucht.«

»Oh Gott«, entfuhr es Janosch. »Wahrscheinlich wollte Hall sie später rüberholen, oder?«

»Ja, das denke ich auch, zusammen mit ihrer gemeinsamen Tochter Julia.«

Janoschs Herz verkrampfte sich. Wie anfällig er jetzt doch war, sobald das Thema auf Kinder kam! Was sollte erst sein, wenn ihr Sohn auf der Welt war?

Sie schwiegen kurz, und er versuchte, die Insekten zu erkennen, die überall um sie herum durch die trockene Luft schwirrten. Auch sie waren weniger geworden, genau wie die Vögel. Die Umwelt veränderte sich, etwas, das man erst hier draußen wirklich wahrnahm.

Lange hatte er damit gehadert, ein Kind in eine womöglich verlorene, dem Untergang geweihte Welt zu setzen, aber Helen hatte ihm diese Bedenken ausreden können. »Es wird immer Lösungen geben, neue technische Errungenschaften ... vielleicht wird unser Sohn sie ja mitentwickeln, wer weiß.«

Er glitt mit den Fingern durch die Ähren. »Halls Tochter, was ist aus ihr geworden, als ihre beiden Eltern im Gefängnis saßen?«

»Sie hat das Schicksal ereilt, was wohl viele Kinder in der DDR durchmachen mussten: Sie wurde in ein Heim gesteckt.«

»Ist sie denn irgendwann wieder mit ihrem Vater vereint worden?«

»Ja, nach der Wende, wie es scheint ...«

»Und wissen wir inzwischen, was danach passiert ist? Wohin es ihn verschlagen hat?«

»Ich habe vorhin eine Update-Mail zur Aufenthaltsermittlung erhalten. Anscheinend war es doch gar nicht so schwer, ihn aufzuspüren. Er hat sich jedenfalls keine große Mühe gemacht, sich besonders zu verstecken oder seine Spuren zu verwischen. Er ist in Schweden gemeldet, in der Nähe von Strängnäs, einer Kleinstadt direkt am Ufer des Mälarensees. Die schwedischen Kollegen wurden bereits um Amtshilfe gebeten, um ihn zu kontaktieren.«

»Wie konnte es nur in all den Jahren niemandem auffallen, dass er noch am Leben ist?« Janosch schüttelte den Kopf.

»Na ja, das ging ganz einfach: Niemand hat aktiv nach ihm gesucht. Warum auch? Alle dachten, er wäre tot. Und er hat, wie es aussieht, auch keinen großen Wert darauf gelegt, an diesem Status etwas zu ändern.«

»Und was glaubst du? Ist er in die Tat verstrickt?«

»Ich denke, das werden wir sehr schnell herausfinden, wenn wir ihm ein wenig auf den Zahn fühlen. Meine Theorie ist im Moment allerdings eine andere.«

»Magst du sie mit mir teilen?«

Aus dem Festzelt auf der Kirmes drang jetzt ein Ballermann-Hit mit kontroversem Text, der diesen Sommer aus Mallorca hierübergeschwappt war. Die Feiernden schienen sich an den teils hitzigen TV-Diskussionen nicht groß zu stören und grölten aus voller Kehle mit.

Diana widmete der Schützenkirmes einen indignierten Blick, dann antwortete sie: »Also, ich glaube nicht, dass Rudolf Hall die Tat begangen hat. Aber ich gehe davon aus, dass er mit dem Motiv zusammenhängt.«

»Wie meinst du das?«

»Ich habe noch einmal darüber nachgedacht, für wen Gregor Sander sein Testament hätte umwidmen können. Eine Geliebte haben wir bislang nicht finden können, eine Möglichkeit wären noch Schuldgefühle gegenüber dem verstorbenen Bruder von Iliescu … aber warum ausgerechnet jetzt? Warum nach so vielen Jahren, in denen ihn das Schicksal der Werksarbeiter anscheinend kaltgelassen hat?«

Sie wichen einer älteren Frau aus, die mit ihrem Golden Retriever zwischen den Feldern Gassi ging. Diana und Janosch nickten ihr kurz zu und grüßten, auch wenn sie die Dame noch nie gesehen hatten, aber so machte man das nun einmal in der Rhön.

Diana fuhr fort: »Ich glaube aber dennoch, dass Gregor aufgrund von Schuldgefühlen sein Testament abändern wollte.«

»Schuldgefühle gegenüber Hall.«

»Genau!« Diana reckte einen Zeigefinger in die Höhe. Janosch fühlte sich eher wie in einem Seminar auf der Polizeischule als bei einem Gespräch zwischen Kollegen. »Es gibt sogar das Überlebensschuld-Syndrom, eine Form der posttraumatischen Belastungsstörung, das habe ich extra nachgeschlagen. Diese Flucht durch den Todesstreifen war russisches Roulette. Genauso gut hätte Gregor Sander von Kugeln durchsiebt werden können, es war eine Fünfzig-fünfzig-Chance. Das wusste er selbst wahrscheinlich am besten.«

»All die Vorwürfe, die er sich über Jahrzehnte gemacht haben muss …«

»Da noch in dem festen Glauben, dass sein bester Freund seinen Verletzungen erlegen ist.«

»Du glaubst also, Gregor Sander hat irgendwann erfahren, dass Hall überlebt hat, und sich dann dafür entschieden, ihm einen großen Teil seines Vermögens zu vermachen?«

Diana nickte. »So die Theorie. Entweder hat Sander selbst Nachforschungen angestellt, oder Hall ist auf ihn zugegangen, hat wieder den Kontakt gesucht.«

»Während sich Sander eine Familie und ein gewisses Maß an Wohlstand aufbauen konnte, hat Hall jahrelang unter widrigsten Bedingungen im Stasi-Knast eingesessen und musste danach komplett bei null anfangen. Das muss ziemlichen Eindruck bei Sander gemacht haben.«

»Denn er wusste: Das hätte genauso gut ich selbst sein können.«

»Trotzdem kann ich mir immer noch nicht vorstellen, dass Carina Sander und Cedric Gossens ein Mordkomplott auf ihre Familie geplant haben«, warf Janosch ein.

»Es ist ja auch nicht gesagt, dass Carina in die Tat involviert war. Gossens kann sie genauso gut alleine verübt haben.«

»Aber sie waren getrennt! Mitten in der Scheidung. Er hätte überhaupt nicht von Sanders Erbe profitiert. Und wie haben sie von Hall überhaupt erfahren?«

»Na ja, denk doch an das Treffen zwischen Carina und Gossens an dem Abend, an dem sie von den *Vikings* angegriffen worden sind. Wer weiß, was Gossens ihr da eröffnen wollte! Oder worüber die beiden gesprochen haben.«

»Hmmm, möglich … trotzdem haben diese Überlegungen noch einige Pferdefüße.«

»Eins steht jedenfalls fest: Morgen haben wir einige Gespräche zu führen.« Diana blieb stehen und ließ ihren Blick über die Weite schweifen. »Ein anderes Thema: Was hältst du von Nehring?«

Janosch zuckte mit den Schultern, überrascht von dem plötzlichen Schwenk. »Na, was soll ich von ihm halten? Nehring ist Nehring, der riesige Muskelberg im Hintergrund. Aber zwischen euch scheint irgendwas in der Luft zu liegen. Als würdet ihr euch nicht mehr über den Weg trauen.«

»Eigentlich hätte ich dich das schon längst fragen sollen: Ist dir bei euren Besuchen im Fitnessstudio etwas aufgefallen? Hat er dort Zeit mit seltsamen Typen verbracht? Ich denke da an Schwab und Konsorten.«

Diana wirkte ungewöhnlich fahrig und nervös, seit es um Nehring ging. Sie zog mehrmals am Kragen ihrer Leinenbluse, damit etwas kühle Luft an ihre Haut gelangte.

»Nicht dass ich wüsste. Wenn er und ich da waren, haben wir gemeinsam trainiert. Ab und an hat er mal ein paar Leuten zugenickt oder andere Pumper mit Handschlag begrüßt, aber sonst ... Ich mein, manchmal ist er noch länger im Freihantelbereich geblieben ...« Er legte den Kopf schief. »Aber ... worauf willst du überhaupt hinaus?«

Diana erzählte ihm von Schwabs Andeutungen, seiner Geheimniskrämerei, den Verstrickungen. Janosch hatte das Gefühl, sie musste sich das Ganze einmal von der Seele reden. Als sie geendet hatte, ging ihr Atem schwer und stoßweise.

Nehring – für Janosch war der Kommissariatsleiter immer der Inbegriff von Loyalität gewesen, allein seinem Job, seinem gestählten Körper und seiner kranken Frau verschrieben. Ein Mensch, der stets wie der Fels in der Brandung gewesen war, integer und unangreifbar. Sollte er wirklich gemeinsame Sache mit Nazis machen? Andererseits – was wusste er schon von seinen politischen Ansichten und seinen sonstigen Aktivitäten?

»Was hast du jetzt vor?«, fragte er.

»Ich muss mit der Staatsanwaltschaft sprechen und wahrscheinlich die Innere auf Nehring ansetzen.« Sie seufzte. »Das kommt wirklich zur Unzeit, gerade jetzt, mitten in den Ermittlungen. Und es ist schwierig, gerade für mich persön-

lich. Aber solange ich ihm nicht zu hundert Prozent trauen
kann, kann ich ihm gar nicht trauen.«

AM UFER DES MÄLAREN

29. August 2022
06:00 Uhr

Janosch hatte für seine Verhältnisse schnell in den Schlaf gefunden, körperlich und mental von den Ermittlungen so ausgelaugt, dass seine Insomnie keine Chance hatte. Dafür suchte ihn ein Albtraum heim, ein wirres Konstrukt aus Erinnerung und Einbildung.

Da waren Bruchstücke aus seiner Zeit mit Ben, seinem alten Freund. Der sich am Ende als Mörder herausgestellt hatte, von Janoschs Vater und von seiner Jugendliebe. Wie sie zusammen mit ihren Mountainbikes durch die Wälder rund um Grimmbach gerast waren, Ben weit voran, Janosch immer etwas furchtsam in einigem Abstand hinter ihm. Wie sie im Matheunterricht in der letzten Reihe gesessen und die Kästchen in ihren karierten Blöcken in den verschiedensten Mustern ausgemalt hatten. Wie sie elend lang mit dem Bus nach Fulda zum Feiern gefahren waren.

Dann auf einmal legte sich Dunkelheit über das Traumgebilde. Kälte und Nebel krochen herein. Janosch war wieder im Roten Moor, in der Nacht, in der sie Ben gestellt hatten. Diesmal war der Lichtkegel seiner Taschenlampe grotesk in die Länge gezogen, grell und weit strahlend wie ein Bühnen-scheinwerfer.

Wieder stolperte Ben und versank im Moor, aber diesmal war es nicht nur bis zur Hüfte. Nein, er sank tiefer und tiefer, die Augen schreckgeweitet.

»Janosch, hilf mir, du musst mir helfen!«, rief er mit schriller Stimme und streckte die Arme nach ihm aus.

Janosch schaute herab – das war nicht das Moor, wie er es kannte. Statt Torf und Wasser bestand es aus Blut, dickflüssigem, tiefrotem Blut.

Panisch schaute er sich nach etwas um, mit dem er Ben aus dem Blutmoor ziehen konnte, aber nirgends war etwas zu sehen. Als er auf ihn zugehen wollte, um ihn an den Händen zu packen, bemerkte Janosch, dass er selbst im Moor versank, bereits bis zu den Knien feststeckte.

»Jaaaanosch!«, schrie Ben.

Nur noch sein Gesicht ragte aus dem Roten Moor heraus, bis es im nächsten Augenblick komplett von Blut überspült wurde und sein Ruf abrupt verstummte.

Genau an dieser Stelle wachte Janosch schreiend auf. Seine dünne Sommerdecke hatte sich um seine Beine gewickelt, das Spannbettlaken war von Schweiß durchtränkt.

Helen schrak ebenfalls auf.

»Janni. Janni, hey«, flüsterte sie schlaftrunken und umfasste seine nackten Schultern, als er sich aufsetzte.

»Ein Albtraum …« Er fuhr sich durch seine Locken und schaute auf den Wecker. Sechs Uhr zweiundzwanzig. Bald wäre er ohnehin aufgestanden. Ein Spaltbreit Sonnenlicht, so grell wie die Taschenlampe aus seinem Traum, schien bereits zwischen den Vorhängen hindurch.

»Schlaf ruhig weiter, ich steh schon mal auf.« Er drehte sich zu Helen um und gab ihr einen Kuss auf die Schläfe. Sie sank wieder zurück in die Kissen (bei ihr mussten es mindestens drei Kopfkissen sein, während er nur ein einzelnes dünnes wollte).

Er wechselte die Boxershorts, angelte sich mit den Zehenspitzen das T-Shirt von gestern vom Fußboden, zog es über und stieg die Treppe hinunter. Zielstrebig lief er zu seinem Schreibtisch und öffnete die Schublade, in der die Briefe von Benjamin Fallmer aus dem Gefängnis lagen. Er griff sie alle auf einmal mit beiden Händen, ohne darauf zu achten, ob er sie verknickte, und breitete sie auf der gummierten Schreibtischunterlage aus.

In den vergangenen Tagen hatte er gar nicht mehr an sie gedacht, aber sein Unterbewusstsein schien sich weiter mit ihnen beschäftigt zu haben, bis sie sich jetzt schließlich in diesem Albtraum manifestiert hatten.

Er nahm den Brieföffner zur Hand und schob ihn unter die Klappe eines Umschlags, doch dann hielt er inne.

Wollte er das wirklich? Wollte er jetzt diese Büchse der Pandora öffnen? So kurz vor der Geburt? Inmitten dieses großen Falls? Was auch immer in diesen Briefen stand, egal wie banal oder belanglos es möglicherweise war, er wusste, dass es ihn tage- und nächtelang beschäftigen, wahrscheinlich um viele Stunden bitter nötigen Schlaf bringen würde.

Es konnte warten. Es musste warten.

Andererseits: Konnte er die Ungewissheit noch länger ertragen?

Einen Wimpernschlag lang ließ er den Brieföffner noch verharren, legte ihn letztendlich aber doch zur Seite.

Das war nur ein Traum gewesen, nicht mehr, nicht weniger, davon durfte er sich jetzt einfach nicht verrückt machen lassen. Mit dem Unterarm schob er den Haufen Umschläge wieder in die Schublade.

Ausnahmsweise trank er mal starken Kaffee statt Tee, um möglichst schnell wach zu werden, stellte sich dann unter die Dusche, rasierte sich nass und machte sich auf den Weg ins Revier.

Diana hatte ihm bereits einen Termin für zehn Uhr weitergeleitet, in dem sie mit Rudolf Hall per Videocall sprechen wollten.

Unfassbar, wir haben einen Totgesagten entdeckt, dachte Janosch, während er durch die Täler der Rhön fuhr.

Stimmte die Theorie, die Diana gestern Abend ausgebreitet hatte? Oder steckte noch viel mehr dahinter? Wie würde Hall auf den Kontakt mit den deutschen Behörden reagieren? Hatte er etwas zu verbergen, oder hatte er einfach nur seine Ruhe gesucht, nach allem, was ihm zugestoßen war?

Im Radio wurde berichtet, dass im Schwarzen Moor wieder Brände ausgebrochen waren. Anscheinend waren einige tief unter dem Erdreich liegende Glutnester weiter aktiv geblieben, selbst die Regenfälle in der vorletzten Nacht hatten die Schwelbrände nicht löschen können. Jetzt, wo die Hitze zurückgekehrt war, hatten sie sich zurück an die Oberfläche gefressen und sorgten erneut für Verheerung.

Die besorgten Stimmen der beiden Radiosprecher wurden aber schnell von einem Dua-Lipa-Song abgelöst, die Sorgen fortgeblasen von gefälligen Pop-Beats.

Im Präsidium angekommen, steuerte er ohne Umwege sein Büro an. Auf den Fluren des Kriminalkommissariats lief er gleich in Nehring hinein. Sie nickten sich kurz zu, Nehring schien aber beschäftigt und rauschte gleich weiter.

Nehring ein Nazi-Sympathisant? Immer noch eine abwegige Vorstellung.

Als er in ihr gemeinsames Büro trat, trommelte Tarek zur Begrüßung wie wild mit den Fingern auf seiner Tischplatte. »Da ist er ja, unser Special Agent! Jetzt hängst du schon in irgendwelchen alten mysteriösen Stasi-Geschichten drin. Totgesagte! Vielleicht noch falsche Identitäten! Wie so ein Agentendrama.«

Seit er ihn in Sachen Rudolf Hall upgedatet hatte, war Tarek Feuer und Flamme und sponn sich bereits die wildesten Verschwörungen zusammen.

Janosch winkte ab. »Du hast echt einen an der Klatsche! Gleich sprechen wir mit Herrn Hall, das wird sich bestimmt alles aufklären lassen.«

Tarek wedelte mit dem Zeigefinger. »Da hängt bestimmt noch der russische Geheimdienst mit drin! Von mir hast du's zuerst gehört.«

Janosch konnte sich ein Grinsen nicht verkneifen. »Du solltest Bücher schreiben, statt bei uns zu sitzen.«

Die Zeit bis zu dem Videocall verbrachte er damit, beim Papierkram etwas aufzuholen. Außerdem fand sich ein Bericht der Frankfurter Kollegen in seinem Postfach. Einen von ihnen kannte er noch aus seiner Ausbildungszeit und hatte ihn um einen kleinen Gefallen gebeten. Eine Streife hatte mit einem Bild von Gregor Sander einmal die einschlägigen Etablissements und Ecken im Frankfurter Bahnhofsviertel abgeklappert. Niemand hatte ihn dort gesehen – oder wollte ihn zumindest nicht gesehen haben. Die regelmäßigen Hotelbuchungen blieben weiter ein Rätsel.

Als die Terminerinnerung am Bildschirmrand aufploppte, war sie wie ein elektrischer Schlag, der seinen Körper durchzuckte.

»Auf geht's«, sagte er und schaltete den Rechner auf Stand-by.

»Viel Erfolg«, wünschte Tarek. »Lasst euch nichts vormachen.«

Er suchte Diana in ihrem Büro auf, wo sie bereits einen der Besucherstühle neben sich auf ihre Seite des Schreibtischs geschoben hatte.

»Setz dich«, sagte sie geistesabwesend, während sie auf ihren Monitor starrte. »Argh, ich kriege das mit dem Einwählen nicht auf die Reihe!«

Wenn es bei Diana so etwas wie eine Achillesferse gab, dann war das Technik. Sie gehörte nun einmal einer anderen Generation an, die nicht mit Internet und Co. aufgewachsen war. Trotzdem wollte sie sich das nie eingestehen. Nach Hilfe zu fragen war immer ihr allerletztes Mittel. Janosch hatte ihr bestimmt fünfmal anbieten müssen, ihr bei ihren WLAN-Problemen zu helfen, bis sie schließlich eingewilligt hatte (natürlich hatte man den Router nur einmal neu starten müssen).

Er drehte Tastatur und Maus zu sich, überprüfte noch einmal den Code, um dem Meeting beizutreten, und entdeckte einen Zahlendreher. Flink tippte er ihn erneut ein, und das Interface der virtuellen Besprechung öffnete sich.

»Danke«, murmelte Diana betreten. »Das hätte ich bestimmt auch selbst jeden Moment hinbekommen.«

Rudolf Hall war noch nicht online. Die Warterei steigerte Janoschs Anspannung.

»Überlass mir das Reden«, sagte Diana und positionierte ihren Monitor so, dass sie beide von der Webcam eingefangen wurden.

»Toll, soll ich dann nur dekorativ dabeisitzen?«

»Du wirst schon deine Momente kriegen, wir müssen nur … vorsichtig sein. Wir dürfen ihn nicht verschrecken, ihm nicht das Gefühl geben, ihn zu verdächtigen. Dafür braucht es Fingerspitzengefühl.«

»Und dafür bist du die Expertin«, murmelte Janosch sarkastisch.

Ehe Diana etwas erwidern konnte, verkündete ein glockenhelles *Bling!*, dass Hall sich dazugeschaltet hatte.

Laut den Unterlagen sollte Rudolf Hall achtundsechzig Jahre alt sein, doch der Mann, der ihnen vom Bildschirm entgegenblickte, wirkte noch einmal einige Jahre älter. Janosch überlegte, was diesen Eindruck hervorrief. Waren es der dichte schlohweiße Bart rund um seine Mundpartie und die lange, kaum gebändigte Haarmähne? War es die dickrandige Brille, hinter der sich kleine müde Augen verbargen? Oder die pergamentene Haut, die sich um seinen Schädel spannte?

Zwei Narben zogen sich wie Krallenspuren quer über

seine linke Wange. Abwesend glitt Hall mit dem Finger über sie.

Er sieht immer noch aus wie ein Gefangener, schoss es Janosch durch den Kopf. Als wäre er gar nicht auf freiem Fuß, sondern würde immer noch in einer tiefen, finsteren Zelle dahinvegetieren, von der Welt vergessen.

Hinter Hall ließen sich die Wand einer Blockhütte und Bücherregale erahnen, zu seiner Linken eine Terrassentür, hinter der sich das glitzernde Blau eines Sees andeutete. Auf dem Regal standen verschiedene anscheinend recht filigran geschnitzte Holzfiguren.

»Entschuldigen Sie die Verspätung. Ich hatte etwas Schwierigkeiten, mich einzuwählen. Hoffentlich hält meine Verbindung, hier draußen ist das Internet leider nicht sonderlich gut.« Er sprach unfassbar leise, ohne dass es wie ein Flüstern wirkte – eher so, als hätte man lediglich die Lautstärke seiner normalen Stimmlage etwas heruntergeregelt.

»Kein Problem«, gab sich Diana für ihre Verhältnisse ausgesprochen jovial. »Erst einmal vielen Dank dafür, dass Sie sich so kurzfristig Zeit für uns genommen haben. Ich muss schon sagen, Herr Hall, es ist ein Zufall, dass wir überhaupt auf Sie gestoßen sind. In Ihrer Heimat werden Sie nach wie vor für tot gehalten, ist Ihnen das bewusst?«

Hall fixierte einen Punkt jenseits der Kamera. »Ich habe mich nicht wirklich damit befasst, um ehrlich zu sein. Die Vergangenheit versuche ich so gut wie möglich auf Abstand zu halten.«

»Das kann ich verstehen, nach allem, was Sie offensichtlich durchgemacht haben«, sagte Diana, »trotzdem muss ich

Sie zu ein paar Dingen befragen. Gregor Sander – der Mann, mit dem Sie in die BRD fliehen wollten, ist zusammen mit seiner Familie ermordet worden.«

Durch die pixelige, immer wieder unterbrochene Übertragung ließ sich die Veränderung in Halls Mimik nur erahnen. Janosch meinte, dass er heftig schluckte und sich seine Augen etwas weiteten. Wieder strichen seine Finger über die Narben.

»Das ... das tut mir sehr leid. Auch wenn wir so lange nichts mehr miteinander zu tun hatten, war er damals mein engster und allerbester Freund.« Er rutschte auf seinem Sessel herum. »Aber wieso erzählen Sie mir das? Unsere Flucht liegt fast vierzig Jahre zurück.«

»Nun ... kurz vor der Tat ist Ihr Gedenkkreuz am Point Alpha verunstaltet worden«, meldete sich Janosch das erste Mal zu Wort. Er hielt ein Foto der Verwüstung in die Kamera. »Darüber sind wir überhaupt erst auf Sie und Ihre Verbindung zu Herrn Sander aufmerksam geworden.«

»Glauben Sie etwa, ich hätte irgendetwas damit zu tun?« Das erste Mal wurde Hall etwas lauter.

»In keinster Weise«, sagte Diana. »Wir haben eine andere äußerst stichhaltige Theorie, dennoch müssen wir diesen kuriosen Zufall aufklären. Dafür muss ich noch ein bisschen mehr über Sie und Herrn Sander wissen: Wenn Sie damals so gute Freunde waren, warum haben Sie dann nicht mehr den Kontakt zu ihm gesucht?«

Er senkte den Blick und vergrub die Hände zwischen den Oberschenkeln, machte sich ganz klein. Nur nicht auffallen, nur nicht hervorstechen, darauf schien seine ganze Körpersprache ausgelegt zu sein. »Wahrscheinlich werden Sie das schon alles wissen, aber … ich habe fünf Jahre in den Händen der Stasi verbracht. Meine Schusswunden, als sie mich aus dem Draht geholt haben, sie sind nur notdürftig behandelt worden. Genau in dieser Zeit erreichte mich die Nachricht, dass sie auch meine Frau Wanda abgeholt hatten … wegen Mitverschwörung zur Republikflucht … und dann, wenige Wochen später, dass sie in Haft gestorben ist. Schwere Lungenentzündung. Sie war immer sehr kränklich gewesen, die Bedingungen im Gefängnis, das hat ihr Körper einfach nicht geschafft. Ich war krank vor Sorge um Julia, unsere Tochter … was hatten sie mit ihr getan? Damals war sie gerade mal fünf Jahre alt. Hatten sie sie in eine neue Familie gegeben? Hatten sie meine Kleine in eines dieser furchtbaren Heime gesteckt?«

Je länger Hall sprach, desto schwerer und größer wurde der Klumpen in Janoschs Magengrube. Als hätte er flüssigen Beton getrunken, der jetzt in ihm aushärtete. Was für ein Schicksal.

Der Mann aus Schweden fuhr fort: »Als ich dann freikam … als ich Julia nach dem Ende der DDR wiederfand, in all dem Chaos … da wollte ich nur noch von dort fort. Gegenüber von unserer alten Wohnung in Halle hatte es an der Ecke einen kleinen Kunstladen gegeben, da waren Landschaftsbilder von Schweden ausgestellt gewesen. Diese Seenlandschaften, die haben mich fasziniert. Dorthin haben wir uns direkt auf den Weg gemacht, und glücklicherweise haben es uns die schwedischen Behörden leicht gemacht. Wir konnten einreisen, inzwischen sogar die Staatsbürgerschaft annehmen. Ich wollte noch einmal von vorne anfangen, mein altes Leben in Deutschland hinter mir lassen, auch alles, was mich daran erinnern könnte. Wie zum Beispiel Gregor.«

»Sie und Sander, wie haben Sie sich eigentlich kennengelernt?«

»Wir haben beide in den Leunawerken gearbeitet, er als Chemiearbeiter, ich als Maschinen- und Anlagenmonteur. Wie das nun einmal so ist, der Zufall würfelt einen zusammen, und irgendwann entsteht eine Freundschaft … erst ein paar lockere Sprüche über die Schichtleiter, mal eine gemeinsame Zigarette in der Pause, dann geht man abends in der Kneipe einen trinken. Da haben wir dann auch Wanda kennengelernt …«

»Ihre spätere Frau.«

»Ja, richtig. Sie war die Tochter des Wirts und hat manchmal ausgeholfen. Ich sehe es noch genau vor mir, wie sie zwischen den Tischen entlanggeschritten ist … irgendwie erhaben, so groß und gertenschlank, die langen kastanienbraunen Haare offen.« Kurz leuchtete etwas Schwelgerisches in seinen Augen auf, wurde aber schnell wieder von matter Traurigkeit ausgelöscht. »Alle waren in sie verknallt, natürlich auch Gregor und ich. Aber für ihn hat sie nie so richtig etwas übriggehabt, sondern von Anfang an etwas in mir gesehen. Wir sind zusammengekommen, dann ging alles ganz schnell … wir haben geheiratet, sie ist bei mir eingezogen, kurz darauf war sie auch schon mit Julia schwanger.«

»Das hat Ihrer Freundschaft mit Herrn Sander keinen Abbruch getan?«

»Nein, nein, das hat er sich nicht anmerken lassen, das stand nie zwischen uns. Er war ja sogar mein Trauzeuge.«

»Von wem kam die Idee, in den Westen zu fliehen?«

»Man bekam ja trotz allem so einiges mit, was in diesem Land vor sich ging, was los war. Was für Lügen wir von klein auf glauben sollten. Oder selbst aufsagen mussten. Als Julia auf die Welt kam, da wollte ich nicht, dass sie dort aufwachsen muss. Wanda war meiner Meinung … und Gregor, den brauchte ich nicht zweimal fragen, der war vernarrt in den Westen, der wollte schon lange rübermachen. Vor allem hatte er einen Cousin in der Rhön – einen Schafhirten, der einen Passierschein für das Sperrgebiet an der Grenze hatte, um dort seine Tiere weiden zu lassen. Der kannte sich genau mit den Anlagen aus, wusste, wie die Zeiten der Patrouillen sind. Ich hatte noch einige Wertsachen von meinem früh verstorbenen Vater – Schmuck, Gold, eine Armbanduhr, eine alte Vacheron Constantin, die wollte ich drüben zu Geld machen, das wäre ein ideales Startkapital gewesen. Das haben sich natürlich alles die Grenzsoldaten unter den Nagel gerissen. Keine Ahnung, ob sie's für sich selbst behalten haben oder ob es in irgendeinem Staatstresor gelandet ist.« Er schüttelte leicht den Kopf und wischte sich über die Augen.

»Es tut mir wirklich leid, dass wir alte Wunden aufreißen müssen, Herr Hall«, sagte Diana. Sie wirkte tatsächlich angefasst und ihre Stimme etwas brüchig. »Aber hat es Sie nie interessiert, ob Gregor Sander es rübergeschafft hat? Wie es mit seinem Leben weiterging?«

»Wie oft soll ich es noch sagen?« Hall klang ungeduldig, aber keineswegs gereizt. »Ich wollte mit der Vergangenheit nichts mehr zu tun haben. Hier in Schweden habe ich noch einmal von null angefangen.« Er deutete auf die detailliert geschnitzten Holzfiguren im Regal. Allesamt waren es Tiere. Janosch erkannte eine Eule mit ausgebreiteten Flügeln, einen Fuchs, einen Bären und einen Elch. »Schon in der Heimat habe ich immer gern mit Holz gearbeitet, hier habe ich dann noch einmal bei einem Tischler gelernt und es zum Beruf gemacht. Es kommt nicht viel dabei herum. Hauptsächlich baue ich Küchen ein, stelle maßgefertigte Möbel her … aber es reicht, um hier draußen über die Runden zu kommen. An manchen Tagen vergesse ich sogar wirklich komplett, was damals geschehen ist. Wer ich gewesen bin. Aber die Vergangenheit scheint mich zu verfolgen wie mein eigener Schatten, mich immer wieder einzuholen. So wie jetzt.« Seine Züge zerflossen wie Wachs, von Kummer weich gemacht.

»Ihre Tochter«, wechselte Janosch das Thema, »was macht sie inzwischen? Lebt sie auch in Schweden?«

»Sie ist nach Deutschland zurückgekehrt, vor drei Jahren. Wie es so ist mit Kindern, am liebsten machen sie immer das genaue Gegenteil von dem, was ihre Eltern tun. Mich hat die Vergangenheit immer abgestoßen, sie wurde von ihr regelrecht angezogen. Sie hat Europäische Geschichte hier in Stockholm studiert und ist jetzt Professorin an der Universität Erfurt.«

Janosch und Diana warfen sich einen schnellen Blick zu. Konnte die Tochter das Gedenkkreuz verunstaltet haben?

»Hat jemals ein anderes Mitglied der Familie Sander versucht, mit Ihnen Kontakt aufzunehmen?«, fragte Diana.

Janosch merkte, dass sie mit diesen Fragen ihre Theorie von gestern Abend überprüfen wollte.

Hall schüttelte den Kopf. »Nein, niemals.«

Sie verzog etwas enttäuscht das Gesicht und holte tief Luft.

»So … jetzt muss ich aber doch noch die eine Frage stellen, an der ich leider nicht vorbeikomme: Wo waren Sie in der Nacht vom vierundzwanzigsten August?«

Hall grinste humorlos und wahnsinnig müde. »Na klar, die Frage müssen Sie stellen. Das ist Ihre Pflicht … alle tun immer nur Ihre Pflicht.« Er breitete die Arme aus. »Ich war hier, genau hier, am Ufer des Mälaren. An dem Tag habe ich bei einem Kunden in Stallarholmen einen Kleiderschrank angeliefert, der kann es sicher bezeugen.«

»Haben Sie vielen Dank, ich glaube, das wäre jetzt auch zunächst alles, was wir auf dem Zettel hatten«, sagte Diana.

»Eine Sache noch!« Hall fuhr sich durch das lange weiße Haar. »Bitte halten Sie meine Tochter aus der Angelegenheit heraus. Ich schwöre Ihnen, sie hat gar nichts damit zu tun.« In seinen Augen schimmerte die verzweifelte Sorge eines Vaters, wie Janosch zu erkennen glaubte.

»Ich fürchte, diesen Gefallen können wir Ihnen nicht tun«, erwiderte Diana mit versteinerter Miene.

SPÄTSOMMERKIRMES

29. August 2022
12:00 Uhr

»Ich freue mich ja, dich mal wiederzusehen«, sagte Kerstin Nehring mit brüchiger Stimme, »aber ich verstehe immer noch nicht ganz, warum du hier bist.«

Die Küche war barrierefrei eingerichtet. Unter den etwas niedrigeren Arbeitsplatten gab es genügend Platz, damit Kerstin mit dem Rollstuhl an sie heranfahren konnte. Statt in Hängeschränken war das meiste in Rollcontainern verstaut. Sie stellte Kaffeetassen und -kanne auf ein Tablett, platzierte es auf den Armlehnen ihres Rollstuhls und fuhr damit zurück zum Küchentisch.

Es hatte Diana einiges an Selbstüberwindung abverlangt, um zu den Nehrings nach Hause zu kommen. Zum einen, weil sie sich hier – im direkten Aufeinandertreffen mit Kerstin – noch einmal mehr für ihren Annäherungsversuch bei Frank schämte. Zum anderen, weil sie damit eine letzte rote Linie überschritt. Sie drang maximal in sein Privatleben ein und würde unterschwellig einen unfassbaren Vorwurf in den Raum stellen.

Aber die Frage hatte ihr keine Ruhe mehr gelassen. Die

Frage, die sich letzte Nacht in ihren Kopf geschlichen hatte und seitdem immer lauter und lauter und lauter geworden war. Sie musste sie stellen, damit der Gedanke daran nicht noch ihren Schädel zum Platzen brachte.

Kerstin Nehrings Hände zitterten etwas, als sie ihnen Kaffee eingoss und das Döschen Kondensmilch und die Schale Würfelzucker auf dem Tisch abstellte.

So hatte es begonnen. Sie hatte Gegenstände nicht mehr richtig greifen können, ständig etwas fallen gelassen. Diana erinnerte sich noch genau, wie Frank ihr mit erstickter Stimme von den ersten Anzeichen der Multiplen Sklerose erzählt hatte.

»Vielen Dank«, sagte sie und gab ein Stück Zucker in ihre Tasse. »Ich bin hier, weil ich dir einige Fragen zu Frank stellen muss. Bitte keine Sorge, er ist nicht in Schwierigkeiten oder so, wir müssen nur intern einige Abläufe abgleichen.«

Eine bessere Begründung war ihr nicht eingefallen. Hauptsache, möglichst schwammig, unkonkret, sodass sich die Lüge in alle Richtungen weiterspinnen ließ. Wer tagtäglich dafür arbeitete, die Wahrheit ans Licht zu bringen, wurde irgendwann auch gut darin, sie zu verschleiern.

Kerstin taxierte sie mit einem zweifelnden Blick. So ganz schien sie ihr das nicht abzukaufen, aber spielte zunächst mit: »Dann schieß mal los.«

»Okay.« Diana nippte an dem Kaffee, der beinah so stark war, dass ein Löffel senkrecht drin stehen könnte. Sie glaubte, dass jeder Haushalt irgendwann die perfekte Dosierung für sich entdeckte – und die Stärke sehr viel über die in dem

Haushalt lebenden Personen aussagte. Die Nehrings tranken keine dünne Brühe. Das war ihr immer klar gewesen.

»Wo war Frank am vierundzwanzigsten August?«

Es brachte nichts, diese Frage – und vor allem das, was sie implizierte – schönzureden oder zu umgehen.

Kerstins Blick wurde noch vorsichtiger. »Ist das nicht die Nacht, in der die Morde geschehen sind?«

»Ja.«

»Und du sagst, Frank steckt nicht in Schwierigkeiten? Die Frage klingt nämlich nach ziemlichen Schwierigkeiten.«

»Die Frage hat nichts mit den Morden zu tun«, erwiderte Diana, was auch tatsächlich stimmte.

Zumindest oberflächlich.

»Puh, okay, so von Ehefrau zu Arbeitskollegin: Er war nicht hier zu Hause. Und ich habe keine Ahnung, wo er gewesen ist. Weil ich es auch gar nicht wissen will.«

»Wie meinst du das?«

»Ich habe ihm immer seine Freiräume gelassen. Nur so kann eine Ehe funktionieren. Ich lasse ihn ziehen, sein Ding machen. Wahrscheinlich war er im Fitnessstudio oder mit seinen Kumpels unterwegs.«

Momentan fragte sich Diana vor allem, welche Gesinnung diese sogenannten Kumpels hatten.

»Das ist jetzt vielleicht eine seltsame Frage, aber wenn ihr über Politik sprecht, wie äußert er sich da so?«

Kerstin gab ein Schnauben von sich. »Wie wär's, du fragst ihn das einfach selbst!?«

»Frank und ich haben aktuell leider ein etwas angespanntes Verhältnis.«

»Ach so, ja, er erwähnte so etwas. Hör zu, ich will meinem Mann nicht in den Rücken fallen, und so langsam ist mir die Sache hier echt nicht mehr geheuer. Deshalb wäre ich sehr dankbar, wenn wir das Thema jetzt beenden könnten.«

»Selbstverständlich.« Diana senkte den Blick. Auch so hatte sie schon mehr als genug erfahren.

»Frank wird auf jeden Fall von diesem seltsamen Besuch erfahren«, sagte Kerstin kalt, »aber das ist dir bestimmt klar.«

»Natürlich.«

Diana vermied es weiter, Kerstin direkt anzuschauen. Ihr Blick wanderte umher und fiel dabei auf einen Becher, der kopfüber im Abtropfgestell auf der Spüle stand. Darauf stand: *»Linkshänder machen das mit links!«*

»Die gehört Frank«, meinte Kerstin Nehring, die ihren Blick bemerkt hatte. »Hat er irgendwann mal von meinem Bruder zum Geburtstag geschenkt bekommen. Sind beides Linkshänder ...«

Natürlich. Frank war Linkshänder ...

Diana dachte an die Ergebnisse der Ballistik und spürte einen dicken Kloß im Hals.

. . .

Diana und Nehring trafen sich auf dem Parkplatz an der Wasserkuppe. Es war der 28. Dezember 1999 – die Zeit zwischen den Jahren, oder besser: die Zeit zwischen den Jahrtausenden.

»Bring was zu trinken mit«, hatte Frank nur am Telefon gesagt. »Ich muss dir was erzählen.«

»Ich dir auch«, hatte sie erwidert.

Sie lehnte gegen die Motorhaube ihres BMWs und schaute auf die schneebedeckten Täler der Rhön, als Nehring neben ihr parkte und zu ihr rüberkam.

Sie streckte ihm ihren Thermobecher entgegen. »Bitte sehr!«

Er roch an der Trinköffnung. »Glühwein? Ich hätte eigentlich mit etwas Stärkerem gerechnet.«

»Den hatten wir noch von Weihnachten übrig. Willst du dich beschweren?«

»Besser als nichts«, erwiderte er und nahm einen großen Schluck.

»So.« Sie rieb ihre Hände aneinander, die trotz der Wollhandschuhe kalt geworden waren. »Wir haben uns wohl beide etwas zu erzählen. Wer fängt an?«

»Ich reiße direkt das Pflaster ab«, meinte er und sog scharf die Luft ein. »Kerstin hat MS. Wir haben jetzt die Diagnose. Mein Weihnachten war dementsprechend beschissen, also frag gar nicht.«

»Oh Gott, das tut mir so leid!«

Diana war nicht gut in solchen Momenten und wusste nicht so recht, welche Geste jetzt angebracht war. Sollte sie ihn umarmen?

Schließlich klopfte sie ihm nur etwas unbeholfen auf die Schulter.

»Also, die Krankheit verläuft bei jedem Menschen total unterschiedlich. Es kann sein, dass es jahrelang nur kleine Schübe oder gar keine gibt. Das ist jetzt die Hoffnung, an die wir uns klammern. Trotzdem …«

Weiter kam er nicht. Er presste Daumen und Zeigefinger auf sein Nasenbein und schluchzte in sich hinein.

»Hast du wenigstens erfreulichere Neuigkeiten?«

»Das liegt wohl im Auge des Betrachters. Marius und ich legen fürs Erste eine Pause ein, leben eine Zeit lang getrennt. Keine Ahnung, ob sich das zwischen uns jemals wieder einrenkt. Am ersten Weihnachtsfeiertag hat es bei uns noch mal so richtig gekracht. Er hat gesagt, dass es so nicht mehr weitergehen kann. Und wahrscheinlich hat er damit auch recht.«

»Oh, das … das tut mir leid.«

»Mir tut es natürlich vor allem für Helen leid. Gerade aufs Gymnasium gewechselt und nun direkt so was … aber besser so, als dauernd mitzubekommen, wie Mama und Papa sich anschreien. Und wer weiß, vielleicht kriegen wir es doch noch mal hin.« Sie nahm einen großen Schluck Glühwein. Heiß floss er ihre Speiseröhre herunter. »Jetzt stehen wir hier, an den Sollbruchstellen des Lebens.«

»Sehr poetisch.« Nehring lachte bitter auf. »Ganz ehrlich, ich weiß gerade nicht, wie's weitergeht.«

»Ich auch nicht. Aber das wird es irgendwie. Das tut es immer.«

Sie reichte ihm wieder den Glühwein. Eine Weile schauten sie nur schweigend auf die Täler und tranken abwechselnd aus dem Thermobecher.

»Mal was anderes«, sagte Nehring schließlich. »Was ist eigentlich aus deinem Besuch bei der Staatsanwaltschaft geworden? Konntest du dafür sorgen, dass sie wieder mehr Ressourcen in die Moorhand-Ermittlungen stecken? Immerhin ist es wirklich eine vielversprechende Spur, die wir da aufgetan haben.«

Sie verzog einen Mundwinkel. »So weit ist es gar nicht gekommen. Nussbaum hat mich abgefangen und es direkt abgeblockt.«

»Meinst du nicht, wir sollten es dann einfach erst mal auf sich beruhen lassen? Wir bekommen ja weiterhin Hinweise aus der Bevölkerung und können abwarten, ob sich nicht doch noch etwas ergibt.«

»Etwas anderes bleibt uns wohl gar nicht übrig.«

Diana dachte an all das, was vor ihr lag: die Suche nach einer neuen Wohnung, Helen die Lage erklären, der Beginn eines neuen Lebensabschnitts. *Gerade zählte so viel anderes als der Job.*

Das musste selbst sie sich eingestehen.

Vor ihrem inneren Auge sah sie noch einmal das Zeichen des Hutzelbocks vor sich, das sie zusammen mit den abgetrennten Händen im Moor gefunden hatten. Würde sie jemals erfahren, was es damit auf sich hatte?

. . .

Janosch hätte sich gar kein Foto von Julia Hall im Internet anschauen müssen, um sie zu erkennen. Die Professorin war ihrem Vater wie aus dem Gesicht geschnitten. Die gleichen tief liegenden dunklen Augen, der breite Mund, sogar der gleiche melancholische Ausdruck. Sie wirkte überhaupt nicht wie über vierzig, eher noch wie Mitte dreißig. Ihre Haut war braun gebrannt, als wäre sie gerade im Urlaub gewesen oder hätte sehr viel Zeit an der frischen Luft verbracht.

Sie trug eine ausgewaschene graue Jeans und ein schwarzes Top. Ihr dunkelblondes Haar hatte sie zu einem strengen Knoten zurückgebunden. Um ihren Hals hing ein Band mit einem hölzernen Anhänger in Form eines Eulenkopfs. Janosch vermutete, dass Rudolf Hall ihn für sie geschnitzt hatte. Über ihre Schulter hatte sie eine kleine lederne Reisetasche geschwungen.

Janosch drängte sich zwischen den anderen Reisenden am Bahnsteig hindurch, die aus dem ICE aus Richtung Erfurt ausgestiegen waren, und winkte ihr zu.

»Frau Hall, nehme ich an? Janosch Janssen, Kriminalpolizei. Wir hatten telefoniert.«

»Oh, ich bekomme sogar eine Polizeieskorte?«, sagte sie sarkastisch. Ihre Stimme war deutlich dunkler und rauer, als ihre Erscheinung vermuten ließ. »Ihnen muss ja wirklich was daran liegen, mit mir zu sprechen.«

»Ja, durchaus«, gab Janosch zu. »Vielen Dank schon einmal, dass Sie so schnell aus Erfurt hergekommen sind.«

»Gerade sind Semesterferien, da bin ich zeitlich etwas flexibler. Sie haben nur Glück, dass Sie mich nicht im Urlaub erwischt haben. Ich bin vor zwei Tagen erst zurückgekommen.«

»Oh, wo waren Sie denn?«, fragte Janosch, während sie die Eingangshalle des Fuldaer Hauptbahnhofs durchquerten.

»Kreta. Es war wirklich extrem heiß. Mein Lebensgefährte und ich haben praktisch nur am Pool rumgelegen. Eigentlich hatten wir uns so viele Wanderungen und Aktivitäten vorgenommen, aber das ging bei der Hitze nicht.«

»Und dann kehren Sie in diesen Glutsommer zurück …«

Wenn die Urlaubsgeschichte stimmte, gab ihr das sowohl für die Mordnacht als auch für die Zerstörung des Gedenkkreuzes ein Alibi.

»Mein Vater hat mich vorgewarnt, dass Sie sich bei mir melden würden. Hat sich tausendmal dafür entschuldigt, weil er Angst hat, er würde mich in irgendetwas reinziehen. So ist er nun mal, mein Papa, für ihn werde ich immer das kleine Mädchen bleiben … macht sich nach wie vor Vorwürfe für alles, was mir zustößt.«

»Das geht auf damals zurück? Auf Ihre Zeit im Kinderheim?«

Sie schauderte, ganz leicht, aber doch wahrnehmbar, als sie auf den Bahnhofsvorplatz traten. Sie schaute Janosch direkt in die Augen. »Das ist etwas, worüber ich lieber in Ruhe sprechen möchte.«

...

Diana ignorierte die aufgebrachten Rufe der Sekretärin und stürmte geradewegs in das Büro von Staatsanwalt Nussbaum.

Dieser hatte gerade den Telefonhörer am Ohr und schaute sie aus großen Augen an.

»Ja, ja, entschuldigen Sie vielmals, aber hier ist gerade ein Notfall aufgeploppt, ich muss wirklich …« Er legte den Hörer auf. »Frau Quester, wie schön, dass Sie mich mit Ihrem Besuch beehren.«

Die Sekretärin tauchte halb hyperventilierend hinter Diana im Türrahmen auf, doch Nussbaum bedeutete ihr mit einem kurzen Handzeichen einzuhalten. Sie warf Diana einen letzten bösen Seitenblick zu und schloss die Tür hinter sich.

»Tut mir leid, dass ich einfach so reinplatze …«

Nussbaum winkte ab. »Ich bin dir sogar dankbar, du hast mich gerade aus einem fürchterlichen Gespräch mit dem Landesinnenminister gerettet. Und passenderweise kannst du mir gleich einige der Fragen beantworten, die er an mich hatte. Sehr berechtigte Fragen zum Stand der Ermittlungen, wie ich zugeben muss …«

Diana nahm ihm gegenüber an dem wuchtigen Massivholztisch Platz. »Das ist eigentlich nicht der Grund, warum ich hier bin … ich habe ein extrem wichtiges Anliegen …«

»Das war der *Landesinnenminister*, wenn ich dich erinnern darf.« Nussbaum zeigte voller Dringlichkeit auf das Telefon. »Du hast doch immer irgendein Anliegen, mit dem du dann plötzlich bei mir aufschlägst. Ich soll dich nie nerven, aber sobald du etwas hast, soll es natürlich schnell, schnell gehen. Du wartest damit jetzt erst einmal und hörst mir zu: Die Ermittlungen im Sander-Fall liefen doch so hervorragend! Blitzschnell hattest du diesen Nazi am Haken. Ab dann wurde es etwas … wirr. Erst dieser Rumäne, das lässt sich noch nachvollziehen. Aber wie mir zu Ohren gekommen ist, grabt ihr jetzt in irgendwelchen uralten Grenzstreifen-Geschichten herum. Nach außen hin wirkt das alles ziemlich planlos, wenn ich offen sein darf. Der Minister wundert sich auch sehr darüber, dass wir anscheinend auf der Stelle treten.«

»Wir treten nicht auf der Stelle!«, zischte Diana. »Ganz im Gegenteil sogar, wir machen große Fortschritte. Seriöse Polizeiarbeit ist leider nun mal kein Wunschkonzert, auch wenn dir das vielleicht bei deinen politischen Ränkespielen gelegen käme.«

Alles an Nussbaum ekelte sie an – das schleimige aufgesetzte Gehabe, die maßgeschneiderten Anzüge, die abstrakten Gemälde an den Bürowänden genauso wie das unverschämt teuer aussehende Füllfederhalter-Set auf dem

Schreibtisch. Er saß genau an der Schnittstelle zwischen der Landespolitik und der tagtäglichen Realität des Polizeidienstes und nutzte seine Position schamlos aus, um sich selbst zu profilieren. Und ihnen dadurch das Leben schwer zu machen.

Nussbaum lehnte sich zurück und goss sich in aller Ruhe Kaffee aus seiner Porzellankanne nach. Er liebte es, Diana genüsslich in ihrer Wut vor sich hin köcheln zu lassen und jegliches Tempo aus dem Gespräch zu nehmen, das wusste sie nur zu gut.

»Also schön«, sagte er schließlich, nachdem er einmal an seiner Tasse genippt hatte, »mach so weiter, wie du es für richtig hältst. Aber erspar mir diese DDR-Revolvergeschichten, bevor die Presse etwas davon mitkriegt.«

»Natürlich«, erwiderte Diana schmallippig.

»Kommen wir zu deinem Anliegen. Was ist los? Aber bitte fass dich möglichst kurz, ich habe eigentlich nicht viel Zeit für *unangemeldete* Besucher.«

Du bist derjenige, der mit sinnlosen Zweifeln am Ermittlungsstand Zeit verschwendet, dachte sie und sagte: »Wir brauchen dringend einen Durchsuchungsbeschluss für die Büroräume und die Privatwohnung von Frank Nehring, er …«

Nussbaum unterbrach sie direkt: »Nehring? Habe ich dich gerade richtig verstanden? Dein eigener Kollege … dein eigener Schatten, will man ja fast schon sagen. Hängt das etwa auch mit dem Sander-Fall zusammen?«

»Wir haben berechtigten Grund zu der Annahme, dass er ein verdecktes Mitglied der *Wicked Vikings* sein könnte … außerdem kann ich momentan nicht ausschließen, dass er auf irgendeine Weise in die Tat verwickelt ist.«

Ausnahmsweise reagierte Nussbaum frei von jeglicher Süffisanz oder Überheblichkeit, sondern verschränkte die Finger ineinander und lehnte sich vor. Sein Blick war ernst. »Diana, diesen Durchsuchungsbeschluss werde ich auf gar keinen Fall unterschreiben.«

Diana musste aktiv dem Drang widerstehen, ihm den Inhalt seiner Kaffeetasse ins Gesicht zu schleudern. Sie wusste, dass er es ihr nicht leicht machen würde, aber diese strikte Weigerung irritierte sie. Mit vor Zorn und Unsicherheit zitternden Fingern griff sie in ihre Handtasche und holte eine Aktenmappe hervor. »Aber ... ich habe ganz klare Indizien, ich habe alles exakt dokumentiert.«

»Das ist alles gut und schön, aber ich bleibe dabei. Kein Durchsuchungsbeschluss. Nichts gegen Herrn Nehring.«

»Schau dir die Akte doch zumindest an!« Diana knallte sie auf den Schreibtisch.

»Nein.«

Inzwischen schon gar nicht mehr wütend, sondern schlicht fassungslos, fragte sie nur: »Warum?«

»Weil es gerade das falsche Signal wäre. Das falsche Timing. Löst euren Fall, danach setzt du dich mit Nehring zusammen und sprichst mit ihm.«

»Das falsche Timing? Geht's hier nur wieder um PR? Wir sind vielleicht von einer Gruppierung unterwandert worden, die aktuell vom Verfassungsschutz beobachtet wird! Hallo!? Wir müssen sofort handeln! Und was ist, wenn der Fall ohne Bezugnahme auf Nehring nicht zu lösen ist?«

Natürlich neigte Nussbaum ab und an zu seltsamen Winkelzügen und setzte alles daran, im Lichte der Öffentlichkeit möglichst gut auszusehen, aber selbst ihm sollte doch etwas daran liegen, die Vorwürfe gegen einen von ihnen möglichst schnell aufzuklären. Was ging in ihm vor?

»Momentan bitte ich dich nur darum, die Füße still zu halten«, sagte er. »Sprich mit deinem Kollegen! Ansonsten kann ich dir da gerade nicht helfen.«

»Oh, glaub mir, dann werde ich mir selbst helfen.«

. . .

»Frau Quester wird bestimmt jeden Augenblick hier sein. Eigentlich sieht es ihr nicht ähnlich, dass sie sich so verspätet«, erklärte Frank Nehring. Er zupfte am Kragen seines etwas zu engen Polohemds herum.

»Machen Sie sich keinen Stress, ich wollte sowieso über Nacht bleiben.« Julia Hall hob die Reisetasche hoch, die sie vor sich auf den kleinen Tisch gestellt hatte.

»Haben Sie sonst noch etwas hier in der Gegend vor?«, fragte Janosch und wählte dafür bewusst einen Plauderton.

Julia Hall winkte ab. »Die Bahn, Sie wissen ja, da kann man sich nicht drauf verlassen. Besser ich fahre morgen entspannt zurück, als heute Abend noch irgendwo zu stranden. Ich habe ein kleines Ferienhaus in der Rhön gefunden, ganz malerisch, ein saniertes altes Torfgräberhaus am Rande des Schwarzen Moors.«

Janosch wusste, von welchem Haus sie sprach. Er hatte

von den Kontroversen gelesen, die die Renovierungsarbeiten am Rande des Naturschutzgebietes ausgelöst hatten.

»Sind Sie vorher schon einmal in der Gegend gewesen?«, fragte Nehring. »Sie machen den Eindruck, als seien Sie mit der Rhön vertraut.«

»Oh, nur ein-, zweimal, aus rein beruflichem Interesse. Als Historikerin finde ich die Rhön selbstverständlich sehr spannend. Fulda Gap, den alten Todesstreifen …«

»Ach, schau an.« Frank verschränkte die Arme vor der Brust. »Sind Sie da auch schon auf das Gedenkkreuz für Ihren Vater gestoßen?«

»Ich wusste, dass es das gibt, ja«, erwiderte Julia Hall, und Janosch bemerkte eine minimale Veränderung in ihrem Verhalten. Sie wurde wachsamer, vorsichtiger. Ihr Blick huschte zwischen ihm und Nehring hin und her. »Ich habe meinem Vater auch mal davon erzählt, und er ist tatsächlich vor Ewigkeiten nach Deutschland geflogen, um es sich anzuschauen. Um seinen Frieden damit zu machen, schätze ich mal. Ansonsten hat er sich nicht weiter damit beschäftigt. Er wollte nie etwas mit der Vergangenheit zu tun haben …«

» … ganz im Gegenteil zu Ihnen«, unterbrach sie Diana, die in diesem Augenblick zur Tür hereinplatzte. »Quester, Kriminaldirektorin.«

»Angenehm«, sagte Frau Hall, ohne dass es danach klang.

Diana lehnte sich an die Wand genau auf Höhe der Tischmitte. Wie eine Schiedsrichterin überwachte sie von hier das Geschehen. »Machen Sie einfach weiter. Tun Sie so, als wäre ich gar nicht hier.«

Bis hierhin hatte Julia Hall sehr tough und schlagfertig gewirkt, aber Dianas Präsenz schien sie aus dem Konzept zu bringen.

»Ich schätze mal, wir sind gerade bei der Frage, ob ich mir lieber einen Anwalt suchen sollte. Denn ich werde das Gefühl nicht los, dass Sie mir und meinem Vater aus irgendeinem Grund einen Strick aus dieser ganzen Angelegenheit drehen wollen.«

»Vielleicht wissen Sie etwas, das wir nicht wissen«, sagte Janosch diplomatisch. »Sie und Ihr Vater haben beide sehr starke Alibis, wenn sie denn stimmen. Sie auf Kreta im Urlaub, er in Schweden.«

»Liegt natürlich sehr günstig, der Urlaub, genau dann, wenn all dies hier geschieht«, meinte Nehring.

»Haben Sie noch mehr als solche Spekulationen? Ansonsten werde ich nämlich exakt jetzt hier verschwinden.«

Janosch seufzte. Manchmal war Nehring wirklich ein Grobian und packte die verbale Brechstange aus. Jetzt durfte er das wieder glatt bügeln.

»Nein, hier spekuliert niemand. Uns geht es um Ihre Mithilfe, nicht um Verdächtigungen. Ich sage Ihnen ganz konkret, was wir uns fragen: Wissen Sie davon, ob in letzter Zeit eklatante Geldsummen an Ihren Vater geflossen sind? Hat Gregor Sander oder jemand anderes aus seiner Familie Kontakt zu Ihnen oder Ihrem Vater aufgenommen?«

»Nein, nichts dergleichen«, sagte sie unumwunden.

»Der Name Sander ist Ihnen aber ein Begriff, oder?«

»Ja, selbstverständlich. Ich musste meinem Vater zwar alles aus der Nase ziehen oder es eigenhändig recherchieren, aber ich wollte wissen, was damals passiert ist. Wie sein Leben vor dem Mauerfall war, vor dem Fluchtversuch.«

»Waren Sie glücklich darüber, dass Ihr Vater mit Ihnen nach Schweden gezogen ist?«, fragte nun doch Diana.

»Sie haben es wahrscheinlich schon herausgehört: nicht wirklich. Es kam mir immer vor wie ein selbst auferlegtes Exil. Außerdem habe ich mich mit der Sprache zunächst furchtbar schwergetan und mich sehr einsam gefühlt. Trotzdem – ich hatte meinen Papa wieder, das allein zählte. Und alles war besser als das Heim.«

Bei ihren letzten Worten bekam Julia Hall mit einem Mal etwas Schreckhaftes, ihre Augen weit aufgerissen wie die eines verängstigten Kindes.

»Das Kinderheim in der DDR ...«, murmelte Janosch.

»Wissen Sie etwas darüber, wie die Heime dort damals gewesen sind?« Frau Hall schaute in die Runde.

Sie alle schüttelten die Köpfe.

»Seien Sie froh«, sagte sie bitter. Sie schluckte. »Drei Kuraufenthalte, mehrere Nervenzusammenbrüche und Therapien haben sie mir eingebracht. Und zum Beispiel solche schönen Andenken.« Sie krempelte ihren Ärmel hoch und entblößte mehrere Narben an ihrem Oberarm. »Wir hatten diese eine Erzieherin, Frau Zastrow. Vor ihr hatten wir alle die größte Angst. Sie hat mich ganz oft nur mit einer kleinen Wurzelbürste die Flure schrubben lassen, ohne Handschuhe. Wenn es nicht ganz sauber geworden war – und es war für sie nie ganz sauber –, dann hat sie mich das nur allzu deutlich spüren lassen.«

Betretenes Schweigen breitete sich im Vernehmungsraum aus. Janosch schluckte trocken. Der Raub der Kindheit. Er war nichts, was man hier zur Anzeige bringen konnte, aber das machte ihn nicht weniger verbrecherisch.

»Die Geschichte, die Vergangenheit … andere Leute fliehen vor ihr, wenn sie solche Zeiten durchlebt haben. Aber ich wollte mich immer in sie vertiefen, sie aufarbeiten. Vermitteln, was damals geschehen ist«, sagte Frau Hall gedankenverloren und zwirbelte eine Haarsträhne auf. »Nicht aus altruistischen Gründen, wie ich zugeben muss. Nicht weil ich glaube, dadurch verhindern zu können, dass so ein Unrecht noch einmal geschieht – so etwas wird es immer irgendwo auf der Welt geben. Nein, viel zu lang habe ich wohl geglaubt, etwas in mir drin flicken zu können, wenn ich mich der Vergangenheit stelle, wenn ich sie nicht aus meinem Griff entwischen lasse. Allmählich habe ich den Eindruck, mich da getäuscht zu haben.«

Diana drückte sich von der Wand los und sagte: »Vielen Dank, Frau Hall, ich glaube, das wäre dann alles.«

»Haben Sie eine schöne Zeit in der Rhön«, fügte Janosch hinzu.

»Aha, habe ich so sehr auf die Stimmung gedrückt, dass Ihnen gleich die Lust auf weitere Fragen vergangen ist?«, meinte Julia Hall humorlos und stand auf. »Falls Sie doch noch etwas wissen wollen, Sie haben ja meine Nummer.«

Sie verabschiedete sich und wurde von einem Beamten, der vor der Tür gewartet hatte, nach draußen geführt.

»Und du verschwindest sofort!«, fauchte Diana Nehring an, sobald sie mit ihm und Janosch allein war. »Ich hätte dich schon vorher rausgeschmissen, wenn ihr nicht schon mit der Hall mitten im Gespräch gewesen wärt.«

»Diana, ich …«, setzte Nehring an.

Sie hämmerte ihre Fäuste auf den Tisch. »RAUS!«

Wie in Zeitlupe erhob er sich von seinem Stuhl. »Du weißt nicht, was du da tust … wir sollten noch einmal in Ruhe reden, unter vier Augen.«

»Du hattest deine Chance, Frank«, sagte Diana und stierte ihn unverwandt an. »Bis auf Weiteres schließe ich dich von der Soko Beethovenstraße aus und übernehme selbst die Leitung.«

»Das hast du doch eh schon längst …«, murrte der Kommissariatsleiter, kramte seine Unterlagen zusammen und verschwand.

Als er die Tür hinter sich zugeschmissen hatte, ließ sich Diana kraftlos auf Julia Halls Platz gegenüber von Janosch sinken.

»Was war das denn bitte?«, fragte er fassungslos.

»Das war ein Beamter, dem ich nicht mehr über den Weg traue.« Diana seufzte. »Ginge es nach mir, wäre er auch vom Dienst suspendiert und wir würden gegen ihn ermitteln, aber da hat mir unser *großartiger* Oberstaatsanwalt einen Strich durch die Rechnung gemacht.«

»Du glaubst im Ernst, dass Frank mit den *Vikings* unter einer Decke steckt?«

»Schlimmer noch: Inzwischen kann ich nicht mal mehr ausschließen, dass er bei den Morden seine Finger im Spiel hatte.«

»Wie bitte?«

»Er hat kein Alibi für die Tatnacht. Außerdem ist er Linkshänder ...«

» ... so wie zehn bis fünfzehn Prozent aller Menschen.«

»Trotzdem, alles passt irgendwie ins Bild. Wenn er mir das mit den Neonazis so lange verschweigen konnte, wer weiß, was er noch zu verbergen hat.«

Diana schlug die Hände über dem Kopf zusammen, eine Geste der Verzweiflung, die Janosch bislang noch nie bei ihr gesehen hatte. »Gerade weiß ich nicht mehr, was ich überhaupt noch glauben soll. Nussbaum wirft mir vor, wir würden uns verrennen. Vielleicht hat er damit gar nicht mal so unrecht ...«

»Wir haben inzwischen immerhin die Ergebnisse der IT-Forensik zu Sanders Mail an Iliescu bekommen«, sagte Janosch. Er sah es nun als seine Aufgabe, zumindest für einen Hauch von Optimismus zu sorgen. »Vielleicht schaffen sie etwas mehr Klarheit.«

Diana streckte nur die Hand aus, um zu sagen: *Schieß los!*

»Nach Rücksprache mit dem E-Mail-Provider lässt sich nun zweifelsfrei sagen, dass die Mail mit der Bitte um ein Treffen von Gregor Sanders Desktop-PC aus verschickt worden ist.«

Diana schaute ihn zwischen ihren langgliedrigen Fingern hindurch an. »Tatsache?«

»Tatsache. »Also entweder hat er doch von sich heraus Iliescu angeschrieben und wollte sein Gewissen erleichtern ...«

» ... oder jemand aus seinem direkten Umfeld hat sich

Zugang zu dem Rechner verschafft. Was ist mit Fingerabdrücken auf Tastatur und Maus?«

»Ausschließlich seine.«

»Hmmm, klar. Unser Täter ist umsichtig. So leicht macht er es uns natürlich nicht.« Die Energie kehrte in Diana zurück. Sie richtete sich auf, strich ihre Haare zurück, der Blick ihrer Augen fokussierter und klarer. »Wann wolltest du eigentlich mal wieder mit Carina Sander sprechen?«

»Helen wollte heute Abend mit ihr und den Kreys, bei denen sie ja gerade wohnt, auf die Kirmes gehen. Damit sie mal was anderes sieht und ein wenig Ablenkung hat. Bedurfte wohl ziemlicher Überredungskünste.«

Diana reckte einen Mundwinkel in die Höhe. Es war nicht unbedingt Zuversicht, die sie ausstrahlte, eher eine Art von Trotz. Eine Form von Sich-nicht-unterkriegen-Lassen. »Klingt so, als stünde dir ein lustiger Abend bevor.«

...

Erst erstrahlte der Himmel in einem Honiggelb, dann in Pfirsichrot, schließlich in einem zerbrechlichen Bernsteinlicht. An diesem Abend bot der Sommer noch einmal ein beeindruckendes Farbenspiel auf. Eine letzte Gala, eine letzte Machtdemonstration, ehe ihm die grauen Regenfronten des Septembers ein jähes Ende bereiten würden.

Die bunten, flackernden Glühbirnen und LED-Lichter der Kirmes verblassten geradezu unter der Abenddämmerung, die sich über ihnen aufspannte. Es roch nach Zuckerwatte, frisch gemachtem Popcorn, Bratwurst und, zugegeben, auch nach Alkoholdunst und sogar von irgendwoher schwach nach Erbrochenem. Janosch meinte außerdem, den Brandgeruch der wieder entfachten Moorfeuer in der Nase zu haben, vielleicht bildete er sich das aber auch nur ein.

Die Grimmbacher Schützenkirmes war eigentlich nie etwas für ihn gewesen; zu laut, zu überfüllt, zu viele Tücken für ihn – den Kleingewachsenen –, weil er damals selbst mit fünfzehn oder sechzehn noch nicht auf manche Fahrgeschäfte durfte. Aber heute Abend strahlte sie eine schwer greifbare Atmosphäre aus, der selbst er sich nicht entziehen konnte. Eine wohlige Melancholie, wie es sie wohl nur auf einer Dorfkirmes im Spätsommer geben konnte.

Sie waren eine kleine, seltsam zusammengewürfelte Gruppe, wie sie so über den Kirmesplatz schlenderten. Er und seine hochschwangere Frau, die schwer traumatisierte Carina, dann noch Bruno und Franziska Krey.

Nur zu deutlich spürte Janosch die Blicke der anderen Besucher auf ihnen. So war es nun einmal auf dem Dorf. Immerzu gab es Gerede – und wehe dem, der das Thema war. Auch wenn die Ereignisse um seinen Vater und den Fall Nolte jetzt bereits mehrere Jahre zurücklagen, wurde Janosch immer noch vereinzelt mit schiefen Blicken bedacht. Morgens beim Brötchenkaufen, an der Tankstelle, im Wirtshaus. Klar, er hätte wegziehen können – wieder zurück nach Frankfurt, wo er seinen Polizeidienst angetreten hatte. Dort wäre es für Helen sicher auch ein Leichtes gewesen, eine neue Stelle zu finden.

Aber das hier war seine Heimat, und die ließ er sich von niemandem wegnehmen. Er hatte sich um seine Mutter zu kümmern, das Grab seines Vaters zu pflegen, bald ein Kind zu erziehen.

Auf der Kirmes versuchte Frau Krey, eine möglichst unbeschwerte Stimmung zu verbreiten. Carina lächelte, wenn sie angesprochen wurde, aber wohl eher aus Höflichkeit oder Überforderung.

Helen sagte, dass sie allmählich erschöpft sei, also sicherten sie sich eine Bierzeltgarnitur.

Franziska Krey übernahm die Getränkeversorgung und kehrte schnell mit einer Apfelschorle für Helen, einem Radler für Carina und Pils für sich, Bruno und Janosch zurück.

»Könnte ich einmal mit dir allein sprechen?«, fragte Janosch Carina.

Sie nickte zögerlich, und sie rückten auf den Sitzbänken etwas weiter von den anderen weg.

»Hey, jetzt lass Carina doch einfach mal in Ruhe den Abend genießen«, protestierte Franziska.

»Nur einen Augenblick«, erwiderte Janosch und wandte sich dann Carina zu. »Es geht wirklich schnell, ich habe nur zwei, drei Fragen an dich.«

Sie hielt ihre Biertulpe mit Radler umklammert. »Worum geht es?«

»Wusstest du, dass Cedric wieder eine Waffe besessen hat?«

Sie schaute ihn nicht an, sondern starrte nur auf den langsam dahinschwindenden Bierschaum. »Ja.«

»Warum hast du das nicht von Anfang an gesagt?« Vor Aufregung erhob er etwas die Stimme, worauf ihn die anderen mit Seitenblicken taxierten. Vor allem Helen musterte ihn kritisch.

Er erwiderte ihren Blick. *Tut mir leid, ich muss das tun*, versuchte er ihr zu vermitteln.

»Ich wusste ja, wie das aussehen würde. Er hat sie sich illegal besorgt, weil er wieder Lust aufs Schießen hatte. Dafür ist er jedes Mal in den Wald gegangen, damit es niemand mitbekam. Da hatte er sich auf einer Lichtung einen kleinen Schießstand zusammengezimmert, den hat er mir einmal gezeigt. Altglas und Blechdosen, das ist das Einzige, worauf er geschossen hat.«

»Aber das Modell, das er besaß! Das ist das Modell der Tatwaffe.«

»Ich weiß, wie sich das jetzt anhört, aber: Sie wurde ihm gestohlen.«

»Wann? Und wie?«, fragte er. »Wenn das wirklich stimmt, dann finden wir mit dem Dieb auch den Täter.«

Sie seufzte. »Dafür müssten wir Cedric fragen. Das weiß ich alles nicht. Er sagte mir nur einmal nebenbei, dass ihm seine Pistole gestohlen worden ist. Das muss vor ein paar Wochen gewesen sein. Da hatte ich ihn auf dem Hof besucht, um noch ein paar Sachen abzuholen.«

Janosch dachte nach. Vielleicht machte es Sinn, noch einmal die Mutter von Cedric Gossens zu befragen. Sie lebte auch auf dem Hof, womöglich hatte sie etwas mitbekommen.

Er bohrte nicht weiter nach. »Okay, noch was anderes. Rudolf Hall, Julia Hall ... klingelt es da bei dir? Hast du diese Namen schon einmal gehört?«

Sie schüttelte den Kopf. »Nein, nie … wer soll das sein?«

Wie schon bei der Frage nach Cedrics Waffe konnte Janosch nicht einschätzen, ob sie log oder die Wahrheit sagte. Je näher sie dem Kern dieses Falles kamen, desto mehr schien ihn sein Urteilsvermögen im Stich zu lassen. »Schon gut. Ist nicht so wichtig.« Er wollte sie nicht länger quälen. Alles andere würden sie bei einem offiziellen Termin im Präsidium klären müssen. »Verhör beendet. Gesellen wir uns wieder zu den anderen.«

Doch Carina blieb sitzen und atmete tief ein. »Manchmal habe ich das Gefühl, meinen Vater gar nicht richtig gekannt zu haben. Mittlerweile sehe ich sein Gesicht in meiner Erinnerung gar nicht mehr klar vor mir, sondern nur noch verschwommen. Wie ein Zerrbild. Er scheint so viele Geheimnisse gehabt zu haben.« Sie schaute das erste Mal zu ihm auf. »Ging es dir auch so?«

Janosch nickte. »Mein Vater war so früh gestorben, und alle glaubten, er hätte Matilda umgebracht … aber tief in mir drin wusste ich, dass er es nicht gewesen sein konnte. Das habe ich mir immer wieder bewahrt. Das ist das Einzige, was hilft.«

»Ich versuche, mir die Bilder in Erinnerung zu rufen, die ich von ihm behalten will.« Erst jetzt schien sie ihre Umgebung tatsächlich zu registrieren. »Hier auf der Schützenkirmes, herausgeputzt in seiner Uniform, am Vorstandstisch im Festzelt. Der Bart gestutzt, die Schuhe blitzblank geputzt, am Handgelenk seine alberne kaputte Luxusuhr, die ihm dann auch noch von seinem Mörder gestohlen wurde.«

»Mein Vater war Florist. Immer wenn ich an ihn zurückdenke, sehe ich ihn jetzt in seinem Laden vor sich. Wie er die Kunden berät und immer ein Lächeln für sie hat, egal wie stressig es gerade ist. Wie er Sträuße bindet, wie er die Kasse macht. Das hat sich bei mir eingebrannt.«

Ein flüchtiges Lächeln umspielte ihre Mundwinkel. »Ich hoffe, an so einen Punkt komme ich auch irgendwann.«

»Ganz bestimmt.«

»Ich wollte mich auch noch einmal dafür entschuldigen, dass ich an dem einen Abend so fluchtartig bei euch verschwunden bin. Nach allem, was ihr für mich getan habt, tut mir das echt leid.«

»Schon vergessen. Meine Befragung ist auch nicht gerade die feine englische Art gewesen.«

Sie lehnte sich vor und flüsterte: »Bei den Kreys ist übrigens auch nicht alles rosig. Franziska ist Bruno fremdgegangen. Er hat es wohl bisher nicht herausgefunden, aber sie sind aktuell eher auf Distanz.«

»Weißt du, mit wem sie den Seitensprung gehabt hat?«

»Das wollte sie nicht erzählen.«

Janosch schaute auf die Kreys. Bruno hatte sogar einen Arm um die Hüfte seiner Frau geschlungen, sie den Kopf auf seiner Schulter abgelegt. Wie sehr der Blick von außen doch trügen konnte.

Sie rückten wieder zum Rest der Gruppe rüber, und die Gespräche kreisten um das Ende der Hitzewelle, die Moorbrände, die anstehende Geburt und die Lokalpolitik.

Als sie aufbrachen, hatte Carina Sander keinen einzigen Schluck von ihrem Radler getrunken.

Rosi bleckte die Zähne. Sabber rann ihre Schnauze herunter und tropfte auf den staubigen Boden.

»Und die will wirklich nur spielen?«, fragte Janosch, während Gertrud Gossens den windschiefen Schuppen aufschloss.

»Zu so später Stunde bin ich mir da nicht mehr so sicher«, erwiderte sie in einem undeutbaren Tonfall. »Da ist sie Besucher auf dem Hof eigentlich nicht gewohnt. Nur Diebe und Halunken.«

»Hat sie dann nicht auch etwas mitbekommen, als hier vor ein paar Wochen eingebrochen wurde?«

Die gebeugt gehende Mutter von Cedric Gossens stieß die quietschende Tür auf und drehte sich zu ihm um. »Ist eine alte Dame, die Rosi. Diebe kündigen sich meist nicht so laut an wie Sie. Das kriegt sie gar nicht mit.«

Nach dem Kirmesbesuch hatte er sich kurzfristig dazu entschieden, doch noch einmal den Hof der Gossens aufzusuchen und der Geschichte mit der gestohlenen Waffe nachzugehen.

Glücklicherweise zeigte sich die alte Frau hilfsbereiter als bei seinem letzten Besuch, getrieben von der Sorge um ihren Sohn.

»Wenn es hilft, diese Leute zu finden, die Cedric das angetan haben, dann zeige ich Ihnen natürlich alles«, sagte sie und schaltete die nackte Glühbirne im Inneren des Schuppens an.

»Hier war so ein wenig sein Hobbyraum«, erklärte sie. »Er

mochte es nicht, wenn ich mich früher hier herumgetrieben habe. Aber Privatsphäre ist ja sein gutes Recht.«

Lauschiges Plätzchen, dachte Janosch. Spinnweben hingen wie Girlanden quer unter der Decke, an den unverputzten Ziegelwänden hingen Urkunden und Medaillen von diversen Schützenfesten, außerdem Waffen. Überall Waffen. Und wenn irgendwo keine Waffen waren, dann waren dort Gegenstände, die mit Waffen in Verbindung standen.

Auf den ersten Blick entdeckte er keine weiteren tödlichen Schusswaffen, dafür aber Schreckschusspistolen, eine Armbrust, ein Katana, Kampf-, Jagd- und Bowiemesser.

»Das nennen Sie Hobbyraum?«, meinte Janosch. »Das ist eher eine Waffenkammer.«

Frau Gossens zuckte nur mit den Schultern.

Ein Waffennarr, aber das war zunächst einmal nichts Verbotenes. Im Moment galt seine Aufmerksamkeit ohnehin dem Einbruch. Sein Blick fiel auf das zerbrochene Fenster.

»Hier muss der Dieb reingekommen sein?«

»Ja.«

Janosch trat näher. Das Fenster war klein und quadratisch, aber gerade noch so groß, dass ein erwachsener Mann sich hindurchzwängen konnte.

»Sie haben nichts mitbekommen?«

»Gar nichts. Cedric war außer sich vor Wut, aber er wollte es nicht der Polizei melden …«

»Das kann ich mir denken.« Er untersuchte den Fensterrahmen. »Haben Sie eine Vermutung, wer Ihnen so etwas stehlen könnte? Wer wusste in Cedrics Umkreis von seiner kleinen Sammlung?«

»Hmmm. Die meisten im Schützenverein wussten davon.«

Also praktisch der ganze Ort. Grandios.

Ihm fiel ein kleiner rot gemusterter Stofffetzen auf, der an einem abgebrochenen Glasstück hing. Er zog sich die Plastikhandschuhe über, die er vorsichtshalber mitgenommen hatte, und löste das Stück behutsam ab.

»Cedric besitzt nicht zufällig ein Sweatshirt in der Farbe?«

»Also, nicht dass ich wüsste …«

Dann stammte der Stoff womöglich von der Kleidung des Einbrechers, mit der er beim Hinein- oder Hinausklettern am Glas hängen geblieben war. Komisch, Janosch hatte den Eindruck, den Stoff erst letztens schon einmal gesehen zu haben.

»Haben Sie vielen Dank!«, sagte er zu Frau Gossens. Rosi hatte unterdessen einen rosa Quietscheball gebracht und vor seinen Füßen abgelegt. Er musterte sie mit einem nervösen Lächeln.

Eine Möglichkeit bestand jedoch weiterhin: dass Cedric Gossens den Einbruch nur vorgetäuscht hatte.

...

IHR SEID GESTORBEN

Die Worte prangten in blutroten Lettern auf dem Bildschirm.

Janosch legte seufzend den Controller seiner Playstation beiseite. *Elden Ring* war eines der schwersten und zeitintensivsten Videospiele der letzten Jahre. Kein Wunder, dass er bisher erst beim Baumwächter auf dem Altus-Plateau war und dort nicht weiterkam. Er fand einfach keine Zeit zum Spielen und wenn, dann wie jetzt in den verlorenen Stunden einer schlaflosen Nacht.

Der Fall hatte ihm keine Ruhe gelassen, ständig waren Gesprächsfetzen und bruchstückhafte Gedanken durch seine Hirnwindungen gespukt. Außerdem war es nach wie vor unangenehm schwül.

Er hatte Helen nicht durch sein ständiges Hin-und-her-Wälzen wecken wollen, also war er aufgestanden.

Sein Hobby- beziehungsweise Arbeitszimmer war wieder frei, seit Carina zu den Kreys geflüchtet war. Es stellte seinen Rückzugsort dar, wenn seine Insomnie ihn wieder einmal besonders fest in ihrem Griff hielt.

Es gab ein frisch bezogenes Bett, eine kleine Werkbank, auf der er seine *Warhammer*-Figuren bemalte und dabei Podcasts hörte, einen Ohrensessel, mehrere Regalbretter mit seinen Lieblingsbüchern und natürlich das TV-Regal inklusive Playstation und Nintendo Switch.

Während sein Spielcharakter am letzten Ort der Gnade wiederbelebt wurde, buhlte ein Gedanke in Janoschs Kopf um mehr und mehr Aufmerksamkeit.

Schon oft hatte er das Gefühl gehabt, dass sein Unterbewusstsein beim Zocken weiterarbeitete, während sich sein Bewusstsein voll auf das Spiel konzentrierte. Dass es Verbindungen herstellte, auf die er sonst wohl niemals gekommen wäre.

Der Gedanke drängte sich weiter nach vorne, vertrieb alle

anderen um sich herum. Janosch ging auf ihn ein und ließ ihn auf sich wirken.

Natürlich! Er sprang auf. Jegliche Müdigkeit war endgültig von ihm abgefallen. Das musste er sofort überprüfen.

Auf leisen Sohlen lief er rüber in das baldige Kinderzimmer, in dem er bislang alle Informationen zum Fall gesammelt hatte.

Zuerst kramte er durch die Aufnahmen, die im Haus der Sanders gemacht worden waren, und fand schließlich ein Bild von all den Familienfotos auf dem Sideboard, die er damals schon in echt begutachtet hatte.

Er musste ein Detail erkennen. Ein einziges Detail.

Aber auf dem Foto hatte er keine Chance.

Also fuhr er seinen Laptop hoch und wühlte sich durch die Bilddateien auf dem Server. Er fand das entsprechende Bild. Zum Glück war die Aufnahme so gut belichtet und hochauflösend, dass er weit hineinzoomen konnte.

Sein Interesse galt dem Hochzeitsbild von Carina Sander und Cedric Gossens, auf dem sie an der Seite von ihren Eltern zu sehen waren. Und hier ging es ihm nur um einen winzigen Bildausschnitt: das Handgelenk von Gregor Sander.

Er kniff die Augen zusammen und lehnte sich so weit vor, bis seine Nase beinahe den Bildschirm berührte.

Er machte einen Screenshot.

Da war sie.

Ganz genau zu erkennen. Die Uhr.

• • •

Dianas Handy klingelte.

Das Display zeigte 04:27 und *Janosch*.

Ihr Schwiegersohn hatte seine Lektion gelernt. Wenn er Diana schon mitten in der Nacht anrief, dann nicht wegen irgendeines Hirngespinsts. Sondern ausschließlich dann, wenn es absolut ernst war.

Sie setzte sich im Bett auf, trank einen großen Schluck Wasser aus dem Glas auf ihrem Nachttisch und ging dran.

»Was gibt's?«

»Tut mir wahnsinnig leid, dass ich dich wecken muss, aber ich glaube, ich habe da was Großes entdeckt …«

»Das will ich doch schwer für dich hoffen.« Sie unterdrückte ein Gähnen.

»Okay, hör mir zu: Es lag die ganze Zeit auf der Hand! Rudolf Hall erzählte doch von einem Familienerbstück – einer Armbanduhr, einer Vacheron Constantin, die er auf seiner Flucht mit in den Westen nehmen wollte. Nachdem er angeschossen worden war, war sie verschwunden. Er glaubte, dass die Grenzposten sie sich unter den Nagel gerissen hatten.«

Diana lief rüber ins Bad, legte das Handy auf »Lautsprecher« neben das Waschbecken und spritzte sich Wasser ins Gesicht. Wenn sie Janoschs Gedankengängen folgen wollte, musste sie wacher werden. »Okay, sprich weiter.«

»Am Abend hat mir Carina Sander davon erzählt, dass ihr Vater auch stolzer Besitzer einer kaputten Luxusuhr war. Vorhin habe ich mir eines der Fotos angeschaut, auf der er sie trägt. Es ist auch eine Vacheron Constantin!«

»Okay, okay … ganz langsam, das kann doch auch ein

Zufallstreffer sein! Diese Uhren sind vielleicht selten, aber Rudolf Hall wird ja nicht das einzige Exemplar besessen haben.«

»Die Uhr von Sander war kaputt. Auf dem Foto hier konnte ich es gerade so erkennen, aber sie ist genau um 02:24 stehen geblieben. Ich habe die Zeit mit den Protokollen aus dem Stasi-Unterlagenarchiv abgeglichen. Der Fluchtversuch von Sander und Hall hat genau zu dieser Uhrzeit stattgefunden.« Er legte eine kurze Atempause ein, seine Aufregung kaum unter Kontrolle. »Das kann kein Zufall sein! Das muss die Uhr von Rudolf Hall sein! Diana, weißt du, was das bedeutet?«

Sie ließ sich auf den Toilettensitz sinken. »Seien wir nicht so voreilig, vielleicht hat Sander die Uhr nur als Andenken an seinen Freund an sich genommen!«

»Aber was, wenn nicht? Was, wenn der Tresor nicht wegen des Testaments aufgebrochen wurde, sondern wegen der Uhr? Vielleicht sollte sie zurückgeholt werden ...«

»Dann hat Gregor Sander Rudolf Hall bestohlen. Julia Hall weiß definitiv mehr, als sie bislang preisgegeben hat. Wir sollten dringend noch einmal mit ihr sprechen.«

• • •

Schwarze Jacken, schwarze Hosen und Stiefel, schwarz geschminkte Gesichter. Die Beutel mit ihren wenigen Habseligkeiten hatten sie sich über den Rücken geschnallt, und sie trugen beide die leichte Holzleiter, Rudolf vorne, Gregor hinten. Sie verschmolzen gänzlich mit der Dunkelheit dieser drückend heißen Sommernacht.

Nur ab und an, wenn Rudolf sich zu ihm umwandte, sah Gregor kurz als Einziges das Weiße in seinen Augen aufblitzen.

Falls sie erwischt wurden, konnten sie sich nicht damit herausreden, spontan den Gedanken zur Flucht gehabt zu haben. Manchmal sorgte das für eine mildere Strafe, aber darauf wollten sie jetzt nicht setzen. Alles oder nichts. Sie mussten es schaffen. Eine andere Möglichkeit gab es nicht.

»Jetzt«, meinte Rudi. »Wir sind fast da.«

Sie hielten kurz an. Gregor griff in seine Hosentasche, holte ein Säckchen schwarzen Pfeffer heraus und verstreute die Körner hinter ihnen. Sie hatten gehört, dass der scharfe Geruch die Spürhunde ablenkte. Hoffentlich wirkte es.

Sie erreichten die erste Doppelreihe Stacheldrahtzaun. Vorsichtig setzten sie die Leiter ab. Rudi ging in die Knie und holte seinen Bolzenschneider aus dem Rucksack. Mit bedächtigen Bewegungen setzte er die Klingen an den Drähten an und schnitt ihnen einen Weg frei.

Erst kroch Rudi hindurch, dann schoben sie die Leiter hindurch, und Gregor kam hinterher.

»Hier fangen die Minen an«, flüsterte Gregor. »Jetzt müssen wir bei jedem Schritt höllisch aufpassen!«

Eine Taschenlampe konnten sie nicht einschalten, das würde die Grenzposten sofort auf sie aufmerksam machen.

Das Einzige, worauf sie sich verlassen konnten, war ihr Tastsinn. Und ihr Glück.

Einen Moment lang, kurz bevor sie sich in das Minenfeld wagten, glitten Gregors Gedanken noch einmal zu ihrem Aufbruch.

Er hatte schon am Steuer seines Wartburg 353 gesessen, als Wanda ihn noch einmal an sich gezogen, lange geküsst und ihm Glück gewünscht hatte.

Es hatte Gregor einen Stich in die Herzgegend versetzt. Er hasste sich für seine Eifersucht, konnte sie aber einfach nicht unterbinden.

»Ich hol dich nach, dich und Julia«, hatte Rudolf seiner Frau versprochen, dann waren sie aufgebrochen.

Auf der Fahrt hatte Rudolf eine seiner Amiga-Kassetten mit Westmusik eingelegt. Neil Youngs »Heart of Gold« klang aus den Boxen.

»Wenn ich im Westen bin, werde ich mir als Erstes ohne Ende LPs holen. Alles, was neu ist. Vielleicht was von Bruce Springsteen oder Billy Joel. Und du, Gregi, was wirst du als Erstes machen?«

Er hatte nicht direkt geantwortet, dafür war er viel zu sehr in Gedanken gewesen.

Wanda. Ich liebe sie, gestand sich Gregor wieder einmal ein. Ich habe sie immer geliebt, und ich werde es immer tun.

Doch stets war er nur das Anhängsel gewesen. Der Trauzeuge. Der Typ, der eben auch mit dabei war.

Ihre Blicke stets nur auf Rudolf gerichtet, nie auf ihn.

Gregor verscheuchte die Gedanken aus seinem Kopf. Jetzt durfte er sich nicht ablenken lassen.

Überleben. Rübermachen. Das war alles, was zählte.

Rudi ist doch mein bester Freund. Warum gönne ich ihm nicht einfach diese Wahnsinnsfrau?

Im Westen, da hatten die Mütter doch auch schöne Töchter. Da würde er sicher eine finden. Ein neues Leben anfangen.

Aber keine von ihnen würde wie Wanda sein.

»Komm schon«, zischte Rudi. »Verlieren wir keine Zeit!«

Sie schulterten wieder die Leiter und machten sich auf den Weg durch das Minenfeld. Einen Schritt vor den anderen, ganz vorsichtig.

Gregor machte nur Trippelschritte vorwärts, versuchte jedes Mal mit der Schuhspitze zu ertasten, ob er weichen Erdboden oder eine der gefürchteten Plastikminen berührte.

Das Blut rauschte durch seinen Schädel.

Bitte nicht, bitte nicht, bitte nicht!, dachte er bei jedem einzelnen Auftreten.

In der Finsternis war es unmöglich zu sagen, wie gut sie vorankamen. Gregor hatte das Gefühl, dass sie schon eine Ewigkeit unterwegs waren, aber wahrscheinlich hatten sie noch nicht einmal die Hälfte des Todesstreifens hinter sich gebracht.

Ein Schritt.

Der nächste Schritt.

Noch ein Schritt.

Da!

Sein Herzschlag setzte einen Moment lang aus. Etwas Hartes und Flaches. Eine Mine!

Er wollte sofort stehen bleiben, doch dadurch, dass sie beide die Leiter trugen, zog der vorauslaufende Rudolf ihn etwas mit sich.

Er hob seine Sohle an. Jetzt musste die Explosion kommen, der Schmerz, das Nichts. Er schloss die Augen. Und alles, was er vor sich sah, war Wandas Gesicht.

Aber nichts dergleichen.

Erleichtert entließ er die Luft aus seinen Lungen.

»Alles in Ordnung?«, fragte Rudolf.

»Ja ... ja. Dachte nur, ich wäre auf eine Mine getreten.«

»Wir haben's gleich geschafft. Durchhalten, ja?«

Auch die letzten Meter brachten sie sicher hinter sich und kamen schließlich zu dem drei Meter hohen Streckmetallzaun, vor dem sich zusätzlich ein Kfz-Sperrgraben auftat.

Vom Westen waren sie jetzt nur noch Meter entfernt. So nah. So unfassbar nah.

Gregor dachte jedoch gar nicht so sehr an ihre zum Greifen nahe Freiheit, sondern nur an Wandas Gesicht. Als er dachte, er müsste sterben, hatte er sie vor sich gesehen. Sagte das nicht alles?

Rudolf schaute auf seine protzige Armbanduhr. Ein Familienerbstück, wie er Gregor mal in einer ihrer Kneipennächte erzählt hatte.

»Zwanzig nach zwei. Wir liegen gut in der Zeit.«

Diese verdammte Uhr. Rudi war alles in die Wiege gelegt worden: das gute Aussehen, die gute Familie – das Glück, das immer auf seiner Seite zu sein schien.

Manchmal hatte sich Gregor sogar gefragt, warum Rudolf überhaupt fliehen wollte. Warum er sein Leben aufs Spiel setzen wollte. Ihm ging es doch auch hier schon besser als den meisten. Besser als Gregor auf jeden Fall.

»Jetzt müssen wir nur aufpassen, dass wir nicht von den Selbstschussanlagen erwischt werden«, flüsterte Rudolf.

Sie hatten im Vorhinein viel mit Gregors Cousin Joseph gesprochen, der als Schäfer einen Passierschein für das Sperrgebiet besaß und dadurch über die Tücken des Grenzstreifens Bescheid wusste.

»Siehst du!« Rudolf deutete auf einen Draht, der horizontal am Zaun entlanglief und zu einer trichterförmigen Apparatur an einem der Betonpfeiler führte. »Sobald wir oder die Leiter den Draht berühren, schießen aus diesen Trichtern Stahlsplitter raus. Die Dinger sind oben und unten am Zaun.«

»Also gut«, sagte Gregor, und sie stellten die Leiter auf. »Dann mit allergrößter Vorsicht.«

Gemeinsam trugen sie die Leiter an den Zaun heran und lehnten sie so an, dass sie die Drähte der Selbstschussanlage nicht berührte.

»So … wer zuerst?«, fragte Rudolf.

»Ich lasse dir gerne den Vortritt.«

»Na schön.« Rudolf umfasste die Sprossen. »Wir sehen uns auf der anderen Seite!«

Gregor konnte nicht sagen, wann er den Entschluss gefasst hatte. Ob gerade eben erst oder bereits an einem der letzten Abende, an denen er Wanda und Rudolf in der Kneipe gegenübergesessen hatte. Gesehen hatte, wie Rudolf die Hand um ihre Hüften geschlungen und sie an sich gezogen hatte. Ihr einen Kuss in die Halsgrube gegeben hatte. Und Gregor sich nichts anderes vorgestellt hatte, als an seiner Stelle zu sein.

Er wusste nur, dass die Entscheidung mit einem Mal da war. Unumstößlich. Unvermeidlich.

Gerade als Rudolf die ersten paar Sprossen erklommen hatte, packte Gregor die Haltestangen und warf die Leiter herum. Rudolf wurde gegen den Zaun geschleudert, genau in den Draht.

Gregor sprang weg, warf sich auf den Boden und presste zum Schutz die Hände auf seinen Hinterkopf.

Die Selbstschussanlage löste sofort aus. Der Knall war ohrenbetäubend. Viel schrecklicher war aber das Sirren der messerscharfen Metallteile – und das schmatzende Geräusch, als sie auf Fleisch trafen.

Ein ersticktes Stöhnen drang vom Zaun.

Tränen schossen Gregor in die Augen. Was habe ich nur getan?

Noch einen Moment lang drückte er sein Gesicht in das trockene Gras. Er wollte nicht hinschauen. Wollte nicht sehen, was er angerichtet hatte.

Aber er musste jetzt weiter. Sonst wäre er auch dran.

Ihm blieben nur noch wenige Augenblicke.

Er musste handeln. Musste funktionieren.

Er wandte sich um und sah gerade noch, wie sich Rudolfs schlaffe Finger von den Leitersprossen lösten. Wie eine Puppe fiel er in das Gras vor dem Zaun.

Von irgendwoher drang das gleißend weiße Licht eines Suchscheinwerfers, glitt aber Gott sei Dank über sie hinweg. Hunde kläfften aus voller Kehle, Männer riefen aufgeregt.

Gregor kroch auf ihn zu. Rudi hatte bereits das Bewusstsein verloren. Durch die schwarze Kleidung war kaum auszumachen, wie schwer er getroffen war.

Er streifte Rudolf sein Bündel ab und warf es sich selbst über die Schulter.

Als er schon die erste Sprosse umfasst hatte, drehte er sich noch einmal um, ging abermals vor seinem Freund in die Hocke, löste die Armbanduhr von seinem Handgelenk und zog sie selbst an.

Ein Riss zog sich quer über das Ziffernblatt. Die Uhr war stehen geblieben. Genau um 02:24.

»Es tut mir leid«, hauchte er und wusste nicht, ob er das auch wirklich so meinte.

NIE ERLOSCHEN

30. August 2022
07:00 Uhr

Noch im Morgengrauen brachen sie zu Julia Halls Ferienhaus auf. Eine dunkle Wolkendecke hing so tief über den Tälern, als würde sie gleich gänzlich vom Himmel niederstürzen und die Rhön unter sich erdrücken. Die Luft war statisch aufgeladen und erfüllt von panisch kreischenden Vogelrufen. Alles war Anspannung, Drohung – und eine ferne Verheißung kühlerer Tage. Nur noch Augenblicke, bis die Gewitterfront mit all ihrer Macht über sie hereinbrechen würde.

Janosch und Diana fuhren in ihrem Audi voraus, eine Streife folgte ihnen. Dunstverhangenes Grau begleitete sie auf ihrem Weg tiefer hinein ins Moor, so als wäre es an diesem Morgen noch zu früh für Farben.

»Ich kenne das Haus noch aus der Zeit, als es leer stand, lange bevor es renoviert worden ist«, sagte Janosch. Er verschränkte die Arme vor der Brust und drückte sich in den Beifahrersitz. Die Müdigkeit der schlaflosen Nacht war von einer Extraladung Adrenalin fortgeschwemmt worden. »Als Kinder haben wir eine Mutprobe daraus gemacht, wer sich hineintraut. Ich hatte immer zu viel Schiss und habe mich nur ein paar Meter hinter die Türschwelle getraut. Aber Ben ... Ben hat sich sogar mal in den ersten Stock gewagt.«

»Der hat ja auch ansonsten vor nicht viel zurückgeschreckt«, urteilte Diana über Janoschs einstigen Freund, der jetzt in der JVA Fulda einsaß. Dann brachte sie das Thema wieder auf den Fall: »Nehmen wir mal an, Julia Hall hat doch irgendwas mit der Sache zu tun. Wie soll sie erfahren haben, dass Sander ihren Vater bestohlen hat?«

»Vielleicht hat er seiner Tochter doch mehr erzählt als uns. Warum sollte er sich nicht doch an mehr Einzelheiten aus dieser Nacht erinnern?«

Diana beschleunigte auf nun hundertvierzig Stundenkilometer auf der Landstraße. Janosch spürte, wie sich sein leerer Magen umdrehte.

»Als wir mit ihm gesprochen haben, wirkte er nicht, als würde er lügen.« Auf Dianas Gesicht lag der höchst seltene Ausdruck, der sich zeigte, wenn sie einmal an sich selbst zweifelte.

Sie bogen von der Asphaltstraße ab und fuhren auf einer staubigen Schotterpiste weiter. Dichte schwarze Tannen säumten sie zu beiden Seiten, zu dieser frühen Stunde noch still und urtümlich.

»Schau!«, rief Janosch.

Am Ende des Waldwegs standen ein Notarztwagen und ein Rettungswagen mit offenen Hecktüren. Daneben außerdem noch ein Opel mit Fuldaer Kennzeichen (wahrscheinlich der Mietwagen von Julia Hall) und ein VW Bus mit schwedischem Kennzeichen.

»Oh Gott, was ist hier passiert?« Diana parkte gleich neben dem RTW. »Funk direkt mal die Zentrale an. Die sollen uns sofort sagen, was das hier für eine Art von Einsatz ist.«

Janosch tat wie geheißen und hatte nach wenigen Momenten die Leitstelle des Rettungsdiensts am Hörer.

»Die Kollegen wurden wegen jemandem mit Brustschmerzen gerufen«, wurde ihm gesagt. »Verdacht auf Herzinfarkt.«

»Wer war am Telefon?«

»Eine Frau, von der Stimme her mittleres Alter.«

»Vielen Dank!« Er legte auf und wandte sich an Diana. »Wir dürfen keine Zeit verlieren.«

Sie eilten an den leeren Fahrzeugen vorbei, dicht gefolgt von den beiden Streifenbeamten.

Die letzten Meter zum Ferienhaus konnte man nur zu Fuß zurücklegen. Sie führten über wacklige Bohlenwege, die in einem Zickzack-Muster das Schwingrasenmoor überspannten. Das Haus lag in einem der wenigen Bereiche des Schwarzen Moors, die von den Feuern verschont geblieben und weiter für Besucher zugänglich waren.

Bei den Renovierungsarbeiten war die Fassade des ehemaligen Torfgräberhauses weitestgehend in ihrem ursprünglichen Zustand erhalten worden. Die weiß getünchten Wände und das holzverkleidete Obergeschoss waren noch genauso wie in Janoschs Kindheitserinnerungen. Nur die Schornsteinverlängerung aus Edelstahl und die Plastikfenster mit Doppelverglasung machten den Eindruck eines Spukhauses zunichte.

Die frisch lasierte Holztür stand offen. Diana und Janosch stürzten hinein. Durch die winzigen Fenster, die Janosch beinahe wie Bullaugen vorkamen, drang die Sonne kaum hinein. Er brauchte einige Momente, um sich an die Lichtverhältnisse zu gewöhnen und die Situation zu überblicken.

Julia Hall saß an dem kleinen Esstisch, das Gesicht in den Händen vergraben. Ihr Körper bebte unter heftigen Schluchzern. Auf dem Tisch stand ein einfaches Frühstück für eine Person – eine Tasse Kaffee, ein Teller mit einer Bananenschale und einem halb aufgegessenen Croissant.

Der Notarzt und die beiden Sanitäter knieten um Rudolf Hall, der mit dem Oberkörper gegen die Seite des gemauerten Kaminsimses lehnte. Sein kariertes Hemd war aufgeknöpft und die Brust mit Elektroden versehen. Mehrere Narben an seiner Schulter traten knotig und weißlich auf seiner Haut hervor.

Ein EKG-Gerät, der Defibrillator, ein Notfallkoffer und massenhaft weitere Ausrüstung standen um sie herum.

Janosch erhaschte zwischen dem Rettungsteam hindurch nur wenige Blicke auf den Patienten, der zudem eine Nasensonde trug und dem seine schweißverklebten Haare ins Gesicht hingen.

»Rudolf Hall …«, sagte er.

Diana trat neben ihn. »Er muss gestern noch aus Schweden losgefahren sein.«

Der kahlköpfige Notarzt entdeckte sie beide.

»Weiter stabilisieren und dann sofort in die Klinik mit ihm«, sagte er zu den beiden Sanitätern, drückte sich ächzend hoch und kam auf sie zu. »Wer sind Sie denn? Was machen Sie hier?«

»Kripo Fulda«, erwiderte Diana.

Der Notarzt schaute verdutzt. »Hier … hier gibt es doch kein Verbrechen. Sie werden gar nicht gebraucht. Warum wurden Sie hergerufen?«

»Wir wurden nicht gerufen, aber wir werden definitiv gebraucht.«

Der Notarzt zog die Stirn in Falten. Seine Verwirrung schlug allmählich in Verärgerung um. »Also … was soll denn das Ganze dann?«

Unterdessen luden die zwei Sanitäter den weggetretenen Rudolf Hall auf eine Trage.

Jetzt war es an Janosch, wieder die Scherben aufzusammeln, die Diana hinterlassen hatte. Er sagte beschwichtigend: »Wir wollen Ihnen überhaupt nicht in die Quere kommen. Wir müssten nur einmal in Ruhe mit Frau Hall sprechen.«

»Klar. Machen Sie, was Sie wollen.« Der Arzt packte seinen Koffer zusammen.

Diana und Janosch setzten sich zu Julia Hall an den Esstisch. Sie hob etwas den Kopf an. Verknotete und wild abstehende Haarsträhnen umrahmten ihre dunkel unterlegten Augen. Sie wirkte apathisch, stand definitiv unter Schock.

»Sie …«, hauchte sie mit heiserer Stimme. »Sie kommen ja gerade richtig.«

»Den Eindruck habe ich allerdings auch«, erwiderte Diana. »Ich hoffe natürlich, Ihr Vater kommt wieder auf die Beine, und es tut mir leid, dass wir Sie in dieser schwierigen Situation antreffen, aber leider müssen wir Sie noch einmal dringend befragen.«

Überraschend feinfühlig für ihre Verhältnisse, dachte Janosch. Dennoch hatte er ein schlechtes Gewissen, sie ausgerechnet in diesem Zustand zu befragen. Er ergänzte: »Wenn Sie natürlich gleich mit ins Krankenhaus fahren wollen, haben wir dafür vollstes Verständnis.«

»Nein, schon gut. Der Notarzt meinte, gerade kann ich nicht helfen. Ich fahre hinterher, sobald wir hier fertig sind. Ich … ich geh nur noch eben schnell zu ihm.«

Sie stand auf, kniete sich an die Trage und drückte die Hände ihres Vaters. Janosch meinte zu erkennen, dass Rudolf Hall ihr etwas zuflüsterte. Dann beugte sie sich zu ihm herunter und drückte ihm einen Kuss auf die Schläfe.

Als sie sich wieder hochstützte, machte sie eine seltsame Handbewegung in Richtung des Kaminsimses. Ihre Finger schienen kurz in der Asche zu verschwinden.

Janosch legte den Kopf schief.

Die Sanitäter transportierten Hall ab. Sobald sie aus dem Haus waren, postierten sich die beiden Streifenbeamten in der Tür.

Julia Hall schaute voller Unbehagen zu ihnen herüber, dann kehrte sie an den Tisch zurück. »Machen Sie bitte schnell.«

»Natürlich.« Dianas Augen blitzten auf.

Direkt zum Punkt kommen, das gehörte zu ihren Spezialitäten.

»Ich habe eine starke Vermutung, warum Ihr Vater hergekommen ist. Weil er inzwischen weiß – genauso wie wir –, dass Sie die Familie Sander getötet haben.« Dianas Tonfall wurde noch schneidender. »Wie haben Sie Gregor Sanders Verrat herausgefunden? Haben Sie die Uhr Ihres Vaters an seinem Handgelenk entdeckt? Sind Sie auf andere Hinweise gestoßen?«

Dianas harter Konfrontationskurs zeigte sofort Wirkung: Erschüttert starrte Julia Hall sie beide an. Ihre Lippen bebten, als sie protestierte: »Wie kommen Sie darauf? Wie können Sie so etwas überhaupt von sich geben!? Ich habe Ihnen doch erzählt, dass ich zu der Zeit gar nicht im Land gewesen bin! Überprüfen Sie das, wenn Sie müssen. Ich war verreist. Ich habe nichts mit der Sache zu tun!«

Diana zog eine Augenbraue hoch. »Ach, ja? Und wenn wir diese Hütte hier auf den Kopf stellen, werden wir auch bestimmt nicht auf das Hab und Gut von Herrn Sander stoßen?«

Ein Anflug von Panik huschte über Julia Halls Gesicht. Abrupt stand sie auf und stieß dabei gegen die Tischplatte, sodass die Kaffeetasse umkippte und sich ihr tiefschwarzer Inhalt auf dem Naturholz ausbreitete.

»Wissen Sie was? Ich habe es mir anders überlegt! Ich glaube, ich fahre doch erst einmal zu meinem Vater ins Krankenhaus. Sie können mich hier nicht festhalten.«

Diana spielte ihr letztes Ass und nickte einem der Beamten zu, der daraufhin einen Durchsuchungsbeschluss unter seiner schusssicheren Weste hervorholte.

»Sie können gerne fahren. Wir schauen uns derweil ein wenig um.«

Janosch stand auf. »Ich glaube, ich weiß schon, wo wir suchen müssen.«

Als er in Richtung Kamin lief, weiteten sich Julia Halls Augen.

Er ging in die Hocke und vergrub seine Finger in der kalten Asche. Sie stießen an etwas, das sich metallisch anfühlte. Er zog es heraus.

Es war das Uhrengehäuse einer Vacheron Constantin. Das Gelbgold schimmerte leicht im sanften Morgenlicht. Über die vielen Jahrzehnte war das Lederarmband spröde und brüchig geworden. Janosch rieb vorsichtig die Asche ab und präsentierte seinen Fund.

»Das … ich …«, brachte Julia Hall hervor, ehe sie sich an einem Ohrensessel abstützte und schließlich zu Boden sackte. Sie kauerte gegen das Sitzmöbel gelehnt auf den Holzdielen und zerrte an ihrem Haar, als wolle sie es büschelweise herausreißen. Dabei hämmerte sie den Hinterkopf immer wieder gegen den aufgespannten Stoff hinter ihr.

»Ich wollte das nicht … geschieht mir recht, dass das jetzt passiert ist, dass Papa vielleicht stirbt«, rief sie manisch. »Das hätte alles nie so geschehen sollen.«

Ein Anfall oder eine Art von Panikreaktion, überlegte Janosch. Auf jeden Fall war Julia Hall kaum bei Sinnen. Von ihrem sonst so kontrollierten Auftreten war nichts mehr übrig geblieben.

Das ist nicht nur die Extremsituation, glaubte er. Die Jahre im Heim, die Trennung von ihren Eltern – all das hatte tiefe Wunden in die Seele von Julia Hall geschlagen.

»Eins ist jedenfalls sicher«, sagte Diana, weiterhin mit kühler und sachlicher Stimme. »Sie fahren so bald erst mal nirgendwohin.«

. . .

Irgendein Teil von Diana fühlte sich davon abgestoßen, wenn Menschen sich total in ihrer Gefühlswelt verloren und überhaupt nicht mehr im Griff hatten. Wenn sie zu einem bebenden, schluchzenden Häuflein Elend verkamen. Vor allem, wenn es sich dabei um potenzielle Mehrfachmörderinnen handelte.

Julia Hall leistete keinerlei Widerstand und ließ sich in den karierten Ohrensessel sinken. Diana setzte sich ihr gegenüber auf den dazugehörigen Hocker.

»Haben Sie Gregor Sander und seine Familie umgebracht?«, fragte sie unumwunden.

»Diana!«, protestierte Janosch. »Du siehst doch, in was für einem Zustand die Frau ist!«

Ja, das sehe ich, dachte sie. Deshalb stelle ich auch genau jetzt diese Frage. Wer Mitgefühl für die Täter entwickelte, so kurz vor einem möglichen Geständnis, vergab vielleicht eine einmalige Chance.

Julia Hall wischte sich mit dem Ärmel ihrer weißen Bluse über die Mundpartie. »Ich … ich war es nicht! Ich habe niemanden umgebracht.«

»Soso, wer war es denn dann?«

In ihrer Körpersprache fand ein Umschwung statt. Trotzig drückte sie den Rücken durch und verschränkte die Arme vor der Brust. »Ich sage Ihnen gar nichts mehr, ich weiß doch, wie das läuft! Ich will sofort meinen Anwalt anrufen. Das ist mein Recht!«

»Selbstverständlich«, entgegnete Diana, nahm Halls Handy vom Küchentisch und reichte es ihr. »Und wenn Sie nicht reden wollen, dann kann ich ja mal munter vor mich hin plappern: Die Vergangenheit hat Sie nie losgelassen, das ist klar. Ich kann noch nicht genau sagen, was der Auslöser war, aber irgendetwas hat in Ihnen den Verdacht geweckt, dass Gregor Sander eine Schuld am Schicksal Ihres Vaters trug.«

Während Diana sprach, wählte Julia Hall auf ihrem Handy eine Nummer, hielt es sich aber noch nicht ans Ohr. Etwas an Dianas Ausführungen schien sie in ihren Bann zu ziehen.

Sehr gut, dachte Diana und fuhr fort: »Sie müssen Nachforschungen angestellt haben, vielleicht auch im Rahmen Ihres Studiums und Ihrer Lehrtätigkeit mit Experten gesprochen und Archivmaterial begutachtet haben. Irgendwann sind Sie auf den entscheidenden Hinweis gestoßen …«

»Es waren die Grenzbeamten«, sagte Julia Hall und ließ das Handy sinken. »Ich habe diejenigen aufgespürt, die in der Fluchtnacht Dienst hatten, und habe mit ihnen gesprochen. Alle haben dasselbe gesagt: In dieser Nacht sind keine Wertsachen von meinem Vater konfisziert worden, das deckt sich auch mit allen anderen Protokollen und Berichten. Natürlich könnte es sein, dass die Wachhabenden die Habseligkeiten heimlich für sich selbst behalten haben, aber alle konnten das glaubhaft verneinen.«

Diana zog humorlos einen Mundwinkel hoch. »Schau einer an, auf einmal sind Sie doch ziemlich redselig!«

Julia Hall erwiderte nichts, sondern hielt sich das Handy ans Ohr. Sie informierte ihren Anwalt, der anscheinend in Erfurt saß, über ihre Lage und bat ihn, sich schleunigst auf den Weg nach Fulda zu machen.

»Wie Sie sich denken können, wurde mir geraten, keine weitere Aussagen zu machen«, sagte sie, als sie das Handy wegsteckte. Sie wischte sich über die geröteten, tränennassen Wangen. »Daran halte ich mich ab jetzt.«

»Gut.« Diana zuckte mit den Schultern. »Dann mache ich einfach weiter: Damals gingen Sie also davon aus, dass Gregor Sander Ihren Vater bestohlen hat – mehr noch, dass er ihn vielleicht betrogen hat, dass er ihn absichtlich in die Selbstschussanlage gestoßen hat, womöglich sogar Ihre Mutter als Mitwisserin an die Stasi verraten hat. Alles scheint möglich. Sie spüren Gregor Sander auf – schließlich sind Sie ja eine hervorragende Rechercheurin – und entdecken ihn hier in Grimmbach.«

Die Tatverdächtige schaute durch sie hindurch, machte aber auf Diana den Eindruck, als würde sie nur zu gerne etwas auf die Behauptungen erwidern. Da war ein Zucken in ihrem Augenlid, ein Biss auf die Unterlippe, eine Faust, die sich um den Stoff der Bluse ballte.

Sie würde sich nicht mehr lange zurückhalten können. Julia Hall war eine Wissenschaftlerin, eine Historikerin. Der Drang, Dinge richtigstellen zu wollen, geradezurücken – er stand im Zentrum dieses Falls. Und er würde sie auch jetzt überwältigen.

Also fuhr Diana fort: »Sie hatten Sanders Adresse. Wahrscheinlich haben Sie erst einmal gar nichts getan, abgewartet, gegrübelt. Aber irgendwann, da haben Sie es nicht mehr ausgehalten. Da hat Sie die Neugier, die Wut, vielleicht auch etwas anderes, richtiggehend zerrissen. Sie haben sich in den Zug nach Fulda gesetzt, so wie gestern. In der Nähe des

Bahnhofs haben Sie sich einen Mietwagen geholt und sind in die Rhön gefahren, nach Grimmbach. Hierher.« Diana legte eine Pause ein. »Dann haben Sie im Komponistenviertel gestanden, in dieser ruhigen Wohngegend. Genau gegenüber vom Haus der Sanders. Vielleicht haben Kinder auf der Straße Fußball gespielt. Jemand hat seinen Hund Gassi geführt. Die Rasensprenger sind gelaufen. Vielleicht haben Sie die Familie ausgespäht ... haben gesehen, wie sie abends gemeinsam gegessen haben, wie sie Brettspiele gespielt und ferngesehen haben. All das, was Ihnen mit Ihren eigenen Eltern so lange verwehrt blieb. Das muss der Moment gewesen sein, in dem der Gedanke immer mehr Gestalt angenommen hat: Gregor und seine Familie müssen sterben!«

»Das ist alles Quatsch!«, entfuhr es Julia Hall mit einem Mal. »So ist es nicht gewesen!«

»Wie denn dann, hm?« Diana reckte angriffslustig das Kinn vor.

Ihr Gegenüber sog scharf die Luft ein und verfiel wieder in Schweigen, so als hätte sie sich innerlich selbst dazu ermahnt, nichts mehr preiszugeben.

»Natürlich haben Sie die Sanders nicht selbst umgebracht. Nein, Sie haben ja Ihr Alibi, Ihre günstig gelegte Urlaubsreise. Außerdem schätze ich Sie nicht als Mörderin ein, nein. Die Drecksarbeit haben Sie jemand anderen machen lassen – und genau hier könnten Sie uns behilflich sein, denn an diesem Punkt bin ich noch etwas unentschlossen. Vielleicht haben Sie mit Daniel Iliescu gemeinsame Sache gemacht ... Sie beide hätten einen Grund dafür gehabt, Sander umzubringen. Wahrscheinlich sind Sie bei Ihren Nachforschungen auch auf ihn und den Werksunfall gestoßen.«

»Ili-wer? Ich weiß noch nicht einmal, wer das sein soll!«

»Ach, ja? Davon wollen Sie dann nichts mitbekommen haben? Iliescu ist …«

Lautes Brummen unterbrach sie.

Sie fuhr zu Janosch herum, der mit aschfahlem Gesicht ans Handy ging.

»Helen!«, hauchte er ihr nur zu und verschwand vor die Tür.

· · ·

»Die Wehen haben eingesetzt«, sagte Helen mit der ihr eigenen unfassbaren Sachlichkeit und Ruhe.

Janosch musste erst einmal in tiefen Zügen die aufgefrischte Luft inhalieren, um wenigstens halbwegs ruhig zu antworten. »Das … okay, bist du dir sicher?«

Er konnte förmlich vor sich sehen, wie sie jetzt die Augen verdrehte.

»So was spürt man, glaub mir.«

»Okay, sorry, alles klar, wo bist du gerade?«

»Bei den Kreys«, erwiderte sie. »Ich habe Carina besucht. Franziska ist gerade nicht da, aber ich habe Bruno auch schon Bescheid gesagt, dass du gerade wegen einer heißen Spur bei diesem Haus im Moor bist und wahrscheinlich schlecht wegkommst. Er kann mich auch zur Not ins Krankenhaus fahren … es geht noch, das sollte alles klappen.«

»Alles klar«, sagte er und gab sich weiter alle Mühe, seine Atmung unter Kontrolle zu halten.

Es passiert. Es passiert jetzt wirklich.

Wir bekommen ein Kind.

»Ich mache mich sofort auf den Weg!«

Der Fall rückte augenblicklich in den Hintergrund. Die Ermittlungen wirkten plötzlich so weit entfernt, so unwichtig. Alles, was zählte, waren jetzt Helen und ihr Kleiner.

Er wollte gerade auflegen, da kollidierten in seinem Kopf diese beiden Welten miteinander.

Helen war bei den Kreys, den Nachbarn der Sanders.

Etwas daran sorgte bei ihm für eine Irritation, die nahtlos in Erkenntnis überging.

Und schließlich in blanker Panik mündete.

Der Stofffetzen, den der Einbrecher bei den Gossens hinterlassen hatte – jetzt fiel ihm wieder ein, wo er das Muster schon einmal gesehen hatte: an dem zerrissenen alten Sweatshirt von Bruno, das die Kreys Carina geliehen hatten.

...

April 2022

Julia wischte zum wiederholten Male mit dem Mikrofasertuch über das Armaturenbrett, bis auch die letzten Staubpartikel verschwunden waren.

Sie wusste selbst, wie manisch dieser Drang für Außenstehende wirken musste – ständig alles putzen und abwischen zu müssen, Dut-

zende Male. Doch diesen Putzzwang würde man nie mehr aus ihr herausbekommen, dafür hatte Frau Zastrow im Heim gesorgt.

Gerade jetzt, wenn sie zusätzlich noch nervös und aufgeregt war, konnte sie ihn kaum unterdrücken.

Sie stand mit dem kleinen Seat, den sie in Fulda angemietet hatte, auf der Beethovenstraße in Grimmbach, schräg gegenüber vom Haus mit der Nummer 23.

Die Dämmerung hatte bereits eingesetzt, und warmes oranges Licht strahlte aus den Fenstern und zerfloss in der sich schnell verfinsternden Nacht dieses Samstags.

Ein großes Familienessen stand an.

Am Esstisch fanden sich die Tochter Carina Sander und ihr Mann Cedric ein, außerdem noch ihr Bruder Maximilian mit Frau und Sohn. Am Kopfende – natürlich – saß Gregor Sander. Er trug einen dunkelblauen Pullunder und darunter ein weißes Hemd. Als er kurz den linken Arm hob, um sich durch seinen Vollbart zu streichen, versuchte Julia, einen Blick auf seine Armbanduhr zu erhaschen.

Keine Chance. Aus dieser Entfernung war es unmöglich zu erkennen, ob er die Vacheron Constantin trug.

Aber tief in ihr drin wusste sie es ohnehin schon. Er musste sie haben. Er musste sie gestohlen haben. Eine andere Erklärung konnte es nicht geben. Er könnte sie verkauft haben, natürlich, doch daran glaubte sie nicht. Nein, die Uhr ihres Papas war dort. Dort im Haus.

Beate Sander kam in den Essbereich. Sie trug dicke Ofenhandschuhe und balancierte eine Auflaufform auf den Tisch.

Julia hatte genug gesehen. Allmählich wurde es Zeit, zurück ins Hotel zu fahren.

Ein Mann führte gerade seinen West Highland Terrier aus und kam ihrem Wagen auf dem Bürgersteig stetig näher. Unter seiner

Schirmmütze warf er immer wieder interessierte Blicke in ihre Richtung.

Schnell weg hier. Sie hatte wenig Lust darauf, noch die Neugier eines misstrauischen Nachbarn auf sich zu ziehen.

Sie verstaute ihr Notizbuch im Rucksack und startete die Zündung, da klopfte es schon an ihrer Scheibe.

Auf dem eingefallenen Gesicht des Mannes lag kein Argwohn, keinerlei Anflug von Feindseligkeit.

Wenn sie jetzt einfach die Flucht ergriff und wegfuhr, würde sie womöglich mehr ungewollte Aufmerksamkeit auf sich ziehen, als wenn sie sich auf ein kurzes Gespräch einließ.

Sie ließ per Knopfdruck die Scheibe heruntergleiten. Die Kühle des Frühlingsabends, gepaart mit dem Zigarettendunst des Mannes, schlug ihr entgegen.

»Was wollen Sie?«, fragte Julia.

Der Klang ihrer Stimme alarmierte den Terrier, der in einen hysterischen Kläffanfall verfiel. Besorgt warf sie einen Blick zu den Sanders herüber, die aber weiter ungestört ihr Abendessen verspeisten. Wahrscheinlich kannten sie das Gebell nur zu gut.

»Aus! Titus, still! Jetzt krieg dich mal ein!« Der Mann – Julia schätzte ihn auf Mitte fünfzig – stampfte auf den Boden.

Schließlich gab der Hund Ruhe. Der Mann stützte sich mit dem Unterarm am Autodach ab. »Ich sollte eher Sie fragen, was Sie wollen. Seit heute Mittag habe ich schon beobachtet, dass Sie hier im Viertel herumfahren.«

»Ich warte nur auf eine Freundin, die ich hier abholen wollte«, sagte sie. Die Ausrede, die sie sich schon im Voraus zurechtgelegt hatte.

»Ah ja, sicher. Die Freundin lässt sich aber ziemlich viel Zeit …«

»Wäre das alles?« Ihr Finger verharrte über dem Knopf für die Scheibe. »Ich würde jetzt gern weiter.«

»Ich hätte da eine Vermutung«, sagte der Hundebesitzer. Er zog seine Schirmmütze hoch, sodass sie das erste Mal wirklich seine Augen sehen konnte. Sie waren türkisgrün und voller Hass. »Sie sind Julia Hall, oder?«

Eine Schraubzwinge legte sich um ihr Herz. Ihr wurde speiübel. Wie konnte er das wissen? Was geschah hier?

Er nahm ihr Schweigen als Antwort. »Also habe ich recht.«

»Was … was wollen Sie? Woher wissen Sie das?«

»Oh, ich weiß noch so einiges mehr«, entgegnete der Mann. »Und ich denke, dass wir uns dringend mal ausführlicher unterhalten sollten. Ich will Ihnen nichts Böses, ganz im Gegenteil.« Er schaute rüber zu den Sanders, wieder mit diesem hasserfüllten Funkeln in den Augen. »Ich kann mir denken, was Sie wollen. Und ich kann Ihnen dabei helfen.«

Er streckte ihr seine Hand entgegen.

»Wenn ich mich vorstellen darf: Bruno Krey.«

...

Janosch fasste sich mit der freien Hand an die Stirn, mit der anderen drückte er das Handy noch fester an sein Ohr.

Es ergab alles einen Sinn.

Bruno Krey, der gescheiterte IT-Unternehmer. Er hatte ihnen sogar selbst erzählt, dass er Gregor Sander ab und an bei Computerproblemen geholfen hatte. Er hatte Zugang zu dem Rechner gehabt, konnte sich mithilfe seiner Kenntnisse bestimmt heimlich einen eigenen Log-in einrichten. Es wäre für ihn ein Leichtes gewesen, von dort aus die Mail an Iliescu zu schicken.

Als Nachbar hatte er die Tagesabläufe der Sanders gekannt, außerdem war er auch im Schützenverein und im Umgang mit Schusswaffen vertraut. Alles fügte sich zusammen.

Janosch hatte zwar noch keinen blassen Schimmer, wie die beiden aufeinandergetroffen waren, aber Julia Hall und Bruno Krey mussten gemeinsame Sache gemacht haben.

Der Nachbar, natürlich der Nachbar! Wieso waren sie da nicht schon früher draufgekommen? Sie hatten sich zu sehr von den anderen, teils noch offensichtlicheren Spuren wegtreiben lassen.

Nur eins war noch überhaupt nicht klar: das Motiv. Warum hatte Bruno Krey seine Nachbarn umbringen wollen, zu denen er doch oberflächlich so ein gutes Verhältnis gehabt hatte?

Aber diese Frage mussten sie später klären.

Jetzt zählte etwas ganz anderes.

»Helen, hör mir jetzt ganz genau zu«, sagte er heiser. »Du musst sofort aus diesem Haus raus!«

»Was denkst du denn, was ich vorhabe?«, erwiderte sie. »Bei den Kreys wollte ich unser Kind jetzt nicht auf die Welt bringen.«

»Nein, du verstehst nicht!«, rief er verzweifelt. Das Handydisplay klebte schon schweißnass an seiner Wange. »Du musst verstehen, was ich dir hier sage. Und lass dir nichts anmerken! Du schwebst in Gefahr, du …«

Auf einmal spitze Schreie und Tumult am anderen Ende der Leitung.

»JANOSCH, OH GOTT!«

»Helen!?«, brüllte er. »Helen!«

Doch die Verbindung war längst tot.

. . .

Bruno Krey packte Carina am Ellenbogen und schleuderte sie auf den Laminatboden. Sie prallte gegen den Couchtisch und stieß die Gläser mit selbst gemachter Orangenlimonade um, die er ihnen noch vor wenigen Minuten serviert hatte.

Krey richtete den Lauf seiner Pistole abwechselnd auf Carina und Helen.

Der West Highland Terrier Titus sprang aufgeregt bellend zwischen ihnen umher, ein bizarres Detail dieses Schauspiels.

»Bruno! Was tust du da?« Helen versuchte durch die wellenartigen Schmerzen der Geburtswehen hindurch zu atmen. Sie überlagerten ihr Denken und ließen sie kaum einen klaren Gedanken fassen.

Mit Bruno, den sie sonst nur als zurückhaltenden und freundlichen Herrn kannte, war ein schrecklicher Wandel vorgegangen. Das Funkeln in seinen Augen war nicht mehr spitzbübisch und gut gelaunt, sondern boshaft.

»Hätte ich dich doch nur mit dem Rest deiner Familie töten können!«, keifte er Carina an.

Jetzt verstand Helen, wovor Janosch sie hatte warnen wollen.

Das Haus im Moor, ging es ihr durch den Kopf. Als sie erzählt hatte, dass Janosch und ihre Mutter dort eine Verdächtige vernehmen wollten, war Bruno einen Moment lang seine Miene entglitten. Da hatte sie sich schon gewundert, aber seiner Reaktion keine größere Bedeutung beigemessen. Kurz darauf hatte er sich entschuldigt und war ins Obergeschoss verschwunden – und mit der gezückten Waffe zurückgekehrt.

Blut strömte aus einer Platzwunde an Carinas Hinterkopf. Sie wimmerte leise und hielt sich die Stelle. »Du warst es!«, rief sie und rappelte sich ein wenig auf. »Warum? Warum musstest du sie umbringen?«

Allmählich wurde Helen das Ausmaß dieser Erkenntnis immer klarer. Tagelang hatte Carina im Haus des Mannes gelebt, der ihre gesamte Familie ausgelöscht hatte. Wie kaltblütig musste Bruno Krey sein, dass er diese Fassade so lange aufrechterhalten konnte? Dass er Carina sogar bewusst zu ihnen eingeladen hatte?

Doch über all das konnte sie sich später den Kopf zerbrechen. Jetzt zählte nur, dass sie sich aus seiner Gewalt befreite. Janosch und Mama wussten Bescheid. Sie würden Himmel und Hölle in Bewegung setzen, würden wahrscheinlich mit dem halben Polizeipräsidium Fulda hier auflaufen.

Sie musste ihnen irgendwie Zeit erkaufen.

»Sie ist schwanger, verdammt!«, schrie Carina, deren Angst schnell in Wut umgeschlagen war. »Lass zumindest sie gehen! Was bist du denn für ein Mensch!?«

»Nein! NEIN! Auf gar keinen Fall! Ihr bleibt beide, wo ihr seid!«, brüllte Krey, doch ein leichtes Zittern lag in seiner

Stimme. »Wenn ich irgendwie aus der Sache rauskommen will, dann seid ihr meine einzige Chance.«

Er will uns als Geiseln nehmen und verhandeln, dachte Helen. Freies Geleit ins Ausland. War es das, was er wollte?

»Weiß Franziska davon?«, brachte sie das Thema auf seine Frau. »Was soll sie denn von dir denken?«

Kurz darauf übermannte sie die nächste Wehe, und sie musste den Schmerz herausschreien. Das sorgte dafür, dass Titus sich weiter aufregte und in erneutes Bellen verfiel.

Krey biss sich auf die Unterlippe und hieb sich mit der freien Hand gegen die Stirn.

»Argh, ich kann so nicht nachdenken!«, brachte er zwischen gefletschten Zähnen hervor.

Helen rückte auf dem Sofa weiter vor ihm zurück. Sie mussten verdammt aufpassen. Er wurde immer nervöser, immer unberechenbarer.

Schließlich packte er den lärmenden Titus am Nacken, setzte ihn vor die Tür und schlug sie zu. Sogleich kratzte der Hund an ihr und kläffte im Flur weiter.

»So.« Krey kam aufs Sofa zu und drückte Helen den Pistolenlauf auf die Stirn. Nur zu gut spürte sie das kalte Eisen auf ihrer schweißnassen Haut. Todesangst und Schmerzen überwältigten sie. Sie hatte das Gefühl, die Situation gar nicht mehr selbst wahrzunehmen, sondern als Außenstehende auf ihren eigenen Körper zu blicken.

»Halt meine Frau hier raus!«, zischte Krey, und sie spürte seinen Zigarettenatem auf dem Gesicht. »Natürlich weiß sie nichts. Denn sie ist eine von euch! Sie hat mich auch immer nur verachtet, genau wie die Sanders. Ich habe ihre Blicke gesehen, hab's in ihrer Stimme gehört. ›Versager‹, habe ich nur aus ihr herausgehört, ›Versager, Versager, Versager!‹ – ›Schau mal, der Gregor hat sich ein zweites Auto gegönnt‹ – ›Die Sanders fliegen über Ostern in die DomRep, wollen wir nicht auch mal wieder verreisen?‹ Deshalb hat sie ihn auch gefickt! Hat geglaubt, ich hätte nichts davon mitbekommen, wenn sie ständig mal verreist ist. Für dumm hat er mich auch noch gehalten, der Sander. Und hat mir weiter dreist ins Gesicht gelogen, so getan, als wäre er mein Freund.«

Er trat von ihr weg, richtete die Waffe jetzt wieder auf Carina. »Und was habe ich?«, rief er, und sein Gesicht verzog sich zu einer Grimasse. »Schulden habe ich! Eine gescheiterte Firma! Eine kaputte Ehe! Ein Haus, das ich nicht mehr abbezahlen kann.«

»Mein Vater hat dich immer wie einen Freund behandelt!« Carina warf Helen einen Seitenblick zu. Beinahe unmerklich nickte sie ihr zu. Sie hatte verstanden. Zusammen mussten sie ihn beschäftigt halten und ablenken, ohne ihn zu sehr zu provozieren. Tränenerstickt fuhr Carina fort: »Er hat dir Geld geliehen, hat dich in die Alte Post eingeladen. Wie konntest du nur?«

»Er hat es doch genossen! Ihm hat es doch Freude bereitet, sich als großer Gönner aufzuspielen. Und er hat es geliebt, sich meine Storys anzuhören und sich als was Besseres zu fühlen!«

»Ist es das, worum's hier geht? Neid!? Darum musste meine Familie sterben?«

»Nein, nein, nein!« Bruno warf den Kopf hin und her. Jetzt biss er sich so fest auf die Unterlippe, dass ihm Blut übers

Kinn lief. »Niemand sollte sterben! Es sollte ein Diebstahl sein, kein Mord! Aber dann … dann ist alles aus dem Ruder gelaufen.«

In seinem Zusammenbruch ließ er für einen Augenblick die Waffe sinken.

Carina nutzte diese Chance, in der Bruno so mit sich selbst beschäftigt war, hob eine große Scherbe der Limonadengläser auf und schlich sich von hinten an ihn heran.

Auf nackten Füßen balancierte sie über die Glassplitter. Sie bohrten sich in ihre Sohlen, und sie hinterließ blutige Fußabdrücke. Vor Schmerz verzog Carina das Gesicht, blieb aber still.

Irgendetwas anderes riss Bruno wieder aus seiner Manie. Als würde sie ihm plötzlich wieder in Erinnerung kommen, fuhr er zu ihr herum.

Helen unterdrückte einen Schrei.

Carina war nur noch eine Armlänge von ihm entfernt.

Sie musste es probieren. Sie holte mit der Scherbe aus. Doch Bruno riss blitzschnell die Arme hoch und drückte ab.

· · ·

Janosch stürmte zurück in die Hütte und stürzte auf Julia Hall zu. »Bruno Krey! Er ist es, nicht wahr? Er ist Ihr Komplize!«

Diana sprang auf und schirmte die völlig schockierte Verdächtige von ihm ab. Noch nie zuvor hatte sie ihn dermaßen aufgebracht erlebt, das Gesicht knallrot und die Augen lodernd. Herrgott, was war denn auf einmal in ihn gefahren?

»Was ist denn passiert?«, fragte sie ihn verwirrt. »Ich dachte, da war Helen am Apparat. Wo kommt jetzt diese Eingebung her?«

Der Nachbar der Sanders? Konnte er wirklich der Täter sein? Aber was verband ihn mit Julia Hall?

»Helen … Helen liegt in den Wehen und ist mit Carina Sander bei ihm«, sagte er, die Stimme kaum unter Kontrolle. »Er weiß, dass wir mit Hall sprechen. Dass wir kurz davor waren, ihm auf die Schliche zu kommen. Da waren Schreie am Telefon zu hören. Ich … ich befürchte, dass er den beiden etwas antun will.«

Einen furchtbaren Moment lang glaubte Diana, wieder einen Herzinfarkt zu erleiden. Ihr Brustkorb wurde von innen zerrissen. Die Luft blieb ihr weg. Es fühlte sich genauso an. Nur letztes Mal war der Schmerz noch vernichtender gewesen, auf gewisse Weise noch existenzieller.

Nein, es war nur *good old panic*.

Helen. Ein wilder Sturm an Erinnerungen brach über sie herein. Helen, die als kleines Mädchen mit langen blonden Zöpfen Geburtstagskerzen ausblies. Ihr lückenhaftes Milchzahnlächeln. In ihrem grünen Kleid auf der Abifeier. Über beide Ohren strahlend auf ihrer Hochzeit. Und jetzt, den prallen Schwangerschaftsbauch vor sich hertragend.

Nein.

Nein, dieser Bastard würde sie nicht kriegen.

Sie handelte wie ferngesteuert. Jetzt griffen wieder Routinen und ihre Erfahrung. Sie wusste ganz genau, was zu tun war.

Die besorgte Mutter wurde von der Kriminaldirektorin abgelöst.

Sie trat zur Seite und bedeutete Janosch, dass Julia Hall ihm gehörte. »Hol aus ihr so viel raus, wie du kannst«, sagte sie knapp.

»Aber was ist mit Helen?«

»Lass das meine Sorge sein!«

Forschend schaute er sie an, richtete seine Aufmerksamkeit aber schließlich auf die Verdächtige. Er vertraute Diana, das wusste sie. Auch jetzt.

Mit einer klaren Geste holte sie den Streifenleiter zu sich. »Wir haben es mit einer Geiselnahme auf der Beethovenstraße in Grimmbach zu tun. Ein bewaffneter Täter, mutmaßlich hat er zwei Geiseln bei sich. Geben Sie das ans Präsidium weiter. Dort soll man umgehend alle verfügbaren Beamten dorthin beordern und prüfen, wie schnell ein SEK vor Ort sein kann.«

Der Beamte – ein gemütlicher, aber erfahrener Kerl, den sie noch aus ihrer Anfangszeit kannte – nickte ernst.

»Brauchen Sie auch einen Unterhändler?«

»Erst mal nicht«, erwiderte sie.

Die Verhandlungen würde sie selbst übernehmen. Und wenn es nach ihr ginge, würden sie verdammt kurz ausfallen.

Dann schritt sie nach draußen, um zu telefonieren.

Nehring nahm schon nach dem ersten Klingeln ab.

Sie räusperte sich. »Frank, ich brauche dich …«

. . .

»Es ist Bruno Krey, oder? Ist er Ihr Komplize?«

Janosch musste sich alle Mühe geben, seine Stimme unter Kontrolle zu halten und nicht einfach loszubrüllen.

Wut konnte ein nützliches Werkzeug sein, wenn man sie in die richtigen Bahnen lenkte, das hatte Diana ihm einmal versucht zu erklären. Damals hatte er es nicht nachvollziehen können, aber jetzt – wo die Wut wild in ihm loderte – verstand er.

»Kein Komplize, nein!«, erwiderte Julia Hall mit flachem Atem. »Ich habe nichts mit ihm geplant!«

»Dieser Typ hat gerade meine schwangere Frau in seiner Gewalt! Also, was wissen Sie? Was hat er mit alldem zu tun?«

»Ich habe ihn durch Zufall getroffen, als ich vor dem Haus der Sanders stand. Er wusste, wer ich bin. Gregor Sander und Krey haben wohl öfter mal einen über den Durst getrunken, und da hat Sander von der Flucht erzählt. Von meinem Vater. Meiner Mutter. Mir …« Jetzt rötete sich ihr Gesicht wieder, sodass die Äderchen auf ihren Wangen hervortraten. »Er hatte Krey sogar im tiefsten Suff gebeichtet, dass er meinen Papa umbringen wollte. Dass er ihn absichtlich in die Selbstschussanlage gestoßen hat.«

»Und da wollten Sie ihn nicht tot sehen?«

»Ich … nun, ich wollte vor allem wiederhaben, was er uns damals gestohlen hat, all die Andenken und Wertsachen meines Vaters. Mir lag nichts daran, Gleiches mit Gleichem zu vergelten, noch mehr Blut zu vergießen.«

Janosch las Halls Mimik. Unmöglich zu sagen, ob sie dies wirklich so meinte.

»Aber wie passt Krey in das ganze Bild? Was hat er gegen die Sanders?«

»Ich weiß nicht, wie ich's beschreiben soll, wahrscheinlich ist das auch so ein Männerding.« Julia Hall rang nach Worten. »Es war Neid, Eifersucht … während Sander alles zu gelingen schien, ging es bei Krey immer nur abwärts. Pech mit seiner IT-Firma, Probleme in seiner Ehe und mit dem Haus. Irgendwann ist all das in Bosheit umgeschlagen, in Hass. Ironisch, oder? Dieselbe Missgunst, die er damals gegenüber meinem Papa hatte, ist Gregor Sander am Ende selbst zum Verhängnis geworden.«

»Also ist Krey von Anfang an mit dem Vorsatz ins Haus der Kreys eingedrungen, sie zu töten?«, fragte Janosch.

»Nein, zumindest mir gegenüber hat er das klar verneint«, sagte sie. »Als ich ihm von den Besitztümern meiner Familie erzählte, versprach er mir, sie für mich zurückzuholen. ›Ich wollt's dem Sander immer mal zeigen, ihm mal eine Art Denkzettel verpassen – und jetzt habe ich durch dich einen ehrenvollen Grund dafür‹, so ungefähr hat er's ausgedrückt. ›Ich hole dir zurück, was rechtmäßig dir und deinem Vater gehört hat. Ich habe einen Schlüssel fürs Haus der Sanders, wir haben ja immer darauf aufgepasst, wenn sie mal wieder in der Karibik waren. Außerdem kenne ich den Code für seinen Tresor, ich war dabei, als er ihn eingerichtet hat. Mit technischen Dingen kennt er sich ja nicht so gut aus.‹«

»Wie konnte es dann passieren, dass am Ende vier Menschen tot waren? Wie konnte die Situation dermaßen eskalieren?«

»Er hatte eine Waffe dabei. Für alle Fälle, so sagte er.« Fahrig glitt sich Julia Hall durchs Haar. »Hinterher meinte er, er hätte nicht gewusst, dass Maximilian Sander und sein Sohn dort übernachten würden. Als er in das Arbeitszimmer mit dem Tresor eindrang, wurde er von den beiden überrascht und hatte keine andere Wahl, als zu schießen …«

Janosch glaubte keine Silbe davon. Die Anwesenheit von Maximilian Sander sollte ihn überrascht haben? Der Wagen von Gregor Sanders Sohn hatte direkt vor der Tür gestanden, als Nachbar hatte Krey ihn sicherlich gekannt. Außerdem hätte ein Blick auf das Monopoly-Spiel im Wohnzimmer genügt, um zu wissen, dass die Sanders nicht allein gewesen waren.

Nein, er war der festen Überzeugung, dass Bruno Krey von Anfang an keinen Raub, sondern einen Mord geplant hatte.

Er war ein kaltblütiger Killer, der Julia Halls Story wahrscheinlich nur als allerletzten Auslöser gebraucht hatte, als letzte Rechtfertigung für sich selbst, um diese Bluttat zu begehen.

Und jetzt hielt er Helen in seiner Gewalt. Oh Gott.

»Krey … er hat mir auch einen neuen Testamentsentwurf gezeigt, den Gregor Sander in seinem Tresor hatte«, sagte Julia Hall, den Blick starr auf ihre ineinander gefalteten Hände gerichtet. »Darin hatte er auch Papa und mich großzügig bedacht. Er … er hat also doch noch einmal Reue gezeigt. Das macht alles noch so viel schlimmer.«

»Vielleicht hätten Sie einfach mal mit dem Menschen sprechen sollen, statt sich mit seinem irren Nachbarn zu verschwören«, gab er hart zurück. Er wurde ungeduldig. Wo blieb Diana?

»Das wusste ich doch alles gar nicht«, erwiderte Julia Hall, und Janosch wusste nicht, ob sie sich ihm oder sich selbst gegenüber rechtfertigen wollte. »Krey hat das Testament einbehalten und meinte, er würde mich mit sich reißen, wenn ich ihn verraten würde.«

Janosch hörte ihr nur mit halbem Ohr zu, mit den Gedanken war er bei Helen.

Diana kehrte endlich zurück in die Hütte. »Bist du bereit?«

Er nickte entschlossen.

»Holen wir uns das Schwein!«

NICHTS ALS ASCHE

Qualm stieg kräuselnd aus der Mündung auf.

Weiße Federn trudelten überall um sie herum.

Der Schuss war so laut gewesen, Helen hatte erst geglaubt, ihr Trommelfell wäre geplatzt. Doch jetzt konnte sie das leise Wimmern von Carina hören, die zusammengesunken auf dem Boden kauerte. Die große Scherbe, mit der sie Krey hatte angreifen wollen, lag neben ihr – beschmiert mit ihrem eigenen Blut.

Krey hatte, bewusst oder nicht, an Carina vorbeigeschossen und eines der Kissen gleich auf dem Sofa neben Helen erwischt.

»Zwingt mich nicht dazu!«, keuchte Krey und fuchtelte mit der Waffe herum. »Bringt mich nicht dazu, das Äußerste zu tun!«

Erneut wurde Helen von einem Urschmerz überwältigt, der sich von ihrem Unterleib in alle Richtungen ausbreitete. Erst versuchte sie noch, ihren Schrei zurückzuhalten, um Krey nicht nervöser zu machen. Aber sie hielt es nicht aus. Sie warf den Kopf zurück und schrie aus vollem Halse.

»Sei still! Sei still!« Unruhig lief Krey auf und ab. Wieder hämmerte er sich mit dem Pistolengriff gegen die Schläfe. »Ich kann keinen einzigen klaren Gedanken fassen.«

Carina, die sich allmählich wieder von dem Schreck des Schusses erholte, funkelte ihn an. »Dann lass sie gehen, verdammt! Sie kriegt ein Kind! Du willst doch nicht auch noch eine werdende Mutter auf dem Gewissen haben, du Arsch, oder!?«

»Nein! NEIN! Auf gar keinen Fall lasse ich sie gehen«, erwiderte er, trat vor und presste den Pistolenlauf so fest an Carinas Stirn, dass ihr Kopf zwischen die Schultern gedrückt wurde. »Und jetzt halt die Schnauze, verdammt! Sonst knall ich dich ab wie deinen verfluchten Vater!«

»Er hat dir nichts getan«, brachte Carina hervor. Tränen füllten ihre Augen. »Er hat dir nie was getan. Sie haben dir alle nie was getan.«

»Oh doch! Doch, das haben sie. Dein lieber Papa hat ganz schön viel krummen Scheiß gedreht. Die Sache mit dem Werksunfall in Rumänien, der Mordversuch an der Grenze … das war alles nur die Spitze des Eisbergs. Ich bin der Einzige, der gesehen hat, wer er wirklich ist. Und das hat sich alles bestätigt, als ich seine Nachrichten an Franziska gesehen habe. Er hat mich für Dreck gehalten! Hat geglaubt, er könnte sich alles einfach so von mir nehmen!«

Helen meinte, ganz leise in der Ferne Polizeisirenen wahrzunehmen. Wunschdenken? Nein, es stimmte. Sie kamen! Mama und Janosch waren auf dem Weg zu ihnen.

Bitte beeilt euch!, dachte sie. Sie konnte nicht sagen, ob die Geburt schon kurz bevorstand. Eins war sicher: Sie wollte ihr Kind nicht in Gegenwart dieses Mörders auf die Welt bringen. Es musste ein Ende haben. Schnell.

Nun vernahmen auch Carina und Bruno Krey das Heulen der Sirenen. Auf ihrem Gesicht leuchtete Hoffnung auf, während sich seines zu einer Fratze der Wut verformte.

Kurz darauf flackerte Blaulicht durch die verhangenen Fenster in das dämmrige Wohnzimmer. Krey zog eines von ihnen einen Spaltbreit auf und hielt die Waffe heraus.

. . .

Es war wie ein Déjà-vu, als sie das Grimmbacher Komponistenviertel erreichten. Alles glich wie eine Eins-zu-eins-Kopie der Situation vor fünf Tagen. Wieder waren die Zufahrtsstraßen des Neubaugebiets mit Einsatzfahrzeugen verstopft, wieder steckten neugierige Anwohner die Köpfe aus den Fenstern heraus oder versammelten sich in ihren Vorgärten.

Nur die Wetterlage bildete den einzigen, aber sehr deutlichen Kontrast. Statt eines strahlend blauen Himmels und drückender Hitze empfing sie eine schiefergraue Wolkendecke und Platzregen.

Diana stellte den Audi hinter zwei quer auf der Straße geparkten Streifenwagen ab. Die schusssicheren Westen hatten sie sich bereits auf der Fahrt übergezogen, außerdem noch einmal ihre Waffen überprüft. Zu Fuß setzten sie und Janosch ihren Weg fort. Den immer intensiveren Regenschauer nahm sie kaum wahr, sosehr konzentrierte sich Diana auf den Einsatz. Das fest gespannte Kevlar drückte gegen ihren Brustkorb, die Schwere des Pistolenholsters war nur zu gut spürbar.

Ihre Kollegen hatten den Bereich um das Haus der Kreys bereits weitläufig abgesperrt. Mehrere Beamte knieten hinter ihren geöffneten Wagentüren und zielten auf die verhangenen Fenster.

Das Unheil ist nur ein Haus weitergezogen, dachte Diana kurz mit Blick auf das verlassene Grundstück der Sanders.

Sie machte Nehring aus. Er lehnte hinter einem Mannschaftswagen und war am Funkgerät. Selbst die größte Ausgabe der schusssicheren Westen wirkte für ihn noch eine Nummer zu klein. Dicke Tropfen – sie konnten genauso gut Regen oder Schweiß sein – schlängelten sich über seine Glatze.

»Wie kommt es, dass du jetzt doch ausgerechnet Frank angerufen hast?«, hatte Janosch im Auto gefragt.

Sie hatte in dem Moment länger nachdenken müssen, als sie angenommen hätte. Hatte ihre Intuition in Worte kleiden müssen. »Ich traue ihm weiter nicht über den Weg. Aber es gibt nun einmal manche Situationen, in denen es um eine andere Art von Vertrauen geht. In denen man genau wissen muss, wie jemand handelt und reagiert. Deshalb brauche ich ihn jetzt. Kannst du das verstehen?«

»Ja«, hatte ihr Schwiegersohn unumwunden entgegnet. »Ich bin froh, ihn jetzt an unserer Seite zu haben. Alles für Helen und das Kind.«

»Alles für Helen und das Kind. Und vergessen wir Carina nicht.«

Alles für Helen. Es war für sie beide wie ein Kampfspruch

geworden. Über den Lauf der Ermittlungen hinweg hatte sie noch einmal mehr Respekt für Janosch entwickelt. Aber noch nie – selbst bei der Hochzeit und bei der Verkündung, dass sie Großmutter werden würde – hatte sie sich ihm so verbunden gefühlt wie jetzt. Sie lebte in Extremen. Vielleicht brauchte es eine Extremsituation, um sie endgültig zu einer Familie zu machen.

Lass es gut ausgehen, flehte sie ins Nichts. Lass es bitte gut ausgehen!

Dann ermahnte sie sich gleich eines Besseren:

Ich habe es in der Hand, ob das hier gut ausgeht oder nicht. Niemand sonst. Kein Gott, kein höherer Wille, kein Schicksal.

Also zählte jede Handlung, jedes Wort, jede einzelne Entscheidung. Sie würde nichts dem Zufall überlassen.

Als Nehring sie näher kommen sah, steckte er sogleich das Funkgerät weg. Er wirkte übernächtigt, hatte wahrscheinlich noch lange über ihre Gespräche nachgedacht. Aber sie konnte sich sicher sein, dass er in den entscheidenden Augenblicken hellwach sein würde.

»Lagebericht!«

Mehr Worte hatte sie zur Begrüßung nicht übrig.

»Diana. Janosch.« Er nickte ihnen jeweils kurz zu. »Wir haben das Haus umstellt, alle Eingänge sind im Blick. Das SEK wird in fünfzehn Minuten hier eintreffen. Bislang kein Sichtkontakt mit dem Geiselnehmer oder den Geiseln. Wir konnten lediglich Schreie vernehmen … wahrscheinlich von deiner Frau, Janosch …«

Er schaute ihn betreten an.

Janosch atmete tief durch und wischte sich durch die längst durchnässten Locken. Er schien dasselbe zu denken wie Diana: Immerhin war sie noch am Leben.

»Haben Sie schon Kontaktversuche unternommen?«

Nehring zeigte auf ein Megafon, das auf einem der Sitze im Mannschaftswagen lag. »Ich habe ihn dreimal aufgefordert, sich zu ergeben. Keine Reaktion.«

Diana packte das Megafon. »Dann will ich mal mein Glück versuchen.«

Er hielt sie am Oberarm zurück. Er wusste, dass sie es hasste, berührt zu werden. Also musste es ihm wirklich ernst sein. »Hältst du das wirklich für eine gute Idee?«, meinte er. »Du und Janosch, ihr seid persönlich zu involviert. Das könnte sehr schnell außer Kontrolle geraten. Glaubst du nicht, wir sollten lieber einen erfahrenen Unterhändler hinzuziehen?«

Sie riss sich von ihm los.

»Ich verstehe dich, aber es ist mir scheißegal.«

Er nickte und machte keine weiteren Anstalten, sie zurückzuhalten.

Sie marschierte mit dem Megafon auf das Haus zu und betrat den abgesperrten Bereich.

Zwei Beamte wollten sie stoppen, doch Nehring hielt sie mit einer gebieterischen Geste zurück.

Sie schaltete das Megafon ein und hielt es sich an den Mund. Es gab eine schrille Rückkopplung, und sie wartete ab, bis sie verklungen war.

»Bruno Krey!«, sprach sie und hörte ihre eigene Stimme

von den Hauswänden widerhallen. »Hier ist Diana Quester. Sie wissen ganz genau, wer ich bin!«

Sie senkte das Megafon und lauschte. Im Haus der Kreys tat sich nichts. Abgesehen vom monotonen Stakkato des Regens war alles still.

Sie fuhr fort: »Herr Krey, alles, was ich will, ist, dass meine Tochter und Frau Sander in Sicherheit sind. Nennen Sie uns Ihre Bedingungen, dann können wir schauen, wie wir eine Lösung finden.«

Plötzlich eine Bewegung an einem der Vorhänge.

Das Aufleuchten eines Mündungsfeuers, ein Knall.

Ein Schuss peitschte funkensprühend über den Asphalt gleich neben ihren Stiefeln.

Die natürliche Reaktion ihres Körpers war es, wegzuspringen, doch sie zwang sich mit aller Willenskraft dazu, an Ort und Stelle zu verharren.

Von so einem Warnschuss ließ sie sich nicht irritieren.

»Die sollen verschwinden!«, brüllte Krey aus dem Fenster. »Die sollen alle mit ihren Waffen verschwinden!«

Panik lag in seiner rauen Stimme.

Er ist beileibe kein hartgesottener Krimineller, dachte Diana. Und das machte ihn nur umso gefährlicher. Das hier war eine Nummer zu groß für ihn. Es brauchte nicht viel, damit er die Fassung verlor und eine unbedachte Entscheidung traf.

Diana bedeutete den Beamten um sie herum, ihre Waffen zu senken und etwas weiter zurückzufallen. Fürs Erste wollte sie ihm entgegenkommen. Hoffentlich würde er es im Gegenzug auch tun.

»Herr Krey, wir kommen Ihrer Forderung nach. Keine Waffe ist mehr auf Sie gerichtet. Bitte stellen Sie das Feuer ein!«, sagte sie mit der festesten Stimme, die ihr möglich war. »Nennen Sie uns Ihre Bedingungen!«

»Ich … ich will freies Geleit zum Frankfurter Flughafen. Und von dort aus in ein Land ausfliegen, das nicht ausliefert.«

»Damit wir verhandeln können, müssen wir sicherstellen, dass die Geiseln unversehrt sind. Bitte lassen Sie mich ins Haus kommen und nach ihnen sehen.«

Wieder eine schier unendliche Pause.

Diana schluckte trocken. Würde er sich darauf einlassen?

Schließlich rief er: »Okay … Sie können an die Haustür kommen. Aber keinen einzigen Schritt weiter! Allein und unbewaffnet!«

»Verstanden«, erwiderte sie erleichtert. »Einen Augenblick.«

Sie hatte von Anfang an nicht damit gerechnet, dass er sie ins Haus lassen würde. Es war ihre Verhandlungstaktik gewesen, erst einmal damit einzusteigen und ihm dann das Gefühl zu geben, er hätte sie auf die Türschwelle runtergehandelt.

Sie lief zurück hinter die Einsatzwagen, legte das Megafon beiseite und wandte sich an Nehring und Janosch.

»Ziemlich riskantes Spiel, was du da treibst«, meinte Nehring. »Der Typ ist verdammt schießwütig. Die Anwohner haben berichtet, dass sie vorher schon einen Schuss gehört hatten.«

»Es wird noch viel riskanter«, sagte Diana und schaute

den beiden abwechselnd in die Augen. »Ich will einen Zugriff, wenn ich an der Haustür bin.«

Frank entglitt seine Mimik. »Bist du verrückt? Warum willst du nicht warten, bis das SEK eintrifft?«

»Weil uns die Zeit davonläuft«, erwiderte sie. »Niemand von uns kann sagen, in was für einem Zustand sich Helen befindet. Wir müssen unbedingt vermeiden, dass sie in dieser Situation entbindet. Das bringt sie in unmittelbare Lebensgefahr.«

»Und wie willst du das anstellen? Er hat die Straße doch komplett im Blick.«

»Ja, aber nicht die Nachbargrundstücke! Er ist allein, er kann nicht alle Richtungen gleichzeitig im Auge behalten. Ihr müsst euch über die angrenzenden Gärten an das Haus heranschleichen und versuchen, durch die Terrassentür hineinzugelangen, während ich ihn ablenke. So können wir Helen und Carina schnell außer Gefahr bringen.« Sie holte tief Luft. »Was auch geschieht, ich übernehme die volle Verantwortung für diese Aktion.«

Janosch fuhr sich durch die glänzend nassen Haarsträhnen. »Übernimmst du auch die Verantwortung dafür, wenn jemand stirbt?«

»Es wird schon alles gut gehen.« Sie klang viel überzeugter, als sie es wirklich war.

• • •

Mamas Stimme, fast bis zur Unkenntlichkeit vom Megafon verzerrt. Sie waren hier, sie waren wirklich hier.

Mama und Janosch hatten einen Plan, das wusste sie. Sie würden einen Ausweg finden, würden sie retten.

Sie musste vertrauen.

Bruno Krey kam von seinem Aussichtsposten am Fenster zurück. »Die wollen mich verarschen«, murmelte er vor sich hin. »Die wollen mich bestimmt verarschen.«

Er starrte Helen an. Sein Griff um die Pistole verkrampfte sich so sehr, dass seine Venen stark hervortraten.

»Wenn deine Mutter irgendeinen Scheiß abzieht, bist du dran!« Speicheltröpfchen flogen aus seinem Mund. Er drückte ihr die Waffe auf die Bauchwölbung. »Dann jage ich dir eine Kugel hier rein.«

Sie wimmerte vor Schmerz und Angst.

»Verdammter Bastard, lass sie in Ruhe!«, brüllte Carina.

Plötzlich erklang auf der Straße vor dem Haus wieder eine Frauenstimme. Einen Moment lang glaubte Helen, es wäre Mama, aber sie sprach nicht durch einen Lautsprecher und hatte auch eine ganz andere Tonlage.

Krey stürzte wieder ans Fenster.

»Franzi!«, hauchte er mit deutlich weicherer Stimme.

Helen hörte genauer hin und verstand jetzt auch, was sie sagte.

»Bruno, Schatz, was machst du da!?«, rief sie ihnen schrill zu, erschüttert und begleitet von tiefen Schluchzern. »Was bist du für ein Mensch!? Es … es tut mir leid, was ich getan habe. Ich hätte das mit Gregor nicht tun dürfen. Aber du … du bist ein Monster!«

Unruhig lief Bruno auf und ab. »Was macht sie hier? Oh Gott, was macht sie bitte hier!?«

»Willst du nicht auf deine Frau hören?«, fragte Carina ihn. »Noch ist es nicht zu spät.«

Kreys Antwort ging in Helens nächstem Schrei unter.

Eine Freundin, die auch vor Kurzem Mutter geworden war, hatte ihre Geburtsschmerzen mal so beschrieben, als würden einem die Eingeweide durch die Vagina aus dem Körper gezerrt werden.

Damals war ihr die Beschreibung noch ziemlich drastisch vorgekommen. Jetzt wusste sie: Ihre Freundin hatte untertrieben.

Sie krallte die Finger in die Sofakissen. Schrie, schrie, schrie.

• • •

»Schaffen Sie die Frau hier weg!« Diana deutete in die Richtung von Franziska Krey. »Das Letzte, was ich jetzt bei einem psychisch instabilen Täter gebrauchen kann, sind irgendwelche Angehörigen.«

Janosch und Tarek joggten zu der völlig aufgelösten Frau herüber.

Gestern sind wir mit ihr noch über die Kirmes gelaufen, durchfuhr es Janosch. Und heute liegt ihre Welt in Trümmern.

Mit Engelszungen redeten sie auf Franziska Krey ein und baten sie, mit ihnen hinter die Einsatzwagen zu kommen.

Janoschs Gedanken überschlugen sich. Er hatte Franziskas Rufe von Anfang an mitgehört. Es passte alles zusammen. Anscheinend war sie es gewesen, mit der sich Gregor

Sander regelmäßig in Frankfurt getroffen hatte, weit entfernt von den neugierigen Augen in Grimmbach. Sander war die Affäre gewesen, von der Franzi Carina erzählt hatte. Sie musste das letzte Glied in der langen Kette von Bruno Kreys Kränkungen gewesen sein.

»Ich ... ich bin nur mal kurz zum Bäcker, ich wollte ein paar Teilchen für uns und Helen und Carina holen. Ich versteh's nicht. Der Bruno würde so was doch niemals tun. Er sagt vielleicht manchmal seltsame Sachen oder guckt sich gruseliges Zeug an, aber so weit würde er doch nicht gehen. Ich hatte was mit dem Gregor, aber das ... das ist doch kein Grund, um eine ganze Familie zu töten. Das ist nicht der Bruno, den ich kenne«, erklärte Franziska schrill.

»Franzi, ich bin mir ganz sicher, dass du nichts gewusst hast«, sagte Janosch. »Aber du musst jetzt mitkommen. Hier ist es nicht sicher.«

Endlich ließ sie sich von ihnen wegführen. Sie brachten die Frau zu einem Notfallsanitäter, der sie wiederum in einen der RTWs bat.

Wieder erklangen Helens Schmerzensschreie aus dem Haus. Sie gingen Janosch durch Mark und Bein. Er musste sich an einem Streifenwagen abstützen.

Tarek legte ihm sanft die Hand auf die Schulter. »Mann, bist du sicher, dass du dich an diesem Zugriff beteiligen willst? Du bist doch gerade völlig fertig!«

»Nein, ich muss das tun!« Er sammelte sich und straffte seine Haltung. »Ich könnt's mir niemals verzeihen, wenn ich es nicht selbst bin.«

»Es tut mir so leid, dass Helen da reingeraten ist.« Tarek

packte ihn und drückte ihn an sich. »Aber denk dran: Es ist nicht deine Schuld. Es ist nur die Schuld dieses Irren.«

Janosch senkte den Blick. So sicher war er sich da nicht.

Wir hätten früher auf seine Spur kommen können. Wir hätten all dies hier verhindern können.

Nehring kam zu ihnen, der Blick selbst für seine Verhältnisse noch einmal verhärteter.

»Janssen, es ist so weit.«

Janosch nickte und rückte seine schusssichere Weste zurecht.

»Ich hoffe, Quester weiß, was sie da tut«, seufzte Tarek und schaute sie beide unsicher an.

»Das tut sie«, entgegnete Nehring. »Das ist ja das Schlimme an ihr.«

»Viel Erfolg!«, wünschte Tarek noch, dann führte Nehring Janosch hinter den Einsatzwagen vorbei.

Sie liefen die Schubertstraße herunter, die Parallelstraße der Beethovenstraße. Am Ende der Straße gelangten sie über einen schmalen Fußweg wieder auf die Beethovenstraße.

Keiner von ihnen sprach ein Wort. Janosch war wie im Tunnel. Alle Gedanken an Vorher und Nachher waren weggewischt, es gab nur noch diesen Augenblick.

Sie stiegen über einen hüfthohen Gartenzaun. Nehring brauchte dafür nur einen etwas größeren Schritt zu machen, Janosch musste sich mit beiden Händen auf dem morschen Holz abstützen und herüberschwingen.

Nehring zog seine Waffe aus dem Holster und entsicherte sie. Janosch tat es ihm gleich.

Wenn sie sich weiter durch die Gärten schlugen, würde Krey sie unmöglich bemerken können.

Sie kämpften sich durch Hecken, stiegen über weitere Zäune und scheuchten Anwohner, die sie neugierig beäugten, von den Fenstern weg.

Zwei Häuser vor dem der Kreys gingen sie hinter einer Gartenhütte in Deckung.

Diana trat zwischen den Einsatzwagen hervor und lief mit bedachten Schritten auf den Hauseingang zu. Trotz Regen hatte sie ihren Blazer ausgezogen, um zu zeigen, dass sie unbewaffnet war. Da wo die Kevlarweste sie nicht schützte, klebte ihre weiße Bluse an der Haut.

»Da ist sie«, sagte Nehring.

Seine Stimme zitterte, etwas, das Janosch bei dem hartgesottenen und erfahrenen Ermittler noch nie erlebt hatte.

...

Diana hielt ihren Blick starr auf die Haustür gerichtet. Sie fröstelte. Ihre durchnässte Bluse war schwer und kalt.

Er könnte schießen. Er könnte jederzeit schießen.

Es wäre eine dumme und unbedachte Entscheidung, wenn Krey sie jetzt umbrachte, aber sie schloss es nicht völlig aus.

Diesem Wahnsinnigen war alles zuzutrauen.

Gregor Sander. Beate Sander. Maximilian Sander. Paul Sander.

Diese Menschen hatte er bereits auf dem Gewissen. Er hatte nicht davor zurückgeschreckt, einen Elfjährigen kaltblütig in seinem Bett zu erschießen. Er würde auch vor einer Schwangeren nicht haltmachen.

Sie wollte gar nicht erst wissen, was der Polizeipräsident oder Staatsanwalt Nussbaum zu ihrem Vorgehen sagen würden, aber das könnte ihr momentan nicht egaler sein. Sie hatte keine Wahl. Jede weitere Minute, die verging, brachte Helen und Carina in noch größere Gefahr.

Als sie den Bürgersteig erreichte, öffnete sich langsam die Haustür. Durch die Regenschlieren hindurch konnte sie den Schemen im Türrahmen erst nicht klar ausmachen. Sie brauchte bis zum Vorgarten, um wirklich zu erkennen, was sie vor sich sah.

Krey nutzte Helen als menschlichen Schutzschild und hielt sie von hinten umklammert. Er presste ihr eine Glock gegen die Schläfe und fixierte Diana.

»Keinen Schritt weiter!«, knurrte er. »Oder ich knall sie ab!«

Helens weite Leinenhose war durchnässt von Fruchtwasser. Ihre Knie zitterten, sie konnte sich anscheinend kaum auf den Beinen halten.

Du verdammter Bastard!, durchfuhr es Diana. Ihre Wut war so flammend und groß, dass sie wirklich aufpassen musste, nicht ihren Impulsen nachzugeben.

Sie hob die Hände auf Kopfhöhe. »Wie Sie sehen, bin ich unbewaffnet. Lassen Sie uns sprechen, Herr Krey! Lassen Sie uns vernünftig sein.«

Sie versuchte, einen Blick mit Helen zu wechseln, ihr klarzumachen, dass es bald vorbei sein würde. Aber so groß ihre Schmerzen und ihre Angst auch sein mussten, in den Augen ihrer Tochter lag bereits kämpferische Zuversicht.

Das ist meine Tochter, dachte Diana für sich.

Hoffentlich waren Nehring und Janosch rechtzeitig in Position.

Nicht mehr lang. Nur noch ein paar Augenblicke.

»Ich habe gesagt, was ich will!«, erwiderte Krey und verstärkte noch einmal den Griff um Helens Schulterpartie. »Bringen Sie mich zum Flughafen. Ich will in ein Land, das nicht ausliefert! Dann können Sie Ihre Tochter – und Ihren Enkel – wiederhaben.«

Sie wagte einen Blick zur Seite. Janosch und Nehring bahnten sich gerade einen Weg durch die Gartenhecke der Kreys. Ihre Bewegungen waren so vorsichtig, dass sie wie in Zeitlupe abliefen.

Schnell schaute sie wieder auf den Geiselnehmer. Zum Glück hatte er offensichtlich nicht bemerkt, wohin ihr Blick gewandert war.

»Das sollen Sie alles bekommen, nur lassen Sie doch bitte eine schwangere Frau los! Das sind doch gar nicht Sie!«

»Sie haben gar nicht zu sagen, wer ich bin und wer nicht!«, keifte er. »Alle haben mir immer ihren Stempel aufgedrückt. Pleitegeier, Versager, Nichtsnutz! Das ist jetzt vorbei. Ich bestimme, wer ich bin!«

Und du hast dich dafür entschieden, ein Monster zu sein, durchfuhr es Diana.

$\cdots$

Janosch und Nehring drückten sich an die von Grünspan bedeckte Wand und schlichen, an Rankhilfen vorbei, zur Terrassentür.

Vorsichtig spähte Janosch durch die Fensterfront.

Carina saß zusammengekauert auf einem der Sofas und hielt sich die Hand. Blut floss zwischen ihren Fingern hindurch.

Krey befand sich mit Helen immer noch an der Haustür.

Janosch klopfte sacht an die Scheibe, nur mit dem Rücken des Zeigefingers.

Sie reagierte nicht.

Im Prasseln des Regens musste es zu leise gewesen sein.

Er versuchte es noch einmal, mit drei Fingern und angehaltenem Atem. Es musste gerade laut genug sein, dass Carina ihn hörte, aber Krey nicht.

Endlich! Sie schaute auf.

Er winkte ihr zu.

Erkennen in ihren Augen, gefolgt von Erleichterung. Sie stand auf, bewegte sich langsam auf Fußspitzen zur Terrassentür und öffnete.

»Schnell! Wir bringen dich in Sicherheit«, flüsterte er und zog sie hinter sich in Deckung.

»Helen! Was ist mit ihr?«

»Darum kümmere ich mich jetzt.«

Er übergab sie in die Hände von Frank Nehring, der sie zurück zu ihren Leuten eskortieren würde, dann trat er ins Innere. Es war stickig, und noch immer lag der Geruch von Schießpulver in der Luft.

Die Waffe entsichert, steuerte er auf den Flur zu.

Er sah Kreys Rücken vor sich, seine wilden Gesten. Hinter seinen Schultern blitzten kurz die Haare von Helen auf, die er fest in seinem Würgegriff hielt.

Sofort platzte es aus Janosch heraus: »Nimm sofort die Hände von meiner Frau!«

. . .

Mit weit aufgerissenen Augen wandte Krey den Kopf, starrte auf Janosch im Flur.

Für die Dauer eines Atemzugs passierte nichts, dann alles auf einmal.

Krey richtete die Waffe auf Janosch.

Aber ehe er schießen konnte, nutzte Helen den Moment und rammte ihm ihren Ellenbogen zwischen die Rippen. Japsend krümmte er sich und lockerte seinen Griff um ihre Schultern. Mit wohl allerletzter Kraft riss sie sich von ihm los und stürzte auf Diana zu.

Janosch feuerte eine Salve auf ihn ab, doch Krey konnte rechtzeitig zurückweichen und im Treppenaufgang in Deckung gehen. Die Schüsse schlugen im Türrahmen und in der Glaseinfassung der Tür ein. Putz und Scherben sprühten durch die Luft.

Auf wackligen Beinen schaffte es Helen zu Diana und warf sich ihr in die Arme. Die schloss die Arme fest um ihre nassgeschwitzte, am ganzen Körper zitternde Tochter.

»Queeeester!«, brüllte Krey wie im Wahn und zielte wieder auf sie.

Er wird uns treffen. Wir haben keine Chance. Keine Deckung.

Diana drehte sich so, dass sie Helen mit ihrem Rücken abschirmte. Sie schloss die Augen, erwartete den Einschlag der Kugeln, den Schmerz.

Das Ende.

...

Janosch feuerte auf Krey, verfehlte ihn jedoch abermals.

Helen und Diana waren Krey schutzlos ausgeliefert, nur wenige Meter von seiner Pistolenmündung entfernt kauerten sie auf dem Gartenweg.

Sein Herz wurde pulverisiert vor Angst. Selbst seine allerschlimmsten Albträume hätten nie so eine Situation heraufbeschworen.

»Neeeein!«, erklang es auf einmal von draußen.

Mit einer Gewandtheit, die man seinem wuchtigen Körper überhaupt nicht zugetraut hätte, preschte Nehring vor und hechtete vor Diana und Helen. Er rutschte über das nasse Gras und die Fliesen, dabei feuerte er unentwegt auf Krey.

Mehrere Kugeln durchsiebten den Oberkörper des Geiselnehmers. Er wankte mehrere Schritte zurück, sackte auf die Knie und schoss noch im Fallen auf Nehring.

Die meisten Kugeln wurden von der Kevlarweste abgefangen, aber zwei trafen ihn am Hals und am Bauch. Sofort glitt die Waffe aus seiner Pranke, und er brach auf dem Gartenweg zusammen.

Mit wenigen Schritten war Janosch bei Krey und kickte

die Glock aus seinen schlaffen Händen. Blut durchtränkte die »*Wie schön, dass du da bist!*«–Türmatte unter ihm. Seine Atemzüge waren rasselnd und schwer. Dem Grad seiner Verletzungen nach zu urteilen, würden es seine letzten sein.

Von Krey ging keine Gefahr mehr aus, also eilte Janosch schnell zu Diana, Helen und Nehring.

...

Die übrigen Einsatzkräfte stürmten bereits aus allen Richtungen herbei. Mitglieder des inzwischen eingetroffenen Spezialeinsatzkommandos sicherten das Innere des Hauses, dicht gefolgt von Notfallsanitätern. Schwere Stiefelschritte und kurze, abgehackte Befehle legten sich über den Vorgarten.

Ein weiterer Sanitäter und eine Notärztin knieten bereits bei Nehring und Helen. Als Diana sich versichert hatte, dass ihre Tochter und sie unversehrt waren, schaute sie nach Frank.

Oh Gott, das sah nicht gut aus!

Um das zu erkennen, brauchte es nur einen Blick. Es hatte ihn übel erwischt. Die Bauchwunde – genau einen Millimeter unterhalb seiner Schussweste, was für ein Scheiß! – sah schon nicht gut aus. Aber sie war nichts im Vergleich zu der Wunde am Hals. Die austretenden Blutmengen ließen nur befürchten, dass die Hauptschlagader getroffen worden war.

Der Sanitäter versuchte, die Halswunde mit einer Kompresse abzudrücken, während die Ärztin schon seine Weste löste und den Defibrillator vorbereitete.

»Frank!« Wie von selbst legten sich ihre Finger auf seine regennasse, furchtbar kalte Wange. »Es ... es tut mir so leid. Wir hätten warten sollen. Es war viel zu gefährlich!«

»Di-Diana!« Er hustete Blut und schüttelte den Kopf. »Schon gut.«

»Das wird schon wieder, ganz bestimmt.« Sie gab sich alle Mühe, zuversichtlich zu klingen.

Er brachte so etwas Ähnliches wie ein Grinsen zustande. »Du hast mich nie geschont. Fang jetzt nicht damit an.«

»Bitte nicht sprechen!«, appellierte der Sanitäter, doch Frank ignorierte ihn.

Er legte seine Hand auf die von Diana. »Ich ... ich war ein V-Mann bei den *Vikings*. Nur Nussbaum wusste davon, niemand sonst. Verzeih mir ...«

»Frank ...« Tränen liefen ihr übers Gesicht. »Warum hast du mir denn nichts gesagt? Wir hätten doch über alles reden können.«

»Ist jetzt egal«, hauchte er. Sein Blick wurde weich. »Wir ... aus uns hätte etwas werden können. In einem anderen Leben.«

Sie konnte förmlich zusehen, wie die Lebenskraft aus ihm entwich. Mit jeder Sekunde wurde seine Stimme leiser, sein Atem flacher, jegliche Farbe verschwand aus seiner Haut.

Die Retter versuchten ihr Äußerstes, und viele andere Beamte wimmelten um sie herum, gleich neben ihnen kämpfte Helen mit den Wehen, aber gerade gab es nur sie beide. Frank und sie.

Sie dachte an die vielen »Beinahe« und »Vielleicht«, die

ihre Beziehung geprägt hatten, die Blicke, die Anspielungen, den Abend im Flughafenhotel.

Sein Druck um ihre Hand löste sich. Kurz waren seine Augen noch auf sie gerichtet, dann verloren sie jeden Fokus.

»In einem anderen Leben«, hauchte sie.

• • •

Im Klinikum Gersfeld hatte man sich in der Notaufnahme bereits auf mehrere Verletzte und Schwerverletzte vorbereitet.

Diese große Welle blieb aus. Stattdessen gab es zwei Tote zu beklagen, außerdem eine Leichtverletzte und eine Schwangere. Mehr Arbeit für die Rechtsmedizin und Pathologie als für die Intensivmediziner.

Diana beäugte aus dem Fenster die kleine Traube aus Reportern und Kameraleuten, die sich vor dem Krankenhausportal gebildet hatte. Die meisten bauten bereits wieder ihr Equipment ab und zogen weiter. Die dramatischen Bilder von Krankenwagen, die mit Blaulicht in die Einfahrt der Klinik rasten, hatten sie im Kasten. Für sie gab es hier ansonsten nichts mehr zu holen.

»Es tut mir so leid für Ihren Kollegen«, sagte Carina Sander. Sie lag mit einem dicken Kopfverband im Krankenhausbett.

»Sie können nichts dafür«, erwiderte Diana und drückte sich vom Fensterbrett weg. Wenn jemand etwas dafür kann, dann bin ich es.

»Danke, dass Sie nach mir geschaut haben. Ich will Sie

aber auch nicht länger aufhalten. Sie haben ja noch Wichtigeres zu tun. Ich wollte gleich sowieso noch einmal nach Cedric sehen. Die Ärzte sind optimistisch, dass er in den nächsten Tagen aus dem Koma aufwachen wird.«

»Das freut mich zu hören. Ich wünsche Ihnen beiden nur das Beste und weiter gute Genesung.«

Um ehrlich zu sein, hatte Diana nur deshalb Carina Sander aufgesucht, damit sie alles andere aufschieben konnte.

Das Gespräch mit Franks Witwe stand ihr noch bevor. Was sollte sie Kerstin Nehring sagen? Sollte sie lügen und sagen, dass die letzten Worte ihres Mannes ihr gegolten hatten?

Dann musste sie vorher noch zu Helen und Janosch. Die Strapazen der Geiselnahme mussten Helen und dem Kind extrem zugesetzt haben. Hoffentlich war alles gut gegangen.

»Wissen Sie, Frau Quester, mir ist jetzt im Nachhinein erst etwas klar geworden«, sagte Carina Sander. »Mein Vater hatte vor ein paar Tagen diesen Eimer rote Farbe gekauft, der seitdem angebrochen in der Garage herumstand. Ich habe mich die ganze Zeit gefragt, wozu er den gebraucht hat.«

Diana legte den Kopf schief. Sie ahnte, worauf sie hinauswollte. Klar, es ergab alles einen Sinn.

»Dann habe ich von Janosch mitbekommen, dass Sie über dieses ramponierte Gedenkkreuz überhaupt erst auf die ganze Geschichte mit den Halls gestoßen sind. Letztens habe ich ein Foto von dem kaputten Kreuz im Internet gesehen. Die Farbe, das war derselbe Farbton.«

»Das heißt, niemand anderes als Ihr Vater hat es beschädigt. Was er Rudolf Hall und seiner Familie angetan hat, was er ihm gestohlen hat ... dieses Kreuz hat es für ihn repräsentiert.«

»Der Moorbrand, er hat Papa ganz seltsam werden lassen. Unruhig und leicht reizbar. Soweit ich weiß, gab es auch zur Zeit seiner Flucht so einen Brand. Ich glaube, er hat die Erinnerung in ihm wieder wachgerüttelt. Vielleicht war es seine Art und Weise, damit abschließen zu wollen ...«

» ... und damit hat er uns unbewusst auf die Spur seines Mörders gebracht«, ergänzte Diana. Eine bittere Ironie! »Ohne das zerstörte Kreuz wären wir vielleicht nie auf Rudolf und Julia Hall gestoßen, hätten nie die Verbindung zu Bruno Krey aufgetan.«

Carina Sander schaute zum Fenster. »Das passt mal wieder zu ihm. Mein Papa war ein Anpacker, ein Macher.«

Und ein versuchter Mörder, fügte Diana in Gedanken hinzu. Sie legte ihr die Hand auf die Schulter, verabschiedete sich und machte sich auf den Weg zur Entbindungsstation.

In den stillen Krankenhausfluren kam sie sich vor wie in einer Zwischenwelt. Wie im Limbo.

Der kleine Junge hoffentlich gesund geboren, Frank aus dieser Welt geschieden. Anfang und Ende, Leben und Tod, alles lag so nah beieinander.

Warum hatte Frank ihr nichts von seiner Tätigkeit als V-Mann erzählt? Die Antwort auf diese Frage würde er wohl auf alle Ewigkeit für sich behalten.

Nussbaum hatte sie schon einen entsprechenden Einlauf verpasst, darauf würde sie es aber nicht beruhen lassen.

Mittlerweile versuchte sie gar nicht mehr, ihre widerstreitenden Gefühle einzuordnen oder sogar im Zaum zu halten.

Wut, Trauer, Hoffnung – all dies vermengte sich in ihr zu einem undefinierbaren, aber zutiefst aufwühlenden Cocktail.

Janoschs Mutter empfing sie gleich am Eingang der Station. Die kleine Frau war völlig aufgelöst, unmöglich zu sagen, ob vor Glück oder vor Verzweiflung.

Auch Dianas Ex Marius saß mit verschränkten Armen auf einem der Wartestühle und nickte ihr kurz zu.

In vielerlei Hinsicht war Frau Janssen der genaue Gegenpol zu Diana. Weniger souverän, dafür viel gefühlvoller und nahbarer. Sie hatten lange miteinander gefremdelt – gerade auch aufgrund der harten Anschuldigungen, die Diana ihrem Mann damals im Matilda-Nolte-Fall gemacht hatte –, aber spätestens in diesem Moment war all das vergessen.

Sie fielen sich in die Arme.

»Geht es Helen gut? Ist der Kleine wohlauf?«

»Sieh selbst!«

Zaghaft klopfte Diana an die Tür zum Krankenzimmer. Kurz darauf erklang ein leises »Herein!« von Janosch.

Helen lag im Bett, offensichtlich im Dämmerschlaf. Gleich neben ihr stand ein Wärmebett, über das Janosch mit nacktem Oberkörper gebeugt stand. Diana trat neben ihn und betrachtete zum ersten Mal ihren Enkel – jetzt nicht nur ein letztlich abstraktes Ultraschallbild, sondern ein echtes Wesen aus Fleisch und Blut. Die Haut noch ganz puterrot und die Haare lockig.

Vorsichtig hob Janosch den Säugling aus dem Bett und drückte ihn an seine nackte Haut, damit er schnell eine Bindung zu ihm aufbaute.

»Ist er …?«, setzte Diana an.

»Er ist gesund«, entgegnete Janosch sogleich und setzte sich mit ihm auf einen der Stühle neben dem Krankenbett.

Wogen der Erleichterung überkamen Diana.

»Wie habt ihr ihn denn jetzt genannt?« Sie strich dem kleinen Wurm über die nassen Haare. Aus dem Namen hatten Helen und Janosch bis zuletzt ein riesiges Geheimnis gemacht.

»Harry«, sagte er. »Ich weiß – Helen meinte schon, dass uns alle nur für Harry-Potter-Fans halten werden. Aber sie mag den Namen. Und mir war es wichtig, ihn so zu nennen.«

»Nach deinem Vater.«

»Ja, aber Harald wäre dann des Guten doch etwas zu viel gewesen.«

»Ein schöner Name«, sagte sie.

»Frank … er …«, setzte Janosch an, dann fand er aber anscheinend doch nicht die richtigen Worte.

»Er war ein besserer Polizist, als ich es je hätte sein können«, sagte sie tonlos. »Genauso ist er auch gestorben.«

Der kleine Harry rekelte sich und drückte den Kopf an Janoschs Brust.

Ein Leben endete, ein anderes begann. Feuer wurde zu Glut, wurde zu Asche, wurde zu fruchtbarer Erde.

DAS ZEICHEN DES HUTZELBOCKS

4. September 2022
09:00 Uhr

Das erste Mal seit Langem waren die Temperaturen in der letzten Nacht unter zwanzig Grad gefallen. Der Hitzesommer hatte wohl endgültig den Rückzug angetreten.

Rudolf Hall hatte eine dünne Softshell-Jacke angezogen. Hier am Point Alpha wehte der Wind frei und ungezügelt, blähte immer wieder seine Jacke auf.

Die Ärzte im Fuldaer Krankenhaus hatten ihm vehement davon abgeraten, die Station zu verlassen, aber er hatte sich ihnen widersetzt.

Sein Brustkorb schmerzte hin und wieder, außerdem war er etwas wacklig auf den Beinen, aber ansonsten fühlte er sich den Umständen entsprechend gut.

Er hielt die Vacheron Constantin fest in seiner Faust. Mittlerweile war das Metall von seiner Haut aufgewärmt.

Er musste das hier tun.

Diese zugeknöpfte Polizistin hatte ihn gestern im Krankenzimmer aufgesucht und ihm die Uhr überreicht.

»Ich glaube, die gehört Ihnen.« Sie befreite die Uhr aus dem Tuch, in das sie eingepackt gewesen war.

»Ich will sie nicht. Geben Sie sie an Sanders Tochter oder irgendwen sonst. Ist mir egal!«

Trotzdem legte sie die Vacheron auf seinen Nachttisch.

»Überlegen Sie es sich. Ansonsten können Sie sie ja gerne einem guten Zweck spenden.«

Ein guter Zweck.

Das hatte ihn auf eine Idee gebracht.

Das Gedenkkreuz mit seinem Namen war immer noch mit Flatterband abgesperrt. Erst hatte er darüber nachgedacht, die Uhr hier zu vergraben – sie endgültig zu einem Teil der Vergangenheit zu machen. Letztlich war ihm aber doch noch etwas Besseres eingefallen.

Er erinnerte sich daran, wie sein Vater ihm die Uhr kurz vor seinem Tod vermacht hatte. *»Die hat den Weltkrieg überstanden. Pass gut auf sie auf. Vielleicht bringt sie dir Glück.«*

Sie hatte ihm alles andere als das gebracht. Am Ende hatte sie nicht nur Gregor Sanders Habgier und Neid auf ihn gezogen, sondern auch diese schrecklichen Rachegelüste in Julia geweckt.

Morgen würde er sie in der U-Haft besuchen. Wie hatte sie das nur tun können? Wie hatte sie sich zu so etwas verleiten lassen können?

Er hatte wieder den Moment in der Ferienhütte vor Augen, als sie ihm stolz die Uhr präsentiert hatte.

»Schau mal, Papa, was ich uns zurückgebracht habe!«

Kein Wunder, dass sein Herz das nicht mehr mitgemacht hatte.

Er hatte mit der Vergangenheit abschließen können. Sein großer Irrtum war der Glaube gewesen, seiner Tochter würde es genauso leichtfallen.

»Anstiftung zum Mord«, »Beihilfe zum Mord« – das waren die Begrifflichkeiten, mit denen momentan in ihrem Fall herumjongliert wurde. Wie der Prozess am Ende auch ausging, sicherlich würde sie mehrere Jahre im Gefängnis verbringen müssen. Aber vielleicht – vielleicht – würde sie danach eine zweite Chance bekommen, endlich frei von jeglichem Drang nach Vergeltung.

Rudolf steuerte auf das Haus auf der ehemaligen Grenze zu. In dem blau getünchten Infozentrum gab es Ausstellungen und Veranstaltungen rund um den einstigen Todesstreifen. Dort war er mit einem der Mitarbeiter verabredet.

»Ich habe da vielleicht etwas für Ihre Ausstellung«, hatte er ihm am Telefon gesagt. *»Ein Exponat … und eine Geschichte.«*

Ein letztes Mal strich er über das zersprungene Zifferblatt, dann wickelte er die Uhr wieder in das Tuch.

· · ·

In letzter Zeit trug Janosch viel zu häufig schwarze Anzüge. Erst die Trauerfeier für die Sanders, jetzt die Beerdigung von Frank Nehring. Die Kapelle des Fuldaer Zentralfriedhofs war fast voll besetzt. Nur einen Bruchteil der Trauergesellschaft machte die Familie von Frank aus. Die allermeisten waren

Kollegen aus dem Präsidium, die in ihren Uniformen gekommen waren.

Janosch und Diana saßen gleich in der zweiten Reihe, schräg hinter Kerstin Nehring und ihrem Bruder. Es war ein bewegender Moment, als sie mit ihrem Rollstuhl ans Podium fuhr, das Mikro zu ihr heruntergestellt wurde und sie ihre tränenerstickte Rede hielt – direkt an den schlichten Sarg aus gewachstem Kiefernholz gerichtet.

Während die Witwe sprach, klammerte Diana ihre Hände so fest um ihr Liedheftchen, dass ihre Knöchel weiß hervortraten.

So ganz war er nie dahintergekommen, was Diana und Frank wirklich verbunden hatte. War da mehr gewesen, wie es der Klatsch und Tratsch in den Fluren des Reviers immer wieder hatten vermuten lassen? Oder waren es die Schuldgefühle für ihre womöglich überstürzte Vorgehensweise, die an ihr zehrten?

Im Nachhinein hatte sich auch Franks fehlendes Alibi für die Tatnacht geklärt. Das Video der *Wicked-Vikings*-Feier, auf der Nikolas Schwab zu sehen gewesen war – Frank war derjenige gewesen, der es gefilmt hatte. War es das, was Diana durch den Kopf ging? Dass sie in den letzten Tagen vor Franks Tod so sehr an ihm gezweifelt hatte?

Statt sich weiter in diesen Spekulationen zu ergehen, richtete Janosch seine Gedanken wieder auf Nehring. Er erinnerte sich an ihre gemeinsamen Fitnessstudio-Besuche. Wie Frank ihm den richtigen Umgang mit den Geräten gezeigt hatte, ihm Mut zugesprochen und Tipps gegeben hatte. Er hatte aus einem Hobbit einen Kampfzwerg gemacht.

Mach's gut, nahm er im Stillen Abschied. *Danke – danke für alles.*

Das Wichtigste aber: Frank hatte in seinen letzten Momenten Janoschs Familie das Leben gerettet.

Auf Bruno Kreys Computer wurden im Nachhinein Hunderte Gigabytes an realen Tötungsvideos, gewaltverherrlichenden Schriften, wirren Mordplänen und -methoden sichergestellt. Der Tod schien schon lange eine Faszination auf Krey ausgeübt zu haben. Janosch glaubte nicht mehr, dass seine Tat ein verunglückter Diebstahl oder ein eskalierter Raubmord gewesen war. Nein, all das war nur ein Vorwand gewesen, um seine Fantasien und sein Tötungsverlangen ausleben zu können.

Aus den Befragungen der völlig erschütterten Franziska Krey erfuhren sie, dass er in seiner Kindheit von einer Jungengruppe an seiner Schule lange drangsaliert und sogar misshandelt worden war. Ein geringes Selbstwertgefühl und Wutanfälle begleiteten ihn ein Leben lang. War all dies der Auslöser für seine Mordlust gewesen?

Waren die Affäre seiner Frau und das Auftauchen von Julia Hall schlussendlich die finalen Trigger gewesen?

Bruno Krey selbst würde es nicht mehr auflösen können. Am Ende spielt es auch keine Rolle, dachte Janosch. Welche Erkenntnis sich auch immer aus seiner Vergangenheit ergab, sie änderte nichts an dem, was geschehen war.

Der Gottesdienst kam zum Ende.

Nachdem der Pfarrer mit ihnen das Abschlussgebet gesprochen hatte, trat Janosch mit fünf weiteren Kollegen nach vorne. Als es darum gegangen war, die Sargträger auszuwählen, hatte er sich direkt gemeldet.

Du hast mich trainiert. Jetzt ist es das Mindeste, dass ich dich zu Grabe trage, dachte er, als er den Messinggriff umfasste.

Gefolgt von der Trauergemeinde und unterlegt von Orgelklängen, trugen sie den schweren Sarg hinaus in den frischen Septembermorgen. Janosch hatte etwas Mühe, Schritt zu halten, ließ sich aber nichts anmerken.

Du zeugst ein Kind. Du trägst Menschen zu Grabe. Du erschießt fast jemanden.

Dinge, die ein ganzes Leben verändern können, komprimiert auf wenige Tage.

Das frisch ausgehobene Grab befand sich im hinteren Teil des schön gepflegten Friedhofs. Nachdem der Sarg an dicken Tauen hinabgelassen worden war und sie sich vor ihm verbeugt hatten, stellte sich Janosch wieder zu Diana.

»Es gibt da noch etwas, das ich dir sagen muss«, verkündete sie leise. »Ich habe einen guten Draht zum Leiter der JVA Fulda. Deshalb hat er mich morgens als Allererste informiert.«

Janosch runzelte die Stirn. Wohin sollte das führen? »Öhm, okay?«

Sie räusperte sich und schaute ihn mit ernster Miene an. »Benjamin Fallmer ist heute Morgen tot in seiner Zelle aufgefunden worden.«

»Was!?«, entfuhr es Janosch so laut, dass sich einige Trauergäste indigniert zu ihm umwandten.

»Was ist passiert?«, flüsterte er mühsam beherrscht. »Hat er … hat er sich umgebracht?«

»Im Moment kann man noch nicht sagen, ob eine Fremdeinwirkung vorliegt.«

»Fremdeinwirkung!? In seiner eigenen Zelle?«

Janosch dachte an den seltsamen Traum, den er vor Kurzem von Ben gehabt hatte. An die vielen ungeöffneten Briefe, die der Mörder ihm Monat für Monat aus dem Gefängnis geschickt hatte. Ein Schauer lief ihm über den Rücken.

Er war der Mörder seines Vaters und seiner Jugendliebe gewesen. Eigentlich sollte er so etwas wie Genugtuung spüren, stattdessen war da Angst – ein hohler, eiskalter Fremdkörper, der tief in seiner Kehle steckte.

Diana bemerkte anscheinend seinen besorgten Blick und setzte an, um etwas zu sagen, sprach es dann aber doch nicht aus.

Die übrige Trauerfeier und auch die ganze Rückfahrt lang konnte Janosch nur noch an die Briefe denken.

Zurück zu Hause, begrüßte er nur flüchtig Helen, den kleinen schlafenden Harry und seine Mutter, die jetzt im Wochenbett oft drüben bei ihnen war und half.

»Was ist denn los?«, fragte Helen verwirrt. »Du wirkst so unruhig.«

Sie und der Kleine waren etwas länger als gedacht zur Beobachtung im Krankenhaus geblieben, inzwischen ging es ihr aber mit jedem Tag merklich besser.

»Ich muss nur schnell etwas nachsehen«, entgegnete er gehetzt. »Gleich bin ich bei euch.«

Er nahm zwei Stufen auf einmal, als er die Treppe nach

oben erklomm, stürmte in sein Arbeitszimmer und schloss die Tür hinter sich.

Erst traute er sich gar nicht, die Schreibtischschublade mit den Briefen zu öffnen – als würde ihn eine elektrische Ladung treffen, wenn er den Griff berührte. Schließlich überwand er sich doch und zog sie auf.

Die Umschläge, die alle mit dem Stempel der JVA Fulda versehen waren, lagen auf einem unordentlichen Haufen zusammen, dazwischen noch einige lose Filzstifte, Kugelschreiber und Büroklammern.

Mit beiden Händen packte er sie und verteilte sie auf dem Schreibtisch. Wahllos nahm er einen der Briefe, atmete tief durch und riss ihn auf. In ihm war eine einzelne säuberlich zusammengefaltete DIN-A4-Seite.

Er strich sie glatt. Und starrte ratlos auf das Blatt Papier.

Was sollte das sein? Was hatte das zu bedeuten?

Er ließ die Seite zu Boden segeln, riss den nächsten Brief auf. Wieder nur eine DIN-A4-Seite mit genau demselben Inhalt.

Er öffnete den nächsten Brief. Und den nächsten. Und den nächsten. Alle waren gleich.

Janosch verstand überhaupt nichts mehr.

Die Briefe enthielten den dahingekrakelten Kopf eines Widders. Mehr nicht. Kein einziges Wort, nur immer wieder dieses Symbol. Was wollte Ben ihm damit sagen?

Er dachte an die Hutzelfeuer seiner Kindheit zurück, hatte direkt wieder den beißenden Rauchgestank der brennenden Holzhaufen in der Nase.

Aufgewühlt kehrte er ins Wohnzimmer zurück.

»Janni, was ist denn?« Helen schaute ihn besorgt an.

»Nichts, nichts …«

»Da ist übrigens noch Post gekommen«, sagte seine Mutter. »Ein paar Rechnungen und ein Brief ohne Absender oder Briefmarke. Den muss irgendjemand hier direkt eingeworfen haben.«

Er stockte. Die Kugel aus Angst, die weiterhin in seiner Kehle steckte, dehnte sich aus. Er bekam kaum noch Luft.

In einem Körbchen auf dem Küchentresen sammelten sie immer ihre Post. Janosch wühlte den schlichten Brief heraus, auf dem mit Schreibmaschinenschrift ihre Adresse stand, und riss ihn auf.

Genau wie die Briefe von Ben enthielt er nur ein einzelnes Blatt Papier. Doch diesmal stand etwas unter dem Widderkopf, geschrieben in zittrigen Blockbuchstaben:

Ich habe getan, wozu du nicht in der Lage warst.

Janosch war sich sicher: Der Brief stammte von Bens Mörder.

NACHWORT

Nach so vielen Worten bleibt mir jetzt nur noch ein einziges: Danke.

Danke an Leandra, die nicht nur Ideengeberin und Testleserin war, sondern auch Wegbegleiterin auf jeder noch so langen Fahrt in die Rhön.

Danke an meine Agentin Ilona, die mir jetzt schon seit 2016 mit Rat und Tat zur Seite steht.

Danke an Tabea Horst und das gesamte Team bei Ullstein für den tollen Start in die Reihe und die wie immer sehr angenehme Zusammenarbeit.

Danke an Tobias Schumacher-Hernández, der dieses Buch mit seinem Lektorat noch einmal einen gewaltigen Schritt nach vorn gebracht hat.

Danke an Familie, Freunde und Kollegen, die probegelesen, zugehört oder wichtige Impulse geliefert haben.

Mein Dank gilt aber vor allem auch der Gedenkstätte Point Alpha. Der Besuch und die Gespräche mit Gästebegleitern und Zeitzeugen haben bei mir tiefen Eindruck hinterlassen. Dieser Ort hält einen wichtigen Teil der deutsch-deutschen Geschichte lebendig, und ich lege es jedem ans Herz, ihn einmal zu besuchen.

1975 kam es am Point Alpha tatsächlich zu einem Fluchtversuch, bei dem einer der Beteiligten von einer Splittermine getroffen und vermeintlich für tot gehalten wurde. Erst nach der Wende stellte sich heraus, dass er schwer verletzt überlebt hatte.

Die Ereignisse und handelnden Personen in dem Roman sind jedoch selbstverständlich frei erfunden. Alle Ähnlichkeiten mit lebenden oder toten Personen sind rein zufällig und nicht beabsichtigt.

Auch das Örtchen Grimmbach entspringt zu hundert Prozent meiner Fantasie. Rein geografisch könnte es nahe Wüstensachsen existieren, genau zwischen Rotem und Schwarzem Moor.

Das Ende lässt es bereits vermuten: Das hier wird für Janosch Janssen nicht der letzte Fall gewesen sein. Ich freue mich schon auf den nächsten Ausflug in die Geheimnisse des Moors – und hoffe, dass Sie auch dann wieder mit dabei sind.

Lars Engels,
Mai 2024

Das Moor vergisst nichts

Im Morgennebel sehen Wanderer Lichter über dem Roten Moor. Als sie sich dem Ufer nähern, stoßen sie auf die Leiche einer jungen Frau. Die herbeigerufene Kriminalpolizei aus Fulda identifiziert sie wenig später als Matilda Nolte, die vor mehr als zehn Jahren verschwand. Für den jungen Kriminalkommissar Janosch Janssen ist die Entdeckung ein Schock: Matilda war seine heimliche Jugendliebe. Und sein Vater der Hauptverdächtige, der dem Druck der schonungslosen Ermittlungen damals nicht standhielt und Suizid beging. Das Lügennetz rund um den Fall ist undurchlässig – und Janoschs einzige Chance, den wahren Täter zu finden, liegt darin, mit der Frau zusammenzuarbeiten, die einst seinen Vater in den Freitod trieb.

Lars Engels
Totes Moor
Janosch Janssen ermittelt

Taschenbuch
Auch als E-Book erhältlich
www.ullstein.de

ullstein

Das THRILLER-Ereignis des Jahres!

Im morgendlichen Schneegestöber an der Berliner Siegessäule steht ein verlassener Kleinlaster. Auf der Ladefläche findet die Polizei eine halbnackte tote Frau. Jemand hat ihr mit roter Farbe etwas auf den Körper geschrieben - die Privatadresse des Bundeskanzlers.

Am Tatort trifft die unerfahrene und ehrgeizige Kommissar-Anwärterin Nele Tschaikowski auf den berüchtigten Ermittler Artur Mayer. Was sie nicht wissen: Das ist kein Zufall.

Kurz darauf tauchen auf einer Enthüllungsplattform im Netz Videos von der Toten auf, und der Fall nimmt eine dramatische Wende.

Marc Raabe
Der Morgen
Thriller

Taschenbuch
Auch als E-Book erhältlich
www.ullstein.de

ullstein

»›Blutmond‹ hat alles, was man von einem Thriller von Jo Nesbø erwartet. Perfekte Unterhaltung.« Dagbladet

Harry Hole hat alle Brücken hinter sich abgebrochen. In Los Angeles trinkt er sich als einer der zahllosen Gestrandeten fast zu Tode. In Oslo werden zur selben Zeit zwei junge Frauen ermordet. Kommissarin Katrine Bratt fordert Harry Hole vergeblich an, denn bei der Polizei interessiert sich niemand mehr für den Spezialisten für Mordserien. Der tatverdächtige Immobilienmakler jedoch bietet Hole ein Vermögen, damit er privat für ihn ermittelt. Hole sucht sich ein Team, bestehend aus einem Kokain-dealenden Schulfreund, einem korrupten Polizisten und einem schwer an Krebs erkrankten Psychologen. Die Zeit läuft, während über Oslo ein Blutmond aufzieht.

Jo Nesbø
Blutmond
Harry Hole ermittelt

Aus dem Norwegischen von Günther Frauenlob
Taschenbuch
Auch als E-Book erhältlich
www.ullstein.de

ullstein

Drei Frauen, drei Leben, eine stirbt, eine rächt sich und eine kann sich retten

1936 wird die 14-jährige Gine zum Landjahr ans Stettiner Haff geschickt, wo endlose Weite Hoffnung verspricht und salzige Böden die Geheimnisse der Menschen hüten. Als sich dort ein Mann an Gine vergeht, schwört das Mädchen Rache und ahnt nicht, wie sehr es damit den Lauf der Zeit beeinflussen wird. Jahrzehnte später zieht sich die überarbeitete Berliner Ärztin Nina in die endlosen Weiten Mecklenburg-Vorpommerns zurück und macht einen erschreckenden Fund. Im geteilten Deutschland träumt die zwanzigjährige Sigrun vom Ausbruch aus den eng gesteckten Grenzen des DDR-Systems. Ihre Geschichte sickert mit dem Wasser des Haffs in den torfigen Boden, bis sie von Nina aufgespürt wird.

Tanja Weber
Unter dem Moor
Roman

Hardcover mit Schutzumschlag
Auch als E-Book erhältlich
www.ullstein.de

List